杜桂萍 主編

清代詩人別集叢刊

侯方域集

下

王樹林 輯校

人民文學出版社

附録二　傳志　佚事　贈答唱酬與悼祭詩文

傳記　墓志

侯朝宗本傳

宋犖

侯方域，字朝宗，商丘人。祖執蒲，官太常卿；父恂，崇禎間官戶部尚書；叔父恪，官大司成。方域既世家子，負才氣。幼從其父宦京師，習知中朝事，而于君子小人門戶始終之故尤熟悉。喜結納名士，與貴池吳應箕、宜興陳貞慧最善。

阮大鋮者，故魏奄義兒，屏居金陵，謀復用。諸名士共爲檄檄大鋮罪，應箕、貞慧寔主之。大鋮愧且恚，然度無可如何。詗知方域與二人者相厚善也，私念得結交侯生，因侯生以交於二人。事當已，乃屬其客陽交歡方域，方域覺之，謝客不與通。而大鋮家故有伶一部，以聲伎擅名，能歌所演劇號《燕子箋》者。而會諸名士以試事集金陵，朝宗置酒高會，趨徵阮伶。大鋮心竊喜，立遣伶往，而令它奴詗之。方度曲，四座互稱善。奴走告，大鋮心益喜。已而抗聲論天下事，箕踞叫呶，語稍及大鋮，遂戟手罵詈不絕口。大鋮聞之，乃大怒，而恨三人者尤刺骨。後數年，南都擁立，大鋮驟枋用，興大獄，將盡殺黨人。捕貞慧入獄，應箕亡命，方域夜出走，渡揚子，依鎮帥高傑得免。

方域儻蕩，任俠使氣，好大言，頗以經濟自詡。遇人不肯平面視，然一語合，輒吐出肝肺，譽之不容口。振友之阨，能不惜千金。然亦喜睚眦報復，時扞文網。崇禎末，劇寇李自成圍汴急，詔侯恂出督師援汴，方域進曰：『大人受命討賊，廟堂議論牽制，奏請不時應，徵調難集。願破文法，以賜劍首誅一甲科令守，而晉帥某師譟，當斬以徇軍。事辦威立，疾驅渡河，就左良玉於襄陽，約陝督孫公傳庭犄角于秦，賊乃可圖也。』恂叱曰：『是跋扈也，小子多言。』趨遣歸。

國初河南撫軍某公，廉知方域豪橫狀，將案治。先太保文康公方家居，從容語撫軍曰：『公知唐有李太白，宋有蘇東坡乎？侯生，今之李、蘇也。』撫軍笑而止。後有書與犖曰：『方域叨受太保公深知，常援其難。』指此事也。

方域爲舉業，有盛名，崇禎己卯舉南雍第三人，以策語觸諱斥；入本朝，順治辛卯舉豫省第一，有忌之者，又斥。尋鬱鬱死，年僅三十有七。

明季古文辭，自嘉、隆諸子貌爲秦、漢，稍不厭衆望。後乃爭矯之，而矯之者變逾下，明文極敝，以訖於亡。朝宗始倡韓、歐之學於舉世不爲之日，遂以古文雄一時。末年遊吳下，將刻集，集中文未脫稿者，一夕補綴立就，人益奇之。既歿而文章乃大行，學士大夫幾于家有其書。於戲！盛已！初，陳貞慧就逮入詔獄，鍛鍊久之，會大鋮敗，得脫歸，後十餘年卒於家。方域所著《壯悔堂集》文十卷，詩六卷，又遺稿一卷，皆板行於世。同邑宋犖撰。

（輯自宋犖《國朝三家文鈔》）

商丘縣志·文苑傳·侯方域傳

侯方域，字朝宗，生有異質，讀書數行下，雖廣座中五官互用，而神明不分。家世清流，門閥貴顯。幼隨父宦京邸，習知中朝事，而于君子小人門戶始終之故，尤熟悉。

喜結納賢豪，與貴池吴應箕、宜興陳貞慧尤友善。常論議國家大事，分别流品，激昂慷慨，一時比之元禮、孟博。遊南都時，閹兒阮大鋮屏居金陵，謀起用。吴、陳諸名士共爲檄，檄其罪，大鋮患之。詗方域善吴、陳，密使其客交歡方域，欲因方域以通吴、陳。方域峻拒之，且於大會中唾駡不絕。大鋮大恚怒，銜此三人者次骨。南都建，大鋮驟枋政，興大獄，將盡殺黨人。捕方域急，匿高傑軍中得免。

方域爲舉業有盛名。崇禎己卯已舉南雍第三人，以策語觸忌諱而放；本朝順治辛卯，復舉豫省第一，及揭榜，主司中忌者蜚語，復抑置副卷。方域負經世大略，任俠好士。與人一言之合，輒出肺肝。常不吝千金，以振友之乏，有平原、信陵之遺風。

既不得志，益肆力于古學。有明百餘年來，文士汩沒於北地、信陽之説，而矯之者復趨於淺陋晦冥，文日以敝。方域獨以韓、歐爲宗，欲與之馳騁下上，而其才足以副之。文之恢奇雄健，中州數百年以來一人而已。卒，年僅三十有七。所著《壯悔堂集》久已行世，而宋中丞復刻之吴中，與長洲汪琬、寧都魏禧合爲一集，學者稱爲本朝三大家。

（輯自康熙四十四年《商丘縣志》）

河南人物通志·侯方域傳

侯方域，字朝宗，戶部尚書恂之子。幼博學，多大略。隨父官京師，視朝貴所爲，輒嘆曰：『天下日亂，若曹方泄泄，其殆不救乎！』嘗與吳應箕、夏允彝醉登金山，指評當世人物，臨江浩歌，二人比之周瑜、王猛。

崇禎十五年，李自成圍汴，司徒出視師，方域嘗進計曰：『大人受任討賊，師才一旅。廟堂牽制，所請多不遂，兵仗糧餉徵呼動稽時日。今賜劍久虛，願破格徇一甲科令守，諸所徵辦，旬日可集。晉帥許定國師噪，當斬之明軍法。事辦威立，疾驅渡河，中原土寨團結之徒願自效者，不宜問所從來，收而將之，就左良玉於襄陽，約陝督犄角並進，汴圍乃可解也。』司徒曰：『是教我先跋扈也。小子多言，不宜在軍。』斥使歸吳。道遇永城叛帥劉超，劫使爲畫。方域曰：『君所坐微，何故遽反？今三輔有警，君能兼行赴援，負義之師即勤王之旅，勝固立功，敗則以死殉國，策之上也。其次，莫若束身歸吾父，使之代請，朝廷方姑息戎臣，可以無死，不然亦免族滅。苟率羣賊出永城門，往來觀變，域即不言，必有爲君畫者，如此則真反矣。』超不能用。

初，皖人阮大鋮以黨崔、魏斥，慮不見容於正人，方域試南京日，大鋮使其客求交方域，冀藉以解。

方域拒不納，且與貴池、宜興力攻之。及爲大司馬，修舊怨，知方域在吳，以鈎黨名捕方域，匿高傑軍中乃免。

乙酉，豫王南下時，傑已死。方域説其軍中大將，弗聽，乃歸田里。益修舊社。辛卯，已舉本省鄉試第一人，有忌之者，斥不錄。前此己卯已中矣，以策語觸時，罷。方域既不得志於有司，終憤爲詩古文。説者謂數百年來所未有，卽今世所傳《壯悔堂集》是也。竟以明經卒，年僅三十七。

（輯自《商丘侯氏家乘》卷四《載籍·河南人物通志》）

清史列傳·侯方域傳

侯方域，字朝宗，河南商丘人。祖執蒲，明太常寺卿；父恂，戶部尚書；季父恪，祭酒，皆以東林忤閹黨。方域少問業于上虞倪元璐，元璐謂文必馳騁縱橫，務盡其才而後軌於法。嘗遊江左，寓金陵，司業山陰周鳳翔得其所撰策，立造訪之，談燕彌日。是時主復社者，太倉張溥，貽書推爲領袖；主幾社者，青浦陳子龍，贈詩曰：『漢家宣室爲君開。』其他海内清望，胥締附之。

性豪邁不羈，嘗與楊廷樞、夏允彝醉登金山，臨江悲歌，指評當世人物，而料事尤多奇中。方恂之督師援汴也，方域進曰：『大人受命討賊，廟堂議論牽制，顧破文法，以賜劍首誅一甲科令守之不應徵辦者，而晉帥許定國師噪，當斬以徇軍。事辦威立，疾馳渡河，收中原土砦團結之衆，以合左良玉於襄陽，約陝督孫傳庭犄角並進，則汴圍不救自解矣。』恂叱曰：『此跋扈也，小子多言！』趣遣歸。道遇永城叛帥劉超，方域曰：『君所坐不過殺一御史，奈何遽反？今畿輔有警，君帥所部疾走勤王，必可轉禍爲福；卽不然，亦湔洗惡名，失此則身死名裂。』超不能從。懷寧阮大鋮，故魏閹義兒也，屏居金陵，謀復用。諸名士共檄大鋮罪，作《留都防亂揭》，宜興陳貞慧及貴池吳應箕主之。大鋮愧且恚，然無可如何。知方域與二人者相善也，私念因方域以交於二人。事當已，乃囑其客來交歡。方域覺之，謝客弗與通。大鋮乃大怒，恨次骨。甲申，南都擁立，大鋮驟枋用，興大獄，將盡殺黨人，捕貞慧入獄，方域夜出走，渡揚子江，依鎮帥高傑得免。

生平頗以經濟自詡，任俠使氣，然一語合，輒吐肝肺，譽之不容口。既負才不試，以明經累舉於鄉，輒報罷。順治八年，中式副榜。初放意聲伎，已而悔之，發憤爲詩古文，倡韓、歐學於舉世不爲之日。嘗遊吳下，將刻集，集中文未脫稿者，一夕補綴立就，人益奇之。順治十一年卒，年三十七。方域健于文，與寧都魏禧、長洲汪琬並以古文擅名。禧策士之文，琬儒者之文，而方域則才人之文。蓋其天才英發，吐氣自華，善於規模，絕去蹊徑，不戾于古，而亦不泥於今。當時論古文，率推方域爲第一，遠近無異詞。所著有《壯悔堂文集》、《四憶堂詩集》。

（輯自中華書局一九八七年版《清史列傳》卷七十《文苑傳》）

明經朝宗墓志銘

徐作肅

朝宗諱方域，姓侯氏，商丘人。明太常寺卿諱執蒲之孫，戶部尚書諱恂之子。享年三十七，以順治十一年十二月十三日卒，歷十年而葬於其里西南之先塋，爲康熙二年九月十八日也。

明經有異才。自朝宗之歿，而其文章已大行於天下。遠方之士，初偶得其書者，爭分自鈔録。縉紳之來仕豫者，多牒所部爲取於其家者無虚歲，或至數十帙不止。而在朝之名公貴卿，亦率案有其集。嗚呼，盛哉！

朝宗雄駿之士也。既世家子，幼而有大志，從父官京師，於中朝之事無不習知，而尤悉於門户。年十五，應童子試，縣府道皆第一。蔣黄門鳴玉一見其文驚異，引與遍交當世士。崇禎己卯，試策應天，與陳黄門子龍、夏吏部允彝、楊解元廷樞、吳太學應箕、陳定生貞慧友善，無不人爲引重。時舉第三，以語中觸諱被黜。順治辛卯，再舉河南第二，有議者復斥置副車。甲午病甚，更勉就試，而其年遂死矣。

既終不得志，故其才不可見，可見者止以其文章。然嘗代其父爲《屯田十議》，又爲《正百姓》、《額胥吏》、《重學校》等策，最於時事洞切。又寧南侯兵抵江州，欲趨金陵，嘗爲書止其兵不南下。又阮光禄大鋮引與之交，因欲招致吳應箕、陳貞慧，拒不肯往。故其後弘光黨人獄起，三人者卒被羅織。

嗚呼！論士先於其大，亦可約略其概也。自立德與功與言，古今以爲三不朽，而恒難其兼者。洙冉、閔、游、夏諸子，殊常異造，不得不各分其科，而後世一工文之士，且代不數人，亦或數百年一見。試取朝宗之文以衡于古之作者，其輝光相映，當無愧焉。則其炳炳於今，以至必傳於後，不既得其至貴者哉！

朝宗爲人，跅弛負氣，每令見者自遠，而遇士之稍能文者，即汲汲譽引不少吝。至貧無力者，或不惜請之當事。爲文立可數千言，于制科文，始不盡附昔之箋注，而晚依宋儒。詩更卓然不染于時。今

所傳者《文集》十卷,《詩集》六卷,其制科義早著於世矣,既其亡也,子曉復輯其遺稿六十篇刻於家。銘曰:

生居華胄兮身不必顯,而獨履其盈;死而聲聞兮壽不必永,而遹大其名。惟所得於造物之已多兮,亦可以有乎其重,而遺乎其輕。同里年眷弟徐作肅頓首拜撰文。

常孺人墓志銘

田蘭芳

順治戊戌,余初遊梁,已不及見侯朝宗先生。康熙甲辰再至,則識其子明經君彥室,孫今教諭君貽孫。乙丑移館城中,與彥室君相比,彥室造請無虚日。丁卯秋,教諭君試事畢,暫歸省覲,父子辰夕過余舍,雖談辯多端,終必合辭以請曰:曉、重喜幸得以文章侍先生,托肺腑,先母、先大母幽宫之石願終以累先生。余謂:先生大名久垂宇宙,太夫人爲文士配,不當以凡筆陋墨敍述其生平。且先生之志屬徐孝廉恭士手,瑚璉之列更無容雜置瓦礫。雖屢請,必屢持是説,辭以不敢作。今春,彥室具禮幣件,纂孺人懿行,衝風走百里,介余姻張君介人再拜來前,曰:『先孺人卜葬於是年之三月,先生其終顧前惠賜以銘,先孺人歿且不朽。』伏地流涕不可起。……按狀:

孺人姓常氏,父維翰,前丙午舉人,山東東平州知州。母朱宜人。生而婉慧,識大義,諸女事不習而工,處家人無不得其意者。先生之祖太常公聞其賢,爲先生聘焉。十七歸先生,事舅姑克循婦道。姑疾,侍湯藥惟謹。或閔其勞,寬以有長嫂在,曰:『吾知盡吾心而已。此而不盡,更于何事盡之?』

姑安其養。臨終顧孺人曰：『新婦能孝以奉姑事舅，蓋可知。苟能相汝夫以有成，吾目瞑矣。』孺人受命，故始終以道義與先生相砥礪焉。

宋俗素侈靡，歲時遊宴不絕。先生有時歸晚，見孺人篝燈刺繡文，或治醯菹，默不爲語，則愧且據案誦讀，與之相答，恆至徹曙。是後雖間與宴遊，終不卜夜矣。學因益進，爲文閎肆漭洋，蓬蓬礜起南北，舟車之過宋者皆願與之納交。先生貴公子，賦才雄儁，孺人恐其驕以失士，間爲之諷曰：『吐哺握髮，非多材多藝而天子之叔父乎？』先生感其意，卽寒畯有一節長，莫不力爲推獎，禮有加焉。故士之至者如歸。孺人則出旨酒以燕樂之。其困於道途者，更資以屨屝。而于清流之被禍尤留意，不惜罄奩中所有，俾先生爲之營解。於是海內之文人學士口侯公子之賢，亦且口孺人之賢矣。渡江後，馬、阮當國，家人私憂之。語先生曰：『禍在是矣。盍去諸？』爲之豫籌所宜往。故先生轉徙遍吳越，孺人皆應時供匱乏，而人終不得其迹，無望門之累，毁貌之辱，而能免於難者，蓋孺人先及之防爲善也。凡此皆烈丈夫所難，孺人一身蹈之，復斂燄韜光，循循焉益謹其婦人之事，此余之所咨嗟慨慕而不能已者也。

……孺人生於前丁巳年正月二十五日戌時，卒于康熙丁未年八月十一日丑時，得年五十有一。以己巳年閏三月二十四日祔先生舊墓，禮也。朝宗先生諱方域，世家官閥，具前志。子二：長曉，既索銘者；次晳。孫一，重喜，歲貢，見任懷慶府溫縣儒學教諭。銘曰：

父作守，翁爲卿，夫文淵淵金石聲，有孫一官稱華清，凡百所志子能成。松楸無改不騫崩，孺人含笑臥九京。

（以上輯自《商丘侯氏家乘》卷二《墓志》）

睢州眷晚生田蘭芳頓首拜撰。

附　侯方域傳記資料未收目錄

一　《清史稿》卷四百八十四《文苑·侯方域傳》
二　乾隆《歸德府志》卷二十五《人物略·鄉賢·侯方域傳略》
三　《虞初續志》卷三邵長衡《侯方域傳》，又見《清代碑傳集》一百三十六《文學》上之上
四　李元度《國朝先正事略》卷三十七《文苑》一《侯朝宗先生事略》
五　《國朝耆獻類徵初編》卷四百二十三《文藝一》石韞玉《侯方域傳》
六　葉恭綽《清代學者像傳·侯方域像贊》
七　民國刊李敏修《中州先哲傳·文苑·侯方域傳》
八　《清代七百名人傳·文苑·侯方域傳》

佚事二則

一

侯朝宗性豪舉。順治初，山東餘寇未平，自東南達京師者，皆取道于宋。時計偕年有一孝廉過宋，於近地被盜劫，彳亍不能行，朝宗周其資斧以去。因急鬻一莊，得金千餘，遂令傔于宋之四郊，凡逆旅中有江浙公車客，偵知報聞，無問識與不識，朝宗悉持賻以贈，一時義聲振海内。

（輯自清康熙四十四年《商丘縣志》卷二十《摭軼》）

二

侯朝宗以文章名天下，睥睨千古。然每撰一篇，非經徐恭士點定不敢存稿。一日，燈下作《于謙論》，送恭士求閲，往返數次。恭士易『矣』字、『也』字數處，朝宗大歎服。時夜禁甚嚴，守柵者竟夜啓閉不得眠，曰：『侯公子苦我乃爾。』此事余曾向汪鈍翁、王阮亭言之，共爲稱快。鈍翁常語人曰：『聞牧仲談朝宗遺事，令人神往。』

（輯自宋犖《西陂類稿》卷四十六《筠廊二筆下》）

贈答唱酬詩文

得侯朝宗書推許過情賦懷投贈

彭堯諭

信是佳公子，傳將尺素書。千秋評著作，兩世荷吹嘘。學以狂爲累，名因老漸除。問奇吾豈敢，或似子雲廬。

侯朝宗以詩見贈賦謝

彭堯諭

兄弟聯珠貴，科名片玉懸。寄來新著作，偏向老夫傳。風雅皆餘事，匡扶必大賢。相期在接武，未敢托忘年。

（《西園詩集》卷四，清鈔本）

贈侯朝宗敍

錢謙益

余讀侯子朝宗所著經義，如玉之有光，劍之有氣，英英熊熊，變現於空曠有無之間，以爲文人才子之文，而非經生之文也。已而觀其詩，俊快雄渾，有聲有色，非猶夫蒼蠅之鳴側出於蚓竅者也。侯氏多才子，朝宗與其兄赤社觀省其尊人司農公，因見余於請室。余自頌繫以來，四方人士間行相存者多君子雄駿之人，如二侯者其眘目也。薛宣語：『朱雲子居我東閤中，可以觀天下奇士。』今余居此地，得見天下奇士如此之多，其殆將以圜扉爲薛宣之東閤耶？抑亦翹材之館，廢爲車廄，如漢人之所致嘆於平津者，而天下奇士故當舉集於此地耶？朝宗將還商城，摳衣言別，余書此以贈之。朝宗歸，持以示赤社并與中州人士見之，知其必相與欷歔掩卷，徬徨而三嘆也。戊寅四月十二日。

（輯自《牧齋初學集》卷三十五）

我來行贈侯朝宗

吳應箕

我來秦淮五月終，於時佳士已雲集。就中朝宗年最少，四海心知但一揖。文章詩賦無不工，下筆雷合風雨翕。三朝舊事久沉霾，爾復精心爲理輯。眼前闒茸何忍見，從風草靡誰獨立！畿南已作戎馬郊，江北蒿萊滿郭邑。反書日達司馬門，丞相充耳何能入？列位喑啞道路目，拱手新參仰呼吸。吾皇神聖試共穌，決隄那知不可及。嗚呼朝宗何愚哉，李蔡爲人中下才。心肝勸莫學逢比，詞賦何必擬鄒枚。直須不聞天下事，拱嘿閒復雜詼諧。如此低頯但數載，眼看富貴立崔嵬。君不見，似我倔强還如此，於戲於戲今復來。

寄侯朝宗

吴應箕

送子北歸日，江湖淚泫然。草滋今歲碧，月憶去秋圓。家宅吾如寄，烽烟幾處傳。何當高李輩，詞賦競梁園？

九日高座寺集楚豫諸友次侯朝宗韻

吴應箕

林烟漠漠草油油，客裏登高共石頭。佳節幾年曾好友，鎬京此日尚神州。莫言文字消磨盡，極望蒼茫感慨留。各有故園回首憾，無邊落木助深秋。

佳時從俗也招尋，出郭幽情寄遠琴。樹杪江流疑斷續，臺前石勢故高深。三秋雲物興亡事，四海交遊聚散心。莫以落暉歸去急，攜壺能得幾巡斟。

地近何須杖策探，爲延清梵入高庵。乾坤到節偏知肅，山水於人不厭貪。寺在僧猶順應對，自注：高座道人不作漢語以省應對。林深氣亦聚雲嵐。相期潦倒尋常事，欲把籬花霜未酣。

石子崗頭木末尖，遊茵藉草布爲簾。下風高葉聲相積，微雨鋪烟溼不嫌。江影搖從陵樹亂，酒杯若爲客愁添。卻憐置我猶丘壑，何曰虯姿欲起潛。

不須絕壑與高巖，倚檻江流鴈影南。無數松杉交翠色，猶留碑版昔年銜。重陽未必常今日，羈客相逢感舊衫。作賦一時誰獨勝，敢云佳句我能咸。

（以上《樓山堂集》卷二十三、二十四、二十七，《貴池二妙集叢書》本）

答歸德侯朝宗

陳子龍

吳梁遠隔，淮甸榛梗，而使者遐征，冬春跋涉，垂衈深至，循念如結。曠遠以來，日月迅邁，嘗思輝映，引領晨風，忽蒙誨命，情采交溢，展側披省，神暢志馳。特獎飾之言，罔遵涯分，使翰墨徒費，玄鑒失照耳。當今時值中天，運非百六，而長蛇薦食，飛蛾弄兵，嘗使志士終夜結憤。良以衣冠之子，鴆毒稱年。若同養物，卽有清整自持，風烈可論者，都於世事不復關懷，雕給蛾眉，以媚俗儒而已。此猶執土牛以祈應龍之澤，欲求菀茂，焉可得耶？又有位脂韋，阿上所好，托於綜核，無解纖苛，雖塵坱之微，不復能置度外。至使調元酌化之地，如百石小吏，繩刀筆，較斗筲，易稱負乘，詩詠縫裳，良有以也。主上神謀淵斷，遠符聖祖，渙號布令，欲希非嘗，而庸人之論，紛然在前，保殘守缺，便於因循。雖有驟褭，何所展其駿足耶？徒使觸望風雲者，瞻天衢而鬱陶也。足下氣雄年妙，漢朝門閥，不下揚袁。厚積資學，尊主庇民，豈曰越在草莽乎！曹生有云，『肉食者鄙』耳。有述之寄，立言爲末，今之鏤刻，又不足爲言。然而採珍敷藻，古哲所重何？則嘉謨偉行，賴文而寫。文之淋漓，足以動激，斯亦匡世宏道之助也。中州神輿之委奥，氣際和淑，英人毅士，代有接踵。今足下鸞峙舊梁，景從之羽，彌淋殷穀矣！吴下僻在海壖，然自孫氏立國以來，文獻日盛，秀偉相承，光於中夏。近之繼響，頗多斐然。吴郡鄙州，均有俊士。然吴郡軌宗惇實，意主楷模；鄙州追希英邁，志存扶濟。雖在同幹，不無異枝。昔人論潁、汝之優劣，未知何屬也。州里諸賢，足下所稱譽或太過，又束帛久遲，多在岑寂，無以發揚其意，然亦一時之儁矣。某之疏僿，僅守閨窬，雖與徐、葛同學，恐是州從事才耳。足下不我遐棄，幸以教之。此處尚有孝廉宋徵璧，字尚木，善兵略；諸生宋徵輿，字轅文，工詩歌：足下可識之。歷覽諸詠，雄健渾深，復見正始。韻語奉懷並舊稿，陳政自附陳王好人譏彈之意，足下定我善道也。

（《安雅堂稿》卷十七，《續修四庫全書》影印本）

歸德侯朝宗書來盛稱我土人士之美兼慨世事詩以酬之

陳子龍

春風宛轉下平臺，有客横江尺素來。雪苑舊推司馬賦，雲間今愧士龍才。東州評隲琅玕重，中土愁驚鼓角哀。歷難公卿年少事，漢家宣室爲君開。

（《湘真閣稿》卷五，《續修四庫全書》影印本）

偕吴次尾陳定生梅郎三泛舟秦淮因過侯朝宗

方文

莫愁湖上蔣山青，向夕移舟傍葦汀。水閣名花香暗渡，倡樓豪客酒初醒。海天未卷蚩尤氣，耆舊年歸貫索星。此際賈生惟痛哭，不堪紅袖倚新亭。

（《嵞山集》卷六，康熙刻本）

次侯朝宗韻

徐作肅

澶漫干戈裏，隻身何處還？曳裾拙短鋏，垂首閉柴關。日冷開清霧，霜空靜碧灣。年華知搖落，爲欲漱幽潺。

（《偶更堂詩稿》卷上，康熙傳盛堂刻本）

答侯朝宗南遊見別

宋犖

卜節正清秋，逢君此日遊。乾坤仍舊國，吴越任虛舟。落日嚴陵釣，西風王粲樓。懸知歸思切，登眺肯淹留？

東村刈麥同侯朝宗賈靜子賦　宋犖

五月東村麥，芃芃沒壠高。因風翻廢圃，過雨亂平皋。官帖儲胥急，田歌銍艾勞。永言勤力作，庶此慰嗷嗷。

答侯朝宗　宋犖

仰定千秋業，新詩喜見投。飛騰那可併，氣象迴長留。予自開青眼，君寧嘆白頭。慇懃謝知己，多病勉爲酬。

（以上《嘉禾堂詩集·五言律》，清順治刻本）

寄懷睢陽友人　李雯

薊門黄鳥若嚶嚶，珍重春郊送别情。自惜從戎悲李廣，猶思結客問侯嬴。新成辭賦空梁苑，故里衣冠滿宋城。躍馬涼風秋隼疾，中原今日欲銷兵。

寄侯朝宗

李雯

崎嶇賊裏念朝宗，秋夜相逢似夢中。别後形容寧獨悴，見時寒暖未全通。東京獻捷霜弧白，西塞思親落日紅。知爾久懷麟閣志，速飛小隊隸元戎。

（《蓼齋集》卷二十六，清順治十四年石維昆刻本）

贈侯方域

任元祥

有客自梁園，薄游千里來。舉手揖故人，下馬拂遠埃。同調誠匪易，相逢述中懷。我友竝讌集，良夜相追陪。開筵飛羽觴，璀璨列九徽。諸伶按節歌，絲竹清且悲。參横斗復轉，霜露塗堦墀。君有慷慨情，今昔多所哀。黄鵠絕四海，羽翮何差池！詠彼西園詩，心焉難奮飛。

嘉禾寄侯朝宗

任元祥

侯子歸梁日，任生入越時。浮雲生馬首，長夏静烏皮。柳拂鴛鴦水，萍開清冷池。蒼茫千里外，風雨一相思。

聞道黄河決，君歸行路難。平臺飛赤羽，落尺照征鞍。春去干城黑，吟來四憶寬。朝宗有《四憶堂詩集》。知交雲散後，慎莫浪彈冠。

朝宗喜賦

任元祥

十年不見汝，頭角已崢嶸。自小嚴庭訓，成人慰哲兄。逖離忠信穩，作客嘯歌清。千載梁園勝，猶然説馬卿。

寄侯朝宗

任元祥

雪苑春陰度玉珂，大梁公子倚彫戈。市無朱亥經過少，客有侯嬴慷慨多。落日千家翻白羽，桃花三月走黄河。風流江左遥相憶，潦倒樽前有放歌。

並道君材四海雄，何時樽酒重相逢！馬卿多病從遊暮，兔苑名流作賦工。玉樹樓臺紛皎月，金堤楊柳迴春風。宣房瓠子今安在，千載猶應識漢宫。

中州侯朝宗浙江計甫草嚴覽民吾鄉陳其年皆落第爲賦三絶句以唁之

任元祥

海内知名士，一時皆被放。卻令方外人，聞之亦惆悵。

恢恢宇宙間，脈脈千秋下。爲言不朽人，豈盡達官者？

人懷卞和玉，獻楚不見收。落落荊山下，月明淮水流。

（以上《鳴鶴堂詩集》卷一、七、七、八、十，光緒十五年重刊本）

與侯朝宗書

任元祥

朝宗足下，風流獨擅，得名最早，文章意氣爲世所宗。僕荊山之鄙人也，僻處草野，未得望見顔色，然時時從定生喬梓遊，具知足下行藏大節。僕不自量，竊附於氣類之末，故敢奉書左右以道其意。方今之時，志士灰心，英雄短氣，上不能如張子房結納滄海，次不能如田子春入無終山自成都邑，下不能如吴門市卒易姓埋名而徒浮沉世路，浪跡書史，其有愧于古人亦已多矣。雖然，文章經世之業，詩歌性情之感，未始不足以自通於往古，闡教於來茲也。僕從定生案頭，讀足下《晉齋集》，此足下少年時所作也。而才方終、賈，气敵鄒、枚，真四海之景行，吾黨所仰止者矣。顧此亂流，出入風塵之際，崎嶇兵革之中，而立志較然有如霜雪，非所稱大雅卓爾不羣者歟？僕不敏，竊窺《三百篇》之遺旨，而源流漢魏，馳驅三謝，欲以繼空同之遺響，揚歷下之餘徽，有志未逮，大言不慚，而豈有概於大君子之心乎？所望者，林宗激揚之力，龍門接引之榮，不附驥尾，千里何由？誠得藉切磋之益，齒頰之餘，俾廁之上流，偕之大道，幸甚幸甚！

與侯朝宗論詩書

任元祥

朝宗足下：《四憶堂詩集》原本經術，詳覈事故，爲後世不可少之書，此其大略也。而氣象雄渾，意語深厚，信哉李、何之後一人而已。僕散材也，淺見寡聞，誠不能窺其堂室。而竊有未概於胷中者，以爲攻其瑕而璧乃全，攻其短而長乃見也。竊覩李、何二公，往復辨論，交相切磋。僕不自揣敢附於李、何之義，而申於切磋之論，請得而陳其說。

蓋詩之有杜甫，猶書家之有二王，文家之有史遷也。自韓昌黎推重之至於今，黃童白叟，無不開口稱少陵者。然而唐、宋以來，彷彿少陵惟李夢陽一人，而賈君開宗序足下之詩曰孔氏亡而詩亡，千餘載而唐始有杜甫；杜甫亡七百年而明有李夢陽、何景明；何、李亡又百餘年而有侯子。夫以爲杜甫之後有李、何，李、何之後有侯子，是皆然矣。而以爲詩亡之後獨有杜甫，則非也。文推史遷，而史遷之前未始無左、屈諸人。書推二王，而二王之前，未始無張、鍾諸人。今尊杜甫而蔑視漢、魏，是猶睹河水於平原廣澤，遷徙倏忽以爲神，而不知其有龍門之奇，積石之高也。不亦昧乎？賈君之言曰：漢、魏、六朝作者間出，求其旨歸於四始者鮮矣。此大非也。試觀漢郊廟、房中及鐃歌諸篇，非雅頌之遺乎？《古詩十九首》及和歌、清瑟諸古辭，非國風之遺乎？漢有蘇、李，魏有曹、王，風流蘊藉，去《三百篇》不遠。即六朝如左、鮑，如陶、謝，皆自沖雋，不失風雅。切自漢、魏以來，蘇、李、曹、王、左、鮑、陶、謝之儔，皆杜甫所寤寐而羹牆之者，以杜甫而蔑視諸家，非惟不知諸家，亦不知杜甫矣。杜甫詩雄壓千古，而五言古詩，則去古遠甚，甫非不自闢門戶，而磋砑怒張，無復風流蘊藉，故謂之唐音。譬之書法，必以晉爲上，唐非不佳，而所乏者，晉之清韻耳。唐古詩之遜於漢、魏也亦然。且漢、魏、六朝古詩而外，無他詩，唐既變爲排律、律詩，又爲歌行、絕句。各有擅場，何必爭能於古詩也？是故，學杜甫者，學其排律、律詩、歌行足矣，古詩、絕句，不必以杜甫爲法也。足下善學杜甫，而絕句則出入於李白、王昌齡，此足下之取裁最精，但古詩則未免爲唐音耳。足下前謂僕曰：『李白古詩不可概以唐音目之。』此足下之所以爲唐音也。夫李白古詩頗有晉、宋風流，而無其蘊藉，故亦謂之唐音。足下亦未始不晉、宋，未始不漢、魏，而竟爲唐音者，蘊藉少也。足下嘗曰，初唐體不長於七言歌行。夫七言歌行自不一格。李、杜、高、岑，與初唐並行不悖。今吳中風氣偏重初唐，故大不可。而欲盡初唐而棄之，則又見之不廣矣。至於近體，杜甫氣格最盛，而維、頎、參氣韵皆妙。竊足下意中，似惟有一甫者。且無論維、頎、參、甫，要之韻諧調響，可詠可歌，方爲合作。近體以甫爲擅場，而沈、宋未始不佳。蓋李夢陽善學杜甫，而不必盡出於杜甫；何景明善學李白，而不必盡出於李白。李白、杜甫善學漢、魏、晉、宋，而不必盡如漢、魏、晉、宋。足下但平心以觀之，而悉其源流正變，雖謂杜甫復生可也。

（以上《鳴鶴堂文集》卷三，乾隆十一年任氏刻本）

四子詩·雪苑侯朝宗方域

陳維崧

公子綺麗才，家世本朱門。顧盼千金體，遊戲梁王園。上客飛丹軫，賢從聚華軒。酒酣起爲舞，煜爚明星繁。憶昔君過江，十日飲平原。如何風塵起，毛羽各飛翻。睠彼摩天鷹，惟憂觸籠樊。君當惠良綏，聆我慷慨言。

（《湖海樓全集》卷一，乾隆乙卯浩然堂藏板本）

悼祭詩文

哭侯朝宗四十韻

徐作肅

聞訃何能忍？愴然涕泗狂。瘴高迷白日，龍去失干將。彩筆空鸚鵡，鹽車老驌驦。寧無容濩落，遽爾見摧藏。憶昔崇禎紀，一時羣彥翔。風流徧海澨，草萊闢心房。諸子雄分壘，一麾獨擅場。錦淘睢水綠，雪賦漢雲黃。吳下憐翬翟，天中下鳳凰。終軍年未冠，司馬業升堂。山水私同調，塤篪樂未央。春花催度曲，秋月進鳴榔。疑晰柴桑友，醉聯河朔觴。但知矜翰藻，不解問欃槍。睥睨誰爲侶，憑陵我輩行。欻然墟社稷，先次鏟丘疆。列宿歸東井，孤魂半北邙。死生一侘傺，南北走倉皇。壬午，李自成破歸德，吴讓伯、延仲，劉千之、張伊人、家霖蒼死，餘子避曹南，朝宗流寓江左。王粲殊方淚，李膺清節殃。河干離猰貐，江左甚冰霜。猿仄黨人路，橐輕遊子裝。幸焉際廣柳，勉矣拜銀章。弘光黨人獄起，朝宗闔門逃散。後依史公維揚，署高興平監紀推官。契闊頻鑽火，相思九挽腸。衡遙鴻漠漠，峽險鯉茫茫。天意紛難測，神州再降喪。宋都羞會稽，漢胄異南陽。覆穴奔豺虎，脱籠駕鷫鸘。海陵辭露菊，雪苑落風檣。珍重故人在，各言兩地傷。鶉衣對咄咄，市酤坐琅琅。十載窮途又，千秋大業光。珠槃益定霸，雲錦更爲裳。突兀元封峙，馳驅實應將。青藜誰祕閣，白雪應芝房。韝上鷹還掣，澤中豹未張。玉樓促李賀，舟壑掩蒙莊。丁令無能反，巫咸未可望。郄庭迴短棹，向笛灑清商。匪是饒情態，典型及此亡。中原餘五子，近與予及賈靜子、徐邇黃、宋牧仲、家來玉，復爲六子社。短氣向縹緗。

（輯自《偶更堂詩稿》卷下）

懷古兼弔侯朝宗

吴偉業

河洛風烟萬里昏，百年心事向夷門。氣傾市俠收奇用，策動宮娥報舊恩。多見攝衣稱上客，幾人刎頸送王孫！死生總負侯嬴諾，欲滴椒漿淚滿樽。

朝宗，歸德人。貽書約終隱不出。余爲世所逼，有負夙諾，故及之。

（輯自《梅村集》卷十三）

哭侯朝宗

賈開宗

不謂離羣去，訃聞自黯然。隕星傳宋野，鳴鼓比荊川。文剩西京業，詩傳《大雅》篇。千秋今已足，何必問長年？

（輯自《遡園詩集》）

弔侯朝宗

宋　犖

侯家公子重騷壇，南北聞聲擬建安。氣象從人驚彩筆，風流不自墮儒冠。玉樓作賦年方壯，鵩鳥棲庭歲已殘。此日平臺空灑淚，斜陽衰草思漫漫。

勝國經綸似弈棊，姓名曾勒黨人碑。起衰八代憐韓愈，咏志三都憶左思。嵩嶽崢嶸盤大陸，黄河寂寞咽荒陂。招魂一誦心悽惻，回首雄風更屬誰？

（輯自《嘉禾堂詩集·七言律》，清順治刻本）

雪苑五哀詩・侯朝宗

宋　犖

朝宗天人姿，才大不可囿。文起八代衰，所遇屢顛覆。當其弱冠日，英名振華胄。兩世東林魁，謂太常、司徒、司成三公。聞見亦良富。落筆五嶽搖，十手寫難副。徐吴盡儒宗，徐霖蒼、吴讓伯、延仲。哲兄亦耆舊。長華、赤社。壇坫與周旋，不及君馳驟。江南復社興，陳夏維領袖。應社起雪園，雪園社亦號應社。搖托芝蘭臭。君似孔文舉，高義傾宇宙。無何丁喪亂，江表避羣寇。奇策棄汴京，懷抱莫能售。抵掌公卿間，如獅震百獸。金陵飛尺書，跋扈爲之逗。清流遭側目，禍自皖城構。艱難嘆備嘗，播遷匿巖岫。歸來志未頹，藻思日益茂。慷慨慕魏武，霸氣得天受。横槊襟期同，兼有陳思秀。中原已冠軍，麟鳳網還漏。鬼物若揶揄，功名苦不就。鄉曲諸小兒，那解洪鐘扣。壯悔額其堂，理學將深究。嗟哉中道摧，身死文則壽。遺編炳日星，遠近餅金購。邯鄲學步多，靡不君俎豆。余荷獎藉殷，文字煩糾繆。何異爨下桐，適與中郎遘。六子結同聲，雅歌快疊奏。生平知己感，淚漬衣裳透。荏苒三十年，寸衷自銘鏤。挽詩久不成，念之心恆疚。三復贈我書，平原買絲繡。

（輯自《西陂類稿》卷八）

閱侯朝宗《壯悔堂集》詩以弔之

周茂源

誰向中原建大名，侯君束髮主齊盟。文成一代龍門史，身老先朝虎觀生。倉猝射書天下計，流連閶笛古人情。漫憐玉樹埋黄土，一死無虞晚節傾。

（輯自《鶴靜堂集》卷七，康熙刊天馬山房藏板本）

哭侯朝宗先生三首

陳維崧

雨拆倉琅攪客愁，戟門不動鎖空樓。全拚蛛網塵綦局，曾倩花枝當酒籌。一代高名荒塚在，三春廢宅野花稠。我來長日昏昏睡，鄰笛誰吹起客愁！

何李中原俱失志，文人似爾更飄蓬。城亡陷賊麻鞋日，捕急爲奴複壁中。萬卷鯨呿還跋浪，九天鵬翼誤培風。浮生久悟窮通理，不分林花作意紅。

傀俄土木氣難馴，酒後論文勢更振。每向空蒼追大雅，時於刊落見天真。鷹翻絕漢原無迹，馬騁危巖始絕塵。最是飲醇還近婦，信陵末路倍憐人。

（輯自《湖海樓詩集》卷九）

祭侯朝宗文

任元祥

嗟乎！侯子而竟逝矣！知君者，以君之干城名教在詩古文；不知君者，謂君之傲俗高世而不得志於功名。知君者，以君之慷慨英邁，雖死而猶生；不知君者，疑君之令聞廣譽，而弗獲享其遐齡。才如韓昌黎，而曾不得進士之選；人如郭有道，而曾不及察舉之年。倘所謂可必者人，而不可必者天乎！吾聞梁園，天下之奇也。吳、侯、徐、劉之倫倡爲古文辭，而天下稱之。劉既前没，徐、吴死壬午之難，維侯子在。各爲之傳，留連感慨，不勝三復而流涕焉！乃今侯子亦復病終，惜哉梁園！而斯人之不可見也！何我來之晚也！昔君南遊，執手贈言；今我北來，素車白馬。悠悠蒼天，此何爲者？爰祭君以文，而綴之以詩。君而有靈，尚其聽之。

（輯自《鳴鶴堂文集》卷八，乾隆十一年任氏刻本）

哭侯朝宗

任元祥

國士侯公子，千秋氣獨雄。文追前漢格，詩有盛唐功。立説縱横擅，爲人鑒略洪。大名身未貴，促算數故窮。上谷家聲舊，中州甲第崇。尚書懸北斗，柱史署南宮。朝宗父恂，戶部尚書；叔恪，國子祭酒。再世皆連璧，父恪、恂，祖執躬、執蒲皆兄弟，起家進士。三朝自鞠躬。袁任丰采峻，俊顧羽毛豐。雪苑翻高倡，平臺禦順風。卜交如李固，老友似王戎。敏捷才無敵，飛揚志不同。春雲連嶽鄙，明月滿江東。擁妓雨花碧，開筵桃葉紅。驊騮萬里闊，鷹隼九霄空。自許請纓健，誰知賦鵩凶。靈光文考邁，消渴馬卿終。念我蓽圭賤，多君縞紵隆。道塗逢郭泰，杵臼識梁鴻。芳草蘅蘼佩，新硎玉石攻。昔年青舫別，今日素車通。太尉墳何在？山陽笛更工。炙雞兼絮酒，灑涕問蒼穹。

哭侯朝宗七首

任元祥

迢遞中州路，舟車千里來。侯生不可見，懷抱向誰開？

昔君陽羨遊，慷慨執吾手。今我梁園來，悲歌君聽否？

昔君嘉禾道，素絲系玉壺。今我宋國遊，揮淚識君孤。

昔君吳門遊，牽我青衣裾。今我兔園來，拂君廣柳車。

昔君雲陽別，釃酒贈言好。今我宋國遊，揮涕序遺稿。

昔君臨別時，叮嚀後相聚。今我踐君言，見君一抔土。

海内侯生沒，吾曹同所哀。黄河晝夜走，何日復歸來？

（輯自《鳴鶴堂詩集》卷六、十，光緒十五年重刊本）

哭侯朝宗

計 東

壬辰冬，予遇朝宗于嘉禾，主客不及通一語而別。丙申夏，予游宋，則朝宗死二年矣。爲致生芻，哭之。

生前恨汝非知我，死後慙余一慟君。今日風流推大手，他時憑弔在遺文。馬蹄遠踏梁園雪，劒氣遙橫少室雲。磨鏡相看千里外，此中誰許結殷勤。

（輯自平湖沈季友《檇李詩繫》卷二十六）

弔侯朝宗

劉 榛

不必論遭際，文章已擅名。夷門昨日過，終是嘆侯生。

吾黨八憶・朝宗

劉 榛

朝宗早能文，才名走南北。精悍呈眥眶，懸河沛胷臆。狂陵白日暝，氣壓羣動息。四座逢君來，往往攝影匿。予時冠將加，猶未厚學殖。根柢雖莫窮，梗概略能識。駢辭斗月露，大雅抛莽棘。君獨回俗轍，揚鞭逐愈軾。山空花爲明，風薄江自湜。忽然薦南烹，亦易別藿食。所以倡一人，和以千萬億。晚從我庵生，捫花將求實。假使忍死學，詎不厭窺測。浮聲既相誤，前路復堙塞。鬱鬱二十年，所餘此篆刻。掩卷三嘆籲，吾因惕所得。

（輯自《虛直堂集》卷十八、二十，康熙刻本）

附錄三　侯方域年譜

王樹林

侯方域，字朝宗，早年自號雜傭子，晚號壯悔。先世祥符（今開封地區）人，明洪武年間，有始祖曰成者奉詔隸歸德衛，戍籍，遂爲商丘人。成生英，英生滑，滑生顯，顯生和，和生進，是爲方域高祖。進，字子登，號梅洲。上世累業農，進始課子弟以博士業。

曾祖侯璣早卒，祖侯執蒲育于伯曾祖侯瑀。瑀，字君佩，號繼洲，嚴課子姪。每謂家以勤興，名以儉立。晨起夜息，恆有常度，至老不渝。

祖執蒲，字以康，號碧塘，六歲父母雙亡，育于伯，排行二。二十一歲，同兄執躬舉萬曆十六年孝廉，二十六年成進士。初爲寧津令，有惠政。七載，擢御史。在臺抨擊權貴，正論侃侃，人莫能難。同官陳于廷劾朱相賡，章三上，詔慰留賡，而戒諭言官勿復言。衆皆懾，執蒲獨力爭曰：『賡實姦，于廷言是。』用是出爲楚臬，遂棄官歸。餘事俱譜中。

父，侯恂，字若谷，號六真。年十七，受知提學使者梅之焕，補博士弟子員；又五年，受知于郡守鄭三俊。萬曆四十三年舉人，四十四年進士，授行人，累官戶部尚書。其仕歷，俱見譜文中。順治十六年卒，享年七十，歿時五子俱先歿。

叔父侯恪，字若木，一字若樸，號木庵，又號遂園。與兄恂同榜進士。累官南京國子監祭酒，事俱譜文中。

叔忭，字輔之，少溫恭好學，以太常蔭胄入南京國子監。明亡，隱不仕。

叔恕、慮，李自成破商丘，死于兵。

朝宗爲侯恂第三子。

明萬曆四十六戊午（一六一八）　一歲

三月，朝宗生。

是年，曾伯祖侯瑀七十六歲；祖執蒲五十一歲，時棄官家居；父恂二十九歲，前兩年（萬曆四十四年）與叔父恪爲同榜進士，授行人，時于京師任上；母楊氏，約二十九歲；叔父恪，二十七歲，乞假省覲，不仕，閉門讀書，與同郡夏邑彭堯瑜，深究風雅之旨，文學司馬遷，詩學杜甫，上追何景明、李夢陽，時中州文壇號稱侯、彭。

雪苑社友賈開宗二十四歲、徐作霖十六歲、徐作肅三歲、吴伯裔十二歲、伯胤四歲、徐鄰唐八歲。復社友張溥十七歲、吴偉業十歲、黄宗羲十一歲、吴應箕二十三歲、陳子龍十一歲、陳貞慧十五歲、方以智八歲、冒襄八歲。

是年，後金努爾哈赤興兵反明，拔撫順，奪清河堡。明征遼餉，加天下田賦，每畝三厘五毫，天下蕭然。

萬曆四十七年己未（一六一九）　二歲

是年，父恂在京師行人任上。

春，叔父恪就公車入對，選翰林院庶吉士。

三月，楊鎬興四路之師攻後金，大敗。鎬，同郡虞城人。六月，以熊廷弼經略遼東。明再加天下田賦，每畝三厘五毫。

萬曆四十八年、光宗泰昌元年庚申（一六二〇）　三歲

是年，父恂、叔父恪在京師任上。

七月，明神宗朱翊鈞死。八月，皇太子朱常洛即位，是爲光宗。光宗病，首輔方從哲薦李可灼進紅丸，服之，光宗死，是爲『紅丸案』。九月，皇長子朱由校即位，是爲熹宗。升太監魏進忠任司禮監秉筆太監，改名忠賢。方從哲罷。再加天下田賦二厘，三年共加九厘，合銀五百二十萬兩，民不堪命。

熹宗天啓元年辛酉（一六二一）　四歲

是年，父侯恂改授山西道監察御史。時邊警日棘，恂屢上疏論核餉練兵方略，左都御史鄒元標倚之如左右手。

邵武知縣袁崇煥朝覲在京，恂薦其知兵，請破格用之，遂擢職方主事。

是年，叔父恪三年散館，授編修，侍經筵，纂《神宗皇帝實録》。

九月十四日，伯曾祖侯瑀卒，年七十九。

天啓二年壬戌（一六二二）　五歲

四月，禮部尚書孫慎行追論前輔方從哲進紅丸罪。五月，父恂上疏追論移宫事；六月，上疏追議『紅丸案』；又上疏論救刑部尚書王紀，羣邪爲之側目。

秋，因鄒元標舉薦，詔恂巡按貴州，時貴州水西土目安邦彦叛亂。恂陛辭疏陳十事，皆用兵方略。至任，助中丞朱燮元、都御史王三善解貴陽之圍。

是年，叔父恪接纂《光宗實錄》，内載挺擊、紅丸、移宫三案。恪目擊時事，檢諸曹奏章疏牘，奮筆直書，不少假借。魏忠賢與故輔沈漼勾結，革刑部尚書王紀爲民，恪於事之顛末備載，又極力擿發魏忠賢之姦。

天啓三年癸亥（一六二三）　六歲

是年，父恂在貴州巡按任上；年底，還京師。

叔父恪直起居注，充經筵展書官，教習内書堂。以纂《實錄》有功，受賞。閏十月，皇長子生，使賚詔楚藩。

九月，詔起祖父執蒲爲太僕寺少卿。時時共高攀龍講學，閹黨魏廣微嫉之曰：『此崛强老者，東林之渠魁也。』

十二月，魏忠賢提督東廠，田爾耕掌衛事。

天啓四年甲子（一六二四）　七歲

是年，父恂錄平黔功，候升京卿。

三月，祖執蒲遷太常寺卿。未幾，當祭祀，魏忠賢欲代行禮，執蒲先期上言，請求論治。魏忠賢大怒，執蒲罷官歸。

夏，祖父家居，課諸孫于侯氏東園，嚴甚。方域與兄弟輩讀書其中。方域穎敏，讀書常兼數人。

冬，叔父恪從南方回京報命。

是年，閹黨大舉迫害東林：左副都御史楊漣，先被切責，後被罷官；工部郎中萬燝被杖殺；葉向高、趙南星、高攀龍、陳于廷、左光斗等大臣先後或罷或削籍。

是年，陳維崧、汪琬、魏禧生，鍾惺卒。

天啓五年乙丑（一六二五）　八歲

隨祖家居，讀書東園。

春，叔父恪在禮闈取士中，與閹黨魏廣微抵牾。恪欲變易天下文章風氣，凡喬宇嵬瑣者盡黜之，獨錄其奧衍及雅訓者。房牘出，學者皆爽然自失，盡棄腐穢，以就古雅，天下耳目爲之一變。廣微心嗛恪，對恪所薦士有意摧抑之，並以語挾恪。恪力與爭曰：『人生貴識大義，恪豈戀旦夕一官，負天下賢才哉？』語侵廣微。又，恪與東林黨楊漣、繆昌期友善，有人言楊漣劾魏忠賢二十四罪章爲恪代稿。忠賢坐曲室中，謀殺恪。時忠賢假子田爾耕出謀欲拉攏恪。恪嘲斥爾耕，大拂忠賢意。

八月，侯恪罷官，忠賢積前恨，更矯傳上旨，奪所賜誥命，而令恪養馬。恪卽日脱朝服，獨自策杖出京師南門，而其門下生二十三人追至盧溝橋，爲其餞行。恪教導諸生：『異日有言諸生爲好人者，乃吾弟子也，誠不願諸生爲好官。』二十三人皆泣下。

是年，東林黨人楊漣、左光斗、魏大中等六人被閹黨所害。毁天下書院，殺遼東經略熊廷弼，並傳首九邊。十二月，榜東林黨人姓名，以示天下。方域父恂，叔父恪皆在榜。

友永城練貞吉生。同里宋權成進士，筮仕陽曲令。

天啓六年丙寅（一六二六）　九歲

讀書東園。

九月，因父恂被閹黨指爲東林黨中的步軍頭領『地煞星神醫安道全』，削籍，歸里。

吴伯裔、吴伯胤師事侯恂，方域與二人習文練武，吟詩作賦，交情甚篤。有《贈吴徵君丈人》詩。

叔父恪蟄居遂園。

是年，正月作《三朝要典》，逮前左都御史高攀龍、吏部員外周順昌、蘇松巡撫周起元、諭德繆昌期、御史李應升、周宗建、黄尊素。攀龍投池死，順昌等俱下獄死。蘇州民憤怒號冤，毆擊旗衛。

滿州皇太極立。袁崇焕巡撫遼東。

天啓七年丁卯（一六二七） 十歲

是年，讀書東園。與里中雋異吴伯裔、伯胤、劉伯愚、徐作霖、賈開宗、兄方夏、從兄方鎮始有社事活動。

四弟侯方任生，方任字子建。

年底，叔父侯恪蒙詔，復中允兼翰林院編修如故。

是年八月，明熹宗朱由校卒，遺詔信王朱由檢即位。十一月，放魏忠賢于鳳陽，道自縊死。明年正月，詔磔其屍。免天啓時被逮諸東林黨人贓，釋其家屬。

是年，湯斌生。斌，歸德府睢州人。

崇禎元年戊辰（一六二八） 十一歲

是年春、夏，朝宗讀書東園。

春，叔父侯恪赴任，召對，職記注官，與輔臣韓爌、詞臣姚希孟、倪元璐更削《三朝要典》，請頒欽定逆案。

九月，起父恂廣西道監察御史，首請定逆案，以六等治罪，爲溫體仁所切齒。

冬，朝宗隨父京師，拜倪元璐爲師當在此時。有《倪涵谷文序》、《哀辭》詩。

十一月，尚書溫體仁揣崇禎帝意，訐錢謙益爲朋黨，得召對。體仁鉤挑詬誶，數睨望顔色，伏叩頭，爲側媚曲謹狀，以取悅天子。恪揭其醜，並揚言於朝，比其爲李林甫、盧杞。體仁請恪稍得曲筆爲掩護，恪不可。

是年，陝西王嘉胤、高迎祥等，紛紛揭竿起義。後金從蒙古繞道突破邊牆，侵入内地。

崇禎二年己巳（一六二九）　十二歲

是年，讀書京師。

二月，父恂升太僕寺少卿。

春，叔父恪遷諭德，尋詔拜右春坊右庶子兼翰林院侍讀，掌坊事。

四月，侯恪出爲南京國子監祭酒，師倪元璐出爲國子監司業。恪自天啓五年分廉取士以來，有知人得士名。三吴文人知其主南雍，相謂曰：『安得采首山之銅，鑄侯太史像，令長司文衡。』及抵任，天下士子赴試者近萬人，士林爲之悚動，明興以來，未有如此之盛。在監，與倪元璐較理二十一史，考祖制，定監規。

是年，張溥聯合諸文社組成復社，開尹山大會。李自成參加高迎祥起義軍。崇禎帝中後金反間計，下袁崇煥獄。開曆局，以徐光啓爲監督，用耶穌會教士龍華民。

崇禎三年庚午（一六三〇）　十三歲

四月，父恂超拜兵部添設右侍郎，視師昌平，督練兵馬。

五月，恂交待太僕少卿任事，赴昌平，朝宗及兄弟輩隨往。

六月，恂疏奏昌鎮軍隊整編事宜，拔裨將尤世威爲大帥。

八月，恂與總兵尤世威巡邊，至黄花鎮，逢火災。火箭火炮，轟擊無餘。恂頭面俱焦，鬚髮盡燎，重傷臥病，亟請罷斥。崇禎帝謂：『邊境戒嚴，昌鎮亟須飭備。』命恂調攝料理，不得引咎求去。

長兄侯方來，遭火災之害，不久夭亡。方來字利賓，貢生。

是年冬，恂收左良玉於軍，充帳前雜役。冬至，朝官拜祭皇陵，宴後，良玉大醉，失四金卮，良玉請罪。恂將良玉由卒伍拔爲裨將。朝宗識左良玉於此時。

是年，叔父恪在南京國子監祭酒任上，釐正諸藏書，補綴缺乏，勞瘁嘗廢寢食，乃積勞致疾，右臂不仁。逢南雍鄉試之際，又勉强監試，疾愈厲。

是年金陵秋試，號稱得人。復社領袖楊廷樞解元、張溥、吴偉業並經魁；蔣鳴玉、陳子龍、吴昌時等俱中舉。因鄉試之便，復社在金陵召開第二次大會，他們以文章氣誼相號召，侯恂、侯恪皆被崇奉爲宗主。

雪苑社友徐作霖，參加河南鄉試，中解元。

十二月，叔父恪因病上疏告歸，准其回籍養病。

是年，雪苑社友劉伯愚刻《已庚存稿》。徐作肅有《劉千之文序》。

是年，陝西農民起義軍聲勢日大。溫體仁得寵入閣。袁崇煥以『謀叛罪』被磔死。十二月，又增天下田賦，除已加九厘外，再加三厘，海内愁怨。

崇禎四年辛未（一六三一） 十四歲

是年，方域往來于昌平、京師間。

二月，父恂請發澳夷所造大炮數具，用資防禦；又條書昌鎮練兵事宜，崇禎帝嘉其計畫精詳。

九月，清兵圍大凌河城急，詔昌平赴救。恂拔左良玉爲副將軍，挂帥印；又拔原爲罪卒的党應春爲先鋒，于十六日啓行赴寧、錦救援，戰松山、杏山下，録功第一。

十二月，父恂薦尤世威爲總兵官，鎮守山海關等處，經理關門軍務，兼管山、石二路，前屯一衛。

是年春闈，吴偉業會元，張溥會魁；殿試，吴偉業榜眼，張溥選庶吉士。

方域有《蒼鷹》詩。

崇禎五年壬申（一六三二） 十五歲

春初，回鄉應童子試。離昌平日有《蚤發述懷》詩。

春，里中應童子試，縣、府、道皆第一。慷慨盱衡，好言天下大計；爲文若不經思，下筆千言立就。時金壇蔣鳴玉館于商丘侯氏（鳴玉爲侯恪門下生），與之訂交。鳴玉一見朝宗文，驚異，引與遍交當世士。同社中諸子，爲文賦詩，首推服者則稱道朝宗。有《贈吴徵君丈人》詩。

二月，通州鎮兵部侍郎范景文以病免歸，父恂並通州代之。

十月，中原不堪賦役天災，紛紛揭竿而起。陝西農民軍入中土。兵科給事中李夢辰上《中原流寇突逞疏》，戶部侍郎周士朴（商丘人，與侯氏有世姻）上《流賊蔓入中土疏》，皆請調兵中原，並舉薦侯恂率左良玉軍赴懷慶、衛輝。

十二月，侯恂疏奏昌鎮挑練事宜。恂自駐節昌平以來，一方面精心經營條畫；一方面多次疏請糧餉，但當權者『戛戛難之』，方域曾有《過易水黄金臺》詩，指此事。

是年，叔父恪養病家居，有起色，朝内將大用。

崇禎六年癸酉（一六三三）　十六歲

是年，祖執蒲爲朝宗聘娶東平州知州常維翰第三女完婚。

妻常氏。長方域一歲，是年十七。見田蘭芳《常孺人墓誌銘》記載。

岳父常維翰，字子羽，萬曆三十四年舉人，八上春官不第，就選得保定令，擢東平知州。上官督催科，嘆曰：『吾民今賣妻子保性命，尚可復催科哉？』盡輸家財，得二萬金以償之，不足，坐謫。時家居。

五月，父恂遷戶部尚書，由昌平移居京師。時明王朝内釁外訌，國儲告匱，而原戶部尚書畢自嚴坐誤餉下獄，詔恂代之。恂拮据經營，不事加派，而轉輸不乏。識拔史可法、倪嘉慶于郎署。

秋，仲兄方夏舉河南鄉試第二人，入禮部爲官。

是年，農民軍諸部往來山西、河南，屢爲曹文詔、左良玉所敗；年底，渡黄河南下，奪南陽，下汝寧，走湖廣。張溥在蘇州召開虎丘大會，至會數千人，聲勢浩大。溫體仁爲首輔。徐光啓卒。

崇禎七年甲戌（一六三四）　十七歲

是年，在京師。

春，遊北京西山，有《西山雜詩》五首；感於朝内黨事，對慘害正人的邪黨深惡痛絶，有《蚤春見蠅》、《惡木》詩。

是年春，崇禎藉田禮，方域隨父陪駕，有《藉田禮成恭記》詩。禮前一日，恂嘗疏請崇禎帝發帑蠲賦，禮成後詔恂面對，恂復請。崇禎帝難之。閣臣溫體仁希旨進曰：『度支不足，戶部宜多方設處。』恂曰：『設處者，乃聚斂之別名，臣不敢以聚斂事陛下。』溫體仁大慚。

與文震孟相識，有《和詹事文公宿郊壇作》詩。

是年春，陳子龍、夏允彝、彭賓會試北京，朝宗與之握手定交。彭賓《四憶堂詩集序》：『余甲戌交朝宗，讀其文，景慕其爲人。』

是年，朝宗代父草《屯田奏議》，朝士嘗異。

雪園社友徐作霖會試京師，入對策。宰相溫體仁惡其言直，排之不收。當時中州文未大振，朝宗與徐作霖、劉伯愚、吳伯裔、吳伯胤等起雪苑社，一時江左有吳、侯、徐、劉之目。

是年，與吳偉業定交。冬，重遊昌平，有《天壽山陵》、《居庸關》詩。

是年，父恂薦戶部員外郎何楷爲給事中。

七月十二日，叔父侯恪卒，享年四十三歲。里中罷春市，盡爲雪涕。按：侯恪墓在今商丘城西二十里水池鋪集西。

崇禎八年乙亥（一六三五）　十八歲

是年春，農民軍十三家會盟滎陽，李自成提出分兵定向，四路攻戰的戰略。高迎祥、李自成與張獻忠東往，破鳳陽，焚陵殿。三月，圍歸德府城，攻破大堤，死者萬人。時朝宗侍父京師，秋返里，有《宿州》詩。

冬十一月，父恂上書請嚴征新舊逋賦，崇禎帝從之。

是年冬，朝宗由商丘寄書雲間陳子龍，盛稱江南文士之美，談論時局，慨嘆世事，並寄所作詩文。

是年，雪苑社友吳伯胤貢于廷。

宜興陳于廷卒，年七十。後朝宗代父爲其撰墓誌銘。

崇禎九年丙子（一六三六）　十九歲

是年，在商丘。

春初，陳子龍於雲間復函朝宗，作《答歸德侯朝宗》。函中談時事，述志向，論文章，薦朋友，互相標榜，並以詩酬之。

秋七月，崇禎帝召對廷臣於平臺。是年天災，又加賦役繁重，時斗米三百錢，崇禎憂之。廷對時，侯恂建議禁市沽。

是年，張溥以庶吉士家居。八月，周之夔具疏上京，攻張溥、張采紊亂漕規，逐官殺弁，朋黨蔑旨。

張溥爲書于朝宗。朝宗有《答張天如書》。後朝宗、方夏請于父，賴侯恂復疏得解。

十一月，父恂爲閣臣薛國觀、溫體仁所嫉，嗾給事中宋之普奏劾糜餉誤國，坐屯豆事，削職。未幾，下詔獄。

是年秋，雪苑社友吴伯裔參加河南鄉試，中經魁。

是年，滿洲建國，稱國號『清』，改元爲崇德元年。農民軍首領高迎祥爲官兵所獲，被害。長洲文震孟卒。

崇禎十年丁丑（一六三七）　二十歲

春夏，在京師。父恂繫獄。

春闈，友陳子龍、夏允彜、徐作霖俱聚京師。朝宗與陳子龍嘗論詩邸次中。陳、夏登進士第，出東林名臣黄道周之門。徐作霖落榜。朝宗有《贈徐孝廉作霖三十韻》詩。

閏四月，鄭三俊任吏部尚書，崇禎帝欲重讞侯恂，三俊屢讞上，不稱旨。讒者謂恂與三俊皆東林，曲法縱合。

南京兵部尚書范景文營救侯恂，不果。

五月，宋權由山西按察司副使任罷官歸里。

秋、冬，在商丘。

幾社名士周勒卣來遊，館于侯氏，與朝宗定交。宋徵輿《抱真堂詩稿》卷八《夢勒卣》自注：『勒卣美風姿，善飲，……後館于歸德侯氏，與梁園諸子相雄長。』

長子侯曉生。

十二月，叔父侯恪歸葬。

是秋，山東、河南遭蝗災，民大饑。譚元春卒。

崇禎十一年戊寅（一六三八）　二十一歲

是年，父恂繫獄。

春正月，入京師省父，途中有《故城》、《武城》、《朝城》詩。

四月，省父畢，與兄方夏探望繫于獄的錢謙益，並出其詩文求教。十二日，與謙益言别，錢謙益有《贈侯朝宗敍》。

秋，冬，在商丘。《晉齋詩集》成。後任元祥《與侯朝宗書》云：『讀足下《晉齋集》，此足下少年時所作也。而才方終、賈，氣敵鄒、枚，真四海之景行，吾黨所仰止者矣。』

作《定鼎説》文。

是年，閹黨餘孽阮大鋮避居金陵，謀復用，延攬遊説。復社諸名士聞而惡之。七月，吳應箕、顧杲集于宜興陳貞慧家，草《留都防亂公揭》，攻阮大鋮。大鋮潛迹牛首山，不敢入城。

清兵犯京師，楊嗣昌奪情入閣，少詹事黄道周論之，獲譴；南京御史成勇憤而上疏，被削籍提訊；南京兵部尚書范景文會諸公卿申救不得，去位。

崇禎十二年己卯（一六三九）　二十二歲

父恂繫獄。

春，朝宗在京師。

三月十七日，飲禮部員外郎吳昌時宅，見姑蘇趙十一娘畫幽蘭，美其清拔。十一娘贈貽紈扇，會作歌相答，輒以酒酣不果，後七年追憶此事，有仿少陵『舞劍器體』作《觀趙十一娘畫幽蘭行》詩。

準備參加南京秋試，並求友金陵，獄中與父辭别。將戒途，父恂送之曰：『金陵有御史成公勇者，雖於我爲後進，我常心重之，汝至，當以爲師。又有老友方公孔炤，汝當持刺拜於牀下。』

三月底返里，過新城，有《王嬙故里》詩，自注：『己卯歸自京師作。』又有《暮春》詩五首、《劍客》詩一首。

夏四月，友張翮遷顔魯公碑，請朝宗爲記，朝宗作《新遷顔魯公碑記》。

五月，寓南京，籍南雍國子監。時四方文士漸次雲集，朝宗以雄才灝氣，挾重金結交，與海内賢豪，論交把臂，馳騖於詩酒聲色之場，人人引重，無不願交恐後。

五月底，貴池吳應箕來金陵，二人早已四海心知，隨之握手定交。吳應箕有《我來行贈侯朝宗》詩。

朝宗這次應試金陵，交遊極廣，名籍最著者有與之並稱爲復社四公子的陳貞慧、方以智和冒襄。四人深相結，好名節，持議論，品核執政，裁量公卿，以東都清議自持，並主盟復社。

與宣城梅朗三交，談詩論文，評量時事。交復社名流楊廷樞、徐孚遠。與楊廷樞、吳應箕、夏允彝等遊鎮江，登金山，俯仰慷慨，臨江悲歌，有極目神州，舍我誰濟之歎，諸子比朝宗以周瑜、王猛。

金壇周鑣，以謝喪居南京，與朝宗深相結。

在太倉張溥、雲間夏允彝、宜興陳貞慧的介紹下，與秦淮名伎李香結識。香，秦淮名伎李貞麗養女，俠而慧，略知書，能辯別士大夫賢否，受到復社領袖張溥、夏允彝的稱賞。以身許朝宗，設誓最苦，誓詞由宜興陳貞慧處保存。朝宗作詩贈李香，香自歌以賞之。有《贈人》、《金陵題畫扇》、《姑射何高》、《白頭吟》、《生別離》諸詩。冒襄初來金陵，朝宗、吳應箕、方以智曾與介紹秦淮名伎董小宛。

與幾社名士李雯訂交，與之論詩。

鹽官陳則梁曾請冒襄介紹，結識侯朝宗。

該年于南京與侯朝宗深相結者尚有黄宗羲、張自烈、顧杲、錢吉士、周勒卣、萬壽祺、梅惠連、姜如須、魏子一、方文、何次德、余懷、汪有典等文人名士，一時有太學黨人之目。

時，陳維崧以十五齡才子隨父貞慧來金陵，追隨吳應箕、侯朝宗，遍交諸名士，秋返里，朝宗有《送陳生歸義興》詩。

朝宗入南京國子監後，師事司業周鳳翔。先是，周鳳翔得朝宗所撰策論、制義文，極爲賞識，先訪朝宗寓所，高談痛飲竟日。朝宗往謁，不使在弟子列。舊例，太學生與司業隔絶甚，鳳翔此舉，使南京士人震驚歎異。後朝宗作《哀辭九章》，追述當時情形。

朝宗來金陵，南京御史成勇因謫戍寧波衛已去，不得拜見，拜謁方以智父方孔炤和落職閒居的原南京兵部尚書范景文，有《金陵贈范公司馬》詩。

謁何楷，有《贈給事何公謫金陵四首》詩。

從南京應天府尹劉余祐遊，有《贈劉京兆》詩。

朝宗來金陵，即投入與閹黨餘孽阮大鋮的斗爭。大鋮因《留都防亂公揭》而斂迹牛首山，恨無出頭日。見朝宗來金陵，以朝宗與復社名士陳貞慧、吴應箕厚善，且大鋮與朝宗父侯恂、叔父侯恪爲同年進士，借世交，想得交朝宗，並因朝宗求解于南京清議。乃假王將軍來交歡，朝宗覺之，拒絶不與通。朝宗在與阮大鋮的斗爭中，得李香支持。

當時金陵歌舞甲天下，阮大鋮有伶一部，所演自著《燕子箋傳奇》，被稱爲冠。一日，朝宗置酒雞鳴埭下，宴集同人，召阮部，大鋮喜。諸子先爲之擊節稱賞，繼談論國事，漸及阮大鋮，戟手詈詬不絶，大鋮恨之切骨。

七月，入試。舉南雍第三人，以策語觸諱，黜。有《南省試策》五篇。

解試，朝宗與復社諸子舉國門廣業之社，數月而罷。每酒酣耳熱，多詛大鋮以爲樂。

朝宗在金陵，嘗作《馬伶傳》，嘲諷閹黨顧秉謙。

朝宗才美而豪，不耐寂寞，又解音律。在金陵日，每侑酒必佐以紅裙，雖父繫獄，嘗不斂貴公子習氣。黄宗羲、張爾公曾勸止之。

冬，歸里，以高陽酒徒自居。時時與同學吴伯裔、吴伯胤、徐作霖舉社事。飲酒賦詩，感憤時政，深惡腐儒，嘯傲鄉里。年底，吴伯裔、徐作霖入京師參加來年會試，朝宗有《送徐吴二子序》以贈之。

是年，好友周勒卣客死于金陵。

崇禎十三年庚辰（一六四〇）　二十三歲

是年，父恂繫獄。朝宗家居，主雪苑社。拜宋權爲師。

春，方以智中進士，授檢討，從京師寄麋絲之衣贈朝宗，有《謝方檢討送衣》詩。

徐作霖、吴伯裔罷春官歸里，雪苑社諸子集會頻繁，除賦詩屬文外，輒談論國事政局。嘗與伯胤、作霖、張渭等社友修春社于吴伯裔家，因政治局勢無望而痛哭流涕，遂慘沮不樂罷去。

吴應箕自貴池寄《寄侯朝宗》詩來。

崇禎帝多疑嗜殺，權臣多飾僞自保，朝宗有《野田黄雀行》詩。

冬，叔虞娶宋權長女爲妻。

崇禎十四年辛巳（一六四一）　二十四歲

春，父恂繫獄；　朝宗家居，主雪苑社。

正月，張獻忠率農民軍出川東征。李自成破洛陽，殺福王常洵，散金以賑饑民，乘勝圍開封，攻七晝夜不下，解去。朝宗有《聞亂》詩。

二月，張獻忠破襄陽，殺襄王翊銘。首輔督師楊嗣昌至荊州沙市，聞洛、襄俱破，二王被殺，憂懼不食而死。是月，詔起故輔周延儒復相，朝宗有《招隱》詩二章。

梅朗三自宣城寄詩朝宗，作《梅宣城詩序》。

兄方夏聞周延儒復相，徒跣走江南，遇延儒船于揚州運河中，伏岸十餘日，爲父請解。延儒異之，召問，知爲侯尚書子，心憐之。及入都，恂得釋。

夏，祖太常公侯執蒲卒，享年七十三歲。

恂因父喪，帶罪出獄，丁憂家居。

秋，朝宗奉父命前往江南建德乞銘于原刑部尚書鄭三俊。

九月，李自成農民軍潰陝西總督傅宗龍于新蔡，遂殺之于項城；繼下商水、扶溝，破葉縣。崇禎帝遣太監盧九德、劉元斌率京營兵入河南。是月，周延儒正式入閣。

冬，朝宗返里。時李自成破南陽，殺唐王聿鏌，乘勝連下十四城，與羅汝才再圍開封。張獻忠乘丁啓睿、左良玉援汴之機，克亳州。朝宗與雪苑諸子時時相聚，談論局勢，有《歸來酬吴大伯裔見贈用原韻兼呈徐四作霖吴二伯胤》詩。

太監盧九德與總兵周遇吉、黄得功追農民軍于鳳陽。太監劉元斌留歸德城南四十日不進，城内恐慌，關閉四門。劉縱軍大掠城周圍村莊，殺百姓以冒功。已而，欲攻城，索賂乃免。南陽破後，乃擁婦女財物北去。俄命御史清軍，官兵倉皇將所掠財物沉于黄河。朝宗有《禁旅》詩十首。

是冬，朝宗有《示宗約兼呈吴大伯裔徐四作霖》詩描繪當時情況。

是年，復社領袖張溥卒。

崇禎十五年壬午（一六四二） 二十五歲

春，父恂帶罪憂居。朝宗讀書鄉里，主雪苑社。

正月，起孫傳庭兵部右侍郎，命援開封。李自成舍開封攻左良玉於臨潁。

二月，李自成圍左良玉於偃城，陝督汪喬年襲襄城以解左良玉圍，李自成救襄城殺汪喬年，降官軍數萬人。大軍逼歸德。

農民軍破陳州。歸德城官吏與士子内訌。商丘知縣梁以樟任守城盟主，爲戰守具，又嚴以軍法，士大夫不能堪。時宋權守南門，偶離次，以樟欲置之法。權曲謝，不能釋，遂與朝宗、薛鳳舉等盟于吳伯裔家，謀以三月望日謁廟時大哄。會陳州警至，梁以樟至府中計事，諸生百餘人圍府署。以樟手下人射殺諸生何廣，遂官衿相讎。後梁以樟議恤何生家，又造宋權府中謝罪，事乃解。

三月，開封孟觀遊商丘，交雪苑諸子，三月二十四日離去。

時歸德官兵士紳，面臨農民軍大軍壓境之勢，異常緊張，防守甚嚴。商丘知縣梁以樟任總理，府同知顏則孔守西門，工部郎中沈試副之； 工部尚書周士朴守西南門，指揮熊應呂副之； 山西副使宋權守南門，指揮張鴻光副之； 推官王世琇守東門，舉人徐作霖副之； 指揮蔡潔守東南門，指揮梅振英副之； 官生賈國楨守北門，指揮賈之琩副之。守備邊謀勝自帥所部兵往來巡視應援。

二十六日，李自成率老營，將羅汝才曹營、袁時中小袁營圍攻歸德府城。

二十七日，農民軍破歸德，殺同知顏則孔、推官王世琇等。

城既陷，從兄侯方巖率家丁斬關逃出。後又僞襲起義軍旗號，出入城中，救城中親屬而去。侯朝宗得免。

祖母大常公夫人田氏、三叔怍妻劉氏、四叔恕及妻朱氏、五叔侯慮被殺。從祖侯執中及從叔忻、恆、悰、怡、恬、怙，及兄弟輩方鎮、方弼、方將、方度，姪方來子畯等皆死於戰亂。侯氏一門死二十餘人。社友吴伯裔、伯胤、徐作霖、張渭、劉伯愚被殺，雪苑社散。

朝宗所刊文章數百篇，及西園翰墨盡焚於兵火。朝宗隨家人北渡河，避亂曹南。未幾，移居南京。

夏，岳父常維翰卒于曹南，其子霖權厝之于望魯村。

五月初，李自成再圍開封，與官兵戰于朱仙鎮六日夜，左良玉夜逃襄陽，官軍皆潰。

六月初三日，朝宗女生，後嫁于陳貞慧四子陳宗石。據陸隴其《三魚堂文集》十一《陳母侯孺人壙記》。

是月，解侯恂獄，以兵部侍郎兼右僉都御史，代丁啓睿總督保定、山東、河北、湖北等七鎮軍務，解汴圍。朝宗由南京回河南从父軍中。時重兵在左良玉，且良玉驕悍，不受節制；而良玉爲恂舊部，特赦恂出獄，以便駕禦，故有是命。

朝宗隨軍次開封北陳橋。恂檄諸將來會，或至或不至。檄至襄陽，左良玉遣大將金声桓率兵五千爲其亲軍。朝宗進計，侯恂採納朝宗部分建議，命代草《論流賊形勢疏》，飛章上奏。

奏入，朝廷不許，詔恂仍拒河援汴，命左良玉將兵來會。左良玉初聞奏，勇躍請效死。後接會兵令，詐稱欲帥其眾三十萬來會，恂知糧無所出乃止。

侯恂移節柳園，與開封隔河相對，徘徊觀望。許定國以所部來隸麾下，極驕悍跋扈。朝宗勸父立斬以明軍法，恂不能用。

是秋，恂薦吴應箕爲監紀，未就。

恂遣朝宗離軍還南京。道過永城，爲叛將劉超所劫，使謀畫。朝宗勸其三輔勤王，或投奔父恂，縷縷分别禍福。超不能聽，亦服其言，釋之。

寓南京。時南雍秋闈剛罷，與陳貞慧、吴應箕、彭賓等復社名士，把臂白門，意氣浩落，每當斜陽鬟鬟，青帘白舫，絡繹轂紋明鏡間，日以爲常。

九月重陽節，朝宗與豫、楚諸友集南京高坐寺，吟詩爲會。

父恂解汴圍無策，徘徊柳園不進，手下兵多爲不法事，不能禁。九月十七日，黄河決，陷開封，侯恂等具舟迎周王于河北。周王于彰德上書言事。恂移軍曹縣，再移單縣。

朝宗在南京與吴偉業重逢，遊蘇州，出所爲已死雪苑社友傳文，偉業爲之欷歔太息。

冬末，父恂以不即救汴，罷官，買舟南下，避揚州。

朝宗與兄方夏攜家遷往嘉興，朝宗還寓南京。

崇禎十六年癸未（一六四三）　二十六歲

春，寓南京。

李自成破承天，謀以襄陽爲根本地，改襄陽曰襄京，稱新順王，設文武官職。左良玉避李自成軍，擁衆二十萬，由武昌東下九江，以糧盡，欲趨南京就食。南都大震。諸文武官及操江都御史至陳師江上爲守禦，紳士多潛遁，士民一日數徙，商旅不行。南京兵部尚書熊明遇知朝宗與良玉有世誼，請朝宗趨良玉軍止之。朝宗固陳不可，乃卽署中假父寫書信一封付明遇派人致之，卽《爲司徒公與寧南侯書》。左良玉得書止其軍。

阮大鋮借機陷害朝宗，揚言于清議堂，謂朝宗與左良玉有舊，左軍來金陵，朝宗爲內應。楊龍友連夜告知朝宗，朝宗作《癸未去金陵日與阮光祿書》譏彈大鋮，遂避難於宜興。賈開宗曰：『此書爲朝宗黨禍之始，幾殺其身。然其人其文，千載而下，猶想見之。』

是年春末，雪苑社友賈開宗避亂來南京，與朝宗相會，出自著兵書《八陣圖》請朝宗爲序。

夏，朝宗攜妻兒流寓宜興，依陳貞慧而居，同讀書于陳氏文杏齋。有《世事》等詩。

岳父常維翰下葬，朝宗返里，爲岳父撰《明東平州太守常公墓志銘》。

回商丘，懷念去世雪苑社友，探望遺孤，有《夢吴二伯胤》詩。

八月，左良玉還軍武昌。侯恂被逮下獄，左良玉知因己故，心鞅鞅，不聽呂大器調遣。

九月，南京因左良玉兵退而重新恢復平靜，朝宗由宜興來南京。重陽節，登城南雨花臺，有《九日雨花臺》詩五首。

是月，故相王應熊至京師，復罷歸。總督孫傳庭治兵於陝，是月，東出潼關入豫。朝宗有《劍外》詩。

是月，朝宗由南京再入吴，遊太湖，有《洞庭》詩。

冬十月，李自成破潼關，殺孫傳庭，進破西安。

朝宗因仲兄方夏去北京營救父親，乃由吳入越，省親於嘉興。

是年，北京大疫，死者日以萬計。

崇禎十七年、大順永昌元年、清順治元年（一六四四）　二十七歲

是年春，朝宗遊杭州，有《卜居》詩；　遊西湖昭慶寺，有《過昭慶寺》詩；　另有《堤上》、《湖上》詩。

正月，李自成稱王西安，國號大順，年號永昌。

是月，李建泰以宰輔督師。　工部尚書范景文入閣。　張獻忠入四川。

三月，詔封左良玉爲寧南伯，畀其子左夢庚挂平賊將軍印，功成世守武昌。　朝宗有《寄寧南侯》詩。

十九日，李自成破北京，崇禎帝自縊煤山，范景文、倪元璐、周鳳翔等死之。

侯恂被農民軍自獄中救出，擬大用，適清兵入關未果。　侯恂亂中逃出，在方夏護衛下逃往江南。

是年春，從兄方岳舉貢于朝，除桃源縣令；　三月，李自成破北京，天下大亂，方岳棄官歸。

從兄方巖，三月初前往北京探望伯父恂，聞京師破，中途返商丘。

夏四月，寧遠總兵吳三桂拒絕李自成招降，請清兵入關，清睿親王多爾衮與大學士范文程率兵到達山海關。　李自成率兵討吳，被吳三桂部及清兵所敗。　清封吳三桂平西王。

二十九日，李自成在北京卽皇帝位；　次日，撤離北京。　是日，南京兵部尚書史可法與戶部尚書高弘圖等公檄勤王。　馬士英等議立福王。　大順朝官員入河南諸州縣；　大順歸德府同知陳奇、商丘知縣賈士俊等十人來上任。

五月，清兵入北京。鳳陽總督馬士英與史可法等在南京擁立福王朱由崧，先稱監國，五月十日卽皇帝位，改元明年爲弘光元年，以史可法、馬士英入閣辦事，姜日廣、王鐸、高弘圖俱入閣。練國事起戶部侍郎。封四鎮。進左良玉爲寧南侯。史可法開府揚州。陳子龍補兵科給事中。

從兄方巖與明歸德知府桑開第密謀，擒大順政權官員，使參將丁啓光獻之南京。許定國據睢州，侵寧陵，方巖率鄉勇禦于寧陵；旋投史可法于揚州，授都督，使分鎮白洋河。

六月，定崇禎帝廟號思宗。馬士英薦阮大鋮兵部侍郎，東林、復社人士羣起反對，黨爭復起。馬士英作『順案』（指降大順政權者一案）與東林、復社之『逆案』（指魏忠賢逆黨案）對。

是月，從兄方岳自商丘前往江南尋朝宗及其家人，二人相見，朝宗始知家國之故，有《四兄至》詩。叔忭隨父恂南來。恂匿居南京，忭來嘉興。

秋，馬士英、阮大鋮向東林、復社人士進行報復，捕周鑣、雷縯祚，緝捕朝宗父子，侯恂避往徽州。阮大鋮偵得朝宗全家在嘉興，出緹騎捕之，朝宗逃；叔忭被捕，至南京效外逃脱。

朝宗漫遊浙江。遊西湖，瞻拜岳飛廟，有《岳廟》詩。從餘杭南遊，至富陽，有《富陽》詩。從富陽溯桐江而上，至桐廬。早發桐廬，經七里瀧，遊嚴子陵釣臺，有《蚤發》詩。

八月，周鑣下獄，侯朝宗北回，流寓蘇州之滸墅關。

九月重陽節，過張永禧飲。時張永禧爲員外郎奉使滸墅關，朝宗有《九日過張員外》詩。訪吳縣楊廷樞，有《飲楊孝廉廷樞宅》等詩。

是月，朝宗曾潛入南京。時阮大鋮正大興黨人獄，逮復社諸子，造『十八羅漢』、『七十二金剛』之目，妄圖將異己一網打盡。吳應箕因錦衣衛梅惠連事先報信，逃離南京。朝宗送之燕子磯，有《燕子磯送次尾》詩。

九月十四日，逮陳貞慧。朝宗適至，倉惶間出兼金付錢禧，請代爲打點錦衣衛上下；又面求兵部侍郎練國事，練國事馳旨馬士英，貞慧得免。

阮大鋮復逮朝宗，朝宗避練國事官邸，緹騎來搜，匿夾牆中得免。與國事少子練貞吉訂交。逃離南京日，練貞吉置酒送別，朝宗慷慨悲歌，留詩爲別。其《金陵別練三》詩有『蒼茫渾意緒，天地一孤征』句，遂流亡吳越。

冬十月，清世祖福臨即皇帝位於北京，命多鐸經略江南。南明治『從賊之獄』，仿唐制六等定罪，侯恂列四等。旋得旨，侯恂、方以智等擬罪未合；時劉澤清多次上疏，請嚴緝朝宗父子。

朝宗流亡浙江，再遊西湖，有《冬日湖上》詩二首。

十一月，張獻忠稱帝于成都，國號大西，年號大順。

十二月，清多鐸渡黄河南下。南明翻『逆案』，重頒《三朝要典》。僧大悲自稱親王，被捕下獄，阮大鋮謀借此興大獄，作《蝗蝻錄》，羅織清流，姜日廣、劉宗周、高弘圖相繼罷。馬、阮獨攬大權，賣官鬻爵，朝政混亂。時謠有云：『中書隨地有，都督滿街走。監紀多如羊，職方賤如狗。蔭起十年塵，貢拔一呈首。掃盡江南錢，填進馬家口。』

阮大鋮令緹騎下吳越捕朝宗，朝宗匿蘇松巡撫張鳳翔幕府得脱。有《贈張尚書》、《宴張尚書舟中》等詩。

十二月，侯朝宗自京口渡揚子江，往依揚州史可法。有《禹鑄九鼎歌》。大都督賀胤昌留鎮揚州，有《寄揚州賀都督》詩。

在揚州，史可法署朝宗爲高傑軍之監紀推官，命朝宗從高傑軍北征，經略中原。有《贈高開府二首》詩。離揚州日，有《臨發別賀都督》詩。

十二月底，朝宗隨軍北征，高傑冒雪防河，疏請重兵駐歸德。遂發徐州，次歸德。貽許定國千金，幣百匹。

是年，劉澤清封東平侯，開藩淮陰，賈開宗往依之，以文武雙全，被譽爲『雙刀賈生』。劉澤清欲奏除翰林院孔目之官，令掌其軍書記，開宗察其有異趣，不肯就，僅以白衣從軍；嘗往來于大司馬史可法軍，多所計畫；曾勸劉澤清聯三藩，通左良玉，以圖恢復，劉不聽。

清順治二年　南明弘光元年乙酉（一六四五）　二十八歲

正月，朝宗隨高傑軍駐歸德。十一日夜，高傑爲許定國所殺，高軍大亂。史可法聞變，至徐州，以高傑外甥、總兵李本身爲提督，軍乃定。時豫親王多鐸已下河南，朝宗爲興平（高傑封興平伯）大將規畫東南：急引兵斷盱眙浮橋，而分揚州水軍爲二，戰不勝則一由泰興趨江陰據常州，一由通州趨常熟據蘇州，守財賦之地，跨江連湖，障蔽東南，徐圖後計。不聽。

歸里，旋省父徽州，假道宜興，探其妻兒。時有王御史者阿大鋮意，責浙直督府追捕朝宗。得知在宜興，遂于陳貞慧家逮之。貞慧爲經紀其家事，瀕行，送之舟中，曰：『子此行如不測，故鄉又未定，此累累將安歸乎？ 吾家世與子之祖若父，曁子之身，無不同者，今豈可不同休戚哉？ 曷以君幼女妻我季子？』朝宗妻常氏遂與陳夫人置杯酒定婚約而去。

二月，侯朝宗被拘南京。 阮大鋮以兵部尚書防江，慮東林倚左良玉爲難，築板磯城西防。

是月初，史可法返揚州，王之綱駐歸德。

三月，豫親王多鐸率兵南下，王之綱大掠而東。 清下歸德，河南巡按御史淩駉死。

四月，以南明官兵紛紛南逃，自歸德達象山七八百里無一兵防守。 揚、泗、邳、徐勢同鼎沸。 史可法移軍駐泗州，護祖陵。 初四日，左良玉舉兵東下，『清君側之惡』，移檄遠近，討馬士英。 是日，清兵分路至亳州、碭山。 初九日，左兵入九江，左良玉死。 諸將密不發喪，共推其子左夢庚爲留後，順流東下，沿途遍張告示，稱奉太子密旨率師赴救。 馬士英大懼，京師戒嚴，急調黃得功、劉良佐，離黃、淮汛地。遣劉孔炤、阮大鋮、方安國、朱大典全部禦左兵。 初八日，史可法三報緊急，弘光帝與馬士英惟以左兵爲慮，不應。 初九日，以從逆罪殺周鑣、雷縯祚，餘盡革職放還，朝宗當在此時出獄，投揚州。史可法入援，渡江抵燕子磯，聞黃得功已破良玉軍，乃急趨天長，檄諸將速救盱眙。

從兄方巖奉史可法命，率軍扼泗州浮橋，與清軍血戰，全軍覆沒。 方巖死裏逃生，輾轉沛、碭山中，後歸耕田里。

四月十四日，史可法回揚州，朝宗再入史幕府。

二十一日，劉澤清大掠淮安，席捲輜重南奔，已而降清。

二十二日，清兵渡淮。 揚州城中訛傳許定國導清兵將至，殲高氏部曲，高營惶惶不安。 史可法醫血上書請救於朝，又檄各鎮兵來揚州，無一應者。高傑妻邢氏大恐，問計於可法，可法乃遣高營東屯通、泰。

史可法見揚州事不可爲，促朝宗離揚逃生，去徽州。有《哀辭》詩。朝宗離揚州去泰州，再入興平軍中，圖有所爲。

二十四日，清破揚州，史可法死。二十五日至五月五日，清兵戮城十日，史稱『揚州十日』。

五月，侯朝宗在泰州興平軍中。因劉澤清降清，雪苑社友賈開宗辭軍歸隱，朝宗有《奉送賈三丈開宗歸隱》詩。

是日，左夢庚降清，興平軍提督李本身率高營鋭甲十萬亦降清，並導清兵先驅渡江。南京陷，弘光帝逃蕪湖投黃得功軍，後劉良佐殺黃得功而掠弘光帝獻俘於清。馬、阮南逃，錢謙益、王鐸等迎降。

朝宗渡江再入南京，有《長至》詩。興平降將留朝宗，並請授以清官，朝宗辭不就。

六月，朝宗屏居泰州，有《雨》詩。是月清兵下蘇、杭，明兵部尚書張國維等奉魯王稱監國於紹興。江南志士紛紛相繼起兵抗清。夏允彝、吴志葵等起兵蘇州，因後援不繼，而壯烈犧牲；宜興友人盧象觀起兵茅山，攻南京，而事泄失敗；無錫友人顧杲起兵應盧象觀之師，失敗身死。

閏六月，江陰閻應元、陳明遇堅守江陰八十一日，擊斃清『三王、十八將』，城陷殉難，百姓殘遭殺戮。

該月，明禮部尚書黃道周等奉唐王聿鍵稱帝于福州。

秋七月，朝宗居泰州（泰州，一名海陵），有《海陵署中二首》詩。在泰州日，曾與興平監軍王相業一同屏居，共盟不降。後王相業降清，居泗，朝宗有《寄泗上王二丈》詩。

是年秋，清改南京爲江寧府，五品以上赴北京。朝宗在南京、泰州、鳳陽等地漫遊，八月有《中秋二首》詩，中有南趨晚明政權之意。九月，有《九日登高》詩。見恢復無望，有回鄉隱居之念。在金陵，曾謁降清後之王鐸。過鳳陽，有《過鳳陽陵園》詩。

冬十月一日，朝宗將歸故里，有《十一夜月》詩。歸里，居商丘城西南老家之村西草堂，有《村西草堂歌》。是月，吳應箕起兵池州，敗走山中被執，不屈死。

朝宗歸里後，即派家人往江南探聽消息，並寄詩陳子龍，有《寄懷陳黄門子龍》詩。

邑人沈議重修白雲寺，請朝宗爲記，朝宗有《重修白雲寺碑記》。

十二月，南明督師黄道周進兵婺源，戰敗死。

朝宗于家中尋覓舊時字畫及原存詩文，皆被兵火所焚，發現蘇州趙十一娘所贈紈扇，感而作《觀趙十一娘畫幽蘭行》詩序。回憶崇禎十六年北京大疫，百姓死亡的情景，感憤而作《苦疫行》詩。又作《都護馬爲狼所食歌》二首，借詠馬而抒發風塵之困，騰騫之思。

此年歸里後，與友人夏邑彭孝先相見。彭孝先於是年參加清朝鄉試，中舉，朝宗有《贈彭子序》。孝先，一名舜齡，字容園。

除夕，作《除夜四首》詩。

清順治三年丙戌（一六四六）　二十九歲

春，隱居村西草堂。正月初一日，大雪，朝宗有《正月初一日雪》詩。

正月二十日，降清之順天巡撫宋權，遷內翰林國史院大學士。

清舉行會試，仲兄方夏成進士，授陝西平涼縣知縣，朝宗有《寄二兄》詩。

是年春，南明隆武帝遣將分道出兵，以鄭鴻逵爲大元帥出浙東，鄭彩爲副元帥出江西。既出關，不行。未幾，稱餉絀而還。這年夏，朝宗得南方消息後，憤而作《黔虎行》詩諷之。

賈開宗自淮陰返里，與相見，並與徐作肅、徐世琛議復雪苑社事。

是春，朝宗有《春興》詩八首，抒寫亡國後的山河之痛，表現「戰後江山未可期」的沉重心情及與南方抗清友人聯絡而得不到消息的愁悶。

夏四月，往南方探聽消息者帶回了江南的音信，有《蘭至》和《得姑蘇消息二首》。

五月，弟侯方任從江南寄來書信，準備奉父回里，有《舍弟書至》詩。

侯恂自江南歸里，築南園而居之，朝宗隨父居南園。在今商丘城南十里侯小園村。朝宗父子墓亦在此。

是年，朝宗有《詠懷詩二十一首》，詩多側面地反映了朝宗亡國歸隱之初複雜的思想和對自己坎坷生平的感慨。

李雯于崇禎十五年入都上書陳父冤，已而從父官京師。甲申之變，降清，授中書舍人，一時草創詔誥大文章皆出其手。是年父卒，回華亭奔喪。朝宗聞信以爲雯不與清合作，有《寄李舍人雯》詩以勉勵。

是年寄詩宜興，與陳貞慧相約終隱，有《寄陳子山中》詩。

季子侯晢生。

是年八月，南隆武政權亡。十月，兩廣總督丁魁楚，廣西巡撫瞿式耜奉桂王朱由榔監國，十一月即帝位，明年爲永曆元年。鄭芝龍降清，子鄭成功立志抗清。

順治四年丁亥（一六四七）　三十歲

是年，隨父居南園。

春，種樹南園，有《種樹》詩。作《後春興八首》。與雪苑社友徐作肅過從甚密，多有唱酬。

宋權總裁會試，其子宋犖以大臣子應詔入朝，考試優等，爲三等侍衛。日侍清世祖于乾清宮，以勇猛見嘉。夏四月，松江提督吴勝兆與陳子龍策劃起義，叛清歸明，事泄而敗。五月，陳子龍被捕，乘間投河死。後有詩哀之。六月，友賈開宗南下，至金陵、揚州、六合等地。是年，南明大學士瞿式耜與總兵焦璉擊退清兵，桂王流轉于梧州、桂林等地，旋駐桂林。明臣陳子壯等在廣東起兵，敗死。鄭成功攻泉州。

順治五年戊子（一六四八）　三十一歲

是年，隨父居南園。

春，堂兄侯方巖得子，朝宗往賀之，有《過叔氏别業》、《喜六兄舉兒》詩。侯恪别業在今商丘城西十公里之水池鋪，卽恪隱居之遂園。恪死後葬此。明亡，方巖在沛、碭間輾轉歸，結廬墓側，顔曰『水墅』，自號據梧子，盡謝舊時賓客，與丹客、鳥師、獵徒、酒人混一起，衣履垢膩，語言喧褻，促膝偎坐，大嚼長吸，凡郡中號文雅者，絶不與通，隱居潦倒於此。

秋七月，山東農民軍紛起抗清，結連北直、河南，設立州縣官，勢如鼎沸。榆園軍李化鯨等部連破曹州、定陶、城武等地，曾渡河，北圖商丘，不下而罷。朝宗有《聞警四首》詩。

八月，清軍與榆園軍激戰於東明。九月，首領李化鯨、王爾英等被擒，死。

是年，與徐鄰唐交，籌復雪苑文社。鄰唐，字爾黄，商丘宿儒，爲文奇崛駘蕩，神明於法度之中，是昔日雪苑社之所未及收者。

年底，有《歲暮雜詩四首》。

順治六年己丑（一六四九）　三十二歲

是年，奉父居南園。

春，宋權以母丁太夫人喪，請歸葬，不許，復主二月會試。友彭孝先舉進士，授嘉興府推官。

八月，山東、河北等地農民抗清隊伍此起彼伏，清起原浙閩總督張存仁爲兵部尚書兼都察院右副都御史，總督直隸、山東、河南三省，巡撫保定等府，提督紫荊關兼理海防事務。張存仁到任，卽尋訪侯恂、侯朝宗父子，知他們退隱南園，曾多次來劄，詢求『弭盜方略』。

九月，清帝遣禮部尚書王鐸諭祭宋權母喪，宋權復請歸葬，詔給假六月。十一月歸，宋犖隨父回商丘，問業于賈開宗，問詩于侯朝宗。在朝宗舍，宋犖初交徐作肅。

年底，宋權重修顔真卿碑亭，侯朝宗爲作《重修顔魯公碑亭記》。

是年，陳貞慧自宜興始寄書來，邀朝宗南訪，言壻宗石『已能讀書，解世事，甚念翁』。未幾又有書至。朝宗因父疾，束裝罷者再。有《感懷口號十五首》詩。

順治七年庚寅（一六五〇）　三十三歲

是年，奉父居南園。

春，三省督府張存仁訪侯氏父子于南園。朝宗爲條陳《勦撫十議》。

夏四月，宋權攜子宋犖回京師。

陳維崧、任元祥由宜興寄書問詩，朝宗與任元祥交始此。任元祥有《與侯朝宗書》。

作《鄭氏東園》記，寄託盛衰興亡之感。

與歸德參將陳喜交。喜，北直慶雲人，爲總兵孔希貴部將。順治二年駐商丘。三年，孔希貴移軍覃懷，留喜爲歸德參將。順治八年五月擢涿州參將去。是年朝宗有《陳將軍二鶴記》，又爲代作《重修演武廳事記》。

夏，友賈開宗南訪，過淮安，訪萬壽祺於隰西草堂。八月，遊南京。南回時，朝宗爲書，戲括平生，欲遠道投之，動其一笑。作成示徐作肅，作肅驚喜甚，細爲品注。朝宗覽其注，亦且豁然旨歸，易其前作。賈開宗自江南歸，二人講益力。朝宗潛心古文寫作從此始。有《與賈三兄論肉食書》、《與賈三兄書》、《再與賈三兄書》等文。

萬壽祺給朝宗寄詩畫當在是年。朝宗有《答萬壽祺惠書畫》詩。

十二月二十二日，有王喬年者，以黄子久畫求鑒于朝宗，有《書黄子久畫後》文。

是年，與賈開宗、徐作肅、徐鄰唐諸友，常以社事相聚，探討今古文。事見徐作肅《侯朝宗遺稿序》。

是年，清兵過梅嶺，入廣東。桂王逃梧州。冬，清兵破廣州、桂州。明督師瞿式耜死。清攝政王多爾袞死。

順治八年辛卯（一六五一） 三十四歲

是年，奉父居南園。

五月，歸德參將陳喜擢涿州參將去，徐作肅送之以序，賈開宗送之以詩，後朝宗有《寄陳將軍》詩。陳喜去後，滿洲人萬欽繼任歸德參將，朝宗有《爲司徒公贈萬將軍序》，文中痛責明季吏治之弊，含蓄地表達了對清兵殘害百姓，不與民休養生息的不滿。對萬氏上任月餘而『兵不忘戰，民不知兵』，大加讚揚，並抓住萬氏『不愛錢，不縱下』之語，期以『力行而致有終』。

春，宋權致仕。八月初，宋權攜家歸里。時河南巡撫吴景道，知方域豪横，又以布衣參弘光將帥軍事，且其父恂隱居，明降清大臣多欲恂出裸將，河南撫按亦交章論薦，恂堅謝不起，將案治方域並及侯恂。宋權從中調解，語景道曰：『公知唐有李太白，宋有蘇東坡乎？侯生，今之李、蘇也。』景道笑而止。有司命朝宗應河南鄉試方解。

八月，去蘇門（今河南輝縣）參加河南鄉試，過白溝，憑弔北宋愛國將領張叔夜祠，有《張叔夜祠》詩。舉河南鄉試第一，及揭榜，主司中忌者蜚語，復抑置副車。今集中存《豫省試策》五篇。友徐作肅中舉，朝宗有《贈徐子序》。因秋試之便，交夏邑王侯服、魏敏祺。

王侯服中舉，友人共推朝宗爲言以贈，有《贈王子序》。王侯服復爲其坐師滎陽知縣倪斌請序，朝宗有《贈倪滎陽序》。

是秋，與賈開宗、徐作肅、徐鄰唐、徐世琛、宋犖重修雪苑舊社。宋權常延賈開宗、侯朝宗與犖講習詩文。此後，社事日多，諸子往復辯質，談詩論文，聲望又起，但相與求應者已非昔比。這期間，朝宗常痛飲悲歌，抒發内心積鬱。一方面與諸子討論文章性命之道，一方面肆力于詩古文辭創作。

同里周琬中武舉，朝宗有《代司徒公贈周生序》。琬，字肯衛，明工部尚書周士朴孫，舉人周業熙之子，能詩、工書、善畫，與雪苑六子友善。

冬十月，歸德府行鄉飲酒禮，知府王登進以鄭之俊爲大賓。朝宗有《贈鄭大夫序》。王登進重修范文正公書院，朝宗代宋權作《重修書院碑記》。

贈王侯服文序，《王瑞信文序》中談到當時文壇的凋喪和文風的淪落，並願以轉移文風，振興古文爲己任。

是年，朝宗遊洛陽，有《過洛陽贈高都督》詩。高都督，高第，字漢翀，陝西榆林人，順治元年降清，多鐸奏除開歸總兵，入籍商丘。時駐洛陽。陝西何柴山在商州、洛阳一帶起兵，出没秦、豫間，高第會同陝兵夾擊圍剿。

大梁孟觀第四次來商丘訪雪苑諸子，朝宗爲作《孟仲練詩序》。見老友張自烈所著書，狂喜而泣。

清順治帝福臨親政，削多爾袞尊號，令阿濟格自盡，命停圈涿、良鄉等十三州土地。繼續攻南明殘餘勢力。桂王西走，内部相殘。張名振奉魯王航海。

順治九年壬辰（一六五二）　三十五歲

春，奉父居南園。欲南遊，將近年所作古文初編成集，請賈開宗作序，賈開宗有《侯朝宗古文序》。

夏，于商丘城宅原讀書之雜庸堂傍，築壯悔堂，做文記之。

師宋權有疾，復愈；其三子宋炘入庠，朝宗作《贈宋子昭序》以貽之。六月，宋權卒，有人勸宋犖破家財廣結當世貴人，朝宗有《與宋牧仲公子書》，勸其力學篤行，守道讀書，不必廣交以克似其父。

弟侯方任死，作《祭亡弟文》。

秋，朝宗將古文辭進一步整理編訂，正式命名爲《壯悔堂文集》。九月，徐作肅爲之作序。

朝宗繼文集定名後，又對其詩進一步整理，將少年時期的《晉齋詩集》重新删削，存詩四十三首，編爲一卷。又將崇禎十二年以後詩編爲三卷，共四卷而付梓。並將其詩集定名爲《四憶堂詩集》，作《四憶堂記》。賈開宗、宋犖序之。

九月末，離鄉南下訪友，並攜帶《四憶堂詩集》、《壯悔堂文集》。臨行，以詩留别友人，有《别徐大鄰唐》、《再别宋二犖》。至南京，作短暫停留，嘗晨起跨一蹇驢，訪問故舊，無一遇者，盡日而歸，吞聲止於廢寺。

至鎮江，有《過江秋詠八首》詩。

遊江陰，下榻原觀察官署，有《贈觀察原公》、《宴原觀察生日席上作》詩。原，名字不詳，陝西人，與朝宗有通家誼。登君山，憑弔抗清死難烈士，有《君山》、《晚登君山大風望江》詩。友人徐銓、許山、蔣合明、高顗孫與朝宗相見，各有詩記之。

在江陰，見江南總督馬國柱薦江南文人啓事，首以吴偉業姓名登之，朝宗貽書勸其終隱不仕。朝宗死後，吴偉業《弔侯朝宗》詩序云：「朝宗『貽書約終隱不出，余爲世所逼，有負夙諾』。」其詩有『死生終負侯嬴諾，欲滴椒漿淚滿樽』句。

從宜興陳定生處轉來張自烈手劄，與朝宗相約交互砥勵，立言遺世，共成不朽。

遊江陰韓氏園亭，有《老梅行贈韓翁》詩，借老梅讚揚韓翁强項負氣，不爲風威雨怒所動而保終節操的精神。

十月，順運河而下，過無錫，有《示顧孝廉宸》詩。至宜興，有《再過宜興贈陳四丈貞慧》詩。

朝宗這次江南之行，主要是來宜興訪陳貞慧。所以，在宜興停留的時間最長，創作的詩文最多。此外還先後遊訪了蘇州、嘉興、金壇、常州等地，現將其行迹、交遊文墨之事排列如下：

在宜興，與陳維崧重逢，維崧贈以詩，朝宗有《陽羨歌》以答之。爲陳維崧《湖海樓詩集》作序，與維崧父子談詩文深究風雅之旨，三日夜不休，使朝宗受益頗深。後維崧有詩憶之。

朝宗幼壻陳宗石以十齡童子出揖相見，朝宗百感交集。有《種松歌贈陳郎》詩、《贈陳郎序》文。

貞慧第三子陳維岳，是年十七歲，向朝宗請教作文之法，並以文章相質，朝宗有《陳緯雲文序》。

與任元祥握手訂交。二人談詩論文窮十晝夜。朝宗以《四憶堂詩集》相質，任元祥有《與侯朝宗論詩書》，批評了雪苑諸子延襲明前後七子詩論的缺點。朝宗爲任元祥詩作序，有《任王谷詩序》。

宜興文士無不喜朝宗重來，爲詩酒宴集之會，朝宗有《陽羨譙集序》文。任元祥有《贈侯朝宗》詩。

朝宗在貞慧處懷念另一好友吴應箕，貞慧將保存的吴應箕《樓山堂遺集》相示，朝宗爲之作《樓山堂遺集序》，並作文祭之。爲貞慧《秋園雜佩》作序。

爲抗清殉國的烈士、任元祥的弟弟任源邃作傳，傳中歌頌了這位『鄙人』、『布衣』的愛國精神，嘲諷和鞭撻了降清明臣的醜惡行爲。

朝宗在貞慧處復張自烈書，貞慧爲朝宗盡述自烈變革以後的情形。

在宜興拜訪了明末兵科給事中戴英及英子，與朝宗己卯同試金陵的戴九韶，並爲戴英《陶庵詩集》作序，有《贈九韶》、《贈戴生》詩。遊宜興陳青門廢園，有《陽羨過陳青門廢園》詩。過吴氏舊居，談起吴氏家藏明成化間鸂鶒啄金杯，感嘆悲泣，爲浩歌以記其事；又與陳貞慧、戴九韶登吴氏雲起樓，作《雲起樓記》，抒發滄桑盛衰之感。

宜興曹氏，延朝宗至家，教其子曹璜，爲曹璜嗣父卽貞慧妹夫曹懋勤撰墓志銘。

與宜興舉人王彤生交，爲其詩作序。

陳貞慧示家藏倪瓚《倪雲林十萬圖》畫，朝宗作《倪雲林十萬圖記》；又代父恂爲貞慧父明都察院左都御史、太子少保陳于廷撰墓志銘，爲貞慧岳父明御史湯兆京作傳。在貞慧處見老友周鑣遺集，作《書周仲馭集後》。

與陳維崧、任元祥攜遊蘇州。在蘇州周少府處見明宣宗繪《三老圖》，頓生故國之感和亡國之痛，有《章皇帝御筆歌》詩。

在蘇州，遇左良玉軍中歌伎李校書，回想當年事，感而爲詩，有《遊吳遇李校書四首》、《贈校書歌二首》、《放歌送校書一首》。

作《哀辭九章》，哀悼倪元璐、周鳳翔、練國事、史可法、張溥、夏允彝、陳子龍、吳應箕、李雯。

爲妾吳氏寄家書于蘇州楓橋巷。《家書附絕句二首》其一云：『送別西園翡翠樓，開帆十月至蘇州。爲君寄訊楓橋巷，丘嫂迎門已白頭。』

夜訪老友姜垓，有《夜泊過姜如須》詩。

重逢好友彭賓，二人各出詩集相質，朝宗爲作《大寂子詩序》，彭賓爲《四憶堂詩集》作序。

遊無錫，訪唐德亮。德亮字采臣。明季文體舛駁，德亮以韓、蘇之氣行之。是年成進士，授戶部主事，時省親於家，與顧宸、吳漢若爲文社。在無錫，下榻顧宸處，適逢顧宸生子，以《猗蘭行》詩爲賀；爲顧宸《辟疆園集》作序。與無錫吳漢若交。漢若，名濯時，博涉，有清才，頗傲物。

遊金壇，訪老友蔣鳴玉，有《贈蔣黄門》詩。蔣鳴玉子蔣超，順治四年探花，授編修，爲官後曾拜訪朝宗，朝宗有《玉堂歌贈蔣學士超》詩。

十一月末，自運河乘舟南下嘉興，訪時爲嘉興府推官的彭孝先（字容園）。有《過彭使君》、《題容園舟中》詩。

在嘉興遇永城練貞吉。邸次中，二人論詩吟詠，傾敍別情。朝宗將詩集及南遊所得詩篇付貞吉帶回商丘，請練貞吉整理。練貞吉作《四憶堂詩集序》。歲末，練貞吉返里，朝宗作《送練三貞吉》詩。

彭孝先出伯父彭堯瑜《西園詩集》，請朝宗編選，朝宗與任元祥爲其甄别刪削，編成《西園詩集》。

在嘉興，遇杭州明亡不仕、隱于醫的陳文學，有《贈武林陳文學》詩。拜訪賦閒家居的曹溶，有《贈曹太僕》詩。整理文集，準備付梓，宋犖《侯朝宗傳》云：『末年遊吳下，將刻集，集中文未脱稿者，一夕補綴立就，人益奇之。』

年底，返里。陳貞慧、任元祥等友送之至常州。聞方以智已從南方歸來，欲奔走一晤，由於不知詳情而止。

順治十年癸巳（一六五三）　三十六歲

是年家居，住壯悔堂。《壯悔堂文集》十卷板刊行世。

主雪園六子社，作《雪園六子社序》。桐城何次德自北京歸金陵，道過商丘，訪雪苑諸子，至朝宗家，盤桓六日而別。賈開宗、徐作肅、宋犖送之以詩，推朝宗爲之序，有《送何子歸金陵序》和《送何三杲》詩。朝宗因何次德介紹，確知方以智已爲僧，止于金陵高坐寺。遂托次德傳書于以智，有《與方密之書》，以明遺民自況，充滿亡國感傷。

秋，有《聞蟬和宋二犖》詩。洪承疇爲太保兼太子太師，內翰林國史院大學士，兵部尚書，兼都察院右副都御史，經略湖廣、廣東、廣西、雲南、貴州等地，總督軍務，兼理糧餉，命南征。由於河南地方賦役繁重，農民多被迫爲盜，朝宗有《羣盜》詩。

汪處士元履因萬壽祺卒，自淮返宋，依朝宗而居。元履，本新安人，世以經商爲業，家于歸德。李自成破商丘，逃淮上，蔬圃數畝，躬自灌鋤。明亡，獨與萬壽祺往來，憑弔往事，長歌短詠，幾千萬言。壽祺工書，不輕示人，而爲元履書山水甚多。明遺民多依二人而居。壽祺死，乃返商丘，館于朝宗家。曾與從兄嘉先乞伯墓志銘于朝宗，朝宗有《明處士汪君墓志銘》。

十二月，宋權歸葬，朝宗爲其作傳。

順治十一年甲午（一六五四）　三十七歲

居壯悔堂。春，彭孝先自嘉興遣使者來，請朝宗爲其伯父彭堯瑜詩集作序，朝宗作《西園先生詩序》。作《正百姓》、《額胥吏》、《重學校》策論，總結明亡歷史教訓，並針對清初社會弊病有感而發。

夏，宋犖葺城東郊古竹圃爲讀書處，朝宗遊其中，有《題宋牧仲古竹圃》詩。犖輯其詩文爲《古竹圃稿》，朝宗爲其詩文作序，有《宋牧仲文序》、《宋牧仲詩序》。

秋，病甚。勉應鄉試。

十二月十三日，病卒。

十年後，康熙二年九月十八日，葬于商丘城南十里之南園。

朝宗殁，其《壯悔堂文集》大行於天下。

附録四　南園詩文集三卷

侯　恂

原署：

南園老人　侯恂　著

老師巢雲老人　鄭三俊玄岳　選

友賈靜子開宗、徐作肅恭士，弟忭輔之，子方夏赤社、方域朝宗、姪方岳仲衡，方巖叔岱、方聞季嵩參閲

孫晃玄積、昀聖藏、曉彦室、晰彦晦、昆朗詣　校録

南園詩序

賈開宗

宋之陽五里有南湖焉，古人所以放訓鷺，名曰海鴈者也。自河陷舊邑，創建新邑於北三里餘，南湖離新邑八九里。天啓三年，大司徒侯公觸逆璫怒，歸里，於其傍辟荊榛，植松桂，構草亭，坐臥其中。崇禎十五年，寇破宋，公攜家避于江左。順治三年秋，中原漸寧，公仍歸隱於此，復辟荊榛廣之。園可百畝，百花俱以千本計，或百本計。疊石爲山，山之東鑿土爲池，可以蕩舟。園之東百畝爲列圃，桔橰相

聞。其西二百畝，桃李櫻杏，各自成蹊。北百畝則翠竹萬竿。公總名曰南園，而自號爲南園老人。漢有東園公，以東園名。晉陶潛有『田園將蕪胡不歸』之賦，公之取名于南園也，其爲是歟！然東園公不見文辭，陶潛有詩百首，皆飲酒耕讀之事。公年近老耋，灌園之暇，輒爲詩，大約詠其園之松桂、之花、之山、之池、之圃、之桃李櫻杏、之竹，或春夏、或秋冬之景，而他不與焉，與陶詩合也。然陶有古而未有律，而明李夢陽曰：『詩弱于陶。』唐之似陶者有王維、孟浩然，爲律灝氣雄力過陶倍蓰。夫杜甫，小雅之變也。王維、孟浩然，風之正也。能爲正風者不必爲變雅。公之詩其伯仲王與孟矣。順治丙申仲春，同里後學賈開宗頓首述。

南園記敍

蔡國傑

六真居士名家之胤，早歲以文章樹幟中原。登甲科，居臺省，力挽波靡，人推砥柱。以大司徒中黨褫歸，野處有蜚鴻，而阿閣無鳴鳳。既行，遊黃山白嶽之間，遂返，攬龍潭、鳧渚之勝，居南園焉。海內人士望居士劭德如黃星吉雲，神龍朱草，可聞而不可卽也。而居士則枕流漱石，坐花醉月于南園中。國傑嘗從令子赤社先生，受居士《南園記》誦之，信欲界之仙都，林間之福地也。國傑爰作臥遊之觀，緬懷園景，夫其聳虬挺幹，盧運筠心，斯居士之丰彩也；鬱秀天香，澄華雲豔，斯居士之翰藻也；春葩麗燦，秋果葳蕤，斯居士之文藝器識也；霜華攢金，雪跗疊玉，斯居士之晚節完名也。嵌崎巉態，締爲友朋；清淨蓮花，命爲君子。可以占經濟于山林，可以窺涵養於心性。然則是園也，非特如平泉之競奇於醒石，墅塘之養尾於繡魚已也。國傑生長汝潁間，望南園甚近，而宦海萍遊，乃在維揚於越，甚服膺居士，而未嘗謀面也。會乃今定交令子赤社先生，慕其仙才遒雋，道味醇深，行部浙之東西，治獄多陰德，定國之賢，出自於公後，德業久大未可量。國傑不得侍居士，而得親炙赤社先生，喜慰當何似也。他日者將負笈南園，于松風桂月間，問道于居士。順治丙申季夏之吉，通家眷晚學生蔡國傑拜書於東甌之江心浩然樓。

南園詩稿序

徐作肅

吾郡蓋傳有五老云。五老者，宋太師祁國公衍、侍郎王渙、司農卿畢世長、郎中朱貫、馮平也。當日五人者既老，即致仕，觴詠以終丘園。郡史既詩載其事，而其畫像勒贊于石者，至今猶祠屋不廢。昌黎韓愈，慨中世士大夫以官爲家，其送歸楊巨源，至流連反覆，更爲媲美於二疏，豈非以退勇急流，超然者之難其人歟？吾又以爲遭世各異，出處斷然，名成高蹈，而得其文采風流者之尤至也。予束髮即交侯子方域，因侯子拜其尊大人司徒公。侯子天下士。郡前輩文章寥寥，侯子於詩獨追正始。吾學詩遲侯子，而資侯子以不謬，竊謂侯子特出也。後益讀侯子仲父司成公集，喟然曰：『其在斯乎？予小子之得聞于侯子，而侯子之卓立不惑，淵源蓋有自乎？』然嘗聞司成公稱詩時，與夏邑彭別駕宣、司徒公三人而已。當是時，司徒公方爲天子任旬宣，而司成公專翰苑，故司成著作較富，名較覩，而司徒公不概見。甲申鼎革，司徒公亦解官去，溯大江，歷會稽，歸而斷志林丘，大創園亭於郡之西南。性不耽飲，而賦詠不輟。今年春，將刊所謂《南園詩》者，命予次之。展猶沖粹，秩然渾成，與陶彭澤異曲同工。予至是而益歎曩之深幸淵源于侯子者，殆猶未盡，而重有感矣。夫士大夫能矯矯沈沒中，以爲世風可述而志也。約略生平事著矣，其言並著，更可述而志也。公歷官清流，有著聲，晚而超然遠寄，以公與五人者較，其遭遇夷險，奉身難易，或獨有天幸者不必同，而趨已同。至文采風流，古今人又未易上下也。予既昔托晚交以近公，而又高風繼美，近在吾郡，俯仰數百年之間，幾見夫得而遇者而遇之，卽亦可以頌而傳矣。

（輯自康熙刊《偶更堂文集》卷上）

南園詩序

張　浩

大司徒六真先生于天啓之三年觸逆璫歸，其清風亮節久著聲天下。晚而絕寵辱，擬賦陶徵君《歸去來》，遂超然有遠志焉。此南園之所由寄傲也。予小子不敏，叨吏蘭陰之明年，適先生長公赤翁奉天子特簡，命西浙恤刑。秋七月，按蘭未數日，蘭士民誦德不旣。予小子承恤部公謬愛，略儀文垂青格外，因得縱談當今利弊，一以勤恤民隱爲念。繼出其尊大人先生《南園稿》賜覽，乃知以綱常事業化而爲泉石經綸，依然搏挽乾坤手也。予神往久之。竊思蘭陰去宋州一千餘里，不獲隨一琴一鶴躬詣先生之廬，攬園林勝概，猶幸侍恤部公，得誦先生《南園詩記》，恍然佳花修竹、月榭香廡之歷歷在吾目前也。園之廣可百畝，前後竭數十年擘畫而工始竣。斬茅茨，燔榴翳，於其突者爲丘，於其窪者爲池，於其缺者爲洞，昔日之淒風冷露而荊榛者，今已爲花木交陰之地矣；昔日之鼯鼯鳥獸而嘷音者，今已爲烟霞縹緲之鄉矣。先生日與二三故老燕嬉於此，宜觴觴之，宜詠詠之，凡夫鶴唳松聲，水光山色，有動于心必於詩焉發之，以寫其胷中所自適。其登臨之樂，雖寓目于臺池數十畝之間，而物象意趣，自得於湖山千里之外。故其爲詩，不以纖巧爲工，而風標格律直從最上乘，具正法眼如空中音，相中之色，一切聲聞辟支果，皆爲先生之所急擯。今諷《田家》、《種植》諸詩，居然元亮之歸田作也。諷《山居》、《閉關》諸詩，不減左司之《幽居吟》也。其《柬友》、《贈友》詩，意旨殷遙，真不愧韓、孟雲龍也。其《詠美人》、《詠閨情》，則又以繡帶風迴，茜裙夜度，劉希夷閨帷之作，上官儀婉媚之體也。豈非名家擅場，馳騁千古者哉！予小子異日倘得幸歸故里，歷商丘，過武津，訪五老之高風，尋漆園之舊址，問梁園平臺，猶有如惠連賦雪者乎？問桃河之濱，尚有楊廣龍舟，依稀蕩漾者乎？忘憂館爲鄒、枚諸公賦詩處，今其猶有存乎？聞相如倡和，有文雅之臺，古迹飄零，或可摹其一二乎？至於謁睢陽之烈，景方平之節，則又令人慨然而賦矣！于時躬詣先生之廬，備覽南園之勝，今日之所以臥而遊、伏而思，從楮上而徘徊者，或可於此賞所顧焉。此時先生何以教我？恤部公又何以教我？

時順治丙申中秋日，梁溪後學張浩書于蘭署之樂胥堂。

卷之一　南園記

歸德，古宋郡也。郡城之東有梁孝王之兔園焉，修竹古烟，雖與劫灰俱冷，而龍潭、鳧渚之勝，概志書尚能傳之。郡城之南有幸山焉，古刹頹垣，滅沒於荒阡敗草之中。東望長堤，西望閼伯臺，記者謂宋康王南渡曾登極於此。其南有桃河焉，爲隋煬帝遊江都時殿腳女牽纜蕩舟之墟。陵谷千載，遺迹猶存。河岸之西南林青蓊翳，蔚蔚蒼蒼，居不見人烟，行不見車轍馬迹者，則六真居士之南園也。

園去城十里而遙，不受市井之滓穢，故泉甘而水洌；不雜氛埃之喧填，故山靜而日長。厥土黃壤，最宜種植，故林深而木茂；人當亂極思治之時，風尚儉鄙，故民淳俗樸，而有葛天氏、無懷之風。

居士之爲此園也，無所因襲，平地創修，故佈置得以如意。亭臺花木，安頓合宜。板而治，亂而整，曲折而幽深，回轉而寬平。園以自適其適，不爲遊人觀美計，絕去雕甍朱檻一切繁華富麗之相，故茅屋草亭如野人居，如處士家。心遠地偏，寰中而有物外之況。

園可五十畝，乃竭前後數十年之擘畫，物力人力，畢萃於此。且喜屢經兵火，無大損動，而主人患難餘生，又幸得營爲兔丘。時時用意，處處著眼，故曲徑逶迤，別院錯綜，老樹參天，濃花滿地，而終日賞之不厭。

居士性本恬淡，又涉世久、閱人多，有味乎陶靖節息交絕遊之旨，日唯隱几獨寐，或振履孤往，不耐共俗人接談，不樂與雜流嘈語，不喜見狙獪作求田問舍之事，且漸老漸病，腰枝漸强，實難向達官過客傴僂俯仰，不得不閉關伏處，謝絕人事，故專精一意，問柳尋竹，而園中之景色，乃日新月異而歲不同。

蓋嘗總而計之，園内有草堂一，主人於焉肅賓。草樓一，主人於焉擁書。草堂四，一爲收貯圖玩之所，一爲佳客下榻之所，其二則主人夏日於焉納涼，冬日於焉負暄。小臺一，主人中秋於焉舉杯邀月，九日於焉登高泛菊。斗室一，才可容膝，主人於焉撫南窗以寄傲者也。河房一，前臨長溪，旁對假山，主人於焉垂釣，於焉泛舟。又有高亭一，牡丹之金屋也。大亭一，梅花之玉照也。小亭四，丁香之愁，瑞香之睡，榴之子，榛之實，分席而專房也。廠屋三，前後相望。其南則芍藥翻階之地，其北則憩鶴軒，有鶴數隻，鼓翼翔舞，引吭高唳，每一觀之，輒作天際真人想。又北則背山臨流，右有夢庵，庵前專植芭蕉。左有退庵，庵前專植黄楊。庵内各有曲几小榻，主人於焉偷閒習静者也。屋之西仍擬作長廊數楹，憩鶴軒前仍擬作高坊一架，有志未逮，必因形相勢，次第羅之，加以危橋倚側，細卉蒙茸，略想象唐宋名手山水筆意，一洗桐油、石灰、煤渣、米汁斧鑿堆垛格套。又奇石三方，空靈秀拔，塊然獨處，可以當米老端笏拜。長溪一灣，滿種荷花，荇藻掩映，游鱗出沒兩岸，垂楊之下系一小艇，恍似江南水村。方塘一泓，高柳古藤盤其旁，翠竹碧梧樹其後，零雨夜滴，爽露晨流，竟似人間蓬壺矣。居士猶謂限於地勢，花木之神未暢，即主人之心目未豁也。復於迤水辟一小園，園有梅花屋一，芍藥亭一，牡丹草亭一，草堂一，萬紫千紅，絢爛奪目，主人於焉快意適觀。堂之北爲鄰莊之場圃，獲首揚者歷歷可觀。通臨大路，爲一方之通衢，士女絡繹不絕，往者來者，紛紛如畫，則景外之景，而主人偶然命客移樽，於焉寓目，於焉散心者也。

南園之北有隙地焉，更爲別圃，黄土築牆，折柳樊之，後接竹畦，右連杏苑，萱草爲徑，豆花爲棚，區分其他，列種瓜窳，以備不時之採擷，而間得奇種別品，爲大園之未曾有者，則參差植之。隨時隨地，爲復行列。又主人扶杖往來之餘，間一徘徊，或烹葵剪藿，與一二鄰叟村翁，較晴量雨，說年光而樂時豐者也。復有隨喜亭一，豎木成架，以布幔之，居士自題其額，曰：東坡有亭，名曰選勝，予師其意，名曰隨喜。隨喜者，言夫美景良辰，賞心樂事，隨時可喜，隨地可喜，亦隨人可喜也。隨乎時，則花朝月夕，皆喜候矣；隨乎地，則柳岸竹塢，皆喜境矣；隨乎人，則樵歌牧唱，皆喜伴矣。因之以結喜緣，因之以迎喜氣，因之以養喜神。茲亭也，可以永日，可以延年。其亭規制甚小，兩人可舁，到處可坐。陌上草薰，藉之而迓春暉；嶺頭雲冷，守之以延秋月。聚花片以爲茵，掃紅葉而煮酒，則主人任意隨喜，於焉遊戲者也。約略花木之屬，有竹數種，延亙不啻數萬竿，古詩所謂『有地竹林多』者庶幾近之。正始七賢輩見之，不知如何入林把臂；使王子猷聞之，不知如何命輿造賞矣。松八十株，檜柏一百株，梧桐八十株，垂柳年老絲長者三十株，桂花六十株，玉蘭九株，蘭花十叢，山茶二十株，夾竹桃五十株，臘梅一千二百株，千葉春梅二百五十株，牡丹一千三百本，芍藥一千六百本，名菊六十種，蓮花三池。居士雅性不喜盆景，爲其紮縛拳曲而乏天趣也。然老幹疏枝，自然可愛者，亦復量收之。有虎刺五株，枸杞、黄楊、水竹、梔子、怪松各數株，其餘嫩草雜花，不記其數。蓋居士之性以多爲勝，以暢茂爲美，以處處轉換爲有景，以步步欣賞爲得趣，必如是而花木之神始暢，主人之心目始豁耳。

園之西乃爲果園，園之東乃爲菜園，主人於焉摘鮮，於焉嘗新，仿佛乎錦里先生、漢陰丈人之餘風，而步其後塵。此外乃爲桃、杏、李、柰、櫻桃之林，少者以百計，多者以千計，蓋北地風高氣寒，南花如枇杷、柑橘之類，購之不易，養之更難，且多不結子，僅可具品，無勞多收。以上數果，土之所宜，賞春花而落秋實，如裴晉公之碎錦坊，固綠野之佳境，而蘇堤桃花未始不妝點西子之翠眉也。若乃園中大景，可以快賞者，自松風竹雨而外，則有春梅、玉蘭、海棠、牡丹、芍藥、蓮花、蘭花、桂花、菊花、臘梅，接續開放，間時不絕，真令人應接不暇。而點綴其間者，又有千葉桃、丁香、探春、麗春、石榴、芙蓉、水仙、杍藻、蕙馨，各極一時之秀。每當盛開時，幸值風日晴和，雲烟霏微，主人心中無事，體中無恙，無不招佳客共賞，不則獨酌其下，欣然陶然，自喻適志，浮雲富貴，實不知老之將至也。

嗟乎！世之人生長十丈紅塵中，有耽情曲蘖，腐腸不覺者矣。有喪志粉黛，伐性不顧者矣。有捐志貨利，愛我家兄，曉夜牙籌，孳孳不休者矣。居士獨寄興於草木，而百凡不與人爭，其取於世者，抑何廉也！然萼華足以娱其目，芬芳足以悦其鼻，松篁竹韻足以養其耳，佳實珍果足以供其口。仲長統所云『良朋萃至，則陳酒肴以娱之；佳時吉日，則烹羔豚以奉之。躊躇畦苑，遊戲平林，濯清泉，追涼風』，『逍遥一世之上，傲睨天地之間，不受當時之責，永保生命之期』者，真至論也。其所得者不亦宜乎！古之人汩没富貴利達中，或沈冥不返，或乞休未能，有朱門空鎖到老不歸者矣，有僅僅肩輿一登西樓者矣。至如李贊皇置平泉，一石一木，皆所關心；而權勢相軋，老竄朱崖，君子傷之。求如四明境和之樂，蓋百不得一；求如司馬溫公耆英之會，更萬不得一也。而居士獨偃息南園，且嘯且詠，以盡其天年。其徼之天者抑何奢也。然而清風明月，不用錢買；啼鶯舞蝶，不因力至。坐觀臥遊，身不苦其勞；山蔬籬果，人不病其陋。顔斶所稱『晚食以當肉，安步以當車，無罪以當貴』，清淨真正以自娱者，固高人之雅供，而貧士之大樂也。其所取者又何約乎？取之人者廉，則人不妒；取之天者約，則造物不忌。方且與物爲春，方且與天爲徒，是居士玩物適情之地，即其養和棲真之鄉，而雲淡風輕，如邵康節之傍花隨柳，老可爲少。抑餐露飲霞，如偓佺之食，而百花如雉。籛公之飲竹食桂，且凡可登仙也。然則居士之南園，豈猶夫人之園乎？蓋將與龍潭、梟渚並垂不朽。而居士亦一丘一壑，自適其適，不致鶴怨猿驚，煩北山之移文矣。

居士姓侯名恂，字若谷，別號六真居士，明朝之季歷官戶部尚書，中黨禍罷官。遭世之亂，流寓新安，久之歸里，隱居南園，自號梁苑逸民。

甲午秋日六真居士書於南園，時年六十有五矣。友人同邑賈開宗靜子、新安程萬鍾廉倩參閱。子方夏、方域侍筆。

卷之二　南園詩

五言古詩

梧桐二首

梧桐生龍門，落落多清陰。百尺高無枝，時聞棲鳳吟。嗟哉鍾子期，千秋負知音。命匠斫取之，裁成綠綺琴。□以山桑絲，徽以南海金。玉軫何銘落，規制妙古今。輕風來茂樹，明月吐高岑。彈出清商調，琅琅動人心。本自青雲質，乃作白雪曲。昔爲山中木，今爲匣中物。草木有本性，絲桐空爾爲。舊社老樗櫟，永與斧斤辭。

階前孤桐樹，擢幹何青青。修枝上礙雲，疏陰下滿亭。本自嶧陽里，今植幽人庭。蒼秀能若此，霜雪幾飽經。桃李爭濃豔，蕙蘭自芬烈。孤桐樹其間，挺然表高潔。常恐時序遷，先秋問鶗鴂。起視金井欄，飄飄落一葉。造物如有意，奇才不徒生。高崗久寂寞，鳳凰何時鳴？直木忘先伐，高人憂盛名。不如依巖壑，終古保幽貞。

田家三首

家世本農夫，稼穡長子孫。循分安耕鑿，欣欣守柴門。一朝風烟異，倏覺天地昏。妖氛起關陜，烽火遍中原。死者填溝渠，生者棄鄉村。艱難歸業後，荷鋤事田園。隴畝迷東西，嘆息復何言！

南人事商旅，北人事田疇。喪亂生理盡，黽勉問簣簍。把鋤無健婦，服犁借羸牛。起視阡陌間，白茅何修修！種豆山谷下，辛苦蘄有收。連歲多淫霖，坡水東南流。銜泥摘禾黍，哀哀使人愁。

既已易百畝，安敢避三徵？但念瘡痍子，魂魄猶未平。羽翼作夜事，驛路有邊丁。軍令雖云肅，婦子自爲驚。河伯何不仁，黃河歲崢嶸。繇符日追集，決塞紛縱横。急公苦不遑，何由報西成？

七言古詩

池旁高柳上有古藤忽爲風雨所折

南園深秀白雲住，中有清壑藏烟霧。游鱗浮藻澮瀠回，上接婆娑之高樹。高樹移植自新豐，春秋不知幾朝暮。凍皮灑雨干屯風，老藤引蔓相攀附。分條散葉開紫花，蒙茸景逼垂花塢。豈知造物忌奇特，倉皇頓覺神靈怒。千峯黑雲壓樹梢，雷電砰轟使人怖。狂風挾雨恣飛揚，傾瀉天河勢如注。是時有客宴藕塘，竦然起立各倚戶。須臾風止雨暫停，乃報高柳被風妒。大枝丫槎小枝摧，流鶯鳴蟬失所據。卻憐藤蔓能倒垂，恍在巉巖絕壁處。夜晴明月照東軒，空水蒼涼飄練素。不然再驚雷雨鳴，仍來池上看瀑布。

南園菊花盛開招諸老友攜妓賞之有作

今年南園菊滿叢，檀槽新壓珍珠紅。走馬遠馳嬌面女，開筵專請白頭翁。花開能得幾日好，愛花賞花須及早。美景良辰苦難並，西風一夜霜天曉。人生勞勞墮劫塵，得醉花前卽仙真。紅袖勸酒酒莫醉，歲歲同爲看花人。

五言律詩

山居

僻性耽林壑，山居亦快哉！披軒當島嶼，飛翠入樓臺。古木陰森秀，叢花爛漫開。松關人影薄，蘿薜更須栽。

歸里預擬山居詩七首

半生三黜吏，萬里一歸人。歲月風塵苦，河山氣數新。奉身依畎畝，托志在松筠。谷口棲高隱，吾師鄭子真。

何年辭井里，此日問田園。時展先人墓，閒過近舍村。松楸終古恨，桑柘幾家存。遂得家鄉夢，逃名守鹿門。

百戰中原後，傳聞有敝廬。老年珍日月，久客厭江湖。野徑花香滿，山亭月影孤。歸里如可賦，不必嘆窮途。

城郭猶前代，乾坤業此時。廢興千古事，出處寸心知。老厭衰殘苦，病慚止足遲。南園松菊在，秋色倍相宜。

青山言別後，事事與心違。世路柴荊穩，家園筍蕨肥。養生惟適性，遠害在忘機。秋水芙蓉岸，垂綸第幾磯？

萍水身猶健，鹿蕉夢已醒。息心辭世網，抗志謝山靈。梁園竹陰古，隋堤柳色青。從今占氣象，應識少微星。

冥飛天際鶴，今始免高繒。尺水皆堪釣，寸山亦可登。詩書爲尚友，樵牧得良朋。肯使巢由輩，千秋有獨稱。

將近家園作

不記家鄉路，逢人問去程。溯流看水勢，傍岸識灘聲。漸覺烟村近，亟看僮仆迎。十年辭梓里，想象舊柴荊。

題楊子正畫齋四首

萬井兵紛後，藏身得此軒。同羣惟木石，作伴有琴樽。舊舍樓臺近，荒村隴畝存。蒼桑無限意，坐對亦忘言。

結宇依城市，蕭然意絕塵。雲霞收壯志，日月護閒身。依杖看過鳥，移樽訪近鄰。鳳池春水綠，想象可垂綸。

斗室才如繭，乾坤亦可容。瓶花隨日換，徑竹倩雲封。傲骨逢時拙，老年見客慵。周旋無我輩，茲意與誰共？

汝正開花徑，吾方築草堂。松風來遠韻，蘿月送高涼。酒飲醒中醉，弈談靜裏忙。何時能過從，相與對羲皇？

楊子正求天竹冬菊卽以奉贈二首

聞說青精飯，食之可駐年。托根幽徑下，結實晚霜前。翠羽層層緑，珊瑚顆顆圓。因君饒道骨，特贈一枝蘚。

我欽陶靖節，幽興寄東籬。老圃留秋色，黄花發晚枝。霜清葉更翠，雲冷香偏遲。以此奉君子，高齋可自怡。

南園獨酌

豈敢矜高致，由來愛石泉。乾坤留老我，花竹足餘年。適性思酣飲，遣愁賴熟眠。無妨辭二仲，三徑自周旋。

南園閉門

漸喜交遊少，心閒只閉門。眼前無累物，花底有清樽。癖性宜孤往，幽棲得自存。今朝風日好，徙倚向南軒。

柬楊子正

常恐三春暮，林花只暫香。還家存野圃，娱老得山鄉。無意風兼雨，人生病且忙。今朝須痛飲，莫漫負韶光。

夏日南園二首

南園春事好，節序又朱明。舊燕尋巢語，新鶯到處聲。間有桐乳落，時旁竹陰行。頗怪商山老，使人得姓名。

謖謖長松下，偏於夏日宜。雲烟存老幹，風雨護新枝。静覺濤聲遠，閒看蓋影低。春光桃李得，開落任披離。

山莊過楊子正七首

清夏無餘事，悠然念故人。幽居擇勝地，高臥隔浮塵。舊社雲烟古，閒亭草樹春。知君多遠意，不是傲簪紳。

荷天留日月，選地得烟霞。澹泊存家計，安閒度歲華。邀鄰嘗老酒，扶妓得名花。回首看城市，夕陽起暮笳。

愛竹開三徑，賞花邀比鄰。人皆容老懶，吾亦愛清貧。芒履苔痕舊，檀槽曲味新。漢庭知四皓，避世恐非真。

展轉滄桑内，相看已白頭。逃名憂世法，養拙愧身謀。地迥千林秀，亭深五月秋。只今堪對晤，非敢傲王侯。

頗羡楊雄宅，今能載酒過。籬前人迹少，竹外鳥聲多。到處隨遊賞，興來發嘯歌。莫愁歸路晚，明月上烟蘿。

倚杖過南陌，支頤看白雲。微風消溽暑，春氣散餘醺。忽忽松濤至，娟娟竹影分。林間饒逸志，高樹暮蟬聞。

丘壑何年得，蓬蒿一徑深。移樽隨樹影，鋪席就花陰。雅會忘賓主，閒談閲古今。往來如不厭，日日共招尋。

南園

南園幽勝處，頓使世情消。丘壑容疏放，親知慰寂寥。松陰能礙日，竹意欲淩霄。卻望紅塵裏，紛紛滿市朝。

秋日南園

秋日南園裏，天高物氣清。晚花還爛漫，百卉自生成。依杖看雲態，銜杯對月明。獨憐霜露至，搖落使人驚。

秋意

秋色來何處，蒼然滿故林。寒花仍照眼，落葉漸驚心。不歷風霜苦，安知日月深？春光早晚至，宋玉莫悲吟。

柬余洪崖

當年同白社，卽日共青山。有恨乾坤老，無營日月閒。柴荊存晚計，花竹破愁顔。扶杖看何處，蓼花一小灣。

寄陳定生

往事無須問，人生隨所遭。素心宜澗壑，野性任蓬蒿。碧草杯中嫩，白雲嶺上高。卻思謝太傅，枉爲蒼生勞。

聞葉青來歸櫬哭之

共作南遷客，嗟君獨不還。遊魂依舊代，歸夢共青山。勳業封疆上，姓名宇宙間。靈幡何日到，行路淚潸然。

鄭元雅自金陵謝病歸賦贈三首

憶别彭城後，摇落恨各天。桑滄隨運數，出處任風烟。萬事真難問，一身豈易全！登堂今見汝，握手憶茫然。

奉使前朝日，曾經過洛西。風連秦塞遠，笳起隴雲迷。故國山河在，名園竹樹齊。官情君素薄，何事久悽悽！

天外冥鴻意，將無慮網羅？ 病身憐日月，末路慎風波。 塵累青山少，春光綠野多。 約君從此去，杖履日相過。

夏日同曹水蚓賈靜子張于東諸友集輔之三弟園中卽邀遊南園三首

知爾耽幽僻，同遊豈待招！ 桐陰爭覆地，竹勢已干霄。 池館何年構，雲烟此境饒。 苔痕綠屐齒，任意得逍遥。

十畝徼天足，千林過雨青。 隨人尋勝地，終日坐高亭。 花意閒方得，松音靜可聽。 夜深仍露飲，好月下空庭。

白髮餘生在，青山舊隱深。 閒來尋竹徑，醉後立松陰。 細草留春色，新鶯送好音。 未知千載上，黄綺可同心。

夏日同李望雲過楊子正山莊三首

別墅綠郊遠，疏籬隱舍斜。 前朝有姓氏，此日有烟霞。 夜迴孤窗月，春深幾樹花。 舊醅能醉客，稚子不須賒。

相念形容老，獨憐意氣多。奉身安草莽，失意寄烟蘿。潛渚魚驚釣，翔雲鳥畏羅。疏狂吾輩在，勉矣慎風波。

已破三生夢，肯懷百歲憂！但商曲蘗事，不作稻粱謀。舊舍琴書古，遠村杖履幽。東陵瓜正熟，何必說蕭侯。

獨眠

忽忽因何事，終朝只獨眠。病知身世寄，老覺性情偏。服尚聊隨俗，桑麻亦任天。不如邀鄰叟，把酒共陶然。

贈楊克振二首

萬國兵戈後，堪憐此日還。恍疑非舊里，猶幸見家山。省憶人生苦，商量世路艱。田園荒落盡，何以破愁顔。

吳門分袂後，世路嘆悠悠。作客誰青眼，還家我白頭。畏天安草野，選地得林丘。南圃開新徑，知君可共遊。

秋日同程知微過劉念夙山莊

聞君高隱處，白日到羲皇。禾黍三秋好，竹松幾樹涼。留連尋谷口，仿佛問濠梁。爲我下陳榻，疑來醉素觴。

南園有老樹感而賦之三首

老樹何年有，托根在竹溪。清陰迎月下，高幹與雲齊。時序驚衰謝，風光嘆改殊。流鶯曾相識，飛向別枝啼。

千林春色裏，竹樹自婆娑。偏覺風霜苦，獨憐歲月過。半枯生意盡，孤聳老枝多。剪伐休容易，猶堪挂薜蘿。

蔭畝竟無葉，梢雲空有枝。堪憐凋瘁後，想見榮華時。天地春秋老，古今日月移。菀枯隨運會，桃李莫相悲。

陳副戎過飲南園有作三首

獨往從吾好，幽居遂此生。忽傳臨羽蓋，欣命啓柴荊。共向松蔭坐，閒隨竹徑行。將軍寬禮數，猿鶴莫相驚。

世情容老拙，天意任迂狂。種竹千竿綠，栽花幾樹香。清風思綺季，白日夢羲皇。卻喜高軒過，親知誼不忘。

素性宜疏散，衰季畏應酬。今朝陪棨戟，竟日坐林丘。鳥語隨歌曲，花枝遮酒籌。不嫌野供少，乘興任淹留。

松風

長松何磊落，謖謖起清音。聲落窗前雨，影搖池上陰。乍聞醒午夢，靜聽助微吟。誰信郊園内，寒濤五月深。

尹叔敬過訪南園喜爲賦二首

南園多癖事，未敢問同人。野遠雲霞異，庭幽草樹春。歲時還伏臘，宇宙自風塵。不是羊裘輩，誰能訪隱淪！

杜居關癖性，今日啓柴扃。傍竹尋花徑，看松坐草亭。春光東望遠，山色四圍青。十日能歡飲，新槽有醁醽。

哭曹水蚓

忽聞歌楚些，沈痛欲如何？一代風華盡，千秋感慨多。青山留畫色，白雪想詩歌。記得高談夜，疏簾映薜蘿。

相憐新白髮，共飲舊青山。兵火魂初定，林丘夢乍明。幽花香細細，好鳥語關關。從此春風路，無由共往還。

向日經遊處，柴門晝自扃。山河悲寂寞，書畫恨飄零。松響風生戶，桐蔭月滿庭。思君不可見，醉眼向誰醒？

七言律詩

將歸

南飛獨鶴繞山城，漸向關津問水程。夢入家中千里近，人歸江上一舟輕。隋堤亂柳絲還綠，梁園春花色正明。故國兒童先寄語，應知華表是蘇卿。

丙戌北歸弟輔之兒方域姪方岳輩來迎作此示之

荒荒秋日下平原，問訊家鄉倍慘魂。當日室廬曾似舊，邇來松菊可猶存？親知凋落餘誰氏，黨族飄零聚幾村？自嘆衰年猶遠遁，生還幸得見兒孫。

丙戌還里遂到南園草堂之靈相別二十年所矣秋風衰草一望淒然感而賦此

問訊南園道路疑，披尋山徑故逶迤。三陵日月還前代，一壑風烟又此時。天俯荒郊衰草遍，秋深廣野夕陽遲。芳花滿眼歸何處，悵望林泉有所思。

夏日南園作

寒梅千樹隱修篁，六月雲深草閣涼。老圃創收瓜蒂美，小池新出藕絲香。弈枰酒盞分清晝，鳥語蟬聲共夕陽。野叟相過無餘話，豆花棚下說年光。

秋蟬

西風吹氣到鳴蟬，獨抱寒枝意悄然。漢苑樓臺留夕照，隋堤草木入秋烟。天心寂寞憑誰問，時序蒼涼只自憐。餐露吸風隨晚景，螳螂解事莫相煎。

秋蛩

新秋雨漬草根涼，下有孤蛩泣露光。明月獨懸依冷砌，霜風漸逼向空牀。漢宮團扇方辭輦，秦塞寒衣正望鄉。幽恨關心只多少，哀鳴那不斷人腸。

秋興

杖藜獨往問農功，築圃滌場滿望中。舍後晚蔬迎雨露，園前珍果落霜風。初收玉粒匙翻雪，新壓檀槽盞映紅。社鼓紛紛何所事，鐵犁溝下會村翁。

寄楊元化

曾擬相邀過小園，因循遂負杏花天。梁園春好誰同賞，蔣徑雲深只獨眠。契闊每思良會少，老慵應得故人憐。鳳池秋漲看明月，東望還期訪戴船。

閉關

老病棲遲有故山，深居獨往自盤還。雨中春色花千樹，草際烟光屋數間。倦鳥還巢先已倦，閒雲出岫未爲閒。何如息影松窗下，無事終年任閉關。

鄭元雅惠竹百竿喜爲七言謝之因邀過南園

谷口琅玕千萬影，南園□□□□平。遂爲蔣翊開三徑，始信子猷愛此君。蘭畹香分風嫋嫋，桐階枝映月紛紛。預期秋雨新晴後，相向把杯對夕曛。

樓成二首

別墅雲烟與世辭，新成草閣正相宜。修篁鎮日簷前影，高柳頻年屋上枝。平野遥看天盡處，危欄獨上月明時。寒笳吹落西風暮，爲問幽人總不知。

爲貯白雲構小樓，憑虚遥望思悠悠。露寒風緊千門静，野曠天高萬壑秋。隋氏長堤餘廢隴，梁王舊館失荒丘。登臨且盡今朝興，落日蕭蕭起暮愁。

庚寅初度自壽時年六旬有一矣

勞勞日月隙中人，彈指風光三十春。省憶年華虚甲子，因循時代又庚寅。生涯自信青山在，老病獨憐白髮新。但願從今無餘事，巖花澗草伴閒身。

贈趙竹實竹實善種花

梁臺隋苑事都空，此日猶能見此翁。十畝深耕春雨後，長林高臥白雲中。隨心細草緣階綠，得意名花滿徑紅。素性由來耽幽事，撚書應許問牆東。

美人三首

花徑逶迤逐伴行，卷簾獨立態盈盈。茜裙夜度階前靜，繡帶風回掌上輕。洛水襪塵遍著眼，耶溪屐齒倍關情。佳人一笑能傾國，卻愛蓮花步步生。

澹畫雙蛾貼翠鈿，秋波滿眼使人憐。水晶簾下窺新月，楊柳樓前望曉烟。閒托金箋情偏媚，喜開寶鏡貌增妍。遼陽人去無消息，坐對蘭釭淚暗懸。

拾翠搴珠洛水秋，正從玉筍見風流。夜深擁枕聽寒漏，春曉扶欄上小樓。拜月臺前雙袖斂，鳴梭窗下十指柔。遠山描就嬌無奈，折取梅花插上頭。

種瓜

茅舍疏籬處士家，林丘從此貯雲霞。樓藏萬卷書堪讀，樽酌舊醅酒不賒。策杖遥看烟際柳。開窗靜對雨中花。園前又報新畦就，自種東陵五色瓜。

爲山成作二首

郊扉無事晝常扃，閒立數峯對草亭。小洞幽深藏氣象，危橋倚側入高冥。雲開絶壁千峯秀，雨洗叢崖萬壑青。自分合應丘壑里，移文豈敢負山靈？

南園屏迹思高隱，枕石漱流恐未能。已引暗泉聽滴瀝，仍羅奇岫豎岐嶒。遥空蒼翠林丘異，半壑烟霞几席增。風起竹聲如長嘯，恍疑巖際有孫登。

述懷

疏風習習過亭臺，散髮披襟亦快哉。閉閣終朝無客至，移樽到處有花開。五湖霸國乘舟去，四皓趨朝定鼎回。出處雖高終多事，何如石隱任蒿萊。

喜程石雷自新安至二首

新安分手意匆匆，猶記君家草市中。修竹映門三徑遠，老梅傍閣一株紅。山連白嶽開丹嶂，檻俯長江接碧空。別後高齋無恙否？各天亦恐亂離同。

松閣陰陰鶴逕虚，伊人卻喜到吾廬。河山永夜勞清夢，風雨三秋隔素書。詎意命舟能訪戴，應知下榻爲留徐。把樽細語生平事，共向春光慰索居。

南園新開池河復爲小艇與客遊之漫賦

爲愛烟波赴小園，新開池渚近青軒。花明蓼岸如山舍，柳暗荷塘似水村。半棹雲光天倚樹，一灣秋色月盈樽。居人試問滄洲意，千載桐江有釣痕。

附　玄岳鄭老師和韻

商山猶自說東園，小艇時牽過碧軒。曲徑逶迤迷近嶼，孤烟繞拂失前村。嘗看竹猗浮新綠，快識跫音倒舊樽。杳杳冥鴻天外隱，尚留爪指踏沙痕。

南園池上臺成與客登之賦此

萬樹陰陰綠滿庭，層臺突出依郊扃。傍簷高柳絲絲嫩，拂檻修篘葉葉青。樵牧幾家分草舍，雲烟一簇入荷亭。臨風忽動乘流興，容與輕舠破杳冥。

高大將軍過飲南園爲賦近體四首

特過郊關訪隱淪，杜居林墅有閒身。琅玕青篁堪留客，窈窕紅妝更妮人。彭澤黍多能共醉，東陵瓜熟未全貧。晚來同步蘆汀上，涼月娟娟下水濱。

茅堂虛敞倚河干，水氣澄清夏日寒。竹粉飄風香細細，柳陰籠月影珊珊。獨慚草堂供應少，卻喜將軍禮數寬。更有麗人陪笑語，何妨滯酒共盤桓！

野圃高堂多古樹，風林長夏欲清秋。經年閉閣無人過，此日開軒供客遊。竹塢松亭隨玩賞，花香鳥語足淹留。人生有幾須豪飲，我已蒼顏君白頭。

蕭蕭殘鬢兩衰翁，問柳尋花此意同。法酒舊醅盈盞綠，美人新到靚妝紅。遺簪墮舄沈歡後，白眼青天半醉中。石隱南園思伴侶，還愁北闕起元戎。

試茶二首

午窗睡起試新茶，先遣兒童汲井華。座有盧仝能七碗，方傳陸羽得三芽。藏溪價重珍春葉，蒙頂香清愛石花。碧玉杯中傾沆瀣，何殊天上飲流霞！

紫茸綠筍舊知名，能使清風兩腋生。細細爐烟看火候，閒閒窗影聽濤聲。黄金碾就香全嫩，碧玉盛來色更輕。恐有相如消渴病，侍兒故勸啜仙茗。

種竹

南園無事足盤桓，又種修筠數百竿。曲徑風來香細細，空庭月下影珊珊。新蒲細柳爭春色，穠李天秋讓歲寒。獨賴此君爲知己，清樽記取照琅玕。

茉莉

秋空雲静月如霜，小宛風來茉莉香。玉色仍教羣卉妒，瑶林獨擅一枝芳。氣蒸茗碗成清飲，簪上雲鬟助晚妝。桂馥蘭馨稱絶品，此花應置瑶臺旁。

五言絕句

閨情四首

昨夜春風過，芳草忽滿庭。不知邊塞上，柳色若干青。

朝來扶妝閣，玉手理青絲。衡陽音信斷，空畫遠山眉。

綾羅綺繡牀，無言暗自傷。生憎羅裙上，雙雙繡鴛鴦。

閒來邀女伴，春遊共戲樂。忽憶長征人，雙淚一時落。

玄岳鄭老師惠藤杖一枝上刻句云老來當爲丘壑伴醉鄉猶勝子孫扶予每拄之獨遊南園爲賦二絕句

松風起遠濤，竹露爲清響。侵晨閒無事，扶藤自來往。

扶杖遊何處，碧沼藕花紅。好風吹面至，疑在蕊珠中。

卷之三　輯佚文二十二篇

題爲國運方亨時事堪憂敢竭狂愚伏乞聖鑒早杜危亂之萌永維泰寧之祚疏（天啓元年二月）

臣蒙恩拔置臺班，蓋實責職以言也。區區私憂所願陳于皇上者有四焉，曰：防在廷之姦、消在邊之釁、渙在朝之羣小、培在野之元氣而已。

蓋聞治天下者以天下爲身。内而在廷，肘腋也，憑城倚社之蠹藏于左右，而肘腋病矣；外而在邊，榮衛也，養癰潰瘤之虞中于封疆，而榮衛病矣；上而在朝，心膂股肱也，淩競摧折之端乘于寮寀，而心膂股肱病矣；下而在野，精神命脈也，凋殘剝落之景乘于閭閻，而精神命脈病矣。故帝王御世，必攝官府于一體，而策安攘于萬全。區區私念猶願勞皇上之神者，非過計也。

皇上亦知今日在廷之情形乎？從古宦官濁亂人國多矣！蓋假人主之嚬笑以爲權，則不可問也；伺人主之醉飽以爲計，則不可防也。而其深謀祕訣，尤在不令人主讀書親近儒臣，每讀前史至仇士良數語輒恨。若輩陰狡一至于此。今皇上臨朝開講，鋭精治理，而畢竟居外殿時少，居内廷時多；對朝士時少，對寺人時多。宴安惑溺之說一入，則知憂知懼之念慌矣；聲色引誘之術一投，則勤學勤政之心淡矣。顧皇上急防其漸，一意與賢士大夫商榷幾務，探討古今，朝講之暇，將軍國大事時時著想，又取《帝鑑圖説》及《祖訓録》等書或列之屏、或書之几，朝夕觀省，如是則聖德日崇，聖志日清，宸斷迥出，裁決自當，又何中旨之足慮乎？不然，稍爲所疊，臣憂夫左右之蔽明也。而叢枯于借神，此所謂肘腋之患也。

亦知今日在邊之情形乎？慨自款市告成，武備全弛，債帥侵尅常例，邊吏蒙蔽，其故習也。邊事之廢，良由邊臣無事業已欺罔，有事不當追論耶？祇緣上下相狃，是以戎索日壞，遼左之敗已見于前事矣。卽舉遼事言之，逆酋蓄毒，識者知其必叛，而藴禍挑釁，馴有今日妖氛，無就撲之期，廟堂鮮必勝之。畫臣請與内外當事一爲商量，聚十餘萬之師而瓜期茫然，久戍長征，能無他變乎？通、昌練兵已報竣事，然聞左亡命徒耳，恐不堪備一旅也，可不早酌處法以爲應急之令著乎？多夷投降，草草收納，彼有辭矣。遣之失中國之體，留之結狡虜之仇，且慮安插之無方也。何以處置得宜乎？虜憤我之枉殺也，起而挾我則我困，走而合奴以攻我則我亦困，何以羈縻之使無生心乎？危急之地需人最亟，邢慎言輩已羞負乘，趙邦清等又慮僨轅，何不特訪真實邊材，令無誤推轂乎？牛車措辦如何勞費，顧乃盡數倒損，復議人運也。職典守者可漫不究處乎？每嘆三韓報警，當事之臣種種失算，著著敗局，近則張皇，緩則因循，夫今天下豈無事之時哉？一隅發難，已覺擾攘。諸虜蠢動，何以撐持？而猶然泄泄甘燕雀之嬉處，任桃蟲之翻飛！臣憂遼左已潰之瘤，其禍方殷，而各邊夙養之癰其釁倍烈矣！此所謂榮衛之患也。

亦知今日在朝之情形乎？臣子共立一國，共戴一君，本無楚凡，孰爲蠻觸？咎在意見一分，畛域隨判。始以相左之，故疑而相構； 卒以相角之，故挺而相殘。人不論其本色而株連旁坐，翻令李代桃僵； 事不據其定案而枝節横生，致使火因風烈。迴觀廿年所反反覆覆，造多少事端，錮多少人才？不謂今日又蹈前車。如起廢一節，九年棄抉，一旦賜環。本欲觀其後效，乃更翻其故案。品目憑心，推敲任口。倏佞倏賢，豈眥鬚之無定； 一樹一枝，想肺腑之各存。山中之旌帛未加，室内之戈矛先起。近發單諮訪，奉有明綸，固以主持，責部院而期歸于畫一矣。竊謂有共矢之虚公，乃可贊其主持； 有共安之和平，乃能成其畫一。願同事者，以平恕心愛惜人才，以空明心照管公論，以定靜心解息煩囂。各舉所知徐聽參酌，無苛索于先，無拘攣于後。節有可錄，不妨取其偏鋒； 才果堪收，無更摘其寸朽。而總主于搜羅遺賢，弘濟時艱，庶于盛舉爲有光耳。而有如成心不化，狹路相尋，玄黄之戰遞交，水火之煎轉甚，剪除多則傷善類，掊擊過則傷國脈，釀成傾險之仕途，弄壞清夷之世界。言路諸臣誠不得辭其責矣。蓋漢之甘陵，唐之牛李，宋之蜀洛，皆與其國相終始。國卒受其敝，臣憂三季之危症，再見于聖朝也。此所謂心膂股肱之患也。

亦知今日在野之情形乎？天下有亂象，有亂機，有亂本。魚書狐火，亂之象也； 土裂瓦解，亂之機也； 民窮財盡，亂之本也。今日者内潰外訌，所在騷然。醜虜憑陵，悍卒鼓噪。甚至都門之外，剽刼横行。亂象已就，亂機已著，所恃者祖宗德澤一線，遺留本根或未撥耳。而天災之不時也，民生之日促也，國步方艱，用民之力、吸民之髓者源源而來，未可已也。臣目擊中州事，痛念水旱頻仍，溝瘠載道，乃其存活者，一蔬半粒，又不得安享也。招軍調兵，驚擾者幾何郡？買牛助餉，苦累者幾何邑？派畝税契，傾蕩者幾何家？骨立形銷，嗟皮毛之欲盡； 差煩賦重，羨萇楚之無知。一方如此，四海可知，民力竭矣。顧不亟亟收拾，實實拊循，使握粟者作無聊之計，駭輿者逞不軌之謀，皇人欲宴然軨軒得乎！夫人主之大柄，法度德澤而已矣。今紀綱既不足以振刷，德澤復不足以固結，臣憂鳥窮則啄，獸窮則攫，而覆舟斷索之禍不旋踵也。此所謂精神命脈之患也。

嘗譬今天下大勢如一巨丈夫焉，體質空存，精脈鍥亡，肘腋處處受病，其耳目手足又自相疑忌，自相批折，不知尚有完人否！時事之舛，不幸類此，善治病者察其氣色則鍼砭湯熨加焉，故無膏肓之疾，今亦鍼砭湯熨之時也。區區之私憂願勞皇上之神者，非過計也。

抑臣並責于相臣焉，往者虎豹重閽，造膝無路，則諉之曰：勢不能回天，誠不能格君。今已御朝講矣，常承召對矣。一時寵任，千載遭逢，有何要務不可以面陳？有何疵政不可以力挽？況鼎祚聿開，海宇望治，正宜乘好機會，打真精神，一切閣票明白剖判，議覆既定，斷在必行，以振積習，以佐新治，道無踰此。倘今後邊方之頽頓如故，民生之凋瘁如故，羣議棼棼，而票擬之職復拱手而委之中涓。相業無色，主恩重負，不知輔臣何以答昇平而對天下矣！敢言時事而並箴之。天啓元年二月初一日。

（輯自《頌天臚筆》卷十五下《啓事》，四庫禁燬書叢刊本）

慨自逆奴發難遼邊因應疏（天啓元年三月丙子，標題爲輯者擬加，下同）

慨自逆奴發難，上下焦然，徵兵索餉，日不暇給。內以清查望之外，而外之欺蒙如故；外以應援望之內，而內之廷緩如故。汎汎悠悠，茫無定局。非奴困我，我自困耳。夫遼當摧破之餘，土地人民喪折大半，殘局也。奴屢勝，我屢衄，來不能禦，去不能躡，敗局也。奴以宰賽故，顧瞻西虜，迴翔而不敢深入，我因得浣城設防，保此塊土，又持局也。善弈者審于棄取，善兵者審于戰守，今能往而與奴爭乎？能如撫順之初議，漸逼扼奴之吭，而蹙其命乎？職固料其不能也。則惟有守之一局而已矣。繼自今無遽言犂庭扨穴，無慢言師老財匱，一意堅壁清野，簡將蒐兵，修戰具，養戰氣，以爲持久之計，待夫奴惡已厭，奴隙已開，始徐起而圖之，遼局其可結乎！

如是而言兵，兵有見在十三萬焉足矣。請無徒求盈而求精，卽見在者，實實挑選，實實教訓。擇智勇之將統領之，聯絡布置，互爲犄角。奴馬强横，豈其遽能得志！而適有脫伍仍用遼人，漸募漸補，轉客兵爲土著，省安家行糧之費，消苦戍思歸之變，計莫善此。而土兵、邊兵、家丁，一切調遣可概報罷也。土兵狎，邊兵不可再抽，而家丁非其主者不歸死也。

如是而言餉，十三萬之兵，以五百萬之餉餉之，原自不少，況又加以内帑之五十萬乎？太僕巡青之二十萬乎？客歲未完之二百八十萬乎？截漕三十萬石可當三十萬乎？鹽局淘河銀兩更有四十萬乎？是皆實數，可佐新餉之不給者。但慮今之征收，猶似昔之拖欠。請無徒責州縣而責司道，嚴其考課，重其參罰，俾督催屬邑，刻期起解。卽冲疲災荒，力難追完，亦以別項觝足。惟呼庚問癸之新餉，斷令絲毫無虧，而又覈實用之。二三年間，當可支持會議之舉。第當議屯田、議鑄錢、議鹽策，與夫十庫之改折，各工之侵欺，光祿、緹騎之虛蠹，作何修舉，作何厘刷，以濬不涸之源，塞濫觴之竇。而搜括挪借事例，一切議條，可概報罷也。搜括挪借多煩爭執，而事例收悉于官，償債于民也。此兵餉之定著，不煩再商者也。

而最急則無如挽運矣，最要則無如器械矣。遼左本色絶少，軍多枵腹，故運法最急。而索車至一萬八千輛，用推車之卒至四萬七千人，則決不可。何者？內地買牛買騾，騷擾已極。再加驅迫，人心必至動摇。蕭牆禍起，所不忍言，且千里重繭不堪費，恐復爲牛騾之續也。幸經臣無訝計部之商量，從長設處。或用抽軍，或用汰兵，主定撥運之法。夫東南之粟，駕舟于淮揚，啣尾于天津，順洋以達蓋州，而去遼瀋不遠矣。通筭一人之力，一日之程，最少任担五斗；最近任往返六十里，遞轉遞接得三萬人；而纍纍之料糧，固不脛而馳也。安在撥運之不可行乎？淮海若鼓浪之候，運道險惡，可就天津糴于商，令其自敗自鬻。利之所在，皆爲責、諸。遼陽穀價騰踴，商無不爭赴者。重價收糴，自可濟用，正不須車運耳。器械不精，以卒予敵，今外解者盡屬濫惡，廠造者又屬虛縻，真欲張拳耶。合精選廉幹司官，曉暢法制者，一如經臣疏請，久任以董其事。而巡視之職，日省月試，實行舉劾。若然，則工費自省，器械自精，一有請發，隨呼隨應，此兵餉之亟需也。

而最重則無如練營兵矣，最便無如折班軍矣。京營之不可問者曰影射也，侵占也。影射、侵占之不可問者，鼓譟之不可問者，曰糧薄而人囂也。有法于此，先剔祖軍之虛名，使在冊者真有年貌，真有保結，按籍可呼，而後行分練之法。分其所習之藝，分其所隸之將，分其所駐之地。隊以千人爲率，同日開操，以查點爲簡閱，而竄冒者無所容矣，而老弱者無所溷矣。然後從容沙汰。汰一于十，汰十于百，安其心，散其黨，而汰者可無譁也。月糧一石，軍餼太薄，定當加厚以塞譟者之口。而四盡三空，無從措辦。合無姑酌雙糧，養選鋒，即舉所汰之糈，並給于所留者，豪鷙之心已收，而汰者益可無譁也。漸汰漸精，虎旅其改觀乎？所深慮者，百年盤踞之窟，一旦振刷，不能無謗，不能無怨。

必須慷慨擔當，實心任事之文臣，始可資其整理；必須韜略嫻熟，威名素著之武臣，始可藉其督率。

欲飭營務，不可不首議耳。班軍之設，以擁護神京，祖宗兵制，良有深意。而承平沿習，積敝已久。上班下班，祇存其名而無其實。如職鄉歸德，春秋班軍三千三百餘人，赴京者十之一耳。姦棍挑攬，貪棄包占，牢不復破。收軍放糧，但須數文，顧覓之錢而事已畢矣。國家亦何愛于烏有而任其漁蠹爲？故曰：折之便。折一軍之屯地可得三兩，折一軍之大糧可得八錢，折一軍之日糧可得二錢，是一軍可得四兩有奇。一衛二千餘軍，可得萬兩有奇。以一衛例，各衛以秋班例春班，約各都司之所領，凡數萬人，可得數十餘萬矣。不費推算，不費鏤剔，而多得數十餘萬，不足爲持籌之一助乎？如慮堂奥空虛，倉卒有警，防守無人，曾見頹敝之衛卒能堪荷戈？縱使赴京亦象人耳！今後確宜盡折便，以折解錢糧貯充召軍練兵之費，此又兵餉之長計也。

（輯自沈國元撰《兩朝從信録》卷六）

請明綱紀以保治安疏（天啓元年六月二十四日）

御史侯恂言：國法日輕，人心日玩。臣，法官也，義在執法，請以法爭。

（《明實録·熹宗實録》卷十一）

山西道御史侯恂疏請明綱紀以保治安内云：宣兵之譁也，誰爲挑激？非帥臣劉孔胤乎？使當時立爲正法，以明告天下曰：調兵而兵譁者法無赦！其敢不急投衣袂爲士卒先？而竟以納馬贖死矣。要挾無上，罪已定，而逭之誅。尤而效之，又何怪乎催檄如雨，而鼓譟者在在見聞也？臣之爲法惜者一。

楚兵之逃也，誰爲統押？非道臣王世德乎？使當時立爲褫秩，以明告天下曰：督兵而兵逃者法無赦！敢不嚴操紀律爲士卒倡？而僅以奪俸示懲矣。罪本重而薄之罰，尤而效之，又何怪乎望援如歲，而奔潰者屢屢見告也？臣之爲法惜者二。

匿名文書，原有明禁，而粘揭懸榜，公然列之通衢。夫朝廷憲典具存，縱使罪在誤國，自應以國法誅之。豈攸攸細人，得以蜚語裝誣，而操生殺之柄？此風不爲痛革，深恐陰謀暗布，含沙四射，又起妖書之大獄也。臣之爲法惜者三。

嘉禮告成，方慶鉅典，而重犯兇盜公然思爲冒認。夫母后家世分明，縱或膽可包天，何至並皇親假之？此律不從重擬，將鐘鼓亦爲無光，寤寐亦爲不暢，轉恐姦類勾連，又成陳槐之疑案也。臣之爲法惜者四。

劉應元、李延祚、仇震之鑽書也，營缺營地，債帥行經，不知如何剝削粮餉，如何蠹壞營伍，幸其事敗矣。而屈法徇情，不聞究問，則緣賄賂以進身，託權要以媒官者，真得計矣。臣之爲法惜者五。

陳雙泉、登鼎臣之作姦也，假官假印，猾胥穴窟，不知侵多少事例，騙多少金錢，幸其情得矣。而枉法容私，復致倖脱，則經城審無生路，經參送無死理者，真實錄仕途龐雜，又安得澄清之日也？臣之爲法惜者六。

（以上輯自監察御史李長春編《明熹宗七年都察院實録》卷之二）

北疆事急薦張懋忠袁崇焕疏（天啓二年正月甲子）

御史侯恂言：鎮武大營已潰，廣寧存亡已在呼吸。廣寧不守，則山海震撼。山海不固，則京師動搖。亟當趨救廣寧，無孤忠义望援之心，而保山海以衛門户，實京師以护根本，不可一刻緩者。兵部仍當懸示榜文，明諭軍民，無得輕信訛言，紛紛驚竄，風鶴惊惶之日，正宜處以鎮定。輦轂之下，多姦細叢雜，緝防之令倍宜申飭，而戡祸定亂，必藉謀臣猛將如錦衣衛都督張懋忠，志在呑胡，宜授登坛之任。見在朝覲邵武縣知縣袁崇焕，英風偉略，不妨破格留用。

（《明實録·熹宗實録》卷十八）

論移宫議疏（天啓二年五月）

移宫一事，宸極正位，而敢懷暗奸之謀，從哲詎不知其不可哉？惟是徘徊觀望，實有依阿僥幸之心，而又無如迫於衆議何！乃不得已而具揭耳。故使當時科臣之爭不力，移宫者未卽移矣。而謂少遲不妨，抑思何事不可少遲乎？愛從哲者不能爲之解也。

議紅丸案疏（天啓二年六月）

先帝嗣服未幾，頓嬰羸弱之證。紅丸一進，鼎湖隨泣。鴻臚非診脈之官，紅鉛非對病之劑。庸醫殺人，法當杖。輕易用藥嘗試至尊，當坐何律！然則李可灼之罪，真百口莫贖矣！然而孰實主張之，非方從哲乎？身爲元輔，君父生死忍聽小人嘗試，甚至舉朝攻發，而仍票回籍調理之旨，明示優容。庇姦如此，欲無同罪得乎？論進封，則累皇祖以亂命之失，是爲得罪皇祖；論進藥，則陷先帝以正終之恨，是爲得罪先帝；論移宫，則貽皇上以垂簾之禍，是爲得罪皇上。人臣有一於此，足以正不忠之誅矣！願廟堂之力持而速斷之也。

（《三朝要典》卷二十一、十四）

巡按貴州陛辭敬陳十事疏（天啓二年八月）

臣碌碌序菲，叨膺按黔之命，力小肩鉅，正懷飲水，而黔撫適以敗聞。黔撫于六月初六日抵平越，各兵將在新添衛相距七十里。聽巫鬼之言，妄謂康神下降相助，遂于初十日發兵。此時副總兵徐時逢與參將范仲仁以爭，各不相同。十一日，范總兵于瓮城河先與賊交戰，因失利止，折損數百。即時殺傷亦略相當，尚未敗也。而徐擁兵不救，卽申范參于黔撫處，言其擅違節制，輕戰失利。黔撫卽差官拘提范參將，令其兵悉聽徐節制。范原古鎮，算有兵八千，皆其原領。各兵一聞此信，遂一哄而散，于此少失調停，徐便勢孤。至十七日，爲安賊所圍，遂至全軍覆沒。楚弁如孟長庚、高唐忠等固不足惜，若馬一龍、白自强皆表表者，而今皆陷，豈不痛哉！想聖心之憂勞，念王事之迫急，畏此簡書，遑敢卽安。惟此去國滋遠，戀主滋深，寸衷耿耿，不能自已。切嘆方今戎馬雖棘，旦夕從容，豈曰無時？乃天未嘗負人也，而人每負天。封疆雖壞，中外布列豈曰無人？乃君未嘗負臣也，而臣每負君。感時觸事，有慨于中久矣。茲舉目前要務，軍國大計事得十焉，爲皇上陳之：廟算不可不定也，殿爭不可不和也，樞貳不可不簡也，巡撫不可不擇也，倖恩不可不裁也，嚴威不可不竇也，邊苦不可不念也，兵料不可不儲也，召募不可不戒也，駟遞不可不酌也。

曷謂廟算當定？國家政體分于部而總于閣，一切機宜，必須再三斟酌，然後請旨條下所司，畫一行之。今綸扉之地，先自票同，如向者搜括無礙錢糧之說，與夫監軍贊畫之不得領兵也，李懷信之調山海也。明語已頒，閣揭乃從而駁之。意見之不投邪？商量之未及耶？而謀斷交資，古誼安在？而又令人安所從乎？冀閣臣之念之也。

曷謂殿爭當和？天下事，非一家私議，卽使各具別解，寧得過執成心？今一事之爭，不勝抵牾。如三將之分轄，布置既定，忽有奇變，遂致閣與部左，部與科左，科與道左，而抑且内與外左，堂與司左。邇見撫臣控疏乞罷，二樞臣亦連章求去。得無以此介于此念不化，成隙非小，昔人上殿相爭，下殿不失和氣，何諸臣之忘之也？

曷謂樞貳當簡？大師之先于樞密也，其任最重，而在今日則又最難。故必威名素著、精力有餘者乃獨勝其任，而愉快焉。即如吳仁度清品雅士，授以軍旅業苦，才與用違矣，中途告病不出。夫政推而又趨之使來，夫其無病抽身，則必坐視君國之急，將安用之？而如果病也，少司馬豈養病之官也？

曷謂巡撫當擇？撫臣之設，所以布德宣威，彈壓一方。曷得其人，監司而下，凜凜望氣；提封以內，無不要晏然矣。即如張鳳翔之在畿南，練兵擒盜，屹樹保障；王象恆之在留都，且以餘力遣將解銀，往助山海。各省而皆如是也，千城豈憂無托耶！故當事應慎擇之。毋循資俸，恐衰暮者無人展布也；毋採虛望，恐浮剽者無真幹局也。是安壤之第一義也。

曷謂倖恩當裁？聖主踐祚，覃恩廣被，一時乘機遘會，乞贈乞廕者，慮不無僥倖之心焉。上姑予以分榮，下濫得以爲嘗。或至升易名之大典，而亦倖邀之矣。噫！人主摩礪宇内，止此生前爵賞與沒後之褒衮耳。惟蓋難忘，繁纓可惜。願皇上持㬦濫之戒而已矣。

曷謂嚴威當霽？堯舜之世，都俞吁咈，濟濟一堂，用成唐虞之治。頃者嚴旨屢下，震怒不測，司寇突蒙革職去國，而近又有建言削籍者矣。聖明初政，卿寺之臣，呵逐等于僕隸，揆之元首股肱之義，毋乃少傷乎？國體君度，關係不淺。願皇上寬雷霆之怒而已矣。

曷謂邊苦當念？今之爲邊吏者，不死于敵，則死于法，又不則以奏劾去耳。被其玉關之入難期，金印之垂何日？一擾疆埸，氣素然盡矣。尚安望得其死力乎？請自今，凡任冲邊者，得以破格論俸，俸滿輒遷，別求才賢代之。使進可以望封拜，退可以俟陞轉。開功名之路，鼓豪傑之心。斯亦殷雷零雨之遺意云耳。

曷謂兵料當儲？從來刑名錢穀，有識慮者，皆可以黽勉措辦，而獨用兵有專門焉，有別策焉。今禮曹出而典兵，樞屢轉而衡文，何兼才之多也？而一遇緩急，又稱乏才。無他，官易方則人有蘧廬之心。而技不素習者，不精也。請自今慎選兵部司官，而久任之，漸而邊道，漸而邊撫，漸而總制，又漸而樞密，悉于此取才焉。彼其閲力而諳練者，皆兵事也，庶乎治兵右患無人耳。

曷謂召募當戒？自有東事，召募者紛紛矣。而究竟無一兵之用，徒俾國家無數金錢枉付逝波。而博徒游棍談笑而取官爵，無何而緹騎踵其後，亦可永以爲戒矣。非不計倉卒告驚，憂在無兵也，内有營浪，外有漸卒，設法整飭，盡堪防禦。世爵世素，蓄之家下，精覈而厚餼之，勝烏合者萬萬也。

曷謂馹遞當酌？馹途之困亟矣，幸蒙寬恤，何啻解懸？惟是清曹閑局，蕭條逆旅，而資郎任與鑽營一差，反得鮮衣怒馬，翱翔道路。此輩假差爲利，需索騷擾，何所不至乎？欲清傳符，當無禁正途而禁雜流。一應借差馳馹者，盡行停革。至于捐資解邊，費本少而取償多，明是騙局，尤不可許。而諸部名色之差，並各量爲裁減，則輪蹄省而疲累甦矣。

以上十事，或人所未言而陳其端，或人所曾言而臣竟其説。總皆目前之要務，軍國之大計。惟望睿覽，俯見愚衷，一一採而行之。尤望皇上務勤政、親賢、納諫，以『簡將練兵』四字制夷，復以『察吏安民』四字弭盜賊。勵精圖治，坐致太平。臣越在遐荒，翹首闕廷，有餘福矣。

（輯自沈國元撰《兩朝從信録》卷十五）

逆賊狡謀出師失利疏（天啓三年二月）

貴州巡按侯恂奏：逆賊狡謀，據險邀擊，陸廣、鴨池兩路失利，至黄沙渡一路，更不知作何狀矣。此時賊勢鴟張，人心搖動。苗仲諸夷蜂起助惡，龍里一帶復爲土司，何中蔚所據都司，章有功退守新添，咽喉斷絶，餽運不通。撫臣被髪纓冠以救人者，反望於人矣。黔事中變至此，雖繇輕敵鋭進自蹈危急，然餉不乏兵必不潰，兵不潰賊必不振，則剿洗大舉自非餉足兵足，草豈得草，諸臣所請兵餉，審時度勢，真不待再計而決矣。

（《明實録·熹宗實録》卷三十一）

爲黔臣力保孤城功在封疆疏（天啓三年三月十九日）

巡按貴州御史侯恂疏爲黔臣力保孤城功在封疆内稱：撫臣李橒、按臣史永安之守貴陽則更烈矣。逆酋安邦彦久蓄異志，忽逞兇鋒，其視貴陽直几上肉耳。爰自二月圍城，延及一載。列柵剳營，意在必剋。橒與永安督率文武各官及諸兵民恊力防守，誓與城爲存亡。四月間總兵張彦芳衝突進省，日與賊戰，甕河一敗而賊勢愈張，貴陽氣奪矣。于是歛兵登捭，八月間城中粮盡，搜括有米人戸均攤養兵。已而無米可搜，遂人相食。乃二臣氣愈勵，守愈堅，歃血約盟，忍死拒敵以待援師。昨者與臣相唔，道及圍城中慘毒百端，苦瘁萬狀，真有鬼神爲之飲泣，天地爲之動色者。嗟乎！自有載籍以來，曾見聚数十萬之疆寇，攻一空城而經年不拔者乎？曾見株守空城，内無粮外無援，而經年無恙者乎？故臣謂解圍之日，凡貴陽之兵民憑垣而處者，凡貴陽之文武各官分堞而戍者，功皆不可沒也。然而問誰督率？問誰彈壓？則檁與永安功尤不可及也。頃上皇上垂念勞臣，已將李檁陞兵部侍郎，史永安陞太僕寺少卿，報功之意亦自不薄。而臣切以爲未足彰殊眷而昭異数也。方今東征西討，海宇多事，正賴熊羆之士，不二心之臣，宣猷戮力，共奏膚功。皇上卽以二臣樹之表而立之鵠可耳。

（《明熹宗七年都察院實錄》卷之五）

會剿逆酋疏（天啓二年五月）

巡按貴州監察御史侯恂奏：逆酋狂逞肆毒於黔者至矣。然而百年逋寇，一旦撲滅，此非黔之獨力所能辦也。計必滇兵出曲靖以斷賊之臂，川兵出遵義以扼賊之吭，粵兵出泗城以沖賊之脅，而後陸廣、鴨池可以長驅直進，而得志於酋。顧界滇、粵咽喉之間者，普安、安南等衛也。爰自會城被圍，安順一帶盡遭蹂躪。臣方心念各衛倖存，可以呼吸滇、粵，而制賊之要害，乃普安又報失守矣。普安失而脣亡齒寒，安南危若朝露，能無爲普安續乎？臣於是而嘆逆酋之未易圖也。頃者督臣聞粵撫議欲撤兵，將伯助予，不勝殷殷共濟之望，故既措餉銀接濟，復有疏請天語叮嚀，速催粵兵援黔，仍敕沐啓元亟領大兵直下盤江，如再遲延，容臣糾劾。遵義一路，臣前議川中總兵移駐其地，而以節制聽之黔督，惟廟堂斷而行之。

軍中弊竇當嚴革疏(天啓三年五月)

巡按貴州監軍侯恂條奏：軍中弊竇當嚴革者四事：一禁虚冒，一禁觀望，一禁逃潰，一禁擾害。又言：分路進剿，事屬各省，豈容以秦越視之！合無假臣事權，一應緊要機宜酌量處分，並得便宜從事。仍乞特賜敕書，以便奉行。

(以上《明實録·熹宗實録》卷三十四)

按黔剿賊轉餉事宜疏(天啓三年七月)

巡按貴州御史侯恂疏言：逆酋憑險負固，我徵兵轉餉，猝未得其要領。以勾連黨與，實有爲之狐兔者，故必滇兵下盤江以斷賊之臂，川兵出遵義以扼賊之吭，粤兵進泗城以沖賊之脅。此全局也。至目前急著：

一在屯六廣。六廣者，大方之正路，期會未齊，不宜輕進。法當於乾溝、劄佐等處，分兵截守，部署大軍直逼六廣，使賊火烟地租半無所收，而因以相機搗剿，則坐困之道也。

一在清上衛。普安久陷，安莊一帶危同朝露。然李希堯、沙學輩幺麽小丑，得一大帥鼓行而前，不走則就縛耳。而因以駐鎮其間，接引滇、粵之師，三面環攻，則立蹙之計也。

一在守烏江。遵義咽喉之地，黔督節制所不能及，是川黔分而水藺合也，故必守烏江。近以招徠宅溪散賊黨，遠以連合綏陽、白羊諸軍斷賊路，而因以進沙溪，瞰大方，爲陆廣之策應，使賊首尾受擊，則衡決之象也。

而用兵計必需餉，兼必需米。皇上動念危黔，發帑者再，又以楚賦益之。何敢復言乏餉？然楚既難於徵解，黔安望其接濟？則終憂餉也。黔本乏米，計惟徵惠楚之南漕，然不得楚夫飛挽不前。楚既愛力役之征，黔安收粟米之用？則終憂米也。乞敕蜀督及滇、粵撫臣，共奮同舟，申明功罪，一體之令，並敕楚撫刻催黔餉。湖南、湖北原派夫役，炤數督發。尤望嚴敕黔中督撫乘時圖賊，克終黔局。詔如議行，與督撫鎮各官悉心料理，黔餉著楚撫上緊處給其軍，前進止俱，聽相機便宜行。

題爲黔事未結黔督黔撫輒思卸擔乞嚴旨疏（天啓三年七月）

巡按貴州御史侯恂題爲：黔事未結，黔督黔撫輒思卸擔。乞嚴旨立敕二臣矢志圖賊，以奠封疆。

（以上《明實錄·熹宗實錄》卷三十六）

南河失利疏（天啓四年正月）

巡按御史侯恂言：南河失利，先是王三善奮戈解圍，軍聲大振，以爲玀鬼技止此耳，不無輕敵之心。又念餉匱利於速戰，於是決意進兵。一出陸廣，以總兵劉超建旗鼓，楊明楷、李世將等隸焉，漢土兵共三萬，都清道僉事楊世賞監之。一出鴨池，以總兵張彥芳建旗鼓，黃運清、秦明屏等隸焉，漢土兵共三萬，貴寧道副使何天麒監之。一出黃沙渡，以都司藍補袞統盧光祖等合廣西之兵分道搗巢，撫臣謂夷在目中矣。豈意狡賊甚眾，驅飢卒而摧强寇，致有意外也。我三路惟黃沙渡全師撤回，陸廣連捷，斬二千七百餘級，因糧不繼，獨山州土官蒙詔受賄先逃，官軍爭北渡河，輜重盡棄。是役也，楊明楷被執不屈，諸將姚旺等二十七人力戰死，官兵亡三千人。賊尋攻鴨池，初殺傷相當，秦明屏既亡，石硅部下遊擊覃宏化藉口枵腹，糾眾同回衝殺官兵百餘人，餘盡潰去。此臣確核最悉者，因分督、撫、道將罪狀。

（《明實錄·熹宗實錄》卷三十八，梁本）

拯黔事宜疏（天啓四年二月）

巡按貴州御史侯恂言拯黔事宜：曰簡重臣。撫臣誤墮羅網，督臣當戴罪料理。今徵集士馬，再規大舉。若令督臣獨肩此事，恐不能收戡定之略也。曰設沅撫。黔中兵，兵一一仰給於楚，非有人專督，勢難源源入黔。曰擇大帥。魯欽、馬炯既爲敗軍之將，旗鼓無主，則大帥不可不擇。曰扼要地。新添、平越、偏橋節節宜住一道臣，各自募三千人，彈壓路苗。曰速協援。敕滇撫撥兵，仍下盤江以綴賊之肩背；敕蜀督發兵，仍進畢節以沖賊之膂脅，並敕粵撫簡鋭進普安，或進都勻，爲黔犄角。至營兵尚四五萬人，作何整飭？貴陽商賈統集流移作何鎮定？省會倉米不過四千餘石，新添而下尚有儲積，然轉輸甚難。惟有兵運作何事處？置附叛土司沙學溫如璋輩昨皆投降，今作何駕馭？苗仲龍蔡半載以來多方撫勦，今作何羈縻？是在當事圖之矣。

（《明實錄·熹宗實錄》卷三十九，梁本）

爲政刑久已失平情套再難曲狥疏（天啓三年十一月初九日）

巡按貴州御史侯恂疏爲政刑久已失平，情套再難曲徇內稱：御史蔣允儀題舊巡撫李檼逼取金盆，該本司遵依會同布政司呈詳到臣。該臣看得水西憑險負疆，久蓄邪謀。加以貴州武備單弱，每有徵調，無不藉其兵力，益爲所輕。是以一旦乘機，狡焉狂逞，思復羅甸國土。夫豈素無叛志，迫于一朝之忿而倉卒發難者乎？蓋凡言激變者，皆兇悖之託詞也。而言舊撫李檼之逼取金盆者，則道路之流傳也。舊撫身係節鉞重臣，區區金盆所直幾何？至裂生平以徇之？且使果有此事，人實有口，孰能掩之？而貴陽士民，又何不聞一語道及也？故如舊撫者，覈以撫戢之職，則其責難辭，覈以城守之功，則其勞可録。而被以貪黷之名，則加之者爲詔詆言之者爲風聞矣。

陝西道御史蔣允儀奏爲遵旨回話按臣侯恂覆疏（天啓三年十一月十四日）

按臣侯恂之覆疏曰：凡言激變者，皆兇悖之託詞。而言舊撫李檼之逼取金盆者，則道路之流傳。是明明有此一種議論，而以言者爲風聞，開檼一面，此亦按臣後先共事之誼。惟是按臣所據者，乃兩司之會勘。兩司于舊撫有相臨之分，安敢直發其事，所謂不待辨而自明者。嗟乎！遷國圖存之説，是誰刱議非李檼乎？舊按臣固目擊者，亦可委于風聞乎？以皇上之金甌，則敝屣視之；以區區之金盆，則攘臂攫檼。固別其肝腸之人，豈謂儼然開府便知自好也。若曰含沙射影，誣詆撫臣，乃邦彦借以掩悖逆之罪，又何其能詆撫臣而不能詆按臣乎？輦轂之下，公論偏明。貴陽城中，人口獨禁。豈真夜郎天末另是一樣世界？故善匿哉。

附：陝西道御史蔣允儀奏爲遵旨回話事内云：臣于前年冬月入覲，比時安酋方發難，貴陽被圍，危在旦夕。羣議喧傳有謂：安邦彦未叛之時，每遇朔望令節，必至撫院參謁，曾餽金盆一面于李檼。檼嫌小麾之。邦彦不安，復製大盆並前小盆，託官焦瑞麟送入收受者。又有謂按臣每一巡城，各酋望見無不羅拜，至于撫臣則極口詬駡者。有謂逆酋所傳，謾書有生縛中丞歸之朝廷之語者。有謂檼曾遣心腹指揮葉天植，持數千金求和于酋。天植遂于酋者，則檼固千人所指者也。適臣同官劉徵參論副使邵應楨索賄啓釁，奉旨行撫按拿解臣，于是作而嘆曰：撫臣李檼尚有金盆之議，何以抗顔道臣之上拏而解之？故于政刑失平疏中點破數語，是橒之貪庸，是臣寔有憑據，乃長安萬口之喧傳，與橒生平之劣狀，非自臆説李橒。幸與按臣共患難保此空城，聊以贖罪，則可若欲論功，則黔事收拾正難，近日又報失利，國家糜費百萬金錢，皆橒所致。追論于始禍者，終難漏網。恐未可借風聞以掩天下之口也。

（以上《明熹宗七年都察院實録》卷之六）

按黔事竣敬陳奠安遐荒疏（天啓四年三月）

臣受命按黔一載于茲，周爰諮詢，其于地方之利害，悉知之矣。大都黔中受病根源，千言萬語只是以『貪』之一字，遂致軍實日隳，夷患日熾。又若料理無人，叢剉不振。譬之尪羸之夫，腑臟不充，百病乘之，復無良醫以爲治療，有立向待盡耳。目今蕩平可望，夫固更新之會而不可不急爲整頓矣。臣謹以地方利害，開列上陳：

一在添將領以裨戰守。

黔中土司跳梁，苗賊生發，兵燹之餘殊費布置。如銅仁逼近紅苗，而三山諸苗又爲腹心之患。近竊總兵赴鎮省會，大肆猖獗。方今事勢未定，正須元戎彈壓。自宜永留貴陽，用壯全黔虎豹之勢。銅仁應設參將一員，以爲保障。盤江最險，實爲盜藪。一巡檢司不足有無，應設勁兵建武營于上下，選材官二員加以守備，職銜督兵巡緝，鎮黔血脈可常通矣。洪邊十二馬頭，西接安酋水西陸廣之地，東通烏江、遵義板角，綿亙數百里，在省會襟懷間。安酋遺孽尚有潛滋。此應設守備一員，責以控制苗仲。此皆腹心爪牙之不可缺也。

一在加兵餉以資防禦。

黔中兵力單弱，雖有營哨，餉多虧額，兵亦虚伍。至于撫鎮暨諸參將守備額兵，合之僅三千餘耳。凡有鵰剿，借力土司，是以土司啖張，卒至決裂不可收拾。故足兵者，今日之要務也。大約撫鎮各須兵三千，參將各須兵六百，守備各須兵三百，緩急始克有濟，而吃緊地方，如黄參、清平等處，尤必添設營哨之兵，庶可制伏苗患。舊兵例支協濟矣，新兵餉安出乎？惟有乞留楚餉數萬，每年按季解黔，乃不苦于呼庚耳。或謂國用方詘，豈能常割楚餉以供黔？不知黔中開國以來幾番大征，每一舉事，動費數百萬，而生靈殺戮之慘，且不忍言，何如未雨綢繆，建威銷萌，長享無事之福，所省更多也！

一在核田畝以定賦額。

黔中在萬山間，谿壑高低，並堪墾作。其田大約有三：一曰軍衛屯田，一曰有司民田，一曰土司夷田。初制犬牙相錯，三項互溷。先年曾經清丈而事久弊生，私項暗投之蠹莫除也，繼絕蕪熟之謡莫察也，影射飛詭之害莫禁也，吞併丟壓之竇莫釐也。法有遺姦，屯有遺利，所從來也。況近洪邊、龍里等處，新經勘定，而省會安順等處戶口流亡，溝塍半是無主，不可不一問者。莫若及今亟作一番開拓，逐一清丈某係屯地，某係民田，某係夷田。查其各原納差糧若干，酌議攤派。土司忠順者各管原土，叛逆者悉歸版圖。原未派定差糧照例起科，卽有磽确絕斷人烟者，並當逐寨逐莊查造入冊。中有鄉紳富豪冒佔者，亦必造入冊藉，差糧有稽，一洗得田拋糧之積習。其無主民田應入官者，相應責成府州縣設法招徠開墾。久拋荒者，量行蠲租。而軍衛節年凋殘，屯堡更多，衰旺相應。責成管屯衛官，督令五所，遍給屯軍耕種，用抵餉額之乏。如此力行，其利無方，何憚而不爲乎？然必專委一道臣領之，始有實效。運事告罷，分巡新鎮道無所事事，合無加以專勅，俾其悉心料理。巡行阡陌，一切查勘勸課之事，著實舉行。至于清丈屯田、民田、夷田，各造魚鱗弓口差糧冊籍，一報部奏繳，一貯布都二司，一貯府衛州縣，互相覺考，永永無虞欺沒可也。

一在禁兑扣以釐弊政。

黔中諸項應支錢糧，一切累于兑扣，積猾盤據，帑廩如洗。即如馹遞馬館例係條鞭，縣司如額征完起解，該府轉解供應，此一定之例也。方今積弊相沿，率係姦棍包攬承走，印領一張執至額征縣司，撥出納戶，賄通催差吏皂，逐戶秤收，加耗需索勒逼折筭之害不可勝言。愚民飲痛，產蕩家傾。一遇風火，更稱疲累。此馬價害也。而供館銀兩，該馹官吏冒破開銷，剝害鄉民，加征過倍，此館銀害也。若衛所站舖，營哨官兵俸糧，有就近供動，餘由遞馬糧米，而遇期仍赴布政司支協濟者；有已供動餉母馬本銀兩，而正關一出，竟不扣還官者；有衙役豪右同六和買軍單，私自兑扣者；有官吏師生俸廩，支屯科秋料，而私自下鄉通同納戶折兑者；甚至貪弁姦吏，侵隱入己，藉口拋荒，或曰田被苗占，或曰小民拖逋，長此安窮也。今宜嚴禁前弊，勒石爲令，凡每歲出入錢糧，毫釐俱要征解在官，貯收倉庫。依時起解，道府查核支給，毋容積猾收領仍前兑扣和買，科收小民。犯者從重究處，庶積弊肅清而瘡痍可起矣。

一在增佐令以藉分理。

黔中，荒服也。居諸夷穴内，設官多不備員，亦以供廪之不繼而物力詘也。惟是安順一府，乃通滇要區，黔藩咽喉。先年止以一備兵統安順等舊州六衛，厥後改州爲府，而首邑缺如。用是而堡寧各司紛紛助逆，内應陷城，摠之文臣少而土官多，故不能相制也。今應以西堡等處各叛司及原十三板地方，並各司吏目，除去建一縣于附廓，令尉供廪之費，一取没入叛田，給官額俸，是無增官之擾，而得設官之利也。埧陽在粤西，諸夷界限，過定廣谷隘，見設守備，仍應添注一安順通判以爲駐防。行伍既得稽核，民情亦便調輯。自威清至平埧，亦甚遼闊，界首、蘆荻等處莫非要害，自應以安順府推官駐鎮平埧，左控埧陽，右帶安順，互爲犄角，庶衛弁土酋知儆，而管哨馹遞並藉以整頓。此土衛興革之要著也。

一在酌升除以勵官方。

黔中缺官廢事，則以官黔者相率裹足也。當事鰓鰓不勝蒿目，于是有超遷之議，有邊俸之議，可謂多方鼓舞矣。而人終不樂就者何也？事勢搶攘，俸薪匱乏，且也一入金築，便同投荒，蠻烟瘴雨，幾成永錮。其有歇歷十年，勞深望著，不得遷轉者，則亦何苦而頓足窮徼哉！今莫如酌之二年、三年之例。其治行可觀者，即爲更置善地。有人地相宜爲撫按題留者，聽之。至于黔南天末萬里，鳥道崎嶇，既而動迴車之想，而瘴癘嵐氛，景味絶惡，乍居其土，無不病者，此亦宦遊一種苦趣。臣前疏議用川、滇、楚、粤之人，以其壤地相接，不難于趣裝，而風氣相近，亦便于服官也。是在當事之留意耳。俱候聖裁。

（《兩朝從信録》卷二十一）

請定逆案疏（崇禎二年正月）

廣東道御史侯恂疏言： 逆璫魏忠賢盜執國命，濁亂天常，一時小人爭先依附，雖原其情不過希冀富貴，而毒痡海宇，危及社稷，此堯舜之世所不容也。內計在邇，正當斥幽之時，但媚璫諸臣，非尋常職業不修可坐以考功法者。頃奉部院查議之旨，臣以爲欲定逆案之罪，當先發逆璫之陰謀； 欲酌懲姦之法，當先核姦黨之罪狀。臣觀忠賢潛圖不軌，蓄志叵測，動搖母后，使琴瑟有猜疑之端； 迫遣三王，使殿廷有孤立之勢。而兵馬錢糧漕運河道，一切大權，隻手握定，布置邪黨，虎據要津，皆逆節之昭然者。其侵稱重臣，僭號上公，乃爲加錫勸進之階； 其累冒世蔭，疊濫列爵，乃爲逼尊擬貴之地。而芟除善類，則去其刺眼礙手之人； 引用兇頑，則集其佐命承運之黨也。機關已就，羽翼將成，非天心眷佑，皇上登極，天下事不知所終矣。諸姦明明交結，隱隱推戴，綸扉其幕賓也，臺解其鷹犬也，勳戚部寺其僕隸也，督撫藩臬其廁役也，而逆璫亦以高爵厚祿收乾兒義子之心，或捷足而速化，或巧宦而加銜，或中旨而忽蒙還召，或自陳而競得瓦全。或追追逐逐，穩坐而躋公卿； 或累累若若，乘機而叨恩寵。凡若此者，邸報公傳，情節具在，縱有愛諸姦者，能爲之掩醜乎！ 請勅部院大臣，將諸姦事蹟，挨年逐日，盡行查出，分別行款，開注姓名。首問大獄之慘殺，某爲造意，某爲下手。《要典》之羅織，某爲總裁，某爲分纂。某正人追臟遣戍，系某傾陷； 某正人削籍罷秩，系某驅除。某邪人死灰復燃，系某引進； 某邪人惡焰燎原，系某保舉。某也司封駁，而以金吾私閹豎； 某也司題覆，而以茅土奉刑餘。

某也稱頌，語屬不倫；某也拜叩，事犯無等。某也慫恿中貴之差遣，盡廢其職掌；某也周旋近侍之左右，反邀其薦敍。某也協力而逼逐桐封，某也同某而指斥椒房。更問其助工者幾何？錢糧出題者幾何？省分寶玩之獻納者，錦屏金盤幾何器？生祠之祝釐者，香像袞衣幾何所？並問其速化者何人？有何級之超遷加銜者？何人因何事而忝竊？某也內批得官是何線索？某也疏協復職是何關通？某也躐占崇班是何才望？某也唾取恩蔭是何勳勞？舉其人以實其事，而人可無遺也。按其事以詳其罪，而罪可無枉也。合疏糾參，仰候聖斷。流放竄殛，治以本罪之律；削奪罷黜，予以應受之條。懸之國門，付之史館，一以示世界明朗，無藏頭蒙面之姦，則仕途清；一以示天道循環，無作孽免禍之理，則人心快；一以示乾剛振奮，無匿形弄影之祟，則國法伸。而言官從此無零星之彈文，銓曹從此無陸續之看卷，則議論省而政體肅矣。

或曰：法盡則窮，事極則變，不虞小人之翻案乎？臣謂聖明在上，斷斷無此，無爲調停之說所誤，無爲寬大之說所愚，無爲報復之說所恐，務於計前，了卻此案，庶永絕葛藤耳。所當議者，事有輕重，人有首從，曖昧之跡無遽聽也，恐出於矯誣也；傳聞之言勿輕信也，恐涉於風影也。明而以虛濟之，斷而以公行之，苟其贓證未真，心跡可原者，不妨明開自新之路。嗟乎！數年以來，君子被小人之害，小人亦受小之人之害，果於澄汰之中行其甄別，俾得刳腸滌胃，再策後效，計無不心幸焉，何憚而不爲耶？若乃已歿諸姦，生前既無顯誅，身後更有遺罰，天下後世必將嘆國家之失刑，斯亦非法之平也。夫褒忠義之寃魂，所以扶世教而褫亂賊之道魄，所以醒人心，又在當事者一併查議，以完附逆之總案耳。

昌鎮整頓軍制裁革宂官疏（崇禎三年六月辛未）

督治昌鎮兵部右侍郎侯恂疏奏：　昌鎮原議練兵一萬，故設中軍副總兵一員，副總兵管參將事二員，遊擊三員，守備二十餘員以領之。今兵額既裁，營制亦小，標兵八百而外，左右兩營各計兵馬不過兩千餘名。臣細加酌定，自中軍副總兵外，副總兵當裁其二，遊擊當裁其一二十餘，守備亦當裁其半。事權專則指臂運易，號令簡則耳目不亂。俸薪人役所省，又其餘者。帝謂：　兵少將多，事權不一，果宜酌裁。其新營遊、守等官，命選擇才幹推用。

昌鎮挑練事宜疏（崇禎五年十二月辛卯）

昌鎮積弱實緣積貧。蓋軍需多者不過七錢，少者則止四錢五分。其官廩大者不過三兩，少者則止六錢三分耳。各鎮額例未有如此之薄者。臣自出鎮以來，日討軍實而申儆之，即經挑練五千，隨爲之請加餉，請增俸，又請以曠缺充雙料，而當事俱戛戛難之。今督臣傅宗龍與臣面商强兵固圉之策，昌鎮但須五千精鋭，再益以三路一千五百，自堪防禦。即有大警，而密鎮調援之兵可朝檄而夕至。惟是欲令行伍生色，當先振起宿飽之氣，則舍加餉無鼓舞法。欲使兜鍪用命，當先慰其内顧之私，則舍增俸無激勸法。當此帑藏告匱之時，非以曠缺爲幫糧，亦無通融別法，有不得不合詞以請者。至於操賞器甲之需，督臣已力任之，其進而持鉢於主計者，不過歲增銀一萬二千五百餘兩，漕米七千五百餘石耳。然昌軍得之，則可轉弱爲强，不得則終於貧弱而無以自振。陵寢重地，關係甚大，臣願主計者同心體國，無更戛戛相難也。

（以上《明實録·崇禎長編》卷十七、三十五、六十六）

條陳鼓鑄事宜疏

一議興鑄利。

古寶龜而貨貝，後世易之以金幣。然自太昊、高陽以來，則已有錢矣。虞夏之際，幣爲三品，曰黄、曰白、曰赤，兼龜貝行之，不純用錢。《管子》亦云：『先王以珠玉爲上幣，黄金爲中幣，刀布爲下幣。所以守財物、御人事而平天下也。』故命之曰衡。謂之衡者，將以行輕重之術，使一高一下，乃可權制利門，悉歸於上也。秦兼天下，幣二等，黄金爲上幣，銅錢爲下幣，而珠玉龜貝銀錫之屬爲器飾寶藏，不爲幣。漢自建元以後，即山鑄錢，而又用白鹿皮爲幣，造銀錫爲白金，有三品，未幾皆廢。唐於銅錢外有飛錢，宋以鐵錢與銅錢兼行，又倣飛錢爲交子、爲關子，始以楮爲錢。南宋造會子，有大鈔小鈔之别，凡十等。又謂之錢引，亦謂之關會，實一而已。元造交鈔，以鈔一貫權銅錢千文。無何，物價騰踴逾十倍，積鈔不售，國用大詘。明興，右鈔抑錢，旋令錢鈔兼行。禁民間不得以金銀貨物交易，違者治罪，告發者卽以其物給賞。若有以金銀易鈔者，聽一百文以下止用銅錢。永樂中，以鈔法圮而峻金銀錢物貿易之誅，然究之，鈔易昏爛，收換艱難，制雖設而法不行。今天下自京師達四方無慮皆用白銀，乃國家經賦專以收花文銀爲主，而銀遂踞其極重之勢，一切中外公私咸取給焉。民用不贍而國安得不貧？幸賴稍稍用錢耳，安得不亟行鼓鑄以救其乏乎？夫錢出於銅，銅不鑄錢則銅而已，鑄之爲錢而可以前民用，則是盡天下之銅皆已變而爲銀也，利孰大焉？以錢濟銀之窮，而又用錢殺銀之勢，使錢廣布民間，則可陰斂銀以歸之上，於是用銀爲母，錢爲子，而因以行其高下之術。昔先臣丘濬欲仿古三幣之法，寶鈔銅錢通行上下，而一權之以銀。夫鈔恐難行矣，舍鈔言錢可也。

一議遏銅流。

自三品之貢興，而黄白赤金世爲天下幣。漢而後，佛老象教盛行於域中，寺若觀糜黄金者億億，計而天下刻鏤織作錘冶爲冠服衣履什物者又不可勝。原故黄金日銷，而赤金乃大行，已亦漸貴，固其理也。夫有利之源，有利之權，利源之消長在天地，利權之操縱在人主。昔之善議鑄者，無若漢二賈。山之言曰：民不應與主同柄。誼之言曰：銅畢歸於上則博，禍可除而七福可致。今天下姦民私鑄，陰持主柄，以厲公錢。果如誼言，上收銅勿令布下民，安所得銅而私鑄之！故收銅之説，持柄息姦之要術也。劉秩曰：『鑄錢之用不贍者，在乎銅貴。銅貴之由，在乎採用者衆耳。夫銅以爲兵則不如鐵，以爲器則不如漆，禁之無害。使銅無所用，則銅益賤，則錢之用給矣。又銅不布下，則盜鑄者無因而鑄，則公錢不破。公錢不破，則人不犯死刑。錢又日增，末復利矣。』斯言可謂曲盡。自漢先主取帳鈎銅鑄錢以充國用，唐大曆中嚴天下用銅器之禁。貞元九年，張滂奏請：『國家錢少，損失多門。興販之徒，潛將銅錢一千爲銅六斤，造做物器，則斤直六百餘。有利既厚，銷鑄遂多。江淮之間，錢實滋耗。

伏請除鑄鏡外，一切禁斷。如有鎖錢爲銅者，以盜鑄錢罪論。』宋朝鑄錢比前代最多，銅禁最嚴，大抵國計仰給於此。自熙寧間王安石一變其法，而國用日耗。聖祖始定天下，令軍民惟鑄鑒及軍器又禪門鐘磬鐃鈸得用銅，此外並收之官，有私藏者禁。嘉靖六年，題准但有銷鎔舊錢及今制錢造作銅像銅器等項，比盜鑄律科斷。隆慶元年，部議軍民之家，但有廢銅願賣者，聽赴所在有司，易錢易銀，照舊給價，宜申明前例，嚴藏銅之禁，行收銅之法，民間私藏銅器及造作銅像銅器被告發者，比盜鑄律，罪無赦。市有鬻銅器者，罪亦如之。官收民銅，給銀若錢，視銅之直。如有爐座處所，於存留錢糧內動支，其銅即以充鑄；如無爐座處所，於起解錢糧內動支，準將銅估抵解京。夫民以無用之銅，易有用之鏹，其何苦而不輸之於官？官可藉爲續鑄之資而無費於公帑之金，又何憚而不收之民？況銅藏於民，銅祇銅耳，而私藏有罪；銅一入官，銅盡錢也，而國家日富。聖主所以獨持大柄而利天下者無出於此。

一議省鑄局。

錢以銅鉛參雜而成，而銅鉛各有產處，搬運重難，是以歷代多即坑冶附近之所置監鑄錢。唐有八監，宋有三十六監。惟永平者最久，永通者爲最多。然至熙寧，歲輸六百萬貫，則幾不可繼矣。夫天子藏富於山川，冶鑄太煩則民力耗竭。漢武帝時，專令上林三官鼓鑄，而天下非三官錢不得行。諸郡國前所鑄錢，皆廢銷之，輸其銅三官，誠見利源所在，不得不謹節其流耳。國初置寶源局於應天府，已令天下藩司各制貨泉局，又更名爲寶泉局，其後罷置不一。嘉靖以來止令兩京鑄造，萬曆四年通行天下，一體開鑄，至十年奉詔停止。天啓元年，以遼餉匱乏，增置戶部寶泉局。無何，又令各省直藩司開爐鼓鑄，每年坐定鑄息共八十二萬兩，徒存虛額，無一踐者。諸局爐亦相繼報罷，止存湖廣、陝西、四川、雲南、密雲、宣大、遼東數處而已。崇禎二年，奉旨利權，本自上操舊制，只兩京鑄錢。嗣因軍興煩費，遼東、宣大奏請權宜。近乃紛紛開鑄，致私錢殽雜，反自外來，紊制病國，大非法紀，著查出通行禁止，維時戶部以秦、楚、蜀、滇四省系銅斤出產地方，就便鼓鑄稱便，未議概停。後江西復以開局，請至如南京兵部操江及應天府亦各紛紛鑄錢，然皆自鑄自用，又大小輕重不一，其制於是滯鏹愈多，銅鉛愈窘，不獨戶部不得其尺寸之用，而寶泉局亦已成眢井矣。每見議錢法者，皆系廣鑄局爲言，而乃惓惓欲議省者，誠見爐座繁興，銅產有限，惟局省則銅源裕而錢制一則弊絕，較諸廣局之利，虛實得失孰多也？不然，昔之鑄局不爲不廣矣，而不效何哉！

一議禁私販。

昔唐陸贄之論錢法也，以爲宜廣卽山殖貨之功，峻用銅爲器之禁，二策並行，不可偏廢也。今或離銅場頗遠，則其勢不得不出於買，乃私販之禁有不可不與銅器俱嚴者。夫一處之銅而止供一處之用，則價平矣；一處之銅而供數十處之用，則銅價踴矣。以今銅之流行，遍天下皆是，召買啬於公家，斂藏溢於私室，人人吴鄧，處處壚錘，銅產幾何，能不騰躍？而況於官買與私買，爭其數不敵，何者？官價估有定例，其價必平；私買乘隙暗投，其價多侈。官買或有別費，而給發不無稍緩；私買並無破冒，而交兌畧不踰時。市井嗜利，誰肯舍此就彼？其流之弊，必至銅盡歸於私鑄，而官買束手矣。考嘉靖三十四年嚴禁商賈人等不許私販銅錫，以致價值騰踴，謂宜著爲厲禁。凡往產銅產鉛處，所收買銅鉛必告投本處官司，給有批文，方許運發。經過關津，驗批免稅，除兩京及滇、蜀、秦、楚四省聽商人從便往賣，報官收買如驗。無批文及闌出他省，致被覺獲，卽比依盜掘銅錫律人論罪，貨沒官。至若私鑄關頭，尤在於點造。蓋鑄錢之銅，必將紅銅配鉛點造成黄而後可鑄，請飭天下凡有私設點爐者，罪卽比於私鑄，知而不舉卽與連坐，庶幾私鑄可絶，而官買乃可繼也。

一議垂定制。

周太公立九府圜法，錢圜函方，至今仍之。而輕重無常，代有變革。秦錢如周，重十二銖。漢興變爲莢錢，重二銖，已變爲八銖，又變爲四銖，其重亦仄，以一當五。而得中者，惟元狩之五銖。降而蜀之直百，而吴之當千，則愈變而愈重。晉之四文、沈錢，宋之菜子、荇葉，甚而爲鵝眼、綖環，則變而愈輕。而得中者，惟武德之開元通寶。從來美錢制者，皆以二錢之式並言，而其重實未始相類也。謹按：古權法十黍爲絫，十絫爲銖，八銖爲錙，二十四錙爲兩。今開元通寶，其錢徑八分重，止二銖四絫，則比五銖錢爲輕二銖六絫矣。故五銖錢二文而重一兩，開元必積十文而重一兩。洪武初，敕户部及各行省，鑄錢大小凡五等，當十錢重一兩，當五、當三、當二重皆如其當之數。小錢重一錢，蓋卽開元舊法。至嘉靖六年，始令兩京工部鑄造制錢，每文重一錢三分。崇禎元年，從錢法侍郎孫居相議，改爲一錢二分五厘，雖視開元錢稍重，而較之漢五銖尚輕，然體質堅厚又磨鎔莫施，輕重得宜，人情便之。至其鑄法，每錢一文，必令用黄銅二錢，剉磨之餘只存一錢二分五厘。如此，然後可以革減銅多鑄之弊。蓋局中每有減銅多鑄而創爲補秤之説，以塗耳目者，實明許商匠之私鑄，而陰收其利。今若著爲定數，按月按期必令報完，俾貪吏無所容其通同，而姦商姦匠無所容其隱屏，亦卽簡禦煩之術也。其收錢每五千文爲一錠，上用行牌寫爐頭匠頭及細錢人姓名，各堆一處，聽督鑄官照爐抽驗。遇有漏風缺邊縮字等樣，細錢人重責。錢輕色淡者，責匠頭。沙眼多者，責翻沙匠。邊粗糙者，責滚剉匠。磨不亮者，責磨洗匠。灰不淨者，責刷灰匠。選退錢，搥碎回火。如犯前弊多者，責爐頭仍發看錢人挑選。通同容隱，看錢人重責。如是，則錢制既精，殽雜自難。若當五當十等錢鎔造似易，工本較省。然私鑄者競爲捷趨，識微者謂非久道，不鑄可也。

一議重制錢。

錢法之弊，由於盜鑄者多，盜鑄非薄劣則無所得贏，往往摩官錢取鎔而殽之以鉛錫，於是減輕其價以與制錢雁行，於是市井愚民惶惑莫知適從，姦商當鋪因而爲姦，每於通衢關隘倡言某錢盛行、某錢不行，轉相煽美。既貴賣其所積，以圖目前之利； 又賤收其所棄，以圖他日之利； 時而私錢得與官錢並價，此其所積者多而欲出也； 時而私錢二三文折官錢一文，此其所收者少而欲入也。若輩操其利權，錢法受其壅滯，豈可無整齊之術，聽姦錢日生而莫之禁乎！ 今有捷法於此： 大凡盜鑄者每鑄新錢而不鑄舊錢，蓋舊則真僞難欺，而新則耳目易眩。請敕天下，除雜年號錢難以畫一，惟崇禎通寶體制色澤務取相同，每錢一文重一錢二分五厘，如有輕重不合式者，卽系盜鑄。推究所由，真犯匠人，依天啓三年令擬斬無赦。其知情買使及販賣行使者，查照律從重問擬。令下限三月內，計民間將前所收買私鑄錢自行首出倒換，依嘉靖六年例照銅價給與價銀，免其私販之罪。敢隱藏不出首者，事發比照私鑄銅錢爲從者律問罪。收過私錢卽與銷化爲銅，以俟改鑄。如是則於官法獲全，而於民情不厲。其下令於流水無疑矣。若夫前代古錢及歷朝舊錢流通已久，方俗所便，不必禁斷官民出納。惟崇禎通寶不許留難，而其他雜錢第聽民間轉輪自便，官不許收一文。天下曉然見雜錢與制錢貴賤不敵，積漸以往，勢必棄雜錢不用。如願赴官倒換，亦准爲照銅價收買，而後一王無偶之利柄，於是可全收也。

一議計本息。

泉局之錢，發太倉作官俸者十之三，發邊鎮充月餉者十之七。原奉聖諭定六十五文估銀一錢，今已習而安之矣。請依此數以權鼓鑄之本息，可乎！ 謹按： 銅礦產於石山之中，鋼鑽打入，每得礦一百斤，用木炭一百斤將礦燒煉，一火成銅鑽，二火成黑銅，三火成紅銅。每礦百斤上者燒銅十五斤，次者十二、十一不等，其用錘手並燒爐匠共二十名，每日給工食共銀八錢； 用造飯運水夫二名，每日給工食六分； 用幇扯提礦小夫四名，每日給工食一錢二分； 用鋼鑽三十根，每根鋼三斤，日費一斤，約銀一錢以上，共費銀一兩二錢。約得銅礦二百斤，而又用木炭一百六七十斤，約價四錢，三火成紅銅三十斤，則共前項費銀一兩五錢，是每斤費本只五六分耳。 復用窩鉛點化之則爲四火黃銅，計窩鉛每斤價銀不過三四分，據今見行配鑄則例，每紅銅五十七斤入窩鉛四十三斤作黃銅一百斤，益以搬載之費，每斤量估一分，大約黃銅一斤所費至七八分而止。 若夫市銅鑄錢，原無甚利，據京局舊例，紅銅價不出一錢四分，黃銅不出一錢，窩鉛不出七分，後漸騰踴，部議以紅銅點化成黃，既失本質，易於攙和，遂革黃銅不用。但買紅銅與窩鉛，如今法配搭，定價紅銅每斤一錢四分三釐，窩鉛每斤七分七釐，計配成黃銅一百斤，該價銀十二兩，給爐頭鼓鑄應交錢一萬一千一百一十一文，其行使以錢六百五十文，估銀一兩計，共估銀一十七兩零九分四釐。 除該給各項匠役煤礶米菜工價二千二百九十五文，估銀二兩五錢三分二釐，零並除銅本外，實存息銀一兩五錢六分一釐，零計僅浮本銀十分之一耳。 近據陝西撫臣練國事疏報： 自天啓二年開鑄起，至崇禎四年止，計十年間只動過本銀一萬二千四百餘兩，陸續獲息銀十一萬七千八十兩零。則所得幾與本銀相準。又查南部錢廠所得加五有奇，蓋銅鉛出產輳集，地方獲息，原自不貲，今秦、楚、蜀、滇四局見在議開，姑未預畫成數，但令其自行認報，卽最少亦當以加五爲率。滇、蜀、楚三省則取其息以解京充作新餉，按季交納，秦中之息專留該省充餉以抵京運可也。乃議者多謂萬曆中曾以錢五十五文作銀一錢，亦自通行無滯，以爲母既處貴，子不應處賤，欲於六十五文之內稍縮其數行之，而獨慮取利頗奢，則盜鑄者將如雲而起。自古論錢法多矣，惟孔覬『不惜銅，不愛工』二語爲不可易政，以本多費巨，縱復私營，初無厚潤，應自息心，無俟嚴刑廣設耳。先臣譚綸有言：『鑄錢之費，與銀相當。似於朝廷無利，然歲鑄錢一萬金，則國家增一萬金之錢流布海內，鑄錢愈多，則增銀亦愈多，是藏富之術也。』

一議權出納。

幣有出有入，流而不息，故曰泉府。若上自爲壅，而求下之疏，卽日肆人於市無爲也。漢律：人出一算，算百二十錢，則民賦以之矣。館陶主爲其子求郎不許，賞錢千萬，則恩賚以之矣。隆慮主以錢千萬爲其子贖死，則罰鍰以之矣。又募豪民入粟縣官，而內錢於都內，則開納以之矣。諸胡降者贍以少府禁錢，及時出内庫錢賜軍士，則餉賞皆以之矣。今有司承行錢之令，出則無慮不普發於民，而納則不肯收一文，是自賤之也。自賤之而欲人貴之，其勢焉得？民愚相煽，閉暱觀望，每至聚市而嘩，而錢遂不可行矣。夫解京之入，濟邊之出，其有待於銀也似也。以其爲物輕微易藏，可以多致也。錢固重質，而若各項存留爲地方用者，卽以錢出入焉，誰曰不可？誠令郡縣於存留銀内只徵其半入錢，卽贖金亦兼輸之，自大吏監司而下，仿在京文武官常祿例，以錢充俸薪，其師生廩餼、驛站兵糧、各役工食及公費供億之類，但不關起解者，悉取給於錢，而遺下不發之銀，卽可盡行解京，則所得錢息卽在乎其中。行之十年，而天下之銀盡輦而歸之於京師矣。況乎錢下而不上，則其權在市井；上而下，下而上，則其權在朝廷。誠實其貴賤，用斂散之法，以在官者爲母，在民者爲子。當其賤則存留錢糧，盡行收錢，而賤者可貴；當其貴則各項關給，盡行散錢，而貴者可賤。蓋錢太賤則病官，太貴則病民，故用此法以均之。管子所謂『使之一高一下，不得有調』，賈誼所謂『輕則以術斂之，重則以術散之，以調盈虚，以收奇羡』，皆此意也。然有司之不肯爲此者，有兩端焉。或以貪，或以朦。凡銀之出納，有耗有羡，而錢則一文不過一文已耳。利無所漁，必故爲齟齬，以破壞之，其自飽者貪也，其中於胥役之口者朦也。崇禎八年，給事中王家彦疏：初設錢局，原爲藉錢息濟軍興。惟天啓二三年，督臣李宗延、陳于廷相繼受事用過，銅本二十萬九千五十四兩，獲息十二萬八千六百六兩八錢零。四年，舊督臣鄭三俊用過，銅本銀一十四萬三千四百四十一兩四錢，獲息一十二萬八千九百三十二兩，計得利七分八分不等，爲十餘年來跫然足音矣。夫鼓鑄化銅爲銀，非無利也，利歸之胥役爐匠，與官而上不得受也。查長安内外，與法錢雁行於市者，皆私鑄也。而私鑄之難詰，莫過局之爐頭官匠。此輩或隱屏兩部，或朋合諸夥冊上莫辨其名。或埋銅窖中，或遞錢出局，夜間莫識其氣。私鑄不已，繼必夾鑄。私鑄則乘官司之不覺，至夾鑄則每爐加銅數十觔，官實與匠瓜分，此弊盛於南廠。而北亦然。廉其人而用之，而後弊乃可得而釐也。然得人矣，不久任以專責成，可乎？夫爐匠諸役，皆老於其局，長子孫於其中。以一年報滿，汲汲欲去之人，而禦長子孫之役，欲責其爬梳無遺，挽中滿之利，以盡歸於上，其數必不勝也。至於屏局舍，約爐座，以便省試。削人數，核出入，嚴幹掫，以防夾帶。十日一領銅，五日一交錢，爐如流水，以使之上無旁及，所謂需其人而後行者也。得人久任，其於鼓鑄之道，思過半矣。

（孫承澤《春明夢餘錄》卷三十八《户部四·寶泉局》）

附

河南通志·人物志·侯恂傳

侯恂字六真，太常卿執蒲子也。爲諸生時，受知于知府池陽鄭三俊，目爲歲寒貞植。萬曆丙辰，成進士，授行人。天啓元年，授山西道監察御史。紅丸議起，攘臂力爭曰：『先帝嗣服未幾，遽嬰羸疾，紅丸一進，鼎湖遂泣。鴻臚豈診醫之人？紅丸非對症之藥。庸醫殺常人，法猶當杖；輕易用藥，嘗試至尊，當置何律？李可灼之罪，百口莫解矣。方從哲身爲元輔，忍以君父生死聽之小人，甚至舉朝攻發，僅票回籍，庇好如此，亦難逃不忠之誅。願廟堂之力持而速斷也。』於是羣邪側目焉。二年，鄒元標爲總憲，以貴州安邦彦叛，用公往按。至黔，號令嚴明。一參將犯法，首戮之，土司震服，黔卒無事。又爲善後之策，論者比之趙管平。既去，巡撫王三善留恂，恂致書戒其驕且輕敵，其後王三善果爲安南所陷。六年，閹人魏忠賢擅權，指爲東林邪黨，削籍。崇禎改元，起爲廣西道御史。三年，歷升兵部侍郎，練兵昌平。恂善知人，拔尤世威於偏裨，左良玉于卒伍，其後皆爲名將。六年，升户部尚書。九年，給事中宋之普論恂，輔臣薛國觀、溫體仁素嫉恂，主之，遂下請室。十五年，李自成圍汴，起恂總督援汴。汴尋沒于水，以言去。避亂揚州，復以援汴不力逮繫獄，都城陷，乃出。皖人阮大鋮爲兵部尚書，興黨人獄，恂匿新安以免。子方夏，順治丙戌進士，迎之歸，築圃城南，優遊林下十餘年而卒。

（輯自《商丘侯氏家乘》卷七《載籍》）

順治歸德府志·人物志·侯恂傳

侯恂字若谷，號六真，商丘人。太常公執蒲長子。萬曆丙辰進士，授行人，擢山西道御史。會朝議梃擊、紅丸、移宫三案，公與楊公漣、左公光斗，持論侃侃。巡按貴州時，安邦彦反，同都御史王三善討之，解貴陽之圍。賊窘迫，求撫。公策其狡，力持不可。會期滿，新差入境，因去黔。未一月，而王公入撫，賊伏發，死之，人皆服其卓識。閹人魏忠賢柄政，黜歸田里。烈宗起補廣西道御史，佐韓相國爌修欽定逆案。升兵部右侍郎，督治昌鎮，拔左良玉于行伍，後爲名將。尋升戶部尚書，兵餉旁午，公調度有法，軍用不匱。以直忤權相溫體仁，居請室者七年，值流寇圍汴，起公援之。未幾，罷。皇清定鼎，里居十六年卒。子方域，明經，以文名於世，著《壯悔堂文集》十卷、《四憶堂詩集》六卷。

（輯自《商丘侯氏家乘》卷七《載籍》、順治《歸德府志》）

康熙商丘縣志・人物志・侯恂傳

侯恂，字若谷，太常卿執蒲長子。年十七，授知于郡守鄭三俊，與弟恪同登萬曆丙辰進士，授行人。熹宗立，除御史，追論移宫事，與楊、左諸公合。在臺正論侃侃，憲長鄒元標頗重之。出按貴州，數上方略，朝右稱其知兵。敘平苗功，擬陟京卿。時魏忠賢已擅權，羣小附和，凡異己者目爲東林黨，以次剷除。恂父執蒲既爲高攀龍、陳于廷輩所引重，而弟恪復與同官繆昌期、姚希孟善，楊漣二十四大罪疏謂出繆草，恪亦與聞。而紅丸、移宫之案，恂顯於羣小異議。魏璫深恨之。父子兄弟乃相繼罷逐，一時商丘侯氏東林黨魁之名，遂震天下。

崇禎改元，忠賢誅，恂復爲御史。首請定逆案。時烏程溫體仁以媚璫漏網，驟秉國政，頗切齒於恂。己巳、庚午之間，邊事益棘，恂才望甚隆，由冏少超兵侍，視師昌平。恂至，拔尤世威於偏裨，左良玉于卒伍，皆爲大將，屢立戰功。時内釁外訌，國儲告匱，而司農畢自嚴坐誤餉下獄，上詔恂代之。恂拮据經畫，不事加派，而轉輸不乏。又上《屯田議》，制極周詳。然烏程方忌恂，竟嗾言官論其糜餉誤國，下獄論死，長系者七年。及闖賊大起，圍汴已浹歲，朝廷思恂才，又以天下重兵皆在左良玉，所謂良玉出恂麾下，有恩，度恂能制良玉，乃起恂獄中，拜兵部侍郎，督良玉等七帥援汴。恂受命，卽上疏論天下形勢，請以汴餌賊，而調河南北諸督撫，各守要害，而自統良玉軍剿賊。良玉聞之，踴躍欲效死。乃中朝持異議，不令恂赴左軍。良玉遂不用命。汴潰，復徵恂下獄。

甲申三月，賊入京師，恂出獄南奔。時金陵擁立，故閹黨阮大鋮執國政，亟欲殺恂，值良玉方興晉陽之甲，而南都亦旋失守，恂乃得脱。

本朝順治三年歸里，有明臣之在朝者，多欲恂出裸將，而中州撫按亦交章論薦，恂謝不起，因築室城南，偃臥其中，足不入城市者，又十餘年而卒。

子方夏、方域有才名，見別傳。

（輯自《康熙商丘縣志》）

資德大夫正治上卿戶部尚書侯公墓志銘

李覺斯

公姓侯氏，諱恂，字六真，號若谷，河南商丘人。始祖成以歸德衛籍徙居郡。成生英，英生滑，滑生顯，顯生和，和生贈太常卿進，進生贈兵部侍郎璣，璣生萬曆戊戌進士累官太常寺卿執蒲，取田氏，生公兄弟五人。公第一，次卽國子監祭酒諱恪者也。萬曆丙午，公生十七年，始受知學使者梅公之煥，補博士弟子員。又五年，受知太守鄭公三俊，招讀書范文正公書院，與弟恪試疊第一，由是知名。又五年乙卯，與弟恪同舉鄉試，同出許州太守鄭公振先之門。明年丙辰，再與恪會試，同出侍讀張公邦紀之門。

釋褐，公受行人。泰昌元年辛酉，改受山西道監察御史。時邊警日棘，上疏論核餉練兵方略，報聞。紅丸議起，疏攻首輔方從哲，並追論移宫，朝論韙之，而姦黨側目矣。天啓元年壬戌，鄒公元標掌院事，總持風紀，倚公如左右手。貴州安邦彦倡諸苗叛，詔公按貴州，陛辭疏陳十事，皆用兵方略。至則厲軍士，申約束，同中丞朱公燮元解圍擣巢，土司讐伏。黔蕩平。還，復陳善後事宜。甲子，錄平黔功，候升京卿，而是時魏忠賢漸專權，剪除天下賢公卿大夫之不附己者，以東林黨人目之。而公父太常公以直節爲冢宰趙公南星、總憲高公攀龍、少宰陳公于廷所引重，爲忠賢私心所深嫉。又公弟恪爲史官，與南樂相不合，復與繆公昌期友善，或言繆公代楊公漣劾忠賢二十四大罪疏，恪與聞。又，定《三朝要典》、追論公議紅丸、移宫兩案，與東林諸公比和，乃大恨。父子兄弟皆東林黨人之魁，倔强無狀，不可一日留。先勒太常致政歸，公與弟恪先後削籍去，當時商丘侯氏之名震天下。魏忠賢敗，崇禎改元，戊辰時，起公廣西道監察御史。公首疏請定逆案，以六等治罪，於是以頌璫漏網者爲烏程相，切齒於公矣。己巳，升太僕寺少卿。庚午，邊事益潰，升公兵部右侍郎，視師昌平。公至，拔大帥尤世威於偏裨，拔寧南侯左良玉于卒伍，解大淩河之圍，戰松山、杏山下，功最。還朝，升戶部尚書。時邊警既日棘，而流寇自秦入豫，常千里無人烟。公拮据兵餉，不事加派，轉輸不告匱。識倪公嘉慶、史公可法于郎署，薦員外何公楷爲給事中，上《屯田奏議》，請分立官屯、軍屯、兵屯、民屯、商屯、腹屯、邊屯法，及考課、任官之制。疏詳公子方域集中。時烏程相當國久，亦欲盡天下賢者以朋黨誤國之説疑撼天子，嫉公爲東林魁乃支柱高位，嗾言官論公糜餉，系詔獄。韓城繼當國，守烏程意，嫉大司寇鄭公三俊薄擬公，並逐鄭公去位。公長系七年。乃壬午流寇破歸德，蹂躪豫州及遍，且大合兵圍汴。朝廷思公才，又以天下重兵在左良玉，稔知良玉受公恩深，非公莫能制，乃特拜公兵部右侍郎，督良玉等七鎮兵援汴。公深悉賊中情形及天下大勢、用兵緩急、宗社安危之計，既拜命，即上疏：『請無救汴，以糜爛之豫州委賊，令保定巡撫楊文岳、山東巡撫王永吉，率師扼黃河，使賊不得北渡；　鳳陽撫臣馬士英、淮徐撫臣史可法率師扼江淮，南遏賊衝；陝西督臣孫傳庭塞潼關，遏歸路；臣身赴良玉軍，鼓勵其將士，東出師，乘賊間，與傳庭合兵擊賊，使賊腹背受敵，進無所拔，退無所據，以百萬之衆，蠶食中原千里無人烟之地，不出一年內，變必作，大功可成。不然，責臣輕身赴賊，救已潰之中原，失可扼之險要，臣恐憂不在汴，而在宗社也。』奏入，良玉聞之踴躍，請效死，遣帳下督以五千人迎公於汴，而忌公者忽持異議，命公拒河援汴，無赴良玉軍。良玉恚，益不用命。九月，賊決河灌汴城，公得罪，復逮繫獄。甲申，賊入京師。嗟乎！使早用公策，國事不至此也。公獄中出，至江寧，而以向頌璫列逆案者阮大鋮等當國用事，欲殺公。而良玉亦悉發荊襄之師數十萬蔽江東下，討阮大鋮等，公得脱。

順治丙戌，公子方夏舉進士，迎公還里，爲圃城南，偃臥其中，足不入城市者十六年。己亥，年七十卒。配楊氏，文學光訓楊公女，累封夫人。五子：方來、方夏、方域、方任、方策。歷官及配字詳其家乘，不具載。公歿時，五子者俱先公歿，孫晃等纂之行實，重趼至莞，乞志於予，可爲有後矣。

銘曰：天之間氣，國之宗臣；謀之既臧，握奇專征。克敵制勝，九廟以寧。謀之具違，壞爾維城。僉壬害正，必曰黨人；寧覆宗社，不有忠貞。嗚呼！亦獨何心！皮之不存，毛將安憑？有林有丘，有子有孫。以卜以藏，司徒之靈。爾昌爾大，司徒之禎。

前資德大夫刑部尚書東莞通家弟李覺斯撰。

（輯自《商丘侯氏家乘》卷二《墓志》，按，此文爲計東代筆，又見乾隆十三年刻本《改亭詩文集》文集卷十四）

附錄五　遂園詩集十二卷

侯　恪

侯木菴遂園詩集序

姚希孟

木菴，吾友也，姓侯氏，諱恪。當神廟之末，詩道荒蕪，大雅淪亡，一時學者，競爲新聲，以俚諺爲自然，以空疏爲清徵，木菴於是慨然發奮，與同郡彭堯諭力砥之。其讀書上自六經，下及《史》、《漢》、諸子、騷賦及古詩、《唐詩類苑》。皆手自丹黄，常語余曰：『初唐如春，百卉萬物怒生，蔚發而汲畜不盡；又如唐虞中天，禮樂文章，未常不具，而其中渾渾焉、噩噩焉。盛唐如夏，如初秋長養成實，無不極之容；又如三代，發揚蹈厲無餘。至中晚，如深秋，如冬氣，盡矣，銷靡矣。明三百年，有盛而無初。』故其詩集二十卷，雖原本杜甫，而一歸于儲光羲、劉昚虚、陳子昂之意，所以振大雅之遺音，尋墜緒于千秋。使後之學者，潛心于詩，將由是而有所取法焉，其有功于《三百篇》匪淺也。嗚呼！木菴年甫踰强，其德方茂而不幸卒矣。哲人之亡能無飆耶？方木菴舉丙辰進士，不廷對，閉戶下帷三年。己未，與余同選庶常。辛酉，同授編檢，風雨鉛槧者數年。乙丑，罹鐺禍，同削籍。戊辰，逆鐺誅，同召用，而今卒矣。木菴立朝，風節磊磊，載在史冊。其居鄉，飲酒裁詩外不問家人產。今士大夫，往往有表表於朝而靡靡於鄉者，有表表於鄉而靡靡於朝者。視木菴爲何如也？木菴，歸德商丘縣人，卒于崇禎七年之七月十二日，年四十有三。天子方將鹽梅以之天下，想望治平，而木菴既卒矣。丙子孟春賜進士第掌南翰林院事、前庚午正考、左春坊左諭德掌司經局、左贊善檢討年弟姚希孟頓首拜撰。

侯大司成遂園詩集序

賈開宗

敍曰：公之先，大梁人。明初徙衛于宋。父作秩宗，言楷行儀，有攬轡澄清之志。公少綜羣書，爲郡守鄭三俊所重。萬曆己未進士，擢編修。熹宗朝，奉勅分修《神宗實錄》。乙丑，分知貢舉，得鄭友玄數人，崇隆古學，文體丕變，海内翕然宗之，比宋歐陽脩焉。是時，内侍魏忠賢專權，廷臣崔呈秀等附之，殺諫臣楊漣、魏大中等。忠賢托衛臣田爾耕招公，謝不往，遂大怒。復命呈秀嗾臺臣彈以邪黨，忠賢矯旨，削籍爲民。放迹田里，飲酒賦詩，不管田舍，澹泊寧靜，有宋纁、沈鯉遺風。工鍾、王書，汗墨滿人間。西郊構遂園，徜徉于中。西南薛氏橋、舊梁清泠池，菡萏數十里，溽暑招姻友，留連浹旬。與黍丘彭堯諭論詩相倡和，以唐杜甫、李白自期。萬曆中，詩道荒穢，一變爲輕俗，再變爲寒瘦。兩公以李夢陽、何景明砥之，故至今人知宗漢魏及唐之盛者，兩公之力也。烈宗初，首誅忠賢，補右中允，遂與輔臣韓爌、詞臣姚希孟等更《三朝要典》。己巳，朝廷推重，擬大拜。會烏程溫體仁作相，科臣彈之。烏程曰：『久欲辭去，奈聖眷重何？』公曰：『似公不願去者，聖眷亦淡漠耳。』以此忤烏程意，出爲南大司成。至南雍，天下士皆赴之。庚午，監試及萬人，明三百年之盛未有也。閏城張明弼曰：『安得金鎔侯太史，令長司文衡。』其爲當時士林推重如此。辛未，病歸。常與宗縱飲，謂宗曰：『吾爲魏鐺所阻，會作一傳奇，紀其事。彭堯諭慮禍延，焚其草。』宗曰：『何不追續其畧？』公曰：『彼一時幽憤離憂之言，此時鐺誅憤洩。李廣知爲石而射之，不能沒羽也。』其著作可概見矣。卒年四十三。觀公詩與《明實錄》，猶依稀事畧、新書、列傳、儒林、文苑，直節並爲參見。集初四十卷，壬午，流氛破宋焚城，子方岳入賊壘索之負出，踰黄河，得其半。今通人家所有及各藏家箋篋，皆亡逸之。餘人自編録，非當時自次銓矣。蒐裒遺書，除其複訛，定取詩篇。凡古詩百，近體百。起田園及使楚，終秣陵。所作視出處之次與年爲先後，分二十卷。順治十二年十月，同里後學賈開宗記。

侯大司成遂園詩集序

周正儒

夫詩本性情，關理亂。大而清廟明堂之上陳風貢俗，細而里巷帷闥之中指幽摘微。至於彝秉發乎《緇衣》，正氣伸於《巷伯》，登良黜惡，功用弘多。故凡具忠孝之性，得好惡之正者，未有不感慨淋漓，見之乎謳吟而抒之於篇什者也。是以唐虞之盛，詩言志而工時颺，典用后夔；成周之謠，比鴟鴞而賦《豳風》，賡繇公旦。若吾太老師大司成木菴先生，辟廱鐘鼓，領教胄格，頑之鐸承明制作，進颺風奏雅之規，洵當日之后夔、公旦也。觀其櫻燚瑠，忤時相，凜凜董狐之筆，激濁揚清；鯁鯁史魚之風，屏邪扶善。以至一觴一詠，諧宫商，中金石，靡非濬諸明發，天懷匪躬，大節非僅僅詞壇鼓吹已也。蓋《詩品》恆以六品爲重，彼沈佺期、宋之問號唐音正始，而北門學士，樓下錦袍，識者猶有依阿媚竈之嫌。咄咄焉，與楊炯諛媧同類而共譏之也。至如太白之天才横逸，而脱靴殿上，奴隸中奄；子美之讀書萬卷，而不苟飛纓，恥諧時好；庶幾於『罷官無不可，長嘯入深山』之句，千載有同調云。卓哉！先生之心期李、杜，而醮士諄諄專以楊雄莽大夫爲戒也。余小子於詩道無聞，而派出師門，不敢妄自菲薄。猶憶卯闈，受知於南詒沈師，時太老師正珥筆木天，沈師郵同門卷，寄政荅札云：『同門惟周、徐爲最。』世未幾，而徐勿齊果譽重詞林，余小子不敢仰負教誨，從掖垣中翻繹録書，攷攄往事，益知先生忠貞。世篤兩朝剝復之間，名節表表，載之史冊。所謂見之乎謳吟而抒之於篇什者，特其餘也。迄今知己之言，皈依之念，耿耿脈脈，其敢一日忌於懷哉！次君仲衡，淵源家學。二三昆季，翩翩玉立。通門世講，殆非一日緣。出先世枕中之祕示余，余受而卒業，輒喟然典刑之已遠，而尤幸鴻寶之尚傳也。爰殫生平私淑之懷，敬與海内士人，矢願黄金鑄其軀，世世祀之云爾。若曰登説詩之堂，謬贊一辭，則余小子豈敢？

崇禎癸未，門下晚學生義興周正儒沐手敬題。

侯大司成遂園詩集序

侯　恂

吾弟《司成詩集》四十卷，《文集》二十卷。今刊詩二十卷者，壬午春，流氛破宋，猶子方岳搜於煨燼之餘者也。余考其畧而次第之。蓋吾弟少好學，博覽羣書。習舉子業時，即好爲古文辭，而尤殫力於聲律之學。萬曆末，與余同舉進士，校書天禄數年，得睹金匱石室之藏。出使於楚，泛舟雲夢，縱覽九疑、衡山諸名勝。爲大司成於金陵，遍閱六朝遺跡，浮江臨海，胷界益横，詩思乃益進。天啓末年，先君太常公正色立朝，與鄒南皋、馮少墟、趙儕鶴諸大君子友善。南樂魏相公嫉之，曰：『此東林尖也。』以故愚弟兄最爲人所側目。會韓公爌、文公震孟薦吾弟可大用，廟堂之上方相繼相烏程溫體仁、韓城薛國觀不報。崇禎三年，吾賜環入西臺，有定逆案一疏，力攻崔、魏及諸閹黨，益中時忌。維時，吾弟爲右中允充召對記注官，直書烏程鑽營大拜之事。烏程祈改數語不應，烏程恚甚。吾弟遂轉南大司成，蓋推而遠之也。自南大司成以病歸，遂卒，時年四十三矣，蓋崇禎七年也。其始終遊歷宦蹟如此。秋浦鄭老師三俊爲吾弟墓志銘，稱其初選庶常，爲方從哲所簡拔，後絕不阿附。洛陽王鐸爲傳，亦稱其數以言忤烏程，皆大節所關也。其爲詩一本於杜甫，而與明之何景明相伯仲。常謂余曰：『明三百年，極唐人初盛中晚之致。其全體不相遞也，但並以杜甫爲宗。如高適、岑參、王維、孟浩然，一氣渾淪，隨境隨事絕不旁預，靜氣浮紙，近於有道，然方之少陵則終爲小巫耳。』余初不習詩，衰暮躬耕南園，始肆意於《三百》、漢魏、初唐、盛唐之間。每思吾弟之言，於杜少陵獨爲嚮往。使天假吾弟以年，庶乎可追美少陵矣。嗚呼！大雅不作，唱和無人。惓撫遺編，不愈深鶺鴒之思也乎？

南園老人侯恂識。

侯大司成木菴公傳

王　鐸

侯恪，商丘人，號木菴，字若樸，太常寺卿執蒲次子也，兄大司農恂。祖成，自祥符之歸德商丘，傳英，英傳滑，滑傳顯，顯傳和，以孫四川左布政執躬暨太常公貴，贈如其官。和傳瑀、傳璣。瑀卽執躬之父，璣卽太常公父也。累贈兵部右侍郎、刑部尚書。鄭公三俊守歸德，識拔木菴。公乙卯舉于鄉，丙辰進士，己未爲翰林庶吉士，辛酉授編修，侍經筵，修《神廟實錄》。五年，修《光廟實錄》。是時，權璫魏忠賢專政，諸人承意旨褫刑部尚書王紀，人情洶洶。或曰修史者慮史禍，今公其自媒，度非其欲也。公曰：『史惟有直耳，寧慮禍乎？』極力發魏璫姦狀。直起居，充展書官，教習内書堂。乙丑，取士禮闈，與魏廣微牴，無所遜。魏璫使田爾耕致意，欲交公爲重，公默不應，孰視而自循其帶曰：『淺矣！寺人旦夕之焰而茅靡焉，而何有于我也？』田曰：『木菴公良苦，公不見衆鹿之觸虎乎，未有不飽于虎也。』公遂請病以歸。而北直御史智鋌，璫之鄉人，且媚受嗾彈公曰：《實錄》詆我。又以魏大中、繆昌期、姚希孟、楊漣與公交善，乃削公籍。公雖不見容于細人，歸而治園池，與友賦詩。久之，璫之肆毒于縉紳也，摧敗日甚。一中使暮抵商丘，署騶從甚都，鄉人爲公恐。公曰：『彼往年殺楊大洪，前年殺魏廓園，以吾爲同功一體歟？我輩有命焉，禍之及不及，我無悔恨。』頃之竟去。丁卯，上御極，凡害正人者皆誅，起公中允記注。溫體仁傾錢侍郎謙益，溫授公意婉其詞。公不可，其筆猶故也，溫恚之。己巳，陞諭德，會陞庶子掌坊事，陞南京祭酒。乃考祖制，陳言以教士子，大約抑奔競、養士氣，上嘉之。南國士風難制，公曰：『嗟乎！有以也。士之握齱者，無以恒業，督課之耳。豈無賢士豪儁？吾令士與士疇不遷于異物，何至激而暴衣露冠以辱天下士哉？』士以此翕然歸厚，卽科名無移心焉。頃之請告，逾一年而公逝矣。有詩文若干，子孫見狀中。公與兄大司農公鄉會同榜，同不免于璫，而自勁亦同氣，蓋中原不辱其身，爲兄弟者不亦難歟？

太史氏曰：『余數數于木菴公交，陰掖余。公善酒，每見輒握余手，傾心寫意無崖畧。余知其學之博，而不知其氣之勇也。及身來凶坎，受侮虎口者數矣，而不亂耳目。人皆大屈，公處之晏如。彼蜷局自喪，何其下也。然公自負，寧折不辱，良欲愛其身以有爲，更不欲侏侏如也。是故卒爲鯁臣以扶日轂。惜乎未之大究耳！當魏璫權擊震動，他人發姦于姦死𢧐滅之後，公口誅筆伐于風雨如晦之日，非可同日議也。嗟夫！公之詘于一時而能信于千載，誠知所自擇哉！爵之極不極，何加損于公？至于沒而論卹與謚，古之名臣道德文采，公浸浸乎爭烈矣。

賜進士資政大夫，南京禮部尚書兼翰林院侍讀學士、協理詹事府事、教習館員，修《神廟實錄》，記註起居，管理六曹章奏較內書堂差封瀋藩，戊辰掌卷、皇陵陪祀、郊社導駕、文華殿展書、誥勑撰文、纂修《大明會典》副總裁，前右春坊右諭德右庶子掌南北翰林院事、東宮侍班、經筵講官眷社弟王鐸撰

司成公家傳

侯方域

叔父司成公，諱恪，字若木。年二十四登第，不肯仕，更讀書，爲詩賦。三歲而方相國從哲賢之，以爲翰林院庶吉士，然立朝論議，終不肯苟同方相國。

公性寬厚長者，嗜飲酒，不事生產。常家居，其門下生董嗣諶爲郡太守，宋玫、林一柱之徒，各宰其旁邑。迭請間，願有以爲公壽，公固閉閣不與通，日召其故人飲酒。故人稍稍有言及者，益拒卻之，更飲以酒，數歲以爲常。以故歷從官通顯矣，而析產不輒豐。

公爲詩推杜甫。而洛陽人王鐸者，後公舉進士，能爲詩。既第，家貧甚，公更推薦之。鐸以此得入館，後卒以詩名當世。自唐杜甫沒，大雅不作，至明乃復振。雖李夢陽、何景明倡之，得鐸益顯，公之力也。

天啓間，公爲編修，而宦者魏忠賢竊政，日殺僇士大夫不附己者。公心重楊漣，而與繆昌期友。漣指忠賢二十四罪，條上之，天子不能用，反爲忠賢所害，昌期亦坐死。尋有言忠賢二十四罪者，故昌期傳趣公代具藁。忠賢大怒，坐曲室中，深念欲殺公。而其假子金吾將軍田爾耕，顧素知公，進曰：『是人頗以詩賦謬名公卿間，而能書米芾書，翁必無意曲赦之耶？』忠賢仰視罘罳，日影移晷，不語。良久，乃顧謂爾耕：『兒試爲我招之！』爾耕退，詣公，話故舊，因佯言：『我之遊魏翁者，欲爲士大夫地也，非得已者。』公大悅，呼酒與飲，輒慷慨指當世事，爾耕默不得語。居數日，又詣公，則益爲款言。伺公嬉笑飲酒酣，乃促膝附公耳言：『公且以楊、繆故，重得罪。我爲公畫計，某月日乃吾魏翁誕辰，公自爲詩書之。』言未得竟，公大怒，推案起，酒羹覆爾耕衣上淋漓。爾耕低頭慙恧，已而，乃大發怒去。適南樂魏廣微者，亦忠賢之假子也，以大學士掌貢舉，而公爲其下校官。廣微心嗛公，公所薦取士鄭友玄、宋玫，輒有意摧抑之，以語挾公。公力與爭曰：『人生貴識大義，恪豈敢戀旦夕一官，負天下賢才哉！』語侵廣微。而忠賢里人子御史智鋌，廉知之，乃力劾公，罷官。忠賢積前恨，更矯傳上旨，奪所賜誥，而令公養馬。公卽日脱朝冠，自杖策出長安南門。而其門下生二十三人者，追止於盧溝橋，共置酒觴公。公飲酣，遍顧二十三人者曰：『吾歸矣，幸無靦顔以羞諸生，諸生第識之。』異日有言諸生爲好人者，乃吾弟子也，誠不願諸生爲好官！』二十三人者皆泣下。而宋玫終工部侍郎，仗節死；友玄以御史直諫謫，當世名公爲知人。

公既歸，則益召其生平故人者與痛飲，不事事。而里人鄧生者，妄人也，構小釁詬公，謂：『若乃養馬，而我職弟子员，冠儒冠。』公門下奴客忿，欲毆鄧生。公大笑，悉召之與飲，皆醉，鄧生乃免。當是時，忠賢實不殺公不已。會誅死，而公復起爲庶子。鄧生大懼，更詣公，汗浹背，前匍匐謝。公又大笑，掖起之，徐飲以酒，一無所問，鄧生亦醉。

公爲人和易有容，不修苛節，見人無所貴賤，皆與飲酒；然遇有所不韙者，輒義形於色，屹不可奪。以庶子遷爲南雍祭酒，太學諸生聞之曰：『是故與南樂相爭鄭友玄、宋玫者耶？』願入成均近萬人，明興三百年未之有也。滿歲，以病請歸。公生平善爲詩，每賦詩輒飲，而前後慮天下事，有不當意，則又感憤，日夜縱飲，久之積病，竟以卒，年四十三。天下皆以公有宰相器，深痛惜之。

當崇禎二年，公之爲庶子也，職記注。有浙江人溫體仁者，揣天子意，自爲書，訟言羣臣朋黨，得召對。對時，體仁鉤挑詬誶，數睨望顔色，伏叩頭爲側媚曲謹狀。天子大悅，趣立以爲相。公跪墀下，纖悉疏其醜而出，颺言于朝。體仁病之，數曲𢤱公，願稍得改易。公固不肯，而謂人曰：『體仁之姦過李林甫，而僞强介若盧杞，果執政，天下且亂。吾所以颺言者，冀天子神明，一聞而感悟耳！』體仁聞，恐，遂言之，乃出公於南京云。初，文相國震孟爲吳門孝廉，年五十餘，老矣，以書謁公於史館。公一見稱之曰：『子慎自愛，終當輔天子，子必勉之。』其後十餘歲，震孟與體仁同執政，以爭諫臣許譽卿事，不勝去。而體仁終相位者八年，卒亂天下焉。

公著《遂園詩》二十卷，李自成破宋，子方岳從賊中搜得之，負以過河。公六子：方鎮、方岳、方巖、方聞、方隆、方新。而方鎮城破死，有才名，别傳。

明故朝議大夫資治少尹南京國子監祭酒侯公暨原配沈恭人合葬墓志銘

鄭三俊

崇禎七年七月十二日，朝議大夫資治少尹南京國子監祭酒，商丘侯君卒。秋浦鄭三俊曰：噫！吾年家子又門弟子也。方吾守雪園時，創建范文正公講院，集諸士月旦其中，君兄弟迭爲冠軍者數年。及後舉進士，立朝嶙峋，數輔我以直節。今聞訃，不覺發哭，以衰耋山居，未獲往弔。越七年，君孤方岳二千里以狀至，許以銘。會流氛四逆，道途未達。又二年，方岳以君原配行實至，且曰流氛破宋，卜葬惟急，乃爲敍銘赴其葬。

敍曰：侯氏，故上谷人，出於晉後，適他國以侯爲氏。其在魏者，世居祥符。高皇帝時，自祥符徙歸德衛。君皇曾祖正奉大夫，皇父兵部右侍郎。神廟中，輔臣沈鯉、沈一貫相分，漸如宋元祐、熙寧故事。皇考立朝矻正丰采，朝士翕然宗之，天子以爲柱史，積官至太常寺卿，爲人沉毅篤摯，不苟爲笑。甞生五男子，長爲兵部尚書，稱名臣，而君爲次子。君舞象磊落有大志，喜讀書，日數萬言，《六經》、《左》、《國》、《史》、《漢》、《莊》、《列》、《管》、《韓》、《文選》之屬無不諳誦，且細批註其側，索隱曜疑，多古人所未發。其文章經緯敏妙而閎博流麗冠天下。乙卯，登賢書。丙辰，舉進士，給假省親。歸而下帷，不窺園者三年。己未，奏對大廷，選授翰林院庶吉士。館中課習者又三年，授編修，侍經筵，纂《神宗顯皇帝實錄》。又一年，纂《光宗貞皇帝實錄》，内有梃擊、紅丸、移宫三案，君判諸章牘，凜凜董狐，朝議爲之一清。辛酉，起居注，充經筵展書官，教習内書堂，以纂修《實錄》成，受賞。冬，皇長子生，賚詔楚藩。乙丑，同事禮闈，盡黜時文庸靡之習，得鄭友玄等二十二人，後多爲名臣。自宋千年中，與歐陽脩知貢舉並稱焉。撤闈往謁，但以楊雄莽大夫爲誡。方是時，内璫魏忠賢擅權，附會故輔沈漼，革刑部尚書王紀爲民。君直筆書之，且摘發其姦終危社稷，于是挂冠。自修《實錄》以來，忠賢目不識丁，諸佞人亦未曉金匱石室藏書，猶托私人田爾耕招致，許枚卜，以君副，君力辭。今宰相葉向高以忠賢故，乞休，遂以君朋黨。而右都楊漣列忠賢二十四大惡，又以君與同官繆昌期、姚希孟，科臣魏大中爲漣死友。又因御史智鋌媒用，遂嗾論君爲東林邪黨，削籍歸。東林自顧憲成創書院，招延皆天下以文行名節砥礪者。君歸而築園郡西北隅，署曰遂園，種蒔其中。是時，飛騎四出，而君坦然飲賦，不以禍福介慮。會惡璫貫盈伏誅，乃止。蓋正人得保首領自君始。

丁卯仲秋，今上卽位，誅忠賢及其黨崔呈秀等，君遂自田里擢中允兼編修如故，召對記注。熹廟中，羣小排擊正人纂《三朝要典》，君佐相公韓爌釐正之，請頒欽定逆案。遷翰林院侍讀，又遷庶子掌右春坊事，既而又爲南京國子監祭酒。自分簾乙丑，三吴士人相謂曰：『安得採首山之銅，鑄侯太史，令長司文衡。』及至白門，來試者數千人。自高皇帝設成均，未有人文如此之盛也。君與少司成倪元璐，較理二十一史，補其闕遺，考祖制、定監規、疏陳六事：嚴班期、勸實學、抑奔競、隆監體、覈廩餼、優遷轉。上嘉納之。當是時，上方厲精文治，慨然大有爲，而君又以直道清譽重于朝，遂相倚爲大臣。顧頃之遘疾，又以庚午大比，勉起襄監試，疾逾厲，告歸里。君自戊辰數年遂任事于時，及在司成幾至六卿，天下皆以爲宜。顧尚有恨君未枚卜者。

君行純孝，事兄尤篤，爲人寬厚長者。聚鄉數年，未嘗營一第，置一田，如世之齷齪者李膺、范滂。後進御之，如登龍門。自魏璫肆戮正人，國家元氣剝削殆盡。呢呰喔咿，民彝澌滅，君獨條上爲治大端，進君子退小人。文震孟、劉宗周諸賢，皆士大夫所望以爲公輔，君力掖之。故震孟等未幾皆大用。君所設施未就而遘虐疾，故功利之在世者大而事業可質，述者止於如此。

君善鍾、王書，雖溽暑祁寒未嘗廢臨摹。工于詩，以大雅自命。獨常言：詩自《三百篇》後存亡者三，漢魏存矣，六朝亡也；唐存矣，五代宋元亡也；國朝正嘉存矣，今又亡也。所著者有《眠雲閣集》、《嚶鳴集》、《靜竹齋前後二集》、《片石軒存稿》、《隨史漫錄》、《歸田草》、《遂園詩草》、《雍餘草》、《館閣試草》。君致仕凡一年，疾遂篤，卒于里。距其生萬曆壬辰，享年四十三。君之冢子詣闕請卹。天子俞之而下其書于宗伯，會寇亂未果。

君原配沈恭人，恭人生于相國，笄而歸。君歿之後九年，寇破宋郡，渡河避難于曹南而卒。居常治其家有禮，飲食器皿，惡其華侈，而蒸嘗豐潔。衣服必澣濯，無曳地之麗。事舅姑和易惟謹，處諸娣姒喜怒不形小星，逮下意溫如也。魏璫虐焰，恭人曰：『能挂冠乎？與子偕隱。』其以名節相砥礪如此。恭人生于萬曆癸巳年七月廿五日，卒于崇禎十五年七月初五日。

君諱恪，字若樸，號木菴。始祖諱成，成生英，英生滑，滑生顯，顯生和。皇曾祖贈正奉大夫正治卿。和生璣，皇祖贈正議大夫資治尹。璣生執蒲，皇考太常寺卿，原配封恭人，尚寶司丞墀女，宰相鯉之姪孫也。生六男子：曰方鎮，郡學生，娶陝西平涼府同知鄭公之俊女。曰方岳，貢生，娶歸德衛指揮使趙公純仁女。曰方巖，郡學生，娶貢生田公國命女。曰方聞，郡庠生。

朝議大夫南京國子監祭酒侯公木菴先生行狀

彭堯諭

郡中翰林侯公，海内所稱木菴先生者。自起家，歷任南京祭酒，越一歲，移疾還里，需次將大用。又越歲，病復大作，卽日，捐館舍，里中罷春市，盡爲雪涕。予甯匐哭焉大痛，聞者無不沾衣。在殯三臘，侯衈侯謚。今上特重勞臣，恩有加焉。諸孤伏請待命。屬封疆多事，不敢久稽葬期，乃告予曰：『先君子與先生同席研，復同肺腑親串，至密厚善，貌我先君者莫先生。若孤將以今丁丑嘉平之月，勉襄大事，礪闕七尺壟中，麗牲系之以文，敢乞言于名公鉅卿，求先生狀。』予恧焉，愧不能任其役，而又于誼不可辭，乃授簡而呼曰：『天乎！何忍奪我木菴而忍爲狀耶？卽不能爲木菴狀，而木菴狀何嘗旦夕去我？天骨堅固，風儀碩美，高冠嶽嶽，玉步珊珊，非我木菴耶？架學飛才，發爲雄辯，吐舌唾霧，加乎四海，非我木菴耶？冰雪在懷，瑩然可視，熱中之士，對之加纊，非我木菴耶？紳笏謹稟，育嚴有威，龍光鶴表，獢獢自立，非我木菴耶？賜閒丘壑，考槃澗谷，不衫不履，蕭散高朗，非我木菴耶？舉是數者，覆姓名以問世，未有不知爲我木菴者！又何容狀諸？孤曰：『非文無以示來者，先生曷勉之？』予以逡巡始執艸創之役，不敢華，不敢溢，以俟銘表家採焉。

公諱恪，字若樸，號木菴焉。爲通議大夫太常寺卿諱執蒲者之次子，通奉大夫四川左布政使諱執躬者之從子。其兄，卽今户部尚書名恂者。一門鼎貴，當入皇明盛事，錄不具述。其先在世譜中者亦署不書。斷自高皇帝時，有祖諱成者，自祥符徙歸德衛隸焉。而英而滑而顯而和，和卽贈公，以孫通奉、通議二公貴，贈如其官。而瑀是爲通奉大夫父，而璣是爲通議大夫父。皆以子貴，贈如其官。後璣累贈至兵部右侍郎，則以孫恂貴。其隱德，凡數世未耀，別有傳。公既爲名里名家子，生而神異，就塾目誦十行俱下，腹笥有等身之譽，又靜篤，不好美。有坊有表，識者謂蒲衣項橐，信有其人。呫嗶經籍而外，往往求異書讀，蕊笈蘿圖，所蓄積靡不盡卷。是時，已能賦碁詠鳳，慮爲科舉業妨，弗屑也。甫丱，補學博弟子員，同兄恂皆以茂才異等稱。往庚戌，今刑部尚書鄭公守歸德，時築學宫百餘廈，大閱郡屬諸弟子實其中，歲時造之。公與兄及余輩同受知鄭公，試牘出，公兄弟迭稱冠軍，諸弟子皆慴服，無諱者。是時通議公已貴甚，公與兄繩度不殊寒畯，敝衣敗舄走里中，與齊民子弟等。識者從衿帶中已著公輔之望矣。乙卯，同兄登賢書。丙辰，又同兄舉南宫，俱稱進士高第。公乞假省覲歸，則謝賓客，日夕肆力大小酉及嫏嬛諸洞，詮腹笥成海若矣。尤注意性命經濟，莫可得而窮也。爲文法龍門，不喜字句繁縟，風雲月露舉爲笑柄，其所向可知也。攻詩，遡源風雅，深惡新體，見時流所作，輒呼盧笑，謂人不觀江海而羨涔蹄，不覽華岱而誇卷石，不愛秦松漢柏而取蟠曲盆盎中物，失之遠矣。日與余揚扢古今作者，力洗詞條淫媟之垢，務振申陽、北地之壇，以符合風雅之旨。厥志貞矣。其與余論詩書略曰：『古今言詩莫妙于先聖，其以君父兩者要詩之旨歸，以多識名物窮詩之變化，而又曰可興可觀可羣可怨，使言之者不露，而聞之者勿傷。故其詩諷而愈出，傳而可久。試取漢魏及唐初盛間詠，細細吟味，宛見古人情之所寄，如風傳空谷，自然成響。其間濃淡異致，老穉異用。如元美諸人，降而淺狹，若出一口，然猶未纖冶也。不知袁宏道、鍾惺何所見而變新體？言外之旨，非吾君宣莫語耳。』其持論如此。間或臨池，居然墨王一派，學者取法焉。己未，始就公車入對。大庭內閣晉中韓鑛及江右劉一燝咸重其才，以博學宏詞選授翰林庶吉士。同館皆名流，砥礪文章，尤立氣節。每試輒最，恆求遜名第讓同館者，館師鄭公、孟公不許。及録呈御覽，嘉悅。辛酉，擢授翰林院編修，旋侍經筵，編《神宗顯皇帝實録》。又一年，纂《光宗貞皇帝實録》，內有梃擊、紅丸、移宮三案，其間真心忠愛者不乏，而借事挑釁者亦衆。內外洶洶，議論沸騰，未知所向。公目擊時事，檢諸曹章牘，奮筆直書，凜凜董狐。是時，中使魏進忠後改名忠賢者，招攬姦寵，謀禍縉紳，膽勢已張，乃附會故輔沈漼，革刑部尚書王紀爲民。公于事之顛末備載，不少屈筆。又且極力摘發進忠之伏姦，恐爲縉紳貽禍，不細語，在《實録》中。辛酉，直起居註充經筵展書官教習內書堂，以纂修《實録》成受賞。皇長子生，使公齎詔楚藩。公遇名山大川，忠憤之氣，盡吐爲詩，頗得楚人命騷之旨。甲子冬，報命。乙丑，同事禮闈，分閱諸貢士卷，欲以變易士習，凡喬宇嵬瑣者盡黜之，獨録其奧衍及雅馴者，得鄭友玄等二十二人，皆驚代名士。當其在闈時，與南欒魏輔廣微取舍間多牴牾，公不少貶。及醮士之言諄諄以楊雄爲莽大夫相誡，意有所指，後皆刻勵爲名臣。房牘出，學者皆爽然自失，盡棄腐穢以就古雅，耳目爲之一變。有欲以黃金鑄公像者，其爲學者所師承如此。往修《實録》，極詆忠賢。忠賢目不識丁，卽諸佞人與同逆者俱未暇檢《實録》中語。忠賢猶托私人田爾耕招致公。公辭以病，謂私人曰：『予旦夕請告，不能爲閹豎客。』大拂忠賢意。及以病請，遂放歸。詩有『死諫亦何恨，生還作逐臣』之句。門生祖帳，執手相勉，有『願諸生作好人，不願諸生作好官』語，多士誦之。九月，忠賢嗾御史智鋌論公爲東林邪黨，與魏大中相結死友，及誣與繆昌期、姚希孟同謀，以繆公、姚公與楊公漣交最善，所列忠賢二十四罪之疏，二公與聞而姚公與公交又善，疑公亦與謀，故以『黨』之一字括人網中，而加剸刃以媚忠賢。嗚呼，毒矣！疏上，蒙旨削籍。公閒居，有『罷官無不可，長嘯入深山』之句。自放丘壑，觴詠不廢。語諸生曰：『素位而行，可以居身，可以處世。好修起謗，正自不免。但得謗既可堅砥礪之操，又可淡風塵之味，謗殊無負于人。』築園郡之西北隅，署曰遂園。種蒔遊詠，絕口不問外事。是時，忠賢嗾黨陷殺名流幾盡，凡睚眥必報。公恆以爲憂，恐一旦有私人檢《實錄》中語，骸骨不足惜，但慮傷通議公意。俄而有中使過，郡勢張甚，公自分必遭逮就死所。已而，竟去，心稍安。丁卯八月，遇今上卽位。冬，誅元惡魏忠賢及黨田爾耕、崔呈秀等，褒忠臣魏大中、楊漣等，殿廷肅清，乾坤再造矣。公乃蒙詔擢中允兼編修如故。公有『君恩高厚難報，臣身進退當明，謹陳被逐情悰，以祈聖鑒，並求寬限調理以便赴職』之疏。時姚公希孟見之，謂曰：『公道旣已大明，臣子自宜緘口，惟是靖共自矢，不必更追旣往。』公以爲然，遂止其奏。然天下學士大夫未有不諒公出處之正者。公嘗曰：『士人名節所關，惟在出處。』蓋盟之素矣。戊辰，自田間起赴命，召對記注，珥筆直書。時有挾私浸潤者，囑公稍曲筆掩護，公不肯易，其守官不回如此。己巳，陞諭德，尋陞庶子，掌右春坊事兼翰林侍讀，再推爲南京國子監祭酒。一時慕有木菴先生者雲集函丈，望公顏色如披霧見日，聆公一言、得公一筆如獲天球重寶，士林爲之悚動。稽考祖制，定監規，疏陳六事：一嚴班期以實國學，一重文行以勸實學，一抑奔競以求真才，一重監體以養士氣，一覈錢糧以充廩餼，一優遷轉以勵師儒。朝廷悉嘉納之，卽令舉行。逾歲舊弊盡洗，士風丕變，蔚然菁莪。南陳北李之風，今復見之。月旦課士，號稱得人，如蔣鳴玉、王寢大等不能悉舉。他如釐正諸藏書及補綴缺失者，勞瘁嘗廢寢食。又與同官倪公元璐疏請，酌更歲試日期，勿令參錯淩遽或致失人。以爲大典，蓋又覆疏：以經書後場爲二，詔著爲令。方在拮据監務，鼓吹休明，以成作人之化，乃積勞致疾，右臂不仁，遂請告許還里，將有鼎鉉之托。公歸，靜調數月，漸有起色，觴詠猶不絶口。又有『常恐花開顔色少，一春須醉一千回』之句。嗚呼！甫逾春而公遂捐館，竟成詩讖矣！嗚呼，痛哉！使天假之以年，文章氣節固所自有，遇今聖明之君，必膺枚卜之寄，皋、夔、稷、契，未敢遽爲期許。觀其平生操履堅凝，以道事君，寧爲申屠嘉之剛執，而必不爲孔光之濡忍可知也；寧爲陸贄之責難，而必不爲蘇味道之模稜可知也。他如司馬光、韓琦、王旦三君子，公資性與之相近。其相業皆公可饒，爲之惜乎！其不得見也，豈不痛哉！公立朝無幾，復罹患難，故事蹟亦少傳。乃其天性純孝，自孩提以至强仕，雖名位貴顯，未嘗有事自遂，稟命惟謹，色養甚備。凡禮儀所需者，必勤必勅。事兄盡恭，有事稟命，一如事通議公旨。嘗見與客會飲，兄嘻笑自若，公謙默不敢雜一語，客調之亦不答。公與兄同爲名士，同薦鄉會，同時名位亦相等，同被瑺禍，幾不測。同起官南北，未曾見有斯須惰容，失從兄之義。其孝友篤摯又如此。所居必拈古人名言，皆忠孝大節，經濟大畧，思有所得，嘗手書以教諸子。平生尤好讀《易》，成書數卷，其自警語曰：『古人疾没世而名不稱。』卽下至書畫博弈，亦可專心致志，稱名後世。病來兩年，恐遂自廢書，此自警。』可見公于病榻亦無時不學也。嘗語諸郎曰：『傳家以忠孝爲至，文章以古先爲法。周旋世務，斷不可也。』又曰：『讀書當知大義，勿泥章句。』又曰：『勿爭，必不得；勿抗，不可久。』又曰：『嘗笑鍾太傅，托身漢賊，恬不知恥，老而嗜官不能入朝，輒疏請遣人就問，寧無林泉咫尺，可堪卒歲乎？』他如此類，不具載。亦可見公之素志如此矣。居里，不趨謁官府，無一語關説私事。但爲小民求清徭役一紙耳。里中有貧不能炊，及不能婚者，皆周之。口不談人過，而喜弘獎名流。恥獨爲君子，而疾惡小人如仇。在官二十餘年，無宦囊，清畏可知。平生恬退高簡，有達意而無玄心，遇人接物雖城府不設而涇渭自別，外和内介，即風雨如晦，不易其操。此其大略之可稱者，採入狀中，或嗣有所補焉。海内有知我木奄者，必不以予旨阿好。公所著書有《眠雲閣集》、《嚶鳴集》、《静竹齋前後二集》、《片石軒存稿》、《隨史漫録》、《歸田草》、《遂園詩艸》、《雍餘草》、《館閣試艸》諸集，命藏于家。然天下想見其著作久矣，嗣當梓之以慰羣望。公生于萬曆壬辰四月初十日，卒于崇禎甲戌七月十二日，得年四十有三。配沈氏，爲尚寶司丞諱墀女，文端公姪孫也。子六：長方鎮，郡學生，娶鄭氏，陝西平涼府固原州知州鄭公諱之俊女，澤州知州鄭公諱際明孫也。次方岳，邑貢生，娶歸德衛指揮使趙公諱純仁女。次方巖，郡學生，娶邑貢生田公諱國命女，通政使贈工部侍郎諱珍孫也。次方聞，郡庠生，娶楊氏，虞庠生楊公諱□女，俱嫡出。次方平，娶周氏，工部尚書周公諱士樸女，趙氏出。次方新，未聘，孫氏出，與張氏撫之。女一，適庠生黄公諱國柱子，郡庠生祚一許字。余男女殤。孫女四。鎮出者一，許字錦衣衛千戶葉公諱元滋子增固，戶部侍郎葉公諱廷桂孫也。岳出者二，一許字雲南、廣西府知府沈公諱仔子悦，一許字寧邑庠生胡公長庚子寓。巖出者一，未字。公葬于郡西之新阡，大伯宗王覺斯先生所卜也，謹狀。年家姻友弟彭堯諭揾淚具草。

遂園詩集　卷之一

賦　箴　古樂府　三言　四言詩

杜鵑花賦

夫何此花之爛漫兮，豔灼灼之晚粧。開後時而不渝兮，昌深秋之寒芳。笑幽蘭其既萎兮，紅粉墜于蓮芳。雖茉莉之芬烈兮，西風摵而蒼凉。獨鬱鬱其敷蕊兮，舒雲錦以飄揚。珮碧玉之珊珊兮，飛丹霞之琅琅。若佳人之倬立兮，態婀娜其靡常。染桃花以爲衣兮，葺綠荷以爲裳。點絳脣之鮮麗兮，裊無言而藴香。怨夫君之不採兮，拭胭脂而泣數行。紛既有此奇飾兮，緊命名其何傷？像杜鵑之啼春兮，口流血而相望。豈靈魂之多化兮？托草木以自將。故降萼以揚華兮，□榴裙之在巾箱。晚吸露以呈妍兮，朝見日而含章。憶玉樹之合歡兮，偕秋花與斷腸。羅絳星以繁綴兮，落紅雨之未央。辭粉蝶而不御兮，羡幽貞之善藏。蹇余違時而獨步兮，長顑頷其多方。揖杜蘅于中洲兮，紉木蘭于楚湘。荷挺節而不靡兮，永契托以徜徉。相茲花之淩秋兮，吾寧忍委之老圃與嚴霜。依叢桂以遲留兮，指青竹與頡頏。覆長松使爲幕兮，對古柏之蒼蒼。願共保此歲寒兮，念初終而不敢忘。

重曰：金風起兮雁南飛，羣芳歇兮怨朝暉。杜鵑開罷露沾衣，王孫山中胡不歸？

治世養身箴有序

今天子宵衣旰食，凝精上理，厥躬泰然以迓滋，至之天休以收方，將之純禧者四十八載于茲矣。雖深居靜拱，終不忘孜孜以所無逸。而頻年以來，水旱有狎至之警，潢池有蠢動之憂，已似與黄、虞不無少異者。乃至聖躬，天地祖宗之所呵護，社稷臣民之所瞻仰，亦且少焉。違和何以致此？將滿虧中昃之數，氣運適然，亦治世養身之術，調理實缺也。臣聞至治之世，兢兢業業，日慎一日。故聰明明畏無時不鑒于下民，而盤盂有戒，几杖有銘，夫豈其敝敝焉？勞心苦形以自卽憂虞，亦理亂安危得失消長之道，持之有故，不可易也。伏讀《宋史》，王昭素對，藝祖有言曰：『治世莫如愛民，養身莫如寡慾。』臣以爲，愛民則脈榮，脈榮則元氣暢；寡慾則神清，神清則元精悦。夫人主而慾，深根固蒂以御世，久視長生以娱身，道必由此矣。不惴愚朦，輒因宋臣之言以獻箴。

箴曰：

茫茫上帝，降惠下民。作之君師，大化以陳。維辟奉天，維天無視。惠迪從逆，吉凶如神。唐虞上矣，至道絕響。曰予有咎，曰民有罔。無肆爾慾，以怒神享。至愚至神，實維爾仰。逮及叔世，淫縱自甘。或聲色是好，或貨利是耽。民之瘼矣，厥身何堪？夫豈無國恤，而傲雪以貪。勿謂無傷，怨不在明。勿謂無害，禍不在大。維民猶水，維君猶舟。水與舟動，載沉載浮。匹夫匹婦，人莫之憂。維身如螘，維欲如矢。攢而攻之，機張心死。美嗜利疢，人莫之理。夫窮而不可下者，人也；發而不可制者，物也。風飆草鬱，石激火欻，慎之慎之。人莫伐于劍，而戕于刃。足莫躓于山，而躓于峻。居高者危，多藏者盡。省刑薄斂，惟民所歸。清心約德，維身所依。天鑒不遠，存亡由幾。小臣獻箴，敢此弦韋。

古樂府

莫相疑行

有淚莫灑趙州土，有酒莫澆信陵墳。趙州公子多俠客，毛遂僅能全其身。信陵愛鳥不愛人，枉殺侯嬴爲報恩。人生恩怨何足道，一桃三士不自保。子儀不奮馬周窮，誰知厮養是英雄？邯鄲才人舊承御，一朝零落如飛絮。願君相信莫相疑，君不見黄鵠伯勞各自飛！

善哉行

來日大難，天寒衣單。雨雪中人，風擊目酸。一解
我有旨酒，維醇且久。今日不樂，明日在否？二解
謙謙君子，令德是基。多智敗名，多言匪思。三解
山不厭高，水不厭深。周公吐哺，聲施至今。四解

人亦有言，懷仁爲悦。阿諛順旨，要領斷絶。五解
烹我羔羊，鼓瑟吹簧。夜長晝短，憂來無方。六解

出自桐門行

渴莫飲，貪泉水。飢莫食，首陽薇。首陽名成身餓死，貪泉飲之多是非。吾聞古之至德人，處世兀兀與天幾。忘形不獨如枯木，達神兼欲似鴻飛。意而之南意而北，了無經營費心機。漢陰丈人何爲者？桔槔不事手自揮。海翁雖驚鷗不下，鷗心亦復多猜違。我生放誕頗不馴，七年爲客竟長歸。歸來日飲中山酒，酩酊不知秋露晞。人言謂我殊潦倒，我心自喜無纆徽。譬如犧牛被文繡，身雖榮貴命可欷。野牛斑駁遭放棄，全生自悦水草肥。敢言天地有私恩，禍福憑人人自祈。朝來出自桐門北，湖濱偶見雙鳧立。欲啄不啄看人起，嘆恨此意彼不識。仰天一歌桐門行，西風肅肅寒烟直。

莫相欺行

君不見，江中鴝鵒嚇飛燕，口啄錦鱗急如箭。飛燕穿風去復來，此鳥求食尚徘徊。又不見，江中有鳥信天翁，浮沉不敢望冥鴻。冥鴻一舉九萬里，此鳥悠悠亦得止。人生得意莫相羡，白雲頃刻成流電。人生有智莫相欺，當面假言背面知。孔雀無心遭牛牴，流水伏流東爲濟。人間反覆何事無，何不剖心

但區區！

行路難

莫採蘭，蘭花乃在楚江干。芙容泣白香露溥，秋死鷫鴣彫玉盤。仙人紫鳳引青鸞，王母雜佩怨小鬟。空谷明月濯霧寒，碧海光澄燁如丹。誰遣移爾近朱闌，覆以文纈薄素紈。永謝無人影跚跚，西風蕭瑟錦成餐。可憐零落榆葉殘，何不置之明堂看？吁嗟乎，行路難！

賀蘭曲

上賀蘭山，鬱何纍纍。不見霍嫖姚，勒石與碑紀。但見連天胡草白於雲，烏角夜起吹落曛。黄金如斗，不救六將軍。吁嗟乎！賀蘭安用汝爲？匈奴已逐塞北。且爲中國作陣障，不然在地爲河嶽，在天爲星辰。願天速掃欃槍，毋使白骨野鬼火燐燐。

洗兵馬

洗兵馬，鬱如雲。團山上，殺氣紛。旄頭星不死，鼓角排天昏。吁嗟西江白馬將，幾時重破塞下軍？爲我謂塞下龍虎封章久，隻手漫誇播酋强，范陽胡兒亦何有？渤海湯湯，不及黄河。賀蘭屹屹，不踰岱河。河有舟楫岱有標，天戈如雨下邊陲。我皇神武鳳來儀，哀爾愚頑將安歸？洗兵馬，陝河清，空同麥熟未休兵。旱魃夜哭山東北，十萬金錢賀更生。聖德如天字黎氓，銀甕白環紛頌聲。龍樓烟樹春雨足，玉關露布爲君續。洗兵何必銀河曲！

賦得行義桓嫠

莫高匪山，莫深匪谷。令德君子，匪相匪畜。其行維何？惟義是搠。譬如勁竹，直節以育。一解

赫赫五更，厥德孔章。烈矣桓嫠，其行不忘。維忠維孝，維貞願是將。曰無忝爾祖，厥世用不長。二解

亦有孤鴻，泣彼征途。婉孌之求，誓不以渝。天也人只，中道不虞。莫適我容，莫顧我襦。永夜以悲，鑒此區區。三解

乃剪共形，乃伐其貌。桃李不言，春風自悼。念彼柏舟，矢志靡告。心之疚矣，惟民是效。四解

莫匪我民，惟貞惟一。二三之行，女也罔極。君子行義，不違厥德。彤史之箴，其直如日。五解

枯魚過河泣

天高地深，河伯不仁。我魚已矣，愾焉傷心。

三言詩

賦得岱之峯爲成滄溟先生壽

岱之峯，鬱如雲。蓮花秀，明月芬。真人降，靈雨殷。從赤鯉，攜錦鱗。將人海，珮繽紛。玉女笑，天樂聞。何以餔，芝草薰。霞袖舉，瓊漿陳。檢祕笈，讀綠文。白鶴舞，石粼粼。長松下，歲千春。成夫子，丹丘人。蕣華樂，何足論。

四言詩

陶元亮像贊並序

余生平仰止元亮先生，殆慨然想見其爲人。歲辛酉，獲從元鎮所讀先生集。壬戌，復從元鎮所拜先生像。又益慨然想見先生其人。余不羈，生平多所嗜好，嘗種菊，先生亦採菊東籬；嘗飲酒，先生亦期在必醉；嘗學琴，先生亦撫無絃琴；適嘗爲詩，先生詩獨得古作者遺意。以此仰止先生，不一而足。元鎮謂余：『當贊。』乃拜手稽首而爲之贊。贊曰：

出則五斗，處則五柳。中情澹然，于世何有？彈琴詠詩，種菊飲酒。我景雖行，吾師吾友。

題曹元芝山水卷子

綠樹蒼蒼，白石粼粼。閒雲野鶴，山高水深。結廬獨處，中有幽人。晏然不事，鹿豕爲羣。春日鳥鳴，其氣氤氲。載往載來，以酌以斟。扁舟明月，孤棹長吟。湘蘭九畹，花可爲茵。丹經玉朮，延壽萬年。笑彼人士，牢役風塵。安知空谷，鸞鳳之音。

若拙弟移居新第作此詩兼述先業以志規勉四首

茫茫宇宙，大化以陳。水行坎止，何適匪新？萬物托業，各棲其身。君子安常，小人不仁。相彼鷦鷯，一枝是因。大鵬圖南，孰識假真？所貴恬淡，冥心無塵。寓形已足，返樸還淳。

允矣我祖，令德孔臧。耕食鑿飲，出入維常。不爲物遷，不爲利將。厥迪大父，純誠以良。其時家貧，課農與桑。環堵蕭然，風雨不妨。秉心至哉，淵塞流長。奕世顯庸，積慶未央。

湯湯河水，蒽嶺發之。顯顯吉人，令德達之。懿美伯父，致身青雲。宣力荊蜀，光垂祿勳。叔也清修，少立名行。時運偶乖，安之若命。遂開田畝，載樂松筠。以遊以詠，以全其真。

人亦有言，物滿天槩。山谷進風，百川善載。叔氏知只，不爲欲汩。吾弟承之，瀟散自適。豈伊肯堂，豈伊肯構？創業維難，是崇是茂。美哉厥居，勉思其餘。曰安汝止，慎終惟初。

醉雪齋銘有序

吾郡自梁孝王築雪苑三百里，延諸文士觴咏其中，而雪之名始著。後來賦白雪者，皆祖述其事。顧未有以醉雪爲名者。友人沈予諷氏屬余以醉雪顔其齋，且乞銘焉。舊史氏曰：予諷之爲此銘也，何若乎？夫四時之序，春華秋實，物各有托，而雪不與焉。乃其逸韻香格，傲松柏之歲寒，扶天地于重朗，有世人所未易知者。予諷無亦醉心于是耶？昔郢人歌白雪之曲，其調彌高，其和彌寡。千古寥寥，大雅久絶。予諷醉心于是，而齋之銘之？吾雪苑之名，不啻重矣！乃爲之銘曰：

雪之色，皜皜其白。明澈冰壺，光浮月魄。子之醉之，素心脈脈。
雪之韻，婀娜多姿。步擅凌波，曲翻《落梅》。子之醉之，玉山將頹。
雪之澤，氤氳微抹。瓊蕊春晴，瑶塵香潑。子之醉之，芳華是掇。
雪之格，歲寒不渝。長松落落，綠竹于于。子之醉之，巉與世殊。

大雪謠

小雪大雪，□□雨結。匪天生我，民命其絕。

遂園詩集　卷之二　五言古

秦鏡歌贈孫思復〔一〕

我聞大秦鏡，照人如照雪。百鍊自何來，恐是鼎湖鐵。又如月飛天，中夜光寒冽。盪以鴻濛雨，研以蕊珠屑。銀浦洗闊翻，碧空團皎潔。在匣風雨驚，出匣鬼神絕。精英之所射，直與太白埒。嗟彼吳鉤奇，靈異誰爲測。爲君歌清霜，此鏡難再得。

【校記】

〔一〕總目錄中此詩與下首《義鶴行》排在卷前第一、第二首，但于本卷中兩詩卻放置于卷末。當雕板時遺漏而補刻于卷末。今按總目錄順序，將二詩移置于此處。

義鶴行

昔我在梁苑，卜築白鶴洲。白鶴白如雪，飛鳴自遨遊。我始詠《伐木》，翩然獨見求。知我久忘機，與我效《綢繆》。來自仙山側，雙雙俯碧流。曉唳寒雲破，夜立明月幽。蕭然秋竹中，鴛鴦夢未酬。何圖事反覆，離别殊悠悠。余逐西清去，爾向南湖投。平安失早課，一枝萎寒丘。嗟哉喬窈娘，守己愧青樓。裊裊緑珠怨，盈盈紫瑟秋。甚爲使君惱，聊得羅敷愁。孤立每無語，報客自含羞。此志永不渝，金石還爲柔。前池有紫燕，掠水何輕浮。朝飛失伴侶，暮宿已匹儔。和鳴豈不佳？生死恨無休。異哉此貞鶴，怒啄如相尤。我見常再拜，重其節義修。今年忽瘦損，抑鬱病不瘳。魂爲玉女馭，魄其彩雲收。匪無海山約，誰爲稻粱謀？戢身於絶壑，天地一蜉蝣。相彼孤山士，愛鶴如好逑。感此渺義烈，葬之碧沙頭。樹以冬青子，名與女貞留。圓嶠有仙辔，髣髴識所繇。奈何浮沉者，但知水中□〔一〕。

【校記】

〔一〕『□』，底本字跡模糊。疑爲『鷗』字。

客舍長安以日爲年秋雨滑滑苔長及榻故鄉杳矣故人老矣讀金雙南歸思愀然其悲之也步來韻己未

秋雨寒如織，輕烟薄復冥。敗葉何蕭條，使我愁孤迥。夜色溼猿巖，蒼風迷鶴頂。寒雁叫天來，點點飛漁艇。日夕憶故園，菊竹臨霜挺。對酒不能歡，沉憂不能醒。所欽千載人，長歌破溟涬。

留别姚孟長年丈

殘秋蟋蟀鳴，浮雲陰至地。別我同心友，肝腸忽已頳。我友滄海客，八尺鬚眉異。用之帝王師，不用泉石器。華宿貫心胷，元精列腹笥。落魄四十年，乃奏明光記。遭遇亦何常，顛倒多怪事。歌自石者誰？致紫綬者位。一日與千秋，孰軒復孰輊？論心意氣合，夜分常不寐。儀君兼師友，主客名相次。願言新知樂，終圖偕把臂。豈料不須臾，反覆有別離。別爾亦何悲，知己良不易。方今國恥强，安危多大計。勉足策令名，無爲故人媿。

清源道中讀來陽伯年丈上巳修禊米仲詔空明館兼看海淀園燈靈巖文石詩海淀余曾攜客尋遊有作紀之而時值荒秋未窮其盛米先生勺園余故欲遊未能也寄懷神往文生于情矣步來韻

曾命秋園駕，荒遊紀山略。空青出遠峯，古碧窮厓閣。積水浩蒼茫，怪石多剝鑿。老樹裹層斑，飛泉驚一勺。以茲秋色佳，惆悵春晴樂。花開牡丹城，香雨潤畦頀。緣堤芍藥開，夾岸垂楊錯。未必爭武陵，一丘與一壑。亦聞米家山，烟鬟靄林薄。靈巖勝跡迴，園燈圖畫作。似擬輞川奇，或陋金谷惡。安得攜謝句，快此向平約。

錄別二首

酌酒與君飲，君去復何時？不惜遲歡讌，但苦别斯須。昔爲同林鳥，今者各天涯。歲暮霜雪寒，道路嶔且崎。浮雲西北起，望之使人悲。徘徊感塞雁，飛鳴知爲誰？

青青陵上松，鬱鬱原中艸。春風豈不榮，秋色難爲好。别君三月餘，歲時忽以老。思君安可知？轆轤中心擣。

夜與劉蓬玄談甚快作詩紀之庚申

我逢君欲飲，君醉我欲歌。但苦無好語，安問夜如何？何用照人腸，耿耿月未央。何用發輝光，列宿燦成行。何用爲君死，慷慨芙蓉起。何用爲君彈，高山與流水。行路豈不難，遊子多苦顔。與君偕同心，一去不復還。故鄉豈不好，故人日以老。與君齊結束，令名以爲寶。富貴豈不榮，其中憂危生。與君澹忘言，勿復有世情。君意復何許，持杯而籌處。我復爲君談，且進杯中醑。南國有佳人，遺世而獨立。可用娱君身，後時恐不及。君復聞我言，再拜大歡喜。問我美何如？肌肉何所似。被以大秦珠，緣以九華履。耳以明月璫，著以五文綺。不惜千金裝，區區不足齒。我復爲君談，有女字莫愁。嬌豔不可當，中夜彈箜篌。又聞秦羅敷，年可十五餘。體段略相似，指爪或不如。可以娱君情，何用戚戚爲？君復聞此言，長嘆汝何癡。莫愁好容顔，那能及此兒。羅敷有微步，妖裊以善遲。羅敷多顧盼，青絲左右垂。灼灼桃李花，嫋嫋楊柳枝。便應載羅敷，勿復有參差。我復爲君談，是非安可期？孔雀東南來，渴飲寒泉涯。何知牛有角，乃遭牴觸歸。黄鵠遊天表，五嶽讓高飛。何意繁弱加，乃爲鼎中滋。蛾眉多逢妒，申涇善詈余。人言嫫母姣，子都但區區。結髮爲夫婦，恩愛兩不疑。慎勿如覆水，水覆不可知。其日十有九，春色草萋萋。王孫歸山中，叢桂舒未齊。與君接軟語，夜闌河漢低。寄聲謝世人，志士常苦辛。

正月二十四日曉起烹雪試新茶

遠跡寡儔侶，晟興鮮所事。雪意犯春寒，淩風飄絮墜。積素玉成團，銀砂紛江吹。一抹白霧昏，斫來雲葉醉。呼童爇新火，微烟候石睡。有客字和陽，遺我茶數器。試取鬬旗槍，露乳良可媿。一煎紺香生，再煎緑霞膩。三煎碧竹鬟，能使心脾利。既愛泉藻清，復想松蘿致。丘壑苟如此，何必不薜荔。嗟哉洗耳人，避世反爲累。

古意示同志長洲姚孟長五羊何龍友綿竹劉季龍十首

孟春草木長，微雨忽以零。念此同心人，千載有餘醒。鍾期既以沒，伯牙不復生。嗟哉流水操，斷絕何時聽？

萬物更代謝，春風處其華。盛衰不可知，還爲野艸嗟。笑彼東陵侯，乃種路傍瓜。日月經天行，盈虧無時差。願言人霄漢，與爾吸紫霞。

一望西陵道，浮雲蔽天來。松柏使人悲，弓劍影徘徊。緬懷丹丘子，長往白石隈。令名非所據，勿爲華髮催。

昔我在宋州，深居寡遊好。時耕亦時讀，偃仰藉春草。忽復嬰網羅，薜荔如人老。苦無應世資，三逕胡不早？相彼黄鵠飛，一舉淩天表。誰能戀枝栖，及爾事幽討？

得亦不足喜，失亦不足悲。禍福相依倚，愚者爲人嗤。海翁自云智，機深反見疑。如何顓項帝，乃作網罟師。朝爲原上鳥，暮爲鼎中滋。但進杯中物，停杯有所思。

暮鴉求其侶，嗷嗷過我鳴。感之三嘆息，羣生各有營。伊余多病患，長懷出世情。流觀《范蠡傳》，兼學子晉笙。偶爲塵紲羈，托志詠隱輕。可憐楊雄賦，白首竟何成。

結駟遊燕市，日上黄金臺。黄金不可見，但見蒿與萊。古木歲枯榮，春風誰爲媒？按圖想遺駿，慷慨有餘哀。

貪吏而可爲，廉吏安可爲？嗟哉于少保，忠義何獨虧。人言文丞相，降虜欲殺之。世運苟如此，長醉非所辭。

蒼風自何來，吹我入雲中。飄然淩五岳，舉足謝鴻濛。不聞仙人語，但見彩霞紅。晞髮咸池畔，白日忽以終。安得王子喬，攜手上崆峒。

人生幾何時，常懷苦踼曲。踼曲亦奚爲，夜遊當秉燭。春雨變平疇，蘼蕪忽以綠。好鳥枝頭鳴，細柳新如沃。君意復如何，我醉猶未足。

夜集洪亨九齋中觀所蓄清供甚侈

九也清修士，逸致良可喜。入齋無長物，圖書紛盈几。人比官曹閒，心去風塵累。篋櫝之所珍，絳雪或霞紫。法書得何繇，矯姿驚鴻起。通神匪瘦硬，泉流與雲駛。乍迴俗客腸，如礪漱石齒。悠悠滄海儔，薜荔知孰是？是時午夜餘，星光落燈蕊。偕君十日談，勝俟平原水。

雷伯鱗贈我水仙一本賦謝

贈我水仙花，憶我水仙子。雪骨與冰顔，皎皎雲葉蘂。或是鮫客綃，織成香旖旎。不然玉女魂，相思結不死。靈質何燁燁，皓魄奪月姊。其帶翩以飄，有如綠霞綺。嗟彼幽谷蘭，光發誰爲理？置我素梅旁，作我玉清婢。恐爲姑射嗔，更日飛瓊美。仙葩絕世塵，逸韵無所似。濯以銀浦瀾，娱以凌波履。嗟哉水仙人，一去如流水。

孤桐篇爲吴貞姊賦

孤桐生何許？乃在龍門巔。石幹森華秀，霜稜鬱古烟。上捫星與辰，下臨百仞淵。本期鳳羽栖，棄置自何年？鳳兮捨我去，忽入五雲端。雖抱琴瑟質，風雨誰爲彈？含心對明月，素影何娟娟。朝聽别鶴怨，暮爲青鳥憐。豈無連理枝，淩秋獨見全。覆以鴻濛雪，漱以九龍泉。永爲川岳珍，草木藉光妍。不見吴貞姊，守義良獨難。

新植齋前花樹數本時雨欻至輒爲洗沐尋階徐步秀撲我襟矣

快獨有作二首

四月條風至，閒居寡所營。薄言蒔嘉樹，青梅似豆零。好草忽以抽，芳華撲我楹。細雨自何求，飄颯有餘清。既洗塵土姿，燦然發光榮。坐觀時物變，睍睆聽流鶯。雖無山水適，聊復愜我情。

朝對南山爽，暮看西山霧。好雨晴亦佳，霽色銜庭樹。悠然步階除，薄鬢青可數。花氣隨風發，微馨刺我屨。我屨豈不惜，流光不再往。載酒問故人，尋芳選何處？

奉詔讀書翰林有作

泰運中天啓，皇風穆以深。不誦《猗蘭操》，安知明主心。恭默思問道，求賢良獨忱。每羅金閨彦，琬琰共酌斟。濯以芝函秀，浴以瑤圃林。豈爲鉛槧資，雜草有徽音。所以天祿閣，藜火夜乙臨。伊余窮谷士，直廬忝相尋。昔慕淩雲賦，茲懷蟋蟀吟。擁膝探二酉，冥搜博古今。無令志不逮，流光負逝陰。玉署天顔近，鰲島紫極森。終期堯舜聖，敢許稷契任。矯矯孤松鶴，亭亭高山岑。朝夕時黽勉，庶以奉臣箴。

偶爲宦役數與家別旅愁鄉思歲時如積秋若谷兄使還都下悲喜可知四首

聞君千里至，待君城上頭。城上多秋草，日暮風颼颼。淩風一以眺，蒼莽使人愁。不見鄉關樹，但看孤雲遊。孤雲來何所，似是武陵秋。帶君青驄馬，綴君珊瑚鈎。君來何躑躅，風波無時休。

君自故鄉來，故鄉秋何似？憶我園中菊，懷我山中荔。蕁花將無老，紫蕨或堪寄？來時竹有孫，蜿蜒幾許翠？嗟我故人情，致我雙綾臂。上言長相思，下言多夢寐。哀哉行路難，爲君垂清淚。

朝隮南山岡，暮採南山薇。南山霜露冷，遊子思□□。胡馬戀北風，越鳥眷南枝。豈不懷父母，君恩諒不違。陟彼屺與岵，涕下不能揮。貴賤不得意，俱在別離間。況茲秋風隔，落木紛成團。蟋蟀既以吟，鴻雁道路寒。苦爲他鄉役，歲時蕙草殘。念至思骨肉，所歷無餘懽。不愁楓樹老，恒恐楓葉丹。人生會面少，對君且如餐。

壽彭公朗辛酉

憶與公朗遊，我始髮披肩。升沉十五載，離合各自便。我愛公朗真，清修絕世緣。公亦善余致，冥心草《太玄》。品石或竟日，聽雨每流泉。拙疾嬰時網，栖遲多棄捐。公也壺中隱，息神靜以耑。不慕軒冕榮，苦爲利益牽。畫圖盈五嶽，翰墨老雙顴。以此相過從，西山爽氣偏。今春新鳳紀，斗柄再東旋。風和烟樹美，日麗草花妍。維閏二月二，實始誕公年。二于數爲旺，閏于春爲先。佇有蘭香夢，爲公衍世傳。我無千歲藕，聊歌萬壽篇。

贈白梅

愛看白梅花，置我白梅裏。梅花白如雪，香風發旖旎。清宵濯素魂，疑伴飛瓊子。珊瑚泠珮環，花靨嬌不起。葳蕤壽陽粧，霏微知孰美。憶我玉清人，抱我玉清蕊。疏枝不耐春，薄鬢不勝綺。相思中心結，真珠滴纍纍。爲汝賦洛神，水仙恐不喜。冰姿兼月魄，無乃巫山姊。高峯既以絕，孤壑不可止。

空齋小帳寒，羅浮夢相俟。

復栽大竹數竿風落響生如敲碎玉述示魏仲雪靜者

自我與竹友，所居便種竹。竹多發清響，簫碧如寒玉。愛此風雨聲，常過玉泉宿。今年構竹軒，幽僻學鄭谷。遠移琅玕種，陰森欲覆屋。小者長如人，颯颯結沉綠。大者勢參天，影落瀟湘曲。我愛竹聲清，復喜竹影韻。月明萬樹秋，擅攣不可近。祇應著雪色，靜看西山暈。仲雪靜者流，謂余言可信？

採菱篇送別何龍友

贈君《採菱篇》，送君江南去。江南雲樹多，君去知何處？憶我別君時，梅花寒初度。霜雁正南飛，遊子悲行路。君苦驪歌難，酌我芙蓉露。其中燦燦白，疑與瑤光誤。雪色膩華顔，香風沉月霧。見之使人思，尊鱸歲已暮。人言故鄉好，薜荔紛無數。不如菱芝秋，拾來雪可妒。聞君閨中婦，采采寒江渡。手製瓊花漿，遺君夙所御。無乃商山芝，寄意五湖樹。不然泉石盟，何繇烟霞痼？此日與故人，攜手披情愫。願言結同心，風塵不可住。今日君將歸，我猶驚遠戍。朝望七星峯，暮想三洲鷺。荔芰紅或存，珊瑚水如故。十月小春晴，萱花雙萼吐。君去娛舞衣，兼得狎野趣。誰作《採菱歌》，爲我《郊居賦》？

讀長公年譜公直史館年正三十余謬以薄劣仰合先賢因感而爲此詩

我讀長公譜，恍然見其人。其人不可作，年譜字字真。而我景芳躅，寤寐繫精神。公有千古伎，落腕驚嶙峋。其詩如滄海，浩淼以無垠。仰公忠義氣，更欲走逡巡。三十直史館，尚恐才不倫。公也治平歲，實爲祕閣臣。開帙天顔近，拂衣御墨新。此事良非偶，天心諒有因。皎皎眉山月，霏霏雪苑春。斯文如未喪，終不媿峨岷。

余曾於燕市得碧玉古印一方左書停雲右書虎丘中刻文氏之寶蓋衡山先生舊物也背角小款子岡二字如粟許子岡是玉中名手余甚重之常把置几案間今年衡山曾孫文起計偕入燕一見如舊因取此印歸之而繫以詩是年文起及第壬戌

我讀衡山書，兼喜衡山畫。衡山千古人，書畫亦瀟灑。世人重文藝，翰墨爲佳話。見其所傳器，肅肅令人拜。何況手澤存，百年無朽敗。今年得古印，蒼然鬱精怪。諦視辨真蹟，驚喜稱大快。十幅疊烟鬟，不及此石塊。自古虎丘山，泉林多幽槩。芳草綠於油，閒雲波靉靆。公也耽遺逸，高尚日相對。錫館名停雲，千秋文茲在。又聞陸子岡，琢玉饒奇態。此印何時作？風華掩前代。如何几案物，尚留乾坤内。文起八尺長，鬚眉非時輩。衡山不可作，孫枝猶玉最。神物久當歸，龍津終自會。贈君以詩圖，還如談傾蓋。我云子爲龍，主客期未艾。

繇廣通寺沼溪至玉泉山看泉眼

出郭度石橋，溪流喧橋下。草色淫溪陰，遠樹紛如寫。古寺何年餘，臨溪通石瀉。我來閒登眺，林巒互瀟灑。念往玉泉山，清靜消長夏。策杖窮雲根，泉罅花盈把。崎嶇衆壑殊，回峯墮深野。更欲探前巖，愛此不能捨。何時結茅屋，臨流羨漁者。

金山寺頂眺望

已看玉泉山，更上金山寺。寺影翳流泉，蒙茸覆玉翠。憑高眺遠岑，前山靄如睡。林木閟清陰，磎石夾天墜。中有黄鸝鳴，綿蠻發幽吹。洞中老仙人，何時披薜荔？不得從之遊，聊此寄餘思。

碧雲寺看雨山

日日看西山，山色碧雲裏。不知雲與山，但見嵐光紫。有時精氣發，草木香旖旎。澗風雨欲來，谿流聲不止。山上雲茸茸，山下石齒齒。倏忽冥曉殊，天地爲失紀。震雷相蕩摩，老龍拔地起。我來數晴峯，反覺雨可喜。安得結隱茅，聽雨常居此。

繇碧雲寺迤邐至玉皇閣傍深澗行十里許

雨過前山淨，峯花細可數。岧遙見虛閣，崔巍出烟縷。攜杖陟其顛，蒙茸披蓁莽。重岡亂縱横，深谷分子午。循崖悄無人，慄若遊天姥。微風動壑吟，谿流互吞吐。曲折十里餘，身如生毛羽。夢來非一日，于焉愜所取。

賦得陶士行母

孤桐生百尺，鳳飛翔千仞。當其未見時，矯矯能自振。貧者士之常，蓬藁亦何吝。志行苟不虧，淡泊心所信。在昔晉綱頹，彼蒼幹殺運。胡馬厲北風，長城摧夷盡。河山積骼餘，生靈飲血刃。哀哉眾楚囚，對泣良可憤。士行落魄人，窮途何所覲。慷慨志中原，社稷爲己任。煢煢老寡婦，何知邀聲聞。有客暮來投，侃意殊不趁。家貧無升斗，復恐失豪俊。剪髮市杯酒，斫柱爲薪燼。俄項珍食設，主客敬相訊。日暮我馬痡，碰薦亦無靳。客云感母賢，維子名未震。必致諸名流，期展千里駿。于焉隆譽起，翩然鳳翮迅。蹇蹇勵匪躬，擊楫同振奮。運甓習精神，揮戈勞州郡。終使叛逆誅，勳與天壤並。煢煢老寡婦，教子何其慎。君臣有大義，朋友推餘分。結交一以薄，丹陛何繇順。唐虞無元愷，安能致堯舜。千秋頌芳規，姚母庶可訓。

題叢桂芳蘭圖爲梁嵩渚賦

鬱鬱山中桂，青青澗底石。崚嶒標孤幹，其高凡百尺。下有芳樹生，紫芝相交結。含香笑不言，秋風明月發。一遇王者出，移根入天闕。朝爲玉樹鄰，暮與絳華列。嚴霜厲百草，歲寒永不歇。與君同此意，莫尋桃李陌。

鴟鴞篇

九月嚴霜零，哀哀秋鴻去。衆鳥棲深林，飛鳴各有據。怪鴟自何來，白晝集我寓。呼我屋上烏，啄我庭前樹。老鵲戀其巢，向我訴其故。鳳爲百族長，祥鸞不敢惡。朝刷丹穴羽，暮駕咸池御。寒泉百尺涯，竹實自厭飫。腐鼠何足論？飢鴟嚇相顧。搶地入蓬蒿，一步一回護。道逢黄鵠歸，叫號奪我哺。嗟哉朝陽侶，乃爲鵂鶹妒。鷙鳥肅秋殺，側目發深怒。批拳奮一擊，頹毛不復翥。適從何方來，集君清華署。霜柏傲鐵枝，與君交已素。憐余鵲橋質，托身欣有附。不分凶德畜，淩我雲霄路。願君行仁義，除惡無輕遽。三嘆感斯言，明月東方吐。寒鴟默無聲，死伏不知處。

是夜寒甚假曹元甫綈袍歸而餉卓錫泉水一器謝之並賦此詩癸亥

謝君綈袍贈，餉君卓錫泉。泉水清且洌，如月照秋山。在山與雲碧，出山與石寒。山靈久相憶，爲我發潺湲。一試松濤起，再試蟄雷攢。偶酌思解組，清空淡微烟。君齋有雙柏，孤幹何翛然。對此淩霜質，飲我玉露溥。無惜故人意，爲吟《白雲篇》。

寄答林幼藻

秋葉落如雨，秋風吹未休。以茲況客懷，蕭然罹百憂。聞君住近郊，逸興多悲秋。彈鋏笑馮諼，苦爲食魚愁。冥鴻遊四海，罻羅安可求。我性本放誕，嘉君政頗幽。便欲結古懽，頤意恣冥搜。前月緘書來，清言無匹儔。憶我風雨夕，杖藜遠相投。人生重義氣，顯晦不必謀。悁悁思延佇，攬袂看吳鈎。

病中再别張書卿

我病不能歌，子歸不能飲。相看落日秋，各自悲凉甚。憶我識君時，寒風雪淒緊。四座促飛觴，飲歡劇相引。目成既有因，稍得及文品。正始推曹劉，格力淩宋沈。紛紛輕薄兒，誹諧拾殘瀋。維子追大雅，爛若鋪雲錦。兼聞精書法，瘦硬有神蘊。余也放誕人，寄興無定準。生平學子敬，拖沓不能近。五夜談鋒發，盤空摩秋隼。是時貴陽君，匡牀方同寢。羽翼一以垂，南北無恆軫。子別復何之？十月霜栗凜。秦山千萬疊，念此涕淚隕。我歌行路難，子入林泉隱。白雲日夕浮，何以解憂憫。人生貴榮名，無爲美疾疢。執手與子別，願言崇敬謹。家有竹千竿，方抽青玉筍。

南昌太守行並序

南昌太守湯道衡，賢大夫也。往爲郎，檢較太倉銀庫，與侯恪友相善。天啓二年，出守南昌郡。不數月，郡大治。臺使者交章薦其賢。會太倉庫失銀事覺，有誣其爲盜者。上赫然怒，逮治亡驗。刑部郎賀君仲軾疏爭之，言道衡無罪被逮，恐傷天下士大夫心，於是俾還南昌守，一時爭頌天子聖明。侯子目擊其事，心傷焉，作《南昌太守行》。昔優孟之謂叔敖也，曰：『貪吏而不可爲而可爲，廉吏而可爲而不可爲。』道衡卽廉，然不免與辱人賤行同逮，繫身汙名喪矣。纔說公行不蒙聖惡，又安在廉吏可爲也？感時發憤，知我者不必出以示人。

天啓二年秋，八月風慘殺。維日在龍蛇，賢者受阨塞。吾友南昌來，煩冤天無色。堂堂刺使君，縲絏如盜賊。憶昔始爲郎，朝夕相與客。出入慎其儀，庶幾身無慮。受命佐倉曹，籌畫必盡力。潔己奉公家，蕭然一榻側。帝曰維汝賢，庸功宜首陛。淮陽吾股肱，其往營厥職。小心牧百姓，一意務安息。期月仁聲起，使君難再得。如何成貝錦？讒人實罔極。湯子守官箴，肅肅有明律。何況侵國帑，千萬寧細物。哀哉張江陵，謀國不謀食。錙銖積蓋藏，泥沙任汩沒。至今賢太守，疑似遭短蜮。直哉賀使君，抗疏無回矞。一言回天聽，辛苦韓相國。煌煌聖明主，雨露恩不忒。所恨讒說行，仁賢徒見嫉。千古鄒陽獄，上書使人泣。我非屈軼草，指佞恐不及。何當開九關，青天懸白日。神雷奮一鳴，鬼魅蹤潛熄。作歌示後人，恭己慎無失。

寄題佛骨齋爲郭聖胎文學

以石作佛骨，不石不名佛。佛原非了義，而況骨一物。不如作石看，佛骨俱髣髴。

督亢懷古

出自涿鹿門，棘荊何纍纍。朔風振林木，荒烟埋遺址。斷碑草際橫，不知何代氏。拂霜辨蘚痕，依稱燕太子。嗟哉一片心，乃爲田光負。荊軻劍術疏，悲歌亦壯士。如何殺於期？九原徒相視。遙望督亢圖，地勢錯如趾。一入秦王庭，駿骨不復市。可憐易水寒，空使白虹起。舞陽小匹夫，落落不足齒。奇哉高漸離，擊筑雪其恥。朋友自天常，義與君臣比。此道一以乖，心非而面是。所以博浪椎，子房爲韓死。我聞古俠烈，奇謀驚神鬼。祖龍雖煽虐，天命不在彼。匕首何能爲〔一〕，徒勇一夫耳。念此動心魂，慷慨不能已。日暮驅車去，浮雲西北徙。

【校記】

〔一〕『匕』，底本作『七』，據文意改。

永豐道上多奇石殆與定州雪浪同而細潤過之恨不令長公見也甲子

生平與石友，見石輒喜快。石中有至理，風雨鬱精怪。古之高韻人，奇癖多佳話。在昔米襄陽，袍笏直下拜。長公笑米顛，雪浪亦介介。我往過定州，摩挲立公廨。茲來永豐道，畜眼看懸挂。或如虎豹蹲，或如黿鼉曬。雲文繞樹生，冰筋隨地界。譬身入絳霄，盪胷飲沆瀣。醯雞見甕尊，及出知其隆。

行園丙寅

首春陽氣動，土脈發天和。柔風吹百草，翳翳長薜蘿。亭亭霜雪幹，青回如綠波。好鳥上下鳴，既舞還復歌。日夕聞樵唱，霞色霽庭柯。幽獨不在山，余心適無它。

園樹

養拙林園内，靜觀羣物理。陰陽互盛衰，得失在於始。惡木誰所植？夤緣蔽天起。臨池無清陰，葛藤紛纍纍。亦有嘉樹林，芳華多叢蕊。掩抑不見日，焦愁枯欲死。呼僮持斧柯，剪伐無再俟。去枝先去蔓，除根亦除委。一洗陰崖黑，曠然豁遠視。庶敷春卉榮，採掇以爲美。

開池

開山面遠林，疏泉亦近沼。泉出山光發，沼上白滈滈。既滋嘉樹陰，參差落荇蓼。復悦游魚性，環洲戲水杪。客至無與適，憑欄看清曉。是時二月初，薄寒澌未了。所賴泉源深，洞壑來幽窈。微風起□□〔一〕，聲響俱悄悄。滄洲夫如何？白雲殊縹緲。

【校記】

〔一〕『□□』，底本二字模糊，疑爲『松濤』二字。卷五《是夜寒深》有『一試松濤起』詩句。

鑿井

仲夏草木長，恆資雨露功。天澤有時降，人力濟其窮。大哉先王德，利物何美豐！鑿井出深谷，用坎示愚蒙。匪獨益灌溉，乾坤氣以通。後人湮塞之，所成多無終。今晨行我園，廢井東西同。嘆息爲疏濬，清泉復沖沖。桔槔施其上，颯然生遠風。澄波自下來，潤我百花叢。菊松既以茂，萬竹鬱青蔥。明年開夏畦，嘉蔬滿其中。采采遲歲暮，可以適微躬。

八月二十六日行園移菊籬下偶成

我行秋野中，慘淡無與適。園圃多谿蔌，採採自怡悅。而況寒菊芳，素節淩秋碧。大者鬱紫電，光華紛霞射。小者綴絳星，繁香發月夕。移來東籬下，松桂相扶掖。開醅欣獨酌，賞心隨所獲。皇天分四時，運至不吾迫。鶗鴂既以鳴，淒涼玉露白。君子固其窮，委蛇樂泉石。願言保歲寒，紉蘭佩無斁。相彼草莽零，潔己慎無摘。

夜雨有懷彭君宣寄此訊之時聞君宜有疾

窮秋風雨集，深夜鳴淅瀝。所懷思萬端，爲君獨如惄。白露蒹葭寒，蒼蒼水國寂。蕭疏遠村葉，墜落清淚滴。此時暗䗁啼，蟋蟀紛四壁。何以娱君情？琴響不成擗。聞君有笑疾，絕類小陸戚。豈爲坎壈纏，繁憂無與滌？時命不能違，譬如得泙澼。政復徐邈賢，中聖聊一款。莫以外物患，穿此方寸的。莫以千金珠，輕爲河伯溺。我亦狂次公，壯志多湍激。遭蹇歸故園，守己心惕惕。長嘯時一發，明月白蘆荻。塞雁叫空青，故人缺良覿。安得生羽翰，疑義從君析。忽作霹靂號，令人齒相擊。君疾良亦已，我思亦以剔。沉雲入故山，星河燦歷歷。

是日若谷兄以南園粉菊四本至復成此詩

貽我四秋菊，粲如四美人。美人生南國，發豔動四鄰。弱質含明月，素肌碾玉塵。一笑暈微紅，嫣然自生春。有如虢國婦，脂粉不須勻。蛾眉淡雙掃，羅綺若行雲。方澤良足誇，潔已靜可因。是時重九近，風雨落白蘋。我思浩無涯，採摘供秋紉。蕙蘭皆寂寞，菊蕊自鮮新。把酒坐東籬，悠然適其真。而況素心子，爲我遠相賓。養以冰玉石，佐以錦霞茵。相對發清嘯，寒香各自珍。所畏嚴霜零，凋喪不堪論。

九月二十八日夜向曉夢騎一龍直西飛昇雲雷環繞至一高山庭院而止月色朦朧靈樹森鬱有人語予是蓬萊也令予吟詩予吟云誰使到人間合在仙山側覺而自異因足成識之

誰使到人間，合在仙山側。仙山有飛龍，雲霞成五色。仙人騎之行，縹緲無終極。殿閣何崔巍，高與絳霄逼。丹木生何許？羅列不可識。瑤草匪一狀，步步相對植。中天懸明月，可望不可卽。四時吹春風，靈氣永不息。吾聞古蓬萊，神異有此域。嗟余頑蠢質，夢寐何由得。十年羈塵網，憂患多難測。豈有仙緣合，超然生羽翼？明明上帝鑒，至道本在德。大藥非外求，誠心唯寂默。恬淡謝世名，從此庶無惑。

十一月九日雨中過西園

窮冬雨雪交，天氣猶春半。林柏肅且清，蒼松鬱直幹。翠竹發古綠，天然成一粲。羣木雖枝撐，含胎苞紫爛。以此悅幽獨，雲水有佳玩。何況陂麥青，農務各成畔。朝行視我田，夕行依圃岸。野蔬多華腴，淩霜葉不亂。無乃皇天仁，殘殺心所患。嚴寒放溫和，救物出塗炭。飛霙稍一集，煦濡冰既泮。感彼氣化遷，歸來起長嘆。

胡仁源兩令子舉茂才

昔在陶潛氏，爲友卜南村。我亦重金石，悠悠無與論。暖眼見胡子，高隱寄林樊。澆花復種竹，蕭然對孤尊。藥欄日乘興，達者入其門。愛此素心侶，結契不能言。有子六七人，好學勿復煩。美質皆霞舉，高林必鳳鶱。今年選茂才，雙雙吹篪塤。長鼻遇漢武，枚乘在梁園。遊歷雖不同，紉蘭與佩蓀。世交良不替，同人易所敦。庶幾守吾道，淡泊清心魄。

移居南舍

我昔居北舍，蕭然自種竹。一舫容膝餘，時飲時復讀。客來坐松陰，薜荔良可掬。十年安隨寓，風月美清肅。今我移南舍，稍稍修墻屋。樓居好眺望，烟樹遠盈目。雖復免湫隘，置足恆縮縮。創業良不易，得失在所畜。願守淡泊心，以致寧靜福。舍南與舍北，達人兩不逐。

歸田丁卯

自我歸田園，歡情寡所向。貧病相因依，林壑甘疏放。謀耕築場圃，琴書兼清曠。課兒常安讀，屏跡無過望。今年入春初，添丁多佳況。開顔對尊罍，泥途失惆悵。奈何嬰疾苦，風雨愁難量。知命付蒼天，縈懷殊悒怏。始信五嶽遊，不須同禽尚。人生有終極，如雲浮青嶂。

長夏園居休閒寡課誦讀既廢琴樽亦疏乃就園中所見各爲一詩詠之稱情盡興都不計其工拙耳

荷花

仲夏園林靜，暑薄花亦微。臨流披遠風，荷氣紛芳菲。其葉緑田田，其花何葳蕤。挺生汙泥中，美豔承朝暉。所以楚靈均，紉蘭製初衣。匪獨愛逸韻，高潔世所稀。我欲往從之，長歌懷採薇。

紫薇

不入紫薇省，但看紫薇花。花開長且久，百日盛繁華。其蕊如縐纈，薄鬢識絳紗。緑葉相扶趁，空潭點暮霞。際此林芳歇，畜眼見新葩。霏微朝多態，紅豔晚獨嘉。吾聞紫薇垣，星精環聚賒。無乃化靈木，永留伴蒹葭。往者商山芝，室邇人尤遐。此道長寂寞，混迹學種瓜。

茉莉

茉莉花幽素，不鬭粉華粧。雨根䔥雲叶，鬱鬱敷清芳。愛日先承露，微風始散香。佳人掇其華，簌彼釵頭光。盈盈照秋水，芬芬襲衣裳。歛愁看明月，含笑待君王。嗟彼粉黛姿，托身自何方？山中有幽侶，潔己凛秋霜。常恐白露零，采采充佩囊。物匪有貴賤，隨風自飄揚。

金萱

愛我蠲忿花，種我忘憂草。草長如翠帶，花幹亦孤好。金萱獨不羣，修然向晴昊。正色得黄中，清香透蘭橑。平生懷抱殊，幽芳自孤討。植此芬階除，玉樹永相保。相彼歲華歇，衆卉何足道！

石榴

昔在張騫氏，乘槎□□□。窮險歷殊俗，風土費咨詢。維彼草木□，□□擷佩紉。月支戎王子，神農辨不真。塗林安石榴，紅豔亦足珍。當夏綠蔭濃，花開長如春。丹霞飛萬顆，點點皆鮮新。化爲緋衣女，還爲桃李賓。封姨不敢妒，采入留仙裙。取作紅淚驗，嬌癡在錦茵。更欲成美酒，紫房不可泯。三歎爲護惜，念兹萬里因。委巷常相對，媿彼泛槎人。

六月十八日西湖放舟時蓮花盛開舟南北行凡十里許

放舟城西湖，湖光清且美。不入湖中心，安知舟行駛。舟行十里餘，淡蕩無可比。荷花映波紅，千蕊及萬蕊。香風夾岸來，芳烟雜細雨。白鷺飛橫空，欲下還不止。漁者繄何人，獨釣翠雲裏？我欲弄潺湲，兼採蘭與芷。嗟哉日已暮，後時不可俟。

其二日暮大雨

弄水水雲破，採荷荷香發。我心憺徘徊，孤舟暝不歇。岸柳送華陰，晚蟬鳴清樾。停櫓客子集，中流待明月。月光欲來時，風雨龍倏忽。霹靂翻地軸，紫電劃天闕。回顧所歷處，菱芰皆汩沒。白鷗一何閒，浩蕩殊自適。

八月四日有鴞晝鳴于舍

鵋鶀不祥鳥，羽羣之所忌。夜見晝則伏，兔狐以爲類。深林肆吞噬，不仁與不義。其嘯更兇殘，所過人多避。奈何于茲晨，飛鳴意獨恣。我舍雖蕭條，鸞鳳永相庇。爾來胡爲乎，醜號不自愧？無乃戀腐鼠，嚇我驚相視？我亦質長沙，放居多奇志。狂歌天地間，生死皆一致。何況是得失，爾怪了不異。

是時八月初，秋深涼露墜。寒蛩晚欲啼，黄葉紛紛吹。我既寂無言，鴟鴞亦遠離。嗟彼敗德人，徒爲世所棄。

八月十日之夜余夢至大梁看鎮兒入試房西鄰有白板扉間許詢之乃一道流也雙髻長髯方瞳炯炯儼若神仙中人余初與談養生事不甚悉恍惚憶是某祖師余跪而乞言遂教余以咽氣之法余拜受習之覺腹中飢甚復叩之師自啖一白餻云此可食也取一枚如拳大者以授余余曰上仙所服下士可輕嘗乎師曰無妨余食之美甚因乞其方師曰慎無輕傳此葛米粉也我輩皆服之又教以勿飲酒氣苦不能聚而顧可耗之乎余驚覺自異爲詩紀之

韓愈苦屈曲，不肯學神仙。一飽歡無時，終爲世牽纏。我生何緣分，獨得至人憐。夢中親指授，口訣爲我傳。兼賜服食法，相期霄漢邊。自遭謫宦來，利名久已捐。息心匪無術，大道乃重玄。于焉結契託，可以延吾年。嗟彼下士笑，安知桑海遷？

秋日懷練君豫

昔我在翰苑，與君共游好。君懷澄清志，我亦窮探討。金石願不渝，永言行直道。世事多翻覆，乾坤有顛倒。君歸芒碭山，零落同芳草。我亦入雪園，疾病成衰老。春光不待人，轉盼秋風早。蕙蘭旣以凋，霜林葉如掃。寒蟬鳴何悲，蛩啼向晴昊。我恨苦無端，轆轤中心擣。欲往爲君陳，只尺隔懷抱。天邊有鴻鵠，萬里飛相保。不謀稻粱資，翩然入瑤島。庶期拂霄漢，雲笈受丹寶。

秋夜懷姚孟長

秋晚蟲聲寂，客懷憯如惄。所懷繫何方，鴻雁關山逖。東吳有佳人，高隱蟠絕壁。遠作洞庭遊，石湖吟霹靂。雲霞蕩其胷，玄言翠欲滴。寄我梅花詠，蒼然發孤笛。我欲往從之，林壑相周歷。西風吹落葉，明月下蘆荻。茫茫隔川梁，安得成良覿？苦思浩無涯，凉夜雨淅瀝。

懷彭君宣

大才難爲用，高懷苦爲鄰。長嘯宇宙窄，知者鮮其人。彭君千秋士，逸氣橫秋旻。早歲擅詞名，高岑偕等倫。中年成落魄，龍性不易馴。結屋清泉側，白石齒粼粼。無醒亦無醉，泠然任天真。有時發浩歌，天地爲之震。伊余少相慕，托交固松筠。自嬰禍患來，屏跡在荊榛。白衣不爲賤，詩卷未稱貧。恆欲嗣絕響，大雅道重伸。秋分草木零，蟪蛄聲紛紛。年華不我與，修名恐終泯。念子憂居中，寂寥誰與親？東望武陵驛，日暮起白雲。

小雪後以十二紅鳥遺沈雲嶠因補舊分二字韻詩

茫茫小雪時，猶復懷秋吹。黄葉未半落，寒花嬌深翠。有鳥鳴松林，其紅日十二。逐飛成鶴侶，眷眷不相棄。伊余久忘機，幽居蒙薜荔。策杖摩孤石，高歌擁謝鼻。君應卻笑我，蓴羹無鹽豉。昨日聞徵逋，冥搜逾數四。今早遊西園，恍惚得此意。贈君以嘉鳥，並爲言所思。

雪後行園海棠稍有存者獨玉蘭摧盡桂芽亦萎傷時君子爲小人蒙蔽不得進用也作詩示方鎮方岳誦戊辰

陰陽天之紀，愆害非其常。剝復相循環，進退各有章。當春行肅殺，無乃兆不祥？況茲春分後，羣卉鬱芬芳。海棠豔曲檻，玉蘭發瑤光。叢桂小山側，一枝勝珪璋。如何雪霰零，摧折如嚴霜？豈無原上草，隨風自飄揚？君子三嘆息，得失信彼蒼。衆人驚始覺，袖手但徬徨。嗟哉黄鐘棄，瓦缶有時張。明明小大理，往來或難量。聖哲閉巖穴，萬物何時康。冀發明王夢，枯槁盡得昌。庶幾先淡泊，幽貞以自藏。

清明日觀葬

朝出垤澤門，繫馬紅亭下。送客傷春心，離杯不堪把。道傍何氏墳，旛幢紛如寫。親朋各一哭，焚灰飛四野。死者復何知，椒漿同淚灑。嗟哉黄泉封，骨肉盡相捨。所以古達人，秉燭樂遊冶。

沈雲嶠有子夏之戚詩以慰之

人生七情内，惟悲最難已。而況骨肉間，關心如父子。吾聞莊周言，齊物有至理。彭祖壽爲殀，殤子竟不死。達人觀運化，代謝良如此。朝見槿花開，暮見槿花萎。願君强自慰，放歌從綠蟻。

别家有述

十年五别家，一别一顑頷。别離緊何爲？半爲浮名累。憶昔壯遊日，慷慨高自睎。作賦笑《長楊》，談詩詣三昧。曳筆上金門，選爲香案吏。簪珥侍文華，紫禁閲清閟。遠懷稷契儔，經術深自致。

出遊江漢間，尊爲荊楚使。賢豪乞遺墨，名王欣執轡。弔古獨悲吟，沉湘鬱忠義。亦有洞庭竹，還漬虞妃淚。臣道苟當然，生死良不易。再入覲北門，掄文發孤吹。網收沧海珠，價重瑚璉器。匪躬敢憚勞，盡瘁故吾事。直道竟不容，讒慝紛相議。積毁兼病骨，飄然乃去位。是時閹豎兇，逆謀肆無忌。賊臣虎彪徒，掃除任胷臆。蓄武既隕身，膺滂亦見棄。當其恣屠戮，天日爲晦寐。怪我非南史，執簡會不避。詒我當往拜，不然將不利。余笑命在天，一官輕如寄。屈膝事僞公，恐爲後世詈。坐此遭嚴譴，謠諑還不置。欲死無憐才，在野常心悸。陽回遇聖君，鉏姦誅鬼魅。一雪海内冤，忠良悉顯遂。嗟余耕稼民，復及鵷鸞次。漸擢青官僚，名與右丞貳。痛定念前釁，喜極耽沉醉。秋風雁過時，蘭書赫然至。畏此將遄發，踟躕復自愧。猿鶴盟有年，軒冕欲何冀？禍福無常期，進退同兒戲。思爲向禽遊，婚嫁亦未備。不如拚一休，長往學仙睡。君命不可違，親榮不可遺。聊復脂車轄，終不受爵餌。

往歲寒食多與曹巖胡曾一曾傳闇政宋杓及家弟恆諸秀才踏遊郊園賞醉移日今年入都遂不果感今追昔率爾成賦己巳

昔我遇寒食，郊外尋春圃。今我遇寒食，獨坐無與伍。昔年甘廢民，山澤欣所取。今年侍青官，左右隨黼黻。以此懷抱殊，鄉夢終栩栩。緬想曹丘生，雄談□玉麈。老氣亦逼人，醒醉狂無主。二胡虞之胄，素心若貧窶。茹草與鹿遊，高興適林莽。小宋饒清致，花酒各分部。有時驕畫障，關李騖未睹。閻子隱居徒，爲園希澹古。黜心老瓊花，萬蕊迎風舞。令弟亦高閒，芳時多清聚。當其信幽探，朋來失風雨。而我多苦吟，夢遊睨天姥。激昂忠憤餘，哀歌比杜甫。花社漫低回，天漢日吞吐。偕儕盡高陽，竹林良可侮。于今成契闊，關山魂飛苦。安得雙羽翼，暮春河之浦。努力事夜遊，美矣信吾土。

畫梅引贈别沈太學南還〔一〕

我思梁園梅，爲君寫梅樹。梅花風信早，春初香心度。荏苒來帝州，二月寒猶沍。寂寥見一枝，芳華不如故。其芬亦深閟，恐有佳人妒。念此恆寡歡，夢與羅浮遇。明月照清影，輕烟霏紅素。雪中三萬株，枝枝自愛護。東皇亦有情，風雨不數數。君今往觀之，宜與林逋晤。或從浩然遊，動得何遜句。格韻稱梅花，非學邯鄲步。我羈在燕山，宦邸無佳趣。欲折寄遠人，春花各自具。不如寫梅枝，葳蕤無朝暮。卽使落羌笛，嬌香還可溯。帝里風光頻，見此亦心喻。敢言翰墨勞，庶幾廣平賦。銕石繫斷腸，别恨何能顧！

【校記】

〔一〕此詩總目録排在《往歲寒食》之後，而卷内則放在本卷之尾，計一時漏刊而後補入。今據總目之秩序，乃移置此處。

自二月二十四日閣中移資吏部推余留都祭酒以冢宰被言杜門經月餘不具啓事留滯京邸率書三十韻

自我入京都，歷冬已徂夏。歲月易愁人，衣冠殊可訝。三年伏雪澤，漁釣依茆舍。畏禍長閉門，憂時與中夜。臣節誓不虧，老死學耕稼。遭變泣鼎湖，皇恩溥四赦。將爲陶沔逸，庶免萇弘化。及乎堯舜出，嬉遊日多暇。但知天地寬，榮祿夫何藉。不謂孤忠聞，和璧得聲價。晉擢侍青官，翻然不俟駕。陛見識吾君，威儀深足詫。三殿鬱嵯峨，雙闕森上下。鳳翥與鸞騫，飛舞各迎迓。氤氳香氣升，天顔時相借。喜極更沾巾，餘生誰所貰？蒙寵再遷官，東曹位不亞。拜手帝德崇，臣職何能謝？更期效涓埃，知足當求罷。或量移留都，清閒如社假。造士兼讀書，恣意遊風榭。敢怨積薪殊，復爲腐鼠嚇。所笑山濤啓，不堪孫武罵。奈何據要津，安危爲人卸。我本懷幽探，守分安桑柘。登隴望雲飛，俯壑聽泉瀉。仙賞益遼闊，獨往廬嵩華。若果遂沉冥，寧羨食甘蔗。進退且隨人，孤貞不求嫁。

發清揚口宿遷湖行五十餘里

遊子遠行邁，山谷日悄悄。登舟悅清眺，風濤亦不小。河流自呂梁，奔決彌天表。城市半漂沒，人烟團縹緲。及至清揚村，怒波益浩淼。吞噬日不休，高隄鬱深窅。四望成巨浸，湖光白皛皛。長年戒湍洄，揚帆避沙島。晝日無行人，野岸時迴繞。極目遠峯青，遙林隔窈窕。倏忽龍一吟，汩沒飛魚鳥。暮霞相與映，洞笛翻清曉。三歎夕景佳，歷險愁如掃。不有盪槳人，安得傾懷抱？平生湖海興，浮家可以老。願學陶沔逸，竹溪樂吾道。

白洋河十四夜望月

朝發白洋河，帆影當空照。夕霞一片紅，遠岸數峯峭。及乎明月出，高深同秋曜。一望波濤光，萬頃琉璃耀。白鳥時飛沒，蓑衣欣獨釣。客心爲浩淼，釃酒發長嘯。念無奔月術，廣寒不可料。泠然御風行，銀漢分入眺。或遇牽牛人，當爲君平道。人生樂幾何，此夜成絶調。莫更問滄洲，只尺卽海嶠。

詠史二首

時崇禎二年季秋試士，予以元次山自號聱叟，馮長樂自號癡頑，二者孰爲優劣問士，多不能對。惟金壇貢生蔣鳴玉，極辨長樂之非與余意合，是日予爲二詩示士。

元次山

大道本委蛇，與世共屈伸。至人善其藏，處後非爲錞。如何稱聱叟？龍性不易訓。次山狷者流，孤傲絕風塵。守官期清惠，忠信務及民。遭唐中葉亂，王綱多不震。諸藩爭剝削，頑梗如强秦。元公抗大義，力欲復君臣。寧爲溪上叟，雲水潔其身。聱牙非絕德，聊以明吾真。媿彼新美者，投閣緊何人。長樂甘癡頑，遺臭良非倫。

馮道

人生有大義，事君如事親。委質期不二，竭力至爲臣。或爲杲卿舌，或爲睢陽魂。千秋凝霜月，浩然志長伸。馮道歷使相，於位獨稱尊。奈何事四姓，癡頑不畏人。無材兼無德，賣國亦賣身。犬馬知報主，雀蛇不忘恩。道也猶人面，爲樂豈長存？何不解組歸，紫芝亦可紉。三復屈平歌，修名良足珍。

遂園詩集　卷之三七言古

觀射行[一]有序

仲夏草長，林木雲抽。選槩西郊，得豐城李將軍園亭焉。地勢閎敞，平原如畫，西山峙其前，帝城枕其隈。且兼有樓臺眺望，泉樹盤迴之勝。是日李侯置酒大會，合部下材官兵校若而人，角技分勝負。則吴恭順汝胤、薛陽武濂、李襄城守錡咸集。余帢帽與崑山顧錫疇、綿竹劉宇亮、餘姚魯士升揮白羽，縱觀鎗矢電發，人馬星馳，炮轟於雷，塵喧於霧。余頃歎息者久之。李侯散財募士，綽有古俠烈之風。諸製品精好，足備緩急。余親見其彎弓據鞍，與吴、薛兩將軍寄命中意甚安閒，爲作『觀射行』以寄意。李名承祚，江西之豐人。

朝射南山虎，暮射南山石。南山之石爛爛白，男兒生不封侯，死亦安用血成碧。咄！李將軍，何時百戰建奇勳，精神奕奕貫千人。艱難時思祖業新，開館延英日幾巡。遂有材官供驧發，曾無奇技不突勃。伸臂能開十石弓，箭如餓鴟叫山風。援鏑命中安且閒，按轡輕身去復還。須臾合圍鬟成霧，電火星飛天地怒。西來不改峯陰紫，東顧猶看闕影樹。我爲將軍歌，將軍爲我舞。拔劍斫地氣如縷，是時風雨喧豗吼如雷。酒酣耳熱仰天哀，馳騎重翻白羽箭，橫刀再試烏龍媒。靈箭羿射九日落，矯如流星逐月堆。咫尺人馬驚辟易，雪嶺團山石應泣。君不見青海煩冤鬼似人，手捧血髏當雨立。嗚呼！天上欃槍何時掃，嗟爾壯懷爲誰抱！

【校記】

〔一〕此詩下至《春雪曲》，共三十二首。總目録皆排在卷首，而卷中刊印于卷末。當爲前漏後補。今依卷前總目録排列之順序，重置之于此。以下三十二首至《春雪曲》不再出校。

登瀛行

我聞海上三神山，飛虹不到草如鬟。中有瀛洲玉節仙，青鸞紫珮駐丹顔。朝引天闕清華露，暮棲月府瓊林樹。爛熳蔔桃幾千秋，碧殿茫茫隔烟霧。顧問世人杳不知，龍翔鳳翥與天期。甘泉有醴石可食，我欲從之道路逶。君不見，弘文學士霞裳舉，足躡星辰與帝語。閶闔之門鬱九重，靈氣霏霏飄絳清。是時海波初罷日，長春溫風暖雨靜。無塵天子求賢闢，嘉館雲霄羣起名。致身文章不奏楊雄賦，致道直與廣成遇。琅函檢就玉朮肥，仿佛仙岳蓬萊路。我思蓬萊子，更作瀛洲歌。天風肅肅蕩相摩，霓旌月御誰見過？石梁不斷雲爲馬，神芝燁燁寒流瀉。應待山頭黄鶴歸，愧我悠悠燃藜者。

病中放歌示何龍友雷伯鱗同志

朝製雲門冠，暮製若耶履。若耶雲門知孰是，七尺之軀徒爾爾。男兒生不封侯，即當挂足猿巖鹿與豕，安能局促轅下學張□〔一〕。丞相長史欲疲死，拉君鬚，爲君起，淚下不可止，曰余病矣。君不見，九關虎豹駭如人，磨牙厲吻怒且嗔。吮人骨骴恆無遺，類我欲犯之愛惜其身。君不見，祁連山下戈如雪，千村萬村無家別。春閨夜夢飛何處，遊魂啼盡鴛鴦血。塞外遊魂實可憐，燕山遊子亦罔然。早知腐鼠不足嚇，何不一舉摩青天！

【校記】

〔一〕『□』，底本模糊，似『綷』。

余所居種竹風雨輒集阮生來貽我長歌率作答之

吾聞竹溪之逸孔巢父，掉頭滄海不肯住。白雲已去徂徠山，逸韻尚留竹溪樹。至今風雨蕭蕭無人收，鳳嘯龍吟不知數。此君何可一日無，世人那得知其故。我思修竹園，愛入竹林去。三逕昔學蔣詡開，七賢今與嗣宗遇。鉏軒種竹日數竿，參差環置各有趣。大者鸞飛小者舞，高者抉雲俯者怒。旖旎不散淇水香，蒼茫直鎖瀟湘霧。瀟湘六月雨聲寒，閒牕夜聽無著處。息我靜竹齋，讀我靜竹賦。天然一笑對嬋娟，君來何爲人不顧。主人好竹復好友，子猷多事兼多誤。白雪之調久不傳，貽我長篇獨自負。驚風落雨意倏忽，揮毫疑盜太白句。太白亦是巢父流，阮生無乃與竹素？他年結廬大江湄，空庭秋色滴涼露。

紫玉歌

不愛連理枝，不愛冬青樹。不愛桃李花，愛殺相思箸。相思之木細理生，髮故滑膩碧波晴。上有鴛鴦雙棲翼，根環紫玉錯相成。紫玉光含妖血老，芙蓉裏露秋蘭曉。微烟籠霧暈紅沉，翠袖佳人輕窈窕。佳人來，日已夕，春風不度楊柳陌。天上銀河何時清，地下寒霜如雪白。安得學仙駕彩鸞，爲雲爲雨上巫山。琢玉琢成喜蛛子，相思相愛無窮已。

長歌行送別金元甫

君不見鶻鳩搶地飛一尺，朝蓬暮蒿刷短翮。又不見，威鳳翱翔千仞餘，神霄赤羽樂何如？人生小大各有量，白衣徒手取卿相。未必儒冠能悮身，杜陵野老空豪放。自昔江陵產異人，回天返日手絕倫。長髯大步張相國，膽謀性生若有神。萬曆初年治復古，文網疏闊無敢侮。主少當國事不疑，歲次邊功報首虜。邇來邊馬何紛紜，天山萬里君不聞。長城一帶無堅壘，幾時重起戚將軍！將軍鵲起無人識，相國獨得其死力。至今憑弔哀人腸，兼憶荊卿好膽肋。由來秀發龍山脈，仲宣樓上吟眺劇。江流萬古浩呼洶，與子精神同擗拆。無乃相國亦是子前身，不然冰壺玉衡意何真？嗛嗛微鬚差有異，皙白頗復具陽春。贈子再爲江陵彥，願爾早讀《霍光傳》。此別山中何日歸？長安風塵吾已倦。

許金吾貽余太湖石峯巒瘦漏完爾如畫因樹之軒前而顏曰片石仍爲詩歌之

朝憶吳江蓴，暮憶中泠水。中泠與吳江，白石徒齒齒。何不浮家住太湖，太湖烟雨千頃鋪。其中怪石多靈異，大者嶔岑小崎嶇。日月浩蕩冥相扶，風濤怒繞黿虹趨。老蛟盤螭恣蛀蚛，幻出奇峯岱華俱。我聞太華山如掌，青天萬仞劈蒼莽。五峯瓣瓣秀芙蓉，玉女仙人夜來往。又聞東嶽勢巉巖，梢雲疊霧與天黏。月明不散桃花影，古洞陰壑挂水簾。婚嫁未了遊難遂，畫壁爲山山失翠。不如太湖石崚嶒，一片收盡烟嵐意。昔有狂客字米顛，好石恒欲枕石眠。漣州拳石亦何有，袍笏拜之氣肅然。何況太湖石數丈，層巒峭壁屹相向。直下欲攫海珊瑚，陂陀疑倒山砊碭。砊碭已缺珊瑚收，此石還應在十洲。清秋白日魚龍睡，深林大澤虎豹怒。我樹軒前殊偪側，片石聊堪寄所憶。它日相將入九嶷，試問米顛識不識？

石硯歌酧李元鎮兼示曹元甫

曹郎拔劍劃雲子，碧水波寒流不止。深谷龍蛇鬱幽陰，層巒風雨曲相委。將爲硯肌理奇端，溪烟冷銅雀瓦低。所思何許敬亭下，謝公墩廢大江古。太白不作誰與言，還歌此詩向元甫。元甫元甫，我歌而舞。不見華山五峯立向天，烈日嚴霜徒自苦。神物顯晦各有時，短衣沒骭那得知？

放歌行三别李元鎮

咄！李生，我當爲雲子爲龍。霹靂怒劃天關開，長風萬里欻相從。霓驂螭駕不敢望，超忽乾坤入鴻濛。一朝日月瞑搖蕩，尺蠖蜿蜒奮守宮。我生三十二，執戟頗復似楊雄。子年三十六，爲郎終日嘆飄蓬。不才敢言明主棄，窮途多感故人同。朝入燕市聽擊筑，暮上金臺嘯晚風。狂來每笑《三都賦》，醉後不知景湯墓。相看意氣各千古，揮斥八極恣冥鴻。今日何爲别我長沙去？洞庭波下九嶷峯。我聞長沙有賈誼之故墟，其人雖死氣如虹。三表五餌策實工，恨殺絳灌不能容。前席未盡宣室問，鵩鳥先悲大命終。君往弔之宜慷慨，莫教江上蕭索冷芙蓉。芙蓉花開湘江曉，帝子憂咽怨不了。落日燦燦波心紅，蒼梧月照溶光濃。當時舜死百十歲，白髮何勞流血淚。爲我寄語湘夫人，古來才士多不伸。嵩山白雲秋片片，有室可居花可飯。今我不去胡爲乎，蓴魚秋老雁行孤。

題曹元甫畫山水圖歌

元甫作畫如作字，興來刷筆各有致。大樹參天風霧冥，小石齒齒雨驟至。江干細草鬱如薺，遠山微抹靄如睡。石梁倒挂水縱横，欲落不落神鬼驚。上有幽人獨長望，振衣千仞氣憑陵。問誰當之笑不言，南湖漁長種竹生。竹溪之逸孔巢父，掉頭日與太白伍。子能爲畫我能歌，醉後睥睨足千古。臨書復憶謝公墩，玄暉不死子其倫。

放歌行再别練君豫時君豫亦以漕差將出都

我行與子别，子行爲我歌。歌聲未半商聲發，白日慘慘下庭柯。人言黄金臺上有駿骨，至今荒涼野草多。易水蕭蕭起寒波，月明不照見荊軻。當時燕昭王、太子丹，何不呼天覓取魯陽戈，揮刀劃日裂天河。沉埋未抒千古憤，徒冷壯士慷慨飲恨而長歌。我歌飲子酒，子醉顔須酡。賈誼何爲去長沙，屈原何爲死汨羅？周勃安劉空呼左袒，子蘭媚秦割地求和。古來老姦大猾生前皆得意，腐骨亦與草木同銷磨。神羊法冠高峩峩，鐵面威稜四方播。鞭石駕海力無過，我將之楚奈若何？相期芒碭山之阿。

健兒行

固原健兒騎大馬，道逢達官怒不下。揚鞭口唱伊州歌，狐裘蒙茸飛四野。日暮投宿古驛村，捶楚驛卒奪人魂。自誇身手能殺賊，十日徵來守玉門。玉門十月層冰裂，日環霜冷光如鐵。花面羌兒負漢恩，將刀斷水水流血。高陽元老號知兵，軍帖日夜下邊城。本期功成報天子，何當爾輩恣橫行。可憐逆旅主人哭，可憐老婦無完服。將軍高座如充耳，猙獰但識酒與肉。吾聞天下有道守四夷，玉關如何泥塞之？中原民命輕如草，塞上驕卒忘死爲。嗚呼！固原健兒知不知？

江行贈蔡侯東山人

嘗讀九嶷碑，不識九嶷樹。聞在楚江涯，環山藏烟霧。讀碑卻憶蔡中郎，自漢以來擅文章。八分書隸實逼古，未聞潑墨寫青蒼。今之蔡侯何多致，書畫兼能傲古意。短簫聲咽洞幽冥，微吟風起飛紅翠。我行與子上九嶷，洞庭波遠春葳蕤。弔古但弔湘夫人，君家中郎知不知？

雨水行

雨水十日日如血，妖紅古紫碧成鐵。陰風慘淡或制之，欲出不出光約結。百里沉曀不見天，模糊卻疑炙手熱。道傍古老相嘆息，天變由來不可說。前日震雷三日雹，怒龍摧殘萬木折。春風始煦柳絲柔，層冰何爲紛鯨掣。田家望歲如望生，麥苗纔肯舒眼纈。今日赤氛殊畏人，毒霧横空迷撲凸。黔南三歲賊未平，榆關海水徒幽咽。煩冤無乃是禍萌，憂天但願烟塵滅。我問此語毛骨寒，拈筆聊紀意惙惙。

寒食行

二月寒食雨不止，我行日涉湘江水。湘江水冷波不流，菜子花開萬古愁。當時舜死蒼梧野，誰葬二妃君山下？至今血淚染江頭，竹上春雲夢不收。人生莫作遠離别，子歸啼斷江心月。君不見，屈平被放賈誼悲，忠謀爲國徒爾爲？

孤雁行

高秋九月霜鴻起，百草肅肅天如水。蘆花白蕩紅蓼愁，西風搖落錦林死。孤雁悲鳴自何來？墮我堂前雙羽摧。仰天淅瀝聲如訴，欲飛不飛重徘徊。我聞雁識夫婦之大節，哀哉此鳥中道絕。物生各有稻粱謀，汝獨胡爲無家别？傷心中夜淚交流，謂雁養汝汝無憂。竹林麋鹿久無伴，黄鵠萬里正相求。相彼家鷄日爭食，横空摩天無羽翼。爲汝將息健翮成，當覓孤雄還塞北。歷春徂夏一年餘，殷勤朝夕寄帛書。今年七月忽辭我，伸翼長鳴語躊躇。感君高義雲天薄，微命區區幸有託。南山石轉志不移，誓欲相從向寥廓。須臾一撇横烟斜，半天秋色入紫霞。世間多少二心人，不如此鳥使人嗟。

威鳳歌寄永城令宋文玉

文玉名玫，吾乙丑分闈取士也。相别年餘，比以謁郡大夫。至垂顧，甚有綈袍故舊之感。放廢陳人，不復望此。乃以姚莚《鳳翔海宇圖》貽之，而繫以詩〔一〕。

君不見，威鳳高飛九千仞，顧覽德輝乃下之。竹實可食梧可棲，水非醴泉非其宜。當其養姿丹穴日，萬鳥不敢相追隨。一朝文彩成九苞，瑞應岐山何陸離？今之文玉無乃是，少年頌與古人期。宛委藏書多靈祕，其言河漢世不知。高材獨能澈溟渤，秋天肅爽了無遺。嗟哉斥鷃枋榆質，決搶不至欲何爲？卻笑圖南無羽翼，天池風雨背腹垂。南宫禮樂仙人師，曲江花發萬年枝。天子臨軒親賜第，使我讚歎有餘思。古來才士多不達，坎壈長受衆人欺。甯戚扣角歌白石，買臣乃爲妻所嗤。使君早貴遇何奇，金章墨綬帶參差。仙鳧翩翩自天逵，來牧虞山匪我私。武城絃歌春欲吹，河陽花氣早葳蕤。何爲顧我睢之湄，雪園樵客性嶔崎。久慕商山掇紫芝，不學韓愈自屈曲。放情詩酒以自怡，農務冬閒雪雨霏。老圃寒芳可朵頤，載游載詠知者誰？使君顧我意何居，綈袍戀戀感我脾。一貴一賤交不移，鳳德由來爲世儀。我歌斯曲頌兩岐，他日朝陽記此時，竹風晴日颺游絲。

【校記】

〔一〕卷中此序皆作題目，据總目錄，置爲詩前小序。

放歌行送别蔡迪之

噫嘻！悲莫悲於遠别離。昔我别子時，秋風颯颯雁南之。今子别我時，梧桐葉落發苦吹。登山臨水難爲别，何況與子攜手，而嘆秋色之淒。其子别我去莫適九嶷，湘妃憐才死蒼梧，血淚斑斑漬竹枝。莫適三閭有遺恨，陵陽刖足亦可悲。子也清材如焦尾，其音乃與宫商宜。不然懷金印結紫綬，四十年富貴可期，何爲至今不遇而猶棲棲于道路爲？吾聞燕昭王，虚懷下士鴻名垂。郭隗小子何足稱，黄金築臺再拜之。樂毅亦是智謀士，君臣契合爲之師。一朝下齊七十城，英雄千古使人推？子今行矣入長安，慷慨上書無自卑。天子神聖比唐堯，憐子楚人爲子哀。或搴湘蘭，或採江蘺，望君山之鬱蒽，念重華之所遺。將使子弔三閭，祭九嶷，訪和氏之白璧而登之鼎彝，子乃適楚西陵之厓。噫嘻！子今且爲我楚舞，我亦試爲子楚歌。玄黄既判天地披，日月光華有常儀。三皇治世如春熙，小大各得永無虧。圖何爲兮不出？鳳何爲兮不來？君爲臣，鼠爲虎。黄鐘毁棄瓦缶鳴，萇弘化碧心何苦。徐衍負石跡何奇，更有箕子之奴隸、子胥之鴟夷。天何可問？事何可知？昔我遄歸，子爲我危。今子遠行，我爲子思。白石一扣爲齊相，客卿立譚比皋夔。君家學士亦驚人，瀛洲高選擅白眉。子能步武青雲上，我更俟子河之湄。竹食落落可充飢，石泉霏霏瀹紫芝。白鶴青松永相貽，蔡侯去矣秋正急。會合有時天之涯。

邯鄲行

邯鄲道，走不輟；黄粱夢，睡不徹。人生大夢一黄粱，何必邯鄲有仙訣！去年我自梁園來，秋深木脱將欲雪。齋心再拜覓仙祠，風雨倏忽催離别。今年我指秣陵去，楊花飛盡鶯轉舌。悟覺卻欲就仙亭，風雨依然鳴鵲鴂。客途風雨亦尋常，何爲遇此無差迭。我行不復扣仙翁，回首名場心早滅。憶我五載侍帝宸，直筆期傳南史節。堅白終不受磷淄，風塵敢辭相磨涅。一朝放棄淪河干，愁心永與鸞坡絶。空山猿鶴叫秋風，蕨薇春老手自擷。古有逸民稱陶潛，欲往從之中腸熱。挂冠猶愧漢梅福，先幾未能圖身潔。數年之間如反掌，何意明時收匪劣？再起青宫侍講讀，典樂直教胄子列。心誠自許戴堯舜，才薄可能同稷契？宦海風波殊畏人，朝夷夕跖無等埒。只今南下江村路，鶯花半爲塵沙撇。何況風雨來突兀，蒼林野水聲還咽。格是仙翁明指點，浮雲聚散不堪說。更欲攜杖訪丹經，一枕之外無關楔。從此我當任意事遨遊，長揖王倪與齧缺。它時再過邯鄲道，一聲長篴吹頑鋏。

莘野道中大風晝晦有作

何不忽忽睡梁園，梁園雪竹碧玉攢。雪銷竹死碧成土，藜杖也應謝長安。長安古道風塵惡，深竹豺虎厭叢薄。白日秋昏狐晝嘯，蚩尤雲起屍頭落。可憐青海怨魂啼，可憐恨血萇弘低。太白星寒光不滅，化作長風捲鯨鯢。長風長風汝何怒，呼號不解神靈故。飛砂如雨障遠人，何不遮卻九邊戍？吁嗟乎，天柱崩，地維折，山平海立鬼乃絕。琱戈幾日淨如雪，野老莫哭《無家別》。

北地嚴寒每雪後大霧凝樹輒成冰稼瓊枝玉筋甚可愛己未冬余過廪延樹覆寸許蒙茸悉如小松亦有花卉形者靈毛仙葉妙絕天工異而賦之

雨霏霏，霧絲絲，冰蠶夜吐烟如織。烟寒霧泠雨無色，元氣迷濛天不測。就中鬼斧與神工，雕出瓊枝獨秀特。枝上初看如積雪，蒙茸散蕊冰條絕。歌風舞月嬌欲語，飛來玉女魂何許？攀條欲折贈遠人，宛轉芳華不可親。細葉松毛白刺起，靈草仙雲種纍纍。羣玉山頭蕤何如？瑤池縣圃徒空虛。更聞老農說大有，此景應知瑞不偶。安得剪取鮫人綃，遍覆窮簷慰寂寥。

壽成滄溟

君不見，孔巢父，掉頭滄海不肯住。君不見，李太白，一生落魄竹溪客。浮雲富貴亦偶然，南山之石何仙仙。且飲美酒弄清泉，丹樹黃鶴壽萬年。

歲辛酉臥病長安閉絕人事往時車馬之客常次來今次不來少陵云昔龐德公至老不入州府楊子雲艸玄寂寞多爲時輩所褻嗚呼真近似之矣感懷漫述輒成長句

上不能如龐德公，下不能如楊子雲。非隱非吏東方子，待詔金馬病纏身。五日不汗喘欲死，臣門如水不如市。嘆息東山老酒徒，才兼百代口不糊。白石爛爛甯戚歌，誰知櫪下是神駒？我年三十髮已白，窮愁苦作長安客。有雪可食竹可衣，何不歸休芒碭澤？

仙掌篇爲戴節母壽

仙人峯，高且峙。碧露華，清且美。映星斗，欝光紫。神母生，香旖旎。嫻内則，稱女史。婦道修，蘋蘩旨。烈秋霜，配月姊。何用相將雙鴛喜，何用憂愁鏡鸞死。玳瑁梁間燕不睞，孤生之柏壽千紀。仙人飛去乘九鯉，鳳毛今日五□□。□採芙蓉掌上水，爲母更上九華履。

再送李元鎮

楚江一望白雲浮，萬里西風水葉秋。送君今日不勝愁。

林園中有以銕絲網屋籠諸鳥爲觀具者恪見而傷之代鳥貽主人詩

喔啃！入君籠，食君粟，充君耳目玩，君當何所欲！托身天地間，至微者羽族。飛鳴林莽，飲啄相逐。聲不中五音之會，長啄繁毛自結束。或依山樊，或栖泉谷。與人無患也，翛然而快獨。喔啃！誰適爲君言，又安知君意之所屬？捨仁取義，謂我當錄。黑足健兒好身手，持長竿，鋭油沃。一搶及身禍不測，哀哉小鳥命何促？感君慈且惠，不忍行殺戮。投諸網籠中，食水拜君辱。喔啃！念我羽毛既隤，喘息纔續，不能翱翔萬里，何用相跼曲？朝上高岡，暮宿横木。金銕問之，其絲如牿。仰視同羣鳥，天外飛黄鵠。未知有生樂，敢畏死亡速！當春二三月，天地廣亭毒。百物荷生成，我烏亦景福。願君持心比湯文，莫使鴟鴞晝嘯鳳夜哭。

秋海棠曲效長吉

竹烟秋碧光裊裊，芙蓉啼蘋怨清曉。天孫泣别卷羅幃，倩女凝粧思芳草。海棠花開斷人腸，坐惜紅顔一夜老。含情欲語愁復顰，幽咽空殘心窈窕。峭風寒雨來何爲，抛脂擲粉妒蛾眉。不見湘妃相思處，血斑猶照九嶷碑。

别鶴曲

碧天如水海山闊，白雲杳靄棲天末。淩華拊石歌秋風，獨鶴偃翅唳明月。仙客□颯遊帝闕，絳節霓旌森恍惚。青鸞一去無消息，長夜寒林心欲奪。更欲仰天摩蒼冥，神霄紫霧不可掇。韓憑自化鴛鴦飛，别怨何時雙淚歇。

雨雪詞

長至至後十日雪，雪花如掌夜不輟。初聞天上落銀砂，漸覺霜華白於月。堆簷幕樹玉塵飛，風中柳絮未足説。朝來騎馬出城看，平原一抹紛素纈。兒童拍手賀豐年，田家老父容顔悦。自從八月苦秋霖，至今不雨穀垂絕。麥苗欲枯盜復作，夜夜城市遭横截。我侯仁慈多善政，未肯殘殺使流血。天實生我盜何爲，寒雪且爲阻遺孽。今年得雪春意晴，明年得雨足春耕。衣食粗足爲活計，市脯清沽歌太平。

秋日曲

秋日晶晶浮雲白，秋風獵獵野烟碧。散入園林曉清蒼，蓼花如染胭脂泣。鴻雁欲來蟬罷鳴，玉露珠泫螢翅濕。王孫不歸叢桂寒，美人日暮空房入。

聞箏歌續火鳳詞

今夕何夕天氣清，銀漢秋光露下凝。蘭房帳小圍翠屏，雲母石几雕玉衡。鍔鈷香殘燭啖明，芙蓉寶釵鸞尾輕。佳人不語坐鳴箏，麻姑指爪筍初生。一掐一抹動春情，大絃滚滚石榴驚，龍門雨過雷砰滆。小絃切切戛佩瓊，珍珠滴碎亂泉聲。琵琶調緩錦瑟停，十四鵾絃發鳳笙，幽期別怨眉黛盈。含顰欲訴迴眸醒，黄鵠卓立皓腕盌。鴛鴦夢斷湘水横，巫山雲雨隔秋城。織女夜夜望河星，何時精衛填海平。君心妾意兩目成，天長地久永不更。

春雪曲

春半花濃嬌倩蕊，胭脂紅暈褋綠綺。海棠色豔玉蘭香，千枝萬葉呈旖旎。一夜風吹落雪華，愁重寒深涇不起。迷濛不破旅鴻驚，漫天飛絮白纍纍。麥隴雲平成素纈，野塘冰咽斷流水。遥憶灞橋吟思清，孤山梅老林圃喜。偶然掃雪烹茗茶，自繞筍味美無比。更問山陰夜如何？竹嶼烟深鶴夢多。

採菱篇重別何龍友兼寄姚孟長己未

長安十月朔風寒，對客高歌行路難。客行不如歸去好，芙蓉葉落菱花老。菱花露冷憶新秋，沉碧波環偃月鈎。山中泉客多幽致，剪荷裁裳馥於荔。採荷採荔復採菱，採得菱實藻如藤。剝掭霜團雪花粉，瓊樹瑶枝白勝筍。修成片玉寄遠人，烟嵐色帶武陵春。慇懃更歎秋閨裏，手摘寒香遺所美。豈爲林泉結舊盟，一聲河滿念君情。感君意氣亦何厚，菰羹蕨蕊分清瘦。鱸魚細鱠不足珍，凉風膩雨過江尊。我行對此長太息，江南夢斷忽相憶。金臺月色知如何，好共姚生一醉歌。

雙星篇寄別金雙南

天上瑤榆何歷歷，雙星夜綴臺光碧。烟晴如靄篆鬱藍，瑤田琪草映江南。江南砂暖雲樹美，我行歸弄五湖水。北望故人意如何，寄語風塵客路多。

俞宜人九十昔白太傅有九十不衰真地仙之句倚爲起語爰作長歌不辭荒俚敬致鄙私云耳庚申

九十不衰真地仙，經風飽雨意嫣然。春罷鶗鴂秋杜鵑，桃花零落紫菊斑。宜人初起對朝顔，玳瑁梁空燕語闌。梧巢鳳子正翩翻，金銅不散露如烟。長生枝曉月方眠，鸞毛蔚矣五雲端。龍泉山色照光妍，祕圖一望水銜丹。紫氣西來蒲秦關，青鳥東飛聚錦鬟。宜人和樂康且閒，蘭蓀玉樹簇階前。琅函不動酒仙仙，我歌一曲盡君歡。玉笈雲笥壽萬年。

月食紀異

天柱何時崩，地維何時折？女媧已死鍊石缺，可憐明月斷中絕。月有桂樹枝有香，山河影落兔深藏。初蝕一線似墨縷，吳剛斧斵弓弦起。寒魄漸減光漸收，倏忽慘黯魚龍愁。蟾蜍夜哭霜木冷，霓裳仙子鬢不整。微星散亂共爭明，明明如月何時生。撞鐘伐鼓角競奏，鷄聲下盡冰壺漏。始得殘痕一枝開，黑翳搖蕩尚相摧。須臾曉色海雲碧，晴暉乍放千原白。是時天子少當陽，六官無主狐媚狂。無乃孀娥亦銜怨，蒼茫不解神靈恨。爲爾心傷涕更流，去年星變今悠悠。

余舊得包山畫一幅山水峭直頗具大癡筆法一日劉半舫見過愛之輒舉似余米南宫奪蔡攸帖可謂奇癡余謂半舫黄子久癡不卿若也率作示之

平生愛畫愛虎頭，兼畫兼癡五嶽收。又愛台州鄭司戶，詩絶字絶畫亦幽。古來才士多能畫，研山貌水鬱精怪。真山真水幾人閒，畫我須畫五湖間。五湖烟樹杳難望，翠壁晴巖天直上。畫水不如畫山神，萬壑暝合似有人。誰當爲此黄子久，包山陸氏十得九。海岳仙人意更狂，横劈倒抹石蒼蒼。至今傳道奪王帖，江上青山雲萬疊。我學米顛書，頗嗜米顛韻。半舫好奇如好余，何爲癡與子久近。子久子久善悞人，尺幅直與虎頭倫。一朝飛向層崖去，請君試認碧嶙峋。

題萱花圖爲馬雲麓侍御太夫人壽

有草青青樹北堂，黄花紫帶挹天香。晴風暖露護朝陽，佩之宜男憂可忘。春發奇葩秋輝光，仙芝玉蕊燦成行。靈椿五百壽且昌，琅玕竹圃棲鳳凰。石骨不死與天長，誰其植之馬敬姜。令子劚角凜風霜，朝進仙莖暮霞觴。採得桃蘤碧藕芳，佐看萱花樂而康。億萬斯年永相羊。

贈吳仲晦

江上人家桃樹枝，春寒細雨出疏籬。少陵此語渾如畫，我曾擊楫汝和之。那知汝畫勝於詩，遠山微水淡相宜。就中有客暝相對，所語世人俱不知。試問吳生畫者誰？恍惚少陵是吾師。吁嗟此意久不傳，癡絕之技使人思。

鴛湖吟送別金雙南

鴛鴦湖上烟如織，鴛鴦湖下波不息。鴛鴦不暖春前草，冬青樹冷雪痕溼。佳人錦瑟踘絃直，玉柱冰構兩袖立。王孫夜飲氍毹帳，牡丹紛發繡幙入。學語鸚鵡報更闌，霜華如月薄鬟澀。卻憶古道行人急，寒山落水雁蕭瑟。鴻雁紛飛在何許？檇李城外鴛鴦渚。芳草無人歲枯榮，青山日暮孤霞舉。歸來且醉梅花粧，池中蓮子根在土。蛺蝶思逐鴛鴦語，春風不道儂爲主。

雪夜同張林宗韓景圭史衆甫集李元鎮齋中是夜余大醉作此紀之癸亥

韓侯呼酒如呼雷，林宗有道快人哉。李郎小字號龍媒，風流秋水芙蓉開。談詩起舞發妙裁，衆甫睨坐興灰頽。問余何事能數來，雪花如掌犯春梅。如何不飲重徘徊。

長生篇爲李松毓司農壽

漢家天子重武功，東拂若木西崆峒。蠻夷大長再拜同，萬姓和樂室家豐。昆明池草敷青蔥，長生之樹何蘢蓯。丹枝瑤幹越九峻，淩霜忍雪歲寒中。千年萬年鬱相從，終南山色秀芙蓉。太華兒孫立五峯，碧烟早露金掌濃。一氣冥合日月通，上爲列宿下三公。誰其當之李司農，伊生申甫自中嵩。長髯隆準八尺雄，彤庭射策氣如虹。鳴琴試宰棠陰重，召爲御史承花驄。批鱗不顧觸驪龍，吁嗟大道人莫容。若將終身老菊松，天王明聖鑒孤忠。賜環再起爲秩宗，手提三尺振軍容。臺階漸陟公孤崇，帝曰汝往倉庾充。于時瀚海急傳烽，彤弓盧矢命元戎。風雲一掃欃槍空，帝城佳麗曉曈曨。三月晴春花霧穠，公今七十色如童。芝蘭玉樹繞成叢，不數上林仙蕊紅。載歌此曲效華封。

爲練君豫題丹桂芝蘭圖

莫栽桃李種青松，莫植橡栗樹孤桐。松老萬年鱗如龍，桐高百尺枝如虹。誰其友之桂樹叢，丹華銕幹淩秋風。紫芝爗爗射雲紅，幽谷蘭生香霧濃。王者採之爲瑞徵，嗟彼凡材氣不同。吴生此畫意頗工，高山流水路萬重。何當振衣千仞中，芝蘭玉樹錦成藂，願爾自愛吾相從。

題蘇漢臣鷸蚌圖

秋風瑟瑟蘆花白，秋山如洗澗泉碧。夕陽遠挂楓樹林，鷸蚌無心相逼迫。蓑衣漁子罷垂綸，卻看手取如有神。人生萬事皆如此，誰爲此圖蘇漢臣。

仙鳧篇爲孫伯雅使君壽甲子

梁園四月柳如烟，綠波初澄霽景鮮。小荷濺珠葉田田，芳華一抹翠嬋娟。中有仙鳧飛聯翩，麥雉朝雊靜且便。句注仙人意嫣然，早入帝闕暮言旋。雲霄沉瀣蕩胷前，手拍浮丘洪崖肩。左挾紫鳳右青鸞，十風五雨化堯天。冰壺玉衡清秋懸，金鐘大鏞應朱弦。老農歡舞稚子牽，使君活我仁且賢。華堂今日開壽筵，願君難老壽萬年。

八月二十三夜待月丙寅

一年一度中秋夜，夜月幾迴秋正圓。愛月但知逢秋好，一片清光也嬋娟。嬋娟三五豔質發，皓魄凝空素華潔。金輪不鎖桂霧寒，霓裳仙舞分如雪。誰倩吳剛玉斧修，誰教蟾蜍影漸收？月圓已應無修處，彩翼還飛十二樓。十二樓中丹鏡缺，嫦娥夜夜愛幽歇。廣寒宫閉兔潛藏，銀浦才澄半規月。世人愛月爲月歡，恆恐月沒長夜闌。我獨愛月爲月歡，且停杯酒弄金丸。玉漏沉沉星欲稀，曉風吹徹雞亂啼。翠竹無聲羅幃靜，我亦兀然醉如泥。

讀晉語家有名士三十年而不知爲之長嘆作名士嘆

嗚呼自古盛名士，冥心内守無人識。坎壈不獨遭眾抑，骨肉相看少顏色。里中小兒橫財使，鑽核布算自營喜。焉知落魄扣牛角，白石清泉安黃綺。所以王湛癡不言，陽春白雪故難論。阮咸長竿曝鼻褌，心知齷齪勿復煩。我讀此語長嘆息，三十年中淚橫臆。玩世誰寄長卿傲，得意誰知古道直。子都醜惡嫫母姣，周文憂心亦悄悄。天意不顯渭非熊，糟糠亦應多顛倒。何況君門九萬重，吹竽鼓瑟不相逢。淪落自知才當棄，偪側還憐路已窮。便欲置家遊五嶽，婚嫁未畢事杳邈。長嘯且復營糟丘，且與竹溪夢綢繆。君不見，嵇康被殺人所企，曹蜍李志生亦死。

鳳毛篇寄贈范濟署長公恩選

君不見，上林之樹鬱千尋，含風浴日倚高岑。其下仙人承雨露，金銅玉乳自酌斟。中有柏臺更肅爽，翠色攙天雲惝怳。烏集時共曉霜啼，銕冠御史皂臺上。御史乘驄山岳寒，鳳鳴喈喈偕和鸞。一時德輝朝陽浦，人道丹穴有琅玕。丹穴鳳毛尤奇絕，五色文章成絳纈。黄鵠一舉九萬程，自笑泱搶如鴽劣。卽今人爲天府珍，銕網珊瑚貢紫宸。金鐘大鏞同在御，冰壺玉衡非等倫。飛棲還借上林樹，刷羽天池飲朝露。聖主臨軒訪隱淪，煩君好進《長楊賦》。

題雷伯鱗竹居圖並以贈别用柏梁體己巳

有美一人天之南，被服薜荔餐烟嵐。直節獨立心所甘，不向風塵奇幽探。緑泉白石恣清酣，潘雨凝霜友梗楠。虛中無染與天參，貢爲廷珍比琅函。與余投分契盍簪，芝蘭之交性素諳。資我麗澤永相涵，忽憶春晴竹逕三。此君檀欒護雲庵，中有雙龍縱清談。孫枝如玉髮毿毿，拾翠擷紅坐筠籃。欲往從之隔石潭，不如畫山置仙龕。琅玕萬个勝優曇，祖孫父子樂且耽。愁人宦路嫁金蠶，我懶且病七不堪。思將斗酒醉雙柑，安得從君還負擔。秣陵五月山可貪，溪柳迎人燕呢喃。願與終身洗林慙，美人去矣駕兩驂。努力防身愛劍鐔，無使我心憂如惔。

寄題愛石山房〔一〕

好畫莫如顧虎頭，好石莫如米漣州。虎頭畫石如過雨，風雷驟至神無主。漣州有石天巧成，襄陽漫仕一官輕。癡絶顛絶都可笑，逸興往往足憑弔。君今所致石玲瓏，無乃亦與漣州同。不然虎頭筆墨鬱靈秀，畫障猶聞峯透漏。願君終始稱石交，寄我畫山臥遨遊。

【校記】

〔一〕此篇在總目録中漏收，當爲卷末另加。

遂園詩集　卷之四五言律之一

留別金雙南時雙南亦以差事將發己未

未厭朝參懶，空悲去住頻。天南十月雁，薊北五陵春。客路憐余拙，師門憶爾親。不堪吾道在，回首一風塵。

其二

去國三秋迴，防身一劍寒。無繇成市隱，且可進霞餐。紫曲人間好，青天蜀道難。君歸長水上，記取報平安。

將發都門索詩書者踵至爲發一笑

自笑浮名誤，何人更眼青？從來悲白雪，不獨愧黃庭。日月存吾道，風塵厭客星。含辛愁國計，對酒亦長醒。

答金雙南乞詩並索贈別

已辨菰羹興，猶看雪曲聞。君應憐駟牡，我自帶山紋。歲月松胎老，風塵雁侶分。客圖詩可就，好爲揚羊裙。

留別西山

夙結烟霞侶，今辭鶴鹿羣。峯晴遙似面，林靄淡如雲。山屐何年定，樵歌隔岫聞。萍蹤難自料，有客著移文。

憶西山

我已歸三逕，君猶向五雲。寒巖誰復破，野鹿可能羣？碧憶霜苔亂，青懷玉藻分。茂陵佳氣在，好爲護晴曛。

晚行涿鹿道中〔一〕

未根脂車晚，空憐楚幔青。山深峯似霧，戍暝火如星。隔岸雲飄動，平林野店扃。停驂何處是，客子信飄零。

【校記】

〔一〕『涿』，底本作『琢』，據前文《督亢懷古》改。

途中雜咏偶簡金雙南舟中作卽用其韻

便似霜鴻去，蕭條亦壯遊。山山紅落日，樹樹湧寒流。砂淺風欺雨，苔深岸逼洲。林泉咫尺近，迴首望并州。

纔見村烟曉，還聞野唱餘。看山唯拄板，折柳應停車。日暖霜迴雁，風腥網趯魚。徘徊多別意，時啓故人書。

不盡彫黃葉，依然出遠峯。孤雲栖樹少，野岸帶霜濃。時復歌樵牧，終思老菊松。投林飛早倦，莫問景陽鐘。

富莊驛曉發

漠漠寒霜白，荒荒曉霧青。雞鳴通戍火，月落暗旗亭。村遠時聞雁，林疏尚有星。鄉關遥在望，殘夢正初醒。

讀徐明衡博士封事

豈無青鎖闥，許國爾何深。萬死鉏姦志，孤忠報主心。烽烟遼海暗，羽檄陝河沉。日望迴天迥，長流淚滿襟。

武城滯雨

驅黑荒城暮，停舟細雨寒。風高鴻雁少，岸濕海雲寬。欸乃憐漁父，栖遲憶鷃冠。愁時多悵望，直北旣長安。

過曹州成元嶽博士留別

岐路誰相念，感君握別情。因憐杯易盡，爲數宦如萍。華嶽遊還壯，長河夢屢驚。驪駒歌不盡，苦令百愁生。

寄懷姚孟長何龍友兩年丈

客舍今無恙，封書寄故人。依然梁苑雪，不散武陵春。地僻稀聞雁，山深足采蓴。所憐明月落，猶得入窗頻。

其二

去國三秋杪，懷人萬里餘。關河空有夢，尺素幾傳書。竹舍歸來健，梅花別後虛。壯圖君等就，亦復愛吾廬。

早發桃源道中

初月昏昏曉，客行路不前。魂消披野霧，衣薄苦寒烟。遠岸山峯抹，孤星樹杪懸。桃源聊聞訊，不及武陵船。

馬上望西山積雪庚申

不盡探山興，連雲帶雪看。層層昏白霧，點點辨青鸞。路斷剡溪迴，花迷庾嶺寒。何當依絕壁，斟酌紫霞餐。

春暮同金元甫楊慕垣雷伯鱗飲何龍友邸中花下分韻得山字三首

忽忽春云暮，一枝聊破顔。可堪花亂雨，漸覺樹藏山。苔逕封來厚，松巢夢去閒。與君試酌酒，攜手話烟鬟。

香紅愁結處，只似望春山。花信幾番好，風流一去殷。魂寧銷蝶怨，血總恨鴞班。莫以杯難放，可能獨閉關?

萬點殘花下,微吟一往遍。欲收春色駐,且向好枝攀。嫩碧思流水,輕紅憶暮山。何緣風伯妒,摇落不曾閒。

春興

曾看花豔蕊,忍見柳抛綿。燕嘴啣春潘,蜂鬚恨雨鬈。山遊何處好,水興幾時便。苦惱爲官役,一年履不穿。

春暮同姚孟長陳集生劉西佩夜過何龍友宅賦得未到曉鐘猶是春二首

未盡葳蕤鑰,還爲春事憐。看花頻送酒,不夜總忘年。老去鶯聲懶,殘來柳絮顛。流光如可待,曉漏且含烟。

便送春歸去,疏鐘尚未傳。猶看芳草夢,且醉武陵烟。老樹容鶯囀,餘花任蝶眠。天涯多好句,此夜故人先。

早夏孟長邀同龔淵孟遊西川時余病足不能偕孟長歸而驕語諸勝既出詩示余讀之悵然殊自恨也有作

不到西山久，聞遊興欲狂。重堪招屐齒，實可集霞裳。遠近峯嵐秀，輕濃草樹香。誰令耽寂寞，夢寐繞滄浪。

本爲烟霞痼，如何復礙遊？青巖虛想像，碧瀨好沉浮。鳥語風前墮，鐘聲澗外收。遙知攀躋處，石磴有猿愁。

尚憶孤雲冷，終思絕壑奇。陰崖多蔽雪，老樹半藏魑。石丈誰堪拜，山文想見移。荷裳裁未就，愧殺採芝兒。

聞道玉泉勝，泉鳴戛玉飛。何來天漢落，愛此凍雲霏。澗窄松陰合，山高鳥道微。終年思洗耳，何事與心違？

藜杖來何處，烟雲撲面青。多君招隱士，惜我負山靈。鶴老松風定，龍眠澗雨腥。楓精曾與別，料已化人形。

不分遊山屬，還驚作賦才。詩能寒石骨，字欲繡春苔。雨積丹巖靜，天清紫嶂開。無緣重眺賞，好岫欲飛來。

齒齒雲根立，蒼蒼石繡穿。峯嵐喞古寺，樹影翳流泉。臺榭人應老，山花鳥自便。爲君歌《伐木》，不及《遠遊》篇。

古路無人逕，棗花夾樹春。何時酣野酌，聊得寄閒身。水氣雲歸晚，山風牧唱頻。聞詩思解組，秋色老松筠。

伏日同何龍友楊濟之陳集生雷伯鱗蔡迪之賦得陰陰夏木囀黃鸝限池字二首

愛此濃陰美，鶯簧日坐枝。千章風雨外，百囀管絃時。有恨啼紅懶，無情換緑移。閒雲看不盡，燕羽故差池。

別苑鶯聲變，高林日影遲。堪爲藉草坐，緩聽小鸞吹。絕塞何人夢，雙柑有所思。午眠啼未歇，清樾照華池。

賦得涉江采芙蓉

何處秋香豔，江花采采紅。爲憐芳草暮，不到鯉魚風。小棹臨孤嶼，平沙際晚鴻。蒹葭歌未已，白露接天空。

大行皇后輓詞三首

長夜軒星罷，深宮曉月微。不堪陳玉縷，猶自憶金徽。凰去僊環杳，鶴歸輦路非。最憐庭燎晏，簪珥欲何依！

欲問瑤池向，黄陵白霧深。鳴鐘天子淚，落木萬方心。野曠烏啼老，山空柏影沉。獨餘原上月，流水夜蕭森。

鳳去知何處，銷魂翡翠香。玉衣猶自舉，金殿爲誰芳？白夜星光閟，寒山月影涼。追思哀痛詔，坤德與天長。

感興

我本山樊客，來京亦偶然。不才寧自悮，多病總堪憐。來往閒雲靜，飛鳴野鳥便。秋風鱸正美，老殺竹嬋娟。

中秋獨酌待月柬陳集生年丈四首

今夜中秋月，寒光倍照人。平分桂闕影，暗鎖凰城春。玉漢横雲峻，金蟾裹露新。涼飆不可耐，斟酌酒杯頻。

獨酌秋華浦，誰分玉宇香。山中飄桂子，月裏聽霓裳。雁陣風排細，砧聲曲奏長。幾迴憐素晃，白露正蒼茫。

望入長河淨，深更露井殘。飛星千里赤，落葉一庭寒。攜手思前夢，登歌比舊歡。烏栖何事起，樹影月移闌。

月色亭亭過，秋聲樹樹悲。琴孤山水調，曲憶芷蘭詞。宫餅分花早，流蘇引夢遲。莫愁僊珮遠，還得曉鐘時。

寄答梁無它年丈時榷蕪湖

憶爾蕪湖上，官忙不礙遊。兼將山水調，寫入芷蘭秋。岫影牽橈過，泉聲策杖收。蘆花風白處，料應起鴻愁。

譜盡名山注，榷關事事清。江通吳楚國，岳接鳳凰城。有石堪登袖，無雲不沸鐺。聖朝新罷税，雅興足生平。每寄看山約，酷爲聽壑吟。君能驕屐齒，我欲謝冠簪。日落江南夢，霜殘薊北心。漁梟兼野鹿，終得老秋林。

九月十日再同楊慕垣集雷伯鱗齋分得臣字

尚似重陽會，摘花命酒頻。風高兼樹響，落葉與霜新。白社尊前約，青山夢後身。終懷南去雁，老作菊松臣。

秋夜同雷伯鱗楊慕垣小集分得庚字

月露秋花冷，雲街碧樹清。與君同酌酒，落葉不勝情。談憶江楓暮，交懷侶鴈盟。莫愁歸漏晚，星影照長庚。

長兄來述齋前菊竹各長如人許苦爲宦役率爾興懷十首

羈旅逢朝霽，登秋憶故山。何時穿徑小，復得對松頑。慣鳥分餐去，遊魚撲釣還。平安遲竹使，今日一開顔。

別我簷前樹，傳來長似人。應無藤曼衍，或有石逡巡。草色封天舊，雲光逐水新。幽栖非所願，聊欲寄閒身。

辛苦遼陽戍，何年傍死歸？風高悲戰馬，艸落泣征衣。廟畧蕭曹盡，邊籌衛霍非。憂時空疾首，老殺水蓴肥。

舊卜栖龍岫，依然路滿苔。鶯巢緣樹定，鶴圃帶花開。杖可捫山磴，琴堪漱壑雷。眠時還記憶，小閣對孤梅。

豈有淩雲賦，空殘傲雪枝。因君十月夢，動我九秋思。樹杪天葱蒨，山尖月蔽虧。祇應茅屋下，坐看白雲遲。

雨過秋畦潤，風來亂薜香。喜聞菊被莠，更道竹生篁。客到樽同泛，人閒鳥不防。只今松徑掩，空自念霞裳。

曉日高原淨，秋風野樹疏。年華悲道路，宦況媿樵漁。圃廢看人灌，山空讀我書。敢言耽辟世，已覺二毛餘。

爲園兼種藥，開戶復臨流。不厭從羊仲，惟堪對虎頭。歲時芳草暮，烟雨武陵秋。最憶飛鴻急，何如野鹿遊？

或恐楓丹未，還探石黛曾。晴憐山果落，雨憶水苔增。懶病嵇中散，疏狂張季鷹。風塵多見妒，早欲就擔簦。

野眺真吾事，羈栖奈爾何？梅花空自好，桂樹已無多。醉裏《三都賦》，愁時《五噫歌》。歸來偕鹿豕，且可付漁蓑。

冬夜同孔開仲劉季龍小集姚孟長齋中分得春字二首

時開仲有太史兄之變

共擬金門賦，同憐石火身。誰堪銷夜永，我自愛杯巡。燭影星河亂，雞聲鼓角頻。興來多感慨，不爲和陽春。

久客風塵厭，幽懷鹿豕憐。乍聞江上夢，只憶小梅春。坐定更籌緩，談深劍氣新。共看天象動，太史可能陳？

聞倪武雙病柬之二首

每憐余善病，爾病復如何？應有才爲妒，可能醉不歌？風塵吾道盡，日月宦情多。看劍時悲憤，長須憶薜蘿。

山輿何日辦，客路渺愁人。未了百年事，難銷一病身。清狂張翰老，辭賦長卿貧。勸爾加餐飯，兼之藥裹頻。

庚申除夕

未得青陽信，流年歲已塵。乾坤嘗作客，日月老隨人。聶鼓從時伐，辛盤待曉陳。最憐鄉夢短，微雪淡如銀。

已畏年將盡，猶憐臘未消。燕山風土異，雪苑歲時遥。葉綠樽傾蝶，星紅火上霄。徘徊應不寐，明日紫宸朝。

卒歲悲雙鬢，寒霄又一年。芳華隨物改，節序與心懸。薄夜明河落，嚴城畫角傳。梅花春事近，漸曉鬱藍天。

兒女紛歡舞，不知是異鄉。新年驚老大，舊事簡微茫。柏酒嘗來淡，椒花頌後香。明朝思獻賦，心共五雲長。

示蔡迪之辛酉

偶然成一醉，便與汝兼之。月影更闌後，碁聲酒散時。疏狂唯喜客，拙病好譚詩。今日他鄉外，生涯亦在兹。

人日同孔開仲彭山公及長兄集曹元甫邸中賦得歸字

客況同人少，天涯令節歸。未歌金縷豔，先簇玉盤肥。梅蕊寒猶澀，燈花夜正暉。偶然談笑共，與爾願無違。

酬陳集生

久客松筠老，閒官歲月增。掉頭真自媿，執戟竟何能？春事遲山椏，餘寒薄岸冰。言歸歸未得，懷抱記吾曾。

前韻再酬陳集生

俸米時時盡，詩逋日日增。看山惟我癖，束帶謝人能。書帙淫於蠹，官衙冷似冰。年來春事廢，閒坐亦何曾！

寄劉子魚

尚作風波客，不如薛荔民。低頭腰革倦，反面馬蹄新。雪意餘山嶺，竹香在水濱。清談相與共，痛飲見吾真。

無數雲林畫，空青信爾收。千村團野霧，一鳥汎漁洲。策杖時招隱，當歌亦送愁。憐余逋客長，不復似同遊。

送劉生歸娶

莫惱鴛鴦隊，休驚翡翠羣。君歸湖水上，歌舞正相聞。桃李春風豔，沉檀曉夢分。香峯聊寄語，爲雨又爲雲。

送潘稚恭南還

落落風塵里，談宗始見君。清狂亦作客，去住總如雲。酒興平原敵，詩篇大曆聞。逍遥谷口在，好自漱晴曛。

畏客聊從懶，深居喜負暄。蜂寒三月見，雨過百花繁。種藥亦吾事，披書共鳥言。西山終日翠，未得飽霞餐。

雨過

歲維上巳修禊湜園林花雜長春禽交應望西山之飄緲天際雲浮俯晴川之逶迤蘋末風起爰攜勝友各賦十詩有不成者罰以金谷數如蘭亭故事義之云所以興懷其致一也同遊者是爲香山何氏吾騶江陵金氏乘乾南海陳氏子壯商丘侯氏恪

列敍其詩如左

羈棲春事晚，今日此成遊。令節還逢巳，名園況倚樓。林深花半發，山遠霧全收。咫尺鄰濠濮，悠然媿野鷗。

不淺登臨興，雨餘水樹間。天青孤嶂洗，日麗百花閒。袷服春相稱，飛雲晚共還。蘭亭今古事，攜手一開顏。

背山城上雉，臨流岫一堆。騁懷時悅目，興至復停杯。坐列羣賢集，林稍片月來。孤亭塵間寂，唫嘯意悠哉。

不爲烟波醉，其如皀鷺何？沙晴漁網集，地僻寺鐘多。興寄王逸少，風光晉永和。前山聞牧唱，結伴此來過。

便欲移家住，芳郊隔遠林。如雲山杳靄，倚岸水清深。日炤孤光動，風迴萬壑陰。開樽消百慮，膝上有橫琴。

曲檻千林爽，高臺四望輕。偶看雲市過，時聽水禽鳴。小雨微停屐，飛花細點枰。今年修禊好，風信若爲情。

勝地從人老，我來適及時。天教留上巳，日爲聚華滋。春煖山禽變，雲深野樹知。一觴兼一詠，迴首動遐思。

乾坤何納納，烟樹亦疏疏。杖策從吾眺，披襟信所如。風波時暮矣，歲月早歸歟？懶慢招人惡，一句頭未梳。

直似徂徠隱，薄爲汗漫招。鶯黃林外奏，霞繡海邊過。小摘分山俸，微發混野樵。興懷思往古，初月挂青霄。

歸期忽不奈，吾意在幽探。日下川增漲，山昏樹有嵐。前身優鹿豕，逸性厭冠簪。所以嵇中散，絕交七不堪。

春日過雷伯鱗齋中微雨見時花滿院百鳥鬭鳴意甚樂之語次伯鱗將遠別去輒復黯然卽席成句得酣字

偶爾高軒過，輒爲竟日淹。微風吹細雨，咫尺似江南。芳樹啼鶯合，閒花落地酣。與君時酌酒，話別不能堪。

再酬雷伯鱗得暉字

小雨疏泉溼，層花雜鳥飛。百年能幾日，且與醉春暉！故國多離別，浮名有是非。江南歸去好，遲爾水蓴肥。

早歲

早歲耽嵇懶，十年笑阮窮。爲官今日異，病肺往時同。筋力看頭白，容顏謝樹紅。蜂衙朝暮放，何似在牆東？

送顧九疇年丈辭還婁縣四首

早歲才名著，縱橫志不伸。憐余還客路，及爾和陽春。賦奏淩雲迥，花看上苑新。差池雙燕羽，別緒不堪陳。

送爾婁江去，楊花雪片飛。難將遊子意，重與故人違。落日山光遠，離亭樹色微。東方猶未下，切莫問漁磯。

燧火層層暗，軍書夜夜驚。三年遼海淚，一日馬鞍程。風送角聲斷，霞飛劍氣橫。談兵曾記憶，莫築受降城。

銕嶺何時破，川軍竟不還。憂天空日月，別爾復關山。黄石終難遇，張翰未是閒。聞雞應起舞，歸路可重扳。

送顧九疇年丈因追憶魯泰生年丈

何知生死別，舉目共潸然。魂在應相泣，驪歌亦可憐。江深吳地月，柳暗薊門烟。徙倚孤尊暮，歸鴉何處邊。

遼警

日憶遼陽信，孤軍夜報圍。關無山海壯，賊有虎狼威。楚老終難得，蜀人竟不歸。一腔憂國淚，耿耿獨沾衣。

送別孔開仲年丈奉大禮詔之金陵歷下諸郡二首

奉使江南去，龍函殿北開。文章推翰苑，禮樂屬中臺。周道關雎重，王程駟牡催。看君持節處，王氣五雲來。

折柳送君別，蕭蕭馬不鳴。人歸江嶺去，樹擁岱雲横。野日迷征旆，山花指縣城。無須懷道路，南國亦神京。

送姜居之假還豫章

又作春明別，銷魂恐不禁。浮生多聚散，世路半升沉。予假君恩重，還家客夢深。他年趨玉局，待爾共披吟。

送雷禹門丈人子躍龍，余同年同館，字伯鱗

不作瀫江夢，應爲薊塞吟。千山人去住，五月樹蕭森。歸拾王孫草，來抽學士簪。風塵多悞客，何似早投林！

月下憶魯泰生

又見月華滿，何時客訊聞。孤舟江上夢，萬樹嶺頭雲。小友真堪畏，元方果不羣。風塵千里隔，誰與更論文？

種竹已雨至快成

偶爾栽數竹，便作野雲看。漠漠沉陰響，蕭蕭結夏寒。無風翻碧澗，不夜舞青鸞。日憶平安課，高齋雨氣殘。

吟風嘗似雨，雨至更欣然。波翠添朝爽，空青鎖暮烟。便爲三徑老，只覺此君賢。欲畫不能就，松聲落玉泉。

月夜同湯平子倪允昌姚孟長何龍友泛舟湖上

只覺凫鷗好，輕舟野性同。雲歸花外溼，樹坐水邊濃。蕩槳魚驚蓼，吹歌月滿篷。漁人不識面，相顧如蓮蘩。不入蘆花蕩，披襟四面風。波晴山寺遠，地闊水天空。暮靄分蒼玉，深林濕斷虹。扁舟星月近，疑與泛槎同。

采采蓮花豔，霖霖露樹濃。淩波一以渡，皓月正當空。對酒移孤嶼，吟詩入碧篛。青簫何處發，漁火數星紅。

夜與劉敬仲及長兄談華山諸勝

久負華山約，談來事事新。峯高全似霧，石古盡成麟。恨不移書案，猶堪老碧筠。卻思深谷裏，還有避秦人。

秋來

荏苒年華過，蕭條秋色來。一官如泛梗，萬事總啣杯。天下兵都滿，黔方使不回。傷心聞畫角，猶自滯燕臺。

林能佛先生至三首

何年別我去，相見各依然。老至髪增白，途窮草尚玄。中原還日月，吾道又烽烟。身世如萍梗，飄零實可憐。

多少驚心事，談來夜不供。君猶驕射虎，我自愧雕龍。歲月覩時變，乾坤信客蹤。有懷長落落，秋色老芙蓉。

羈棲殊不定，飄泊奈君何？六月燕山道，三年遼海戈。誰能肥苑馬，日憶挽銀河。流涕看時事，無爲頴上歌。

望陵 時光宗皇帝葬慶陵，余以小祥祭使至

不辨乾坤大，今知日月尊。天留弓劍影，草宿帝王魂。水勢千虹遶，山形萬馬奔。漢家陵闕壯，奕葉可相論？

肅肅秋山晚，殷殷寢殿紅。無繇瞻御表，空自憶長風。岫色雲中見，嵐光樹裏同。感時多悵望，松柏鬱菁葱。

無數峯巒好，環來拱帝庭。河山餘王氣，風雨護神靈。王業艱難會，龍宫寂寞扃。雲歸何處所，輦路尚含青。

翠幙玄宫閟，寒原野水愁。他時趨鐵馬，此日辨金牛。嶂轉層林合，亭空落照收。居民懷舊德，悲向二陵秋。

一上西陵道，風聲滿目悲。山從秋雨暗，樹以素雲垂。冥漠終難問，精靈或在茲。向來叨一顧，哀慟小臣知。

送别阮給諫奉使册封益藩便道省覲四首

又送霜鴻去，何時鴈北迴。離亭方折柳，别恨不堪裁。木葉關河冷，風塵天地哀。知君焚諫草，還向五雲開。

青鎖名誰重，皇華使獨賢。無勞歌杖拄，到處看山川。日下江帆動，天高石岸懸。風謠如可採，應檢《白雲篇》。

聞君匡頂下，便作小孤遊。未老梅花色，還疑明月秋。人歸江柚遠，鶴夢竹烟稠。最憶斑斕舞，悠然似野鷗。

汝去江南好，吾廬信可求。山能將落日，水亦澹孤舟。龍戰何時定，軍書卒未休。所懷同調少，人事日悠悠。

除夜

歲歲年華暮，蕭蕭旅思盈。不知今夜裏，客夢若爲生。天上星河亂，城頭鼓角横。一樽還自遣，老大倍關情。

便覺春風透，還憐臘氣交。百年多去往，此夜試推敲。客路無新況，家山有舊巢。未能陳羽獵，不解世人嘲。

連歲烽烟動，今朝雨雪頻。聖朝方罪己，天意豈愁人！調燮多元老，拾遺有諫臣。感時無補救，玉曆又重新。

役役何爲者，長安已四年。愁來雙鬢少，病至一絲懸。翫世長卿慢，逢人米芾顛。聊堪從所好，無欲買花田。

每憶梁園雪，羈遲尚未歸。鄉書前日到，好夢故人違。歲序頻來往，風塵有是非。侍兒不解事，斟酌勝春衣。

薄宦依京土，殘宵守歲華。無心翻彩燕，何處隱悲笳。雪滿關河涑，春回塞柳賒。白雲時極目，不見武陵花。

聞說遼陽戍，于今未授衣。王師終不戰，天意豈能違？蜀道歸人少，黔方貢使稀。劇愁何日定？尊酒自依依。

欲共殘年別，依然戀此宵。容顔非故我，日月是先朝。屬國兵難定，中原氣不驕。明朝閶闔殿，拜手祝唐堯。

送別倪允昌館丈予告還揚州壬戌

朝作燕山客，暮爲江浦吟。當知明主意，好慰倚閭心。日下春雲亂，花飛別夢深。他年將尺素，珍重寄瑶琴。

柬張叔載問病

偶病何妨睡，多愁只益窮。風塵天下滿，吾道與君同。老計松筠得，閒官辭賦工。加餐勤自慰，慎莫嘆飛蓬。

春晚卽事

只愛閒居好，忽焉及暮春。落花隨意下，飛絮與之鄰。久病惟憐藥，長唫每畏人。興來藉草坐，何必羡垂綸？

便覺疏林映，悠然一望閒。山光初入戶，雲氣可怡顔。倚杖松風過，鳴琴飛鳥還。偶逢詩客至，談笑有餘閒。

客久思歸愁與病積適及懸弧翻然念舊爲詩數首畧道其意遂示長洲姚孟長蒲州楊濟之張叔載

客心不可道，零落柳花飛。春事行將盡，棲遲猶未歸。風塵無驛使，歲月老荷衣。便欲攜家去，滄洲願已違。

思之不可見，惆悵暮天雲。竹徑還應掩，花畦好自分。青山沉鶴夢，流水護鷗羣。吾病今方甚，誰移處士文？

歸去南湖上，烟波一釣徒。天青羣鷺下，日落衆峯殊。不減何驃騎，寧知莽大夫。宦情吾久厭，秋色老菰蒲。

愁聞江上使，一騎羽書催。蜀道猶多難，黔方何日開。艱難勞聖主，奔走仗羣才。如我疏狂者，只宜付草萊。

病起恰春去，愁多與歲增。一官全似寄，萬事總無能。烽火連邊塞，烟花隔武陵。偶來雙燕子，掠水自飛騰。

積石爲山嶂，山高與樹青。聊堪成吏隱，豈敢問鴻冥。藥草應時種，秋蟲足夜聽。何年雲霧裏，卧看少微星。

懸崖兼削樹，斷壑復連谿。結屋坐其下，夕陽正欲西。山深濤氣變，水落石根齊。何事不長往，秋風絡緯啼。

孤矢夙懸日，鶯花自在春。羈栖何所戀，寂寞及茲辰。海内兵戈滿，江南租稅頻。歸休思未得，孤憤不堪陳。

然否爲歸計，蕭條老歲華。每憐芳草色，不及武陵花。白日宜高枕，清秋好泛槎。長安留滯久，逸興滿蒹葭。

舊爲梟渚客，一艇進烟波。羈旅非吾意，長愁可奈何？夢遊五嶽遠，別恨十年多。誰復知余病，清齋且放歌。

寄劉半舫二首

別夢微良夜，索居憶故人。聊因千里雁，爲問五湖蓴。白社梟能就，青山橘不貧。琴尊多暇日，念我在風塵。

勸作《長楊賦》，羞移簡客文。南山多滌蕩，流水共閒雲。卒歲君應得，歸期我未聞。兵戈終不定，何以慰離羣？

次韻答金雙南

一齋幽絕處，便與萬山齊。我自耽微尚，汝能共品題。風來花氣發，月度竹枝低。久病人稀過，只如在瀼西。

秋日同錢抑之林鶴胎石湖有作

雨過湖山好，晴曛放客遊。終非吾土意，正似故園秋。遠岸雲依樹，微風水送舟。與君看極浦，浩蕩没沙鷗。

柬金雙南

十年時病肺，此日更悲秋。多難風塵際，側身天地愁。能爲蓮社隱，必向竹林求。知汝今無恙，高軒倘暫留。

送若谷兄巡按黔中便道省覲二親四首

海内今戎馬，征軺去若何？君能持繡斧，我欲慎風波。時事君臣在，中原日月多。蠻方終自定，莫厭枕琱戈。

萬里荊南塞，牂牁舊漢城。猶聞諸葛祀，但識長官名。蜀楚方多難，滇黔本合盟。攻心真上策，攬轡憶澄清。

去去懷行路，蕭蕭賦別離。秋風鴻雁少，落日鷓鴣悲。薊塞兵還聚，山東事未知。安危真痛哭，明發又差池。

子舍今無恙，他鄉不共歸。風塵羈客路，歲月老庭幃。君復勞王事，誰當念彩衣。相看分手處，淚下不能揮。

答金雙南

落日西風裏，卻歸憶故人。何當揮別淚，重與話傷神。黔地方多難，天驕不可訓。鄉書懷正切，勞爾報秋蓴。

秋園

斜日秋園淨，微風落木催。偶然聞雁響，嘹唳使人哀。送客他鄉淚，吟詩濁酒杯。愁懷長似病，扶杖一徘徊。

秋杪送別朱立望館丈予假省覲二首

作客三秋盡，懷人一雁歸。君今當別我，攜手更依依。遠道行雲隔，寒山落日微。離情驚折柳，黄葉又紛飛。

黄葉紛如雨，蕭蕭送客歸。驪歌不可聽，尊酒悵多違。野樹人烟冷，遙天雁陣微。因君思定省，夢繞白雲飛。

贈別蘇文默吏部予假還許昌四首

十月征鴻盡，客歸又故鄉。不堪重話別，聊與醉離觴。時事風塵黯，中原日月荒。人生行所志，去往勿相忘。

不盡憂天淚，何人復似公？家鄰陳寔近，名與巨源同。好我常來友，爲官每固窮。于今還曲水，何異舉冥鴻！

又報河南使，催軍過宋城。淮徐真要地，汴潁急防兵。儉歲民都瘠，連年賦未平。歸途煩啓事，莫以在柴荊。

爾去高陽里，余留易水濱。此懷不可道，明發獨傷神。歲月風霜晚，關河雨雪頻。勞勞窮客路，飛夢繞松筠。

病中張心矩見過分得高字

一病連旬朔，相思慰汝曹。何當期把臂，且與醉時螯。寒夜孤鴻過，微霜片月高。談心俱記憶，老我在風騷。

送別錢抑之太史二首

送客他鄉苦，懷人別路迢。君歸當此日，與我共魂銷。明月花間夢，春風海上潮。緘書頻寄問，莫唱《紫芝謠》。

只爱閒居好，扁舟下越城。山應含樹色，水爲擁風聲。落照人俱遠，流雲鳥亦輕。所憐諸郡國，戎馬正縱横。

長至後三日再别金元甫

已是梅花候，猶看鴻雁飛。幾人常作客，遲爾復相違。雲滿秦關凍，霜清楚樹稀。一瓢兼一杖，老我歲時歸。

昌平道中

再入昌平道，淒凉事不同。兵戈纏殺氣，鼓角動秋風。野色千林白，嵐光片日紅。長陵蒼莽外，極目送飛鴻。

冬雪微晴竹齋梅花且放李元鎮年丈見過分得求字

稍喜梅花放，輕陰雪乍妝。君來能共醉，吾意正相求。夢繞孤山月，春回剡水舟。今年多逸事，種竹復千頭。

楊濟之年丈假歸蒲州余病不能送爲寄之

暮歲多愁嘆，懷人更別離。不堪將我病，復作送君詩。雨雪蒲山道，風霜冀北陲。鴈來還鴈去，何以慰相思。

大雪病起走筆柬曹元父李元鎮

大雪紛如織，其如余病何？稍能扶杖看，未敢勸人過。曉色梅花豔，晴光竹片多。思君徒悵望，徒倚放清歌。

遂園詩集　卷之五五言律之二

早春卽事柬阮給諫癸亥

老至春全懶，官閒病復成。不知芳草色，猶似去年情。小酌悲長鋏，微吟傍短檠。故人能共否，竹雪有餘清。

遣懷三首兼呈練侍郎君豫

瀚海戈猶動，西川使未還。無人當虎豹，有淚溼河山。止輩勞明主，飛書到百蠻。總戎貂盡賜，何以慰天顔？

落日角聲發，蕭條野戍邊。行人隨鬼火，稚子弄□田。近地時聞戰，將軍竟不前。五陵多俠氣，誰可蕩烽烟？

竟有長城恨，難消異地愁。秦關惟恃險，黔國總無謀。歲儉耕農盡，兵多賦額稠。感時還涕泗，扶病更登樓。

春夜同練君豫李元鎮過曹元父齋中

寂寞懷人夢，蕭條倚樹吟。過從當暇日，語笑在中林。月上分秋爽，鴻歸向夜深。新歌殊可聽，隻字勝南金。

春日卽事柬李元鎮

新春風日暖，小雨土膏和。草色青青動，雲光細細過。閒居宜有賦，對酒且當歌。鴻雁經時少，君歸奈若何？

小雨遲崔武仲葛震甫郭聖胎李元鎮過竹齋未至

渴竹稍宜雨，愁花不耐風。閉關聊獨臥，把袂竟誰同？日氣淒寒霧，山光變遠虹。徘徊成一笑，執戟老楊雄。

理花

破悶除荒穢，閒庭與雜花。理枝先伐蔓，疏土亦分芽。病每防蟲害，開時畏雨加。扶筇來往熟，不異野人家。

上巳日大人抵都門喜覲一首

名辰及上巳，勝世復趨庭。日麗春暉滿，雲閒子舍停。稍徵鄉俗變，終憶漢關扃。十載江湖夢，無勞問客星。

立夏後一日初度作詩示方鎮方岳方巖方聞

漸覺紅顏去，又逢花事歸。它時春自好，所願恐相違。竊祿微名愧，還家舊業非。年來生計倦，及汝製荷衣。

得家兄貴筑書卻寄四首

四月荊南雁，淒涼尚未歸。書來聞瘴癘，客去惜芳菲。唐棣歌猶在，匡牀夢不違。兵戈天地滿，回首淚沾衣。

已畏岷江亂，還愁瀚海波。王師終不戰，天意竟如何？幕府軍容壯，蠻人種類多。徘徊沅水上，銅柱亦經過。

早塞偏枯路，休開武勝關。兩江分蜀會，一逕繞烏蠻。窮險兵難集，逢迎將不閒。夜聽笳吹冷，明月照愁顏。

不分中丞節，猶羈漢使槎。王章今日異，絕塞使人嗟。楚戶勞飛輓，滇江阻貢茶。澄清如可待，談笑指胡沙。

午日坐雨因憶去年文文起姚孟長見過兩人先後還里余留滯長安又年餘矣

此日天中節，蕭蕭細雨聞。榴花還照眼，江燕故離羣。病肺絲難續，愁腸酒易醺。周南留滯久，不怪有移文。

積雨柬張聖標都督四首

真有窮愁恨，泥途滯殺人。繁陰連野色，積雨漲河滣。竹粉低烟重，花光溼露頻。懷歸如夢寐，憶爾更逡巡。

與子同羈旅，天涯更比鄰。池塘誰復夢，玄草獨相詢。雷雨蛟龍奮，風雲天地屯。徘徊傷往昔，孤憤不堪陳。

未慰滄江願，空歌行路難。皇天無好雨，后土何時乾？野戍通朝暝，孤軒薄暮寒。急須防水潦，禾黍一秋殘。

倦雲真入岫，濕鳥亦歸林。讀爾山中草，起余江上吟。扁舟貪理釣，一室緩鳴琴。勞碌風塵色，浮生合滯淫。

送別李元鎮使長沙

送爾長沙去，蕭條別恨催。千山風雨夕，六月雁鴻哀。星使蘭曹重，桐封桂邸開。還朝虛席待，莫負少年才。

寄崔武仲

爾到梁園内，春風竟若何？天涯歸夢少，竹徑晚烟多。誰共耽山水，將無老薜蘿。燕臺方買駿，策蹇亦來過。

寄楊子正二首

久客鄉心苦，懷人別夢長。秋來還落葉，雁至不成行。天地浮雲白，風塵塞草黄。感時兼臥病，幽意在滄浪。

憶爾玄亭上，秋風萬木疏。寒烟時一眺，野水正多漁。遮莫學爲圃，將無賦《子虚》。兵戈艱道路，吾亦愛吾廬。

送别阮給諫予假歸里余病不得請愁懷去住情見乎辭八首

送子天涯路，其如芳草何？江干宜桂樹，世上足風波。偃蹇吾甘病，淹留誰與過？臨歧懷去住，落葉下山阿。

西風一葉下，落日萬山秋。此別知何處，蕭條無限愁。蟬聲叢驛路，鳥影度河洲。欲繫官橋柳，征車不可留。

征車從此去，握手更何言？三載依螭陛，同盟若弟昆。窮途君每痛，奇字我能論。風雨竹齋夜，蕭疏古意存。

共作竹溪客，批鱗爾獨聞。丹心留諫草，白日下秋雯。底事玄黄戰，頻年賊盜紛。如何高卧處，鹿豕便爲羣。

山上游羣鹿，山間風雨來。憑高一以眺，此意使人哀。採藥療新病，開尊發舊醅。冥鴻真足羡，鷹隼不勞猜。

莫以鴻飛意，能忘弋者心。青蠅真可怪，白社豈相尋。山閣晴多雨，江天晝易陰。中流孤棹發，情切護龍吟。

朝上大龍山，江流宿霧間。風來天罨畫，霞起樹横斑。薜荔輕身慣，松筠著意閒。吾廬真自好，愧爾不知還。

亦有還山興，遲迴道路難。豺狼驕白晝，禾黍泛秋瀾。不寐翻成病，多愁苦戀官。遥知皂鷺侶，盼殺使君灘。

愁

愁殺無歸日，病來合苦吟。人情防射影，吾道卜棲林。片石雲泉意，枯桐山水音。武陵如再入，莫戀捕魚心。

思歸

早促南山駕，休留北舍裝。倚閭思老母，竊祿媿君王。露下金莖冷，風高候雁翔。棄官無不可，微尚在滄浪。

九日無菊

久客悲秋甚，經時候雁過。那堪重九到，復奈菊花何。暮色關山紫，風聲樹葉多。登高不敢望，只唱《四愁歌》。

送別張書卿先生歸秦中

秦山千萬疊，別我欲何之？莫唱隴頭水，好依桂樹枝。秋風雲起處，落日鳥歸時。倘發五湖夢，緘書寄所思。

寄答張大悟孝廉

多病驚秋早，懷人過雁遲。書來勞夢寐，詩好慰相思。客路風霜苦，家山橘柚垂。何時孤棹發，雪盡是歸期。

送別韓管涔還涇陽

飲君燕市酒，唱我隴頭歌。鴻雁行將盡，秋風可奈何？寒天催落日，野水咽殘荷。歸路無知己，相思有薜蘿。

吴鹿友侍御得請終養詩以送之時余乞歸省母不得

小春晴日麗，一望白雲閒。爾自依親舍，吾何詠北山？驪駒遲聽度，倦鳥急飛還。折柳將爲别，蕭條實慘顔。

贈别張儀曹南還

我愛張夫子，鬢雒迥絕倫。將無滄海客，亦是捉刀人。星動蘭曹曙，雪歸芒碭春。樂園百里路，何日卜爲鄰？

可怪

可怪金陵奏，虚傳瀚海音。他方終有異，諸將竟何心？時事天難問，家山雪正深。歸休吾已矣，夕鳥急投林。

十月二十二日夜始雪是日皇元子生

正喜前星耀，俄看瑞雪飄。天心如有待，春色已全饒。梁苑鴻初盡，燕山柳未凋。啣杯顛倒極，歸計穩漁樵。

留別石丈

六年京洛客，今日始還山。片石曾稱丈，高齋每共閒。何當成遠別，聊復憶追攀。漫仕襄陽叟，顛狂亦解顔。

留別練君豫五首

不作京華夢，卻爲澤畔吟。愁心還去住，客路恐浮沉。霜雪關河冷，風塵歲月深。勞君臨別路，贈我雙南金。

別君良不易，惆悵楚湘濱。自續《登樓賦》，誰爲解佩人？寒雲巫峽重，落日漢江春。敢道王程遠，銜書使命新。

曉日開丹闕，天書下玉霄。趨蹌三殿近，歌舞萬方遥。龍氣還依楚，岷江總向朝。皇華乘驛使，兼爲採風謡。

不驚神女夢，敢弔舜妃祠。今古長沙淚，乾坤宋玉悲。流風何處好，勝事幾堪思。歸到梁園内，爲君續《楚辭》。

于役勞行邁，歸休慰倚閭。離羣吾自嘆，客舍爾何如？時事看戎馬，丹心表諫書。相思若命駕，偕隱雪山廬。

送彭幼鄰南還

邂逅逢君飲，何當入故山。通家添別淚，客路慎閒關。薊塞風塵壯，梁園雪樹閒。勞勞真自媿，倦鳥暮知還。

雪中張聖標自山陵迴東之

曉雪闌征騎，寒烟壓帝城。不知陵寢上，蕭瑟若爲情。積凍高峯合，殘陽野樹明。今番驢背穩，詩思可縱横？

奉使將至良鄉望京有感

驅馬臨荒邑，銜書辨使星。風霜還道路，禮樂自朝廷。曉日看龍氣，春暉憶鯉庭。五雲天上滿，回首獨冥冥。

過定州拜蘇長公雪浪居

襄陽稱石友，雪浪亦傳名。乍認雲絲繞，微看水縐生。亭孤餘薄靄，槐老映荒城。瞻拜思前哲，驅車空復情。

唐山道中

山縣無城郭，荒村偃戍樓。觀風存故里，遺俗美唐侯。官道衝狐過，使星並鳥投。所嗟寒靄集，未可久淹留。

大雪至曲安晤劉敬仲年丈

雨雪羈行役，招尋慰寂寥。百年還爾我，千里共招搖。落日客懷滿，寒雲别路迢。啣杯愁去住，真覺旅魂消。

羈魂吾未定，幽事爾如何？雪滿叢臺樹，霜清涇水波。留雲依曲榭，倚石足長歌。乘興時相訪，悠然在薜蘿。

蹔借山公啓，同爲畫舫評。峯高看雨脚，樹老辨龍精。夢入江湖遠，心隨雁鶩清。還疑咫尺地，萬里白雲生。

不盡雲山意，爲君信宿留。風塵渾夢寐，一日足千秋。雪滿關河暗，霜深鴻雁愁。明朝相悵望，星使自悠悠。

渡河

晡日方開渡，中流亂晚晴。天迷烟樹闊，岸轉雪舟横。擊楫還餘恨，歸心不計程。茫茫愁思集，沙鳥宿爭鳴。

抵家

昏黑還家夢，悲歡慰母心。承顏知有異，舞綵不能任。雪盡京華遠，春歸子舍深。艱難行路客，惆悵故山岑。

南發

又作江湖客，間關萬里行。簡書真可畏，歲月亦堪驚。親舍閒雲遠，王程背斗横。長安愁不見，何以慰飄萍？

襄陽除夕

遠道遲行役，寒年逼歲除。江風隨夢闊，花鳥度春初。有地依山簡，無家到孟諸。孤燈聊自慰，敢嘆食無魚！

收春臺

莫懷交甫珮，不傍大堤城。王化先南國，春風滿杜蘅。歌應招隱士，賦可憶枚生。今日平臺上，卻慚醴酒盈。

木石居

不羨河間業，還爲歷下居。山川疑太古，木石自吾廬。雲起環林動，風生度壑虚。夜來飛盍處，只擬到華胥。

元夜夢與姚孟長年丈共話有述二首甲子

逼歲鄉心亂，何來夢故人？難尋千里駕，卻憶五更春。話久渾忘寐，情深欲買鄰。探梅空赴約，無分到江濆。

我昔愁羈旅，君遠慰倚閭。三年成契闊，一夕夢躊躕。吳苑鶯花合，江天雲樹疏。何時風雨夜，尊酒話尊魚。

蘄州柬李季重先生四首

舊是龍門客，今乘漢水槎。風霜經歲杪，道路入春華。所至謳歌集，繇來雨露賒。伊人應慰藉，終日憶蒹葭。

每和陽春調，常懷大國風。雲霞驚變態，神鬼黷宗工。野色襜帷入，嚴關鎖鑰雄。文人多有用，千古雪堂東。

日探君山勝，時維赤壁舟。謫仙還夢寐，坡老定沉浮。湖上雲猶古，江皋水自流。何如梁苑雪，桃李共春遊？

喜見台星耀，還依少海明。春風應浩蕩，江漢共澄清。花早鶯聲至，雲深龍氣横。獨慚咨度處，不及古人情。

九峯寺

夜度九峯口，松梢片月明。雨餘山疊嶂，天遠翠低城。古寺摩僧偈，荒原怖虎聲。梁臺竹萬个，惆悵歲寒盟。

巴陵

一夜巴陵雨，湖光接洞庭。天圍麋子國，波入楚王亭。歲遠山樓廢，春深草木馨。惟餘羣雁北，蕭瑟不能聽。

長沙余與蔡劍玄病濕家舅自喜無恙率作示之

俱是梁園客，同乘漢水槎。何緣如賈傅，忽爾到長沙。卑濕真成病，羈愁只憶家。誰能將白髮，癡意玩春華？

邵陽道中

二月邵陽路，風花滿地吹。應知吾土樂，可惜客歸遲。山鳥鳴還急，江雲峯愈奇。羈孤愁欲絕，馳馬竟何之？

暮春益陽道中

忽忽春雲暮，勞勞客未休。江山窮楚域，風雨亂鄉愁。地煖鶯偏少，花開水漫流。停驂時悵望，沽酒庶淹留。

拜子建墓

此非子建，乃漢王孫劉思封於陳，卒，葬此。後人訛爲陳思王，不知子建墓自在東阿也。

驅馬荒原墓，愁人古殿摧。名猶存日月，身已暗蒿萊。細雨歸牛牧，寒雲結雉媒。臨風懷往哲，欲去更徘徊。

送吳于逵南還

送爾天都去，其如別思何？春歸鴻雁少，路入柳蟬多。藥餌防身病，雲山對酒歌。相思不可見，風雨倘來過。

園居五首

始覺吾廬勝，幽居癖事多。竹孫添蜿蜒，花嬋長藤蘿。明月時來照，好風亦與過。一觴兼一詠，稍足慰婆娑。

不作風波客，甘爲汗漫遊。因蜂看破蕊，選樹上層丘。野老時相訪，鳴鶯或見求。歸來松樹下，高枕卽滄洲。

高枕無他事，拂琴亦偶然。花乾惟望雨，樹密競鳴蟬。畏病研方藥，關心買石泉。吾生終避世，歸老大河邊。

實有烟霞癖，何妨鹿豕盟。隨人嘲懶慢，老我拙逢迎。種樹濃陰合，開池細浪生。淹留便野性，不爲謝時名。

叢桂偏能綠，夾桃也自紅。幽齋成小隱，生計似無功。矰繳將何意，圖書未是窮。翻憐東海客，白首羨冥鴻。

過沈氏廢園

斯人不可見，別業亦堪哀。崩石防雲墜，高林與岸隤。家聲存太傅，世事罷蒿萊。夙昔同遊賞，祇應雪涕迴。

癖

好竹已成癖，看雲又可人。幽栖容妄誕，逃懶任天真。自覺鹿皮隱，誰將龍性訓？今年荒旱甚，黍酒未沾脣。

七月十七日庭桂有華

已作南山隱，幽叢桂有花。寒香分月影，薄露釀秋華。橘柚長爲友，酴醾且莫遮。稍看成玉粒，攜爾上仙槎。

別彭君宣之五日葉茂先詞丈來卻寄君宣一首先是茂先同君宣遲余牡丹社不果

久負花時約，揭來慰所思。故人方言別，秋興不堪悲。日入夷門冷，鴻歸雪苑遲。孤懷同去住，好慰寄新爲。

客至乙丑

久病難成櫛，多愁苦畏人。如何幽僻地，復見宰官身？猿鶴能無怨，雲泉未有鄰。古來高隱士，洗耳不稱臣。

落日

落日催秋盡，晴霜逼雁過。天寒衣漸冷，風急戍如何？海上猶開戰，黔中不解戈。可憐忠義血，洒向九原多。

有嘆

恨血憑誰洒，愁心只自驚。不聞旌折檻，乃竟壞長城。厚禄推元老，深居借聖明。高歌哀《板》《蕩》，未敢厭柴荊。

叢菊

叢菊猶堪把，孤松也自閒。人言成貝錦，吾道付青山。日入牛羊下，霜清草木斑。惟當秉夜燭，遊覽不知還。

蒙謗

拙病何堪用，歸休定復閒。猶煩繒繳計，合在牧樵間。世事隨湍下，浮名瞥鳥還。罷官無不可，長嘯入深山。

長至

悤悤逢長至，悠悠對短檠。天涯霜雪冷，客夢歲時更。有地皆增稅，何年罷用兵？傳閱新殿閣，香靄夜縱横。

寒庭

陰雲垂雪色，蕭蕭報寒庭。鳥雀喧枝墜，松筠倚舍青。長吟香氣發，獨坐晚烟停。岑寂復何事，沉酣不用醒。

雙樹

雙樹立蒼蒼，蟠根歲月長。及吾同少賤，愛爾有輝光。秋至霜華冷，春深野蔓强。沉冥如共守，奇賞在孤芳。

雪中有懷

一冬纔見雪，萬里正懷人。自學袁安臥，誰歌郢客春。飛花明菀苑，別雁落江濱。寂寞殘生在，臨風獨愴神。

歲暮

欲覺春光動，寒花逼歲開。黄柑復自好，綠草已相催。便入名山隱，須求大竹栽。掩關誠足老，不敢恨無才。

除夕余守歲長安七年，乙丑除夕始在里舍

今夕復何夕，他鄉定故鄉。喜看兒女會，愁破歲時芳。别夢鵷聯斷，高堂柏酒香。明朝扶杖處，籬外野梅黄。

晨雨丙寅

小雨晨光溼，東風著霧闌。始知春色到，又有雪花看。竹重枝枝碧，松高樹樹寒。年來生事絕，散酌亦盤桓。

人日寄楊子正

獻歲復人日，人今奈日何？病餘春事少，愁極夢懷多。細雨蘼蕪緑，輕風楊柳和。玄亭聊寄訊，載酒幾時過？

郊外

步屧芳郊外，尋春古樹邊。風光遲日麗，雨色沐花鮮。獨坐看飛鳥，長吟落暮烟。野人來往處，吾醉亦陶然。

有憶

之子不相見，春風奈若何？花開鴛帳少，夢隔楚雲多。翡翠留啼纈，琵琶撥怨歌。鶯聲遲日好，莫恨掃雙蛾。

檄至

火急榆關報，徵兵檄又催。民窮欲走險，天意幾時回？往歲吳傷稼，初春日有災。愁須哀痛詔，早晚自燕來。

梅樹下懷姚孟長

春林步步好，念子在他鄉。吳地梅何似，梁園雪正香。不才同放逐，多病獨疏狂。猶記看花處，清輝落玉霜。

漫成

好懶翻成病，長貧不任愁。花殘風雨夜，人隔楚江秋。漉酒宜酣醉，吟詩戒浪投。西園林樹下，聊欲慰沉浮。

對酒

銜愁復欲病，對酒不能歌。桃李芳華謝，春風奈若何？黄金藥未就，白髮日滋多。默坐聽殘漏，人生感逝波。

將至閻茂才園林

逶迤村路遠，高下柳光濃。春色看將盡，馬蹄莫厭重。前溪捎燕子，落蕊趲山蜂。不識園居者，白雲何處凝。

雨後看月答沈雲嶠昆季見懷二首

夜静金波爽，天高玉宇清。懷人方獨坐，過雨正初晴。砌響蛩猶濕，窗烟竹乍横。便如秋色霽，賴有緑尊盈。

把酒從吾好，吟詩爲爾酬。俱懷明月夜，欲下剡溪舟。雨洗天江白，風披錦鏡秋。嬋娟如有意，更乞少遲留。

寄懷彭君宣二首

頻年多別夢，只尺復天涯。那得無書訊，底應泛客槎。人歸松影合，鶴暝竹烟賒。猶記名花約，虚慚太史車。

今雨能無憶，夙懷故不醒。論詩搔首白，把酒看山青。浪跡終相似，幽居衹自扃。入林秋色好，擬欲扣玄亭。

閏六月十五日立秋

過夏餘還閏，立秋月正圓。炎涼殊異態，早暮總隨緣。放廢青山外，疏狂紅友前。杞人憂未歇，近事何紛然？

秋蛩

秋至啼蛩苦，其如客思何？林疏片月墜，露淨晚螢多。獨坐惟親酒，懷人一放歌。龍泉知我者，相托老山阿。

對月

對月情何限，悲秋況不禁。故人千里別，蟋蟀一時吟。竹塢宜高卧，泥途合陸沉。舉杯聊自遣，衰病復侵尋。

可畏

再歲虫傷稼，何時雨沛雲？稍驚山縣賊，未靖海南軍。聖德恢恢大，流離處處聞。隕星兼震地，可畏此妖氛。

秋夜聽雨

秋雨難爲聽，客懷夜正賒。寒蛩啼向壁，落葉恨如麻。易下孤臣淚，愁聞瀚海笳。壯心長寂寞，無路問仙家。

得崔饑仲雄縣書

遠縣多烟渚，勞君問起居。自能學爲稼，不嘆食無魚。事業琴書重，聲名紱冕虚。相期千里外，莫愧老吾廬。

鴞至

昔人悲鵩鳥，零落在長沙。此日何爲至，傷心正自嗟。不材宜草莽，多病暱烟霞。怪事無勞見，啣杯過暮鴉。

八月二十一夜聞雁

此夜征鴻唳，愁人可奈何！天高連絶塞，日遠帶寒波。寂寂蛩猶語，沉沉露已多。徘徊時獨立，衰颯一長歌。

桂叢

誰復能知我，終焉守桂叢。山空殊自得，鶴老正相同。帶月分涼露，因風聽遠鴻。吾生甘寂寞，未敢怨時窮。

重陽前四日雨

風雨重陽近，蕭條閲歲華。開籬猶見菊，把酒便爲家。老計青山得，秋懷白雁斜。南來紛羽檄，更爲一咨嗟。

十一月十一夜對月有懷姚孟長崔饑仲

霜月明于水，空庭思煞人。舉觴聊自慰，罷病未爲貧。雁去南天盡，日迴北陸春。何時重把臂，老淚一沾巾。

酬沈雲嶠雨中見懷

薄暮還陰雨，高齋正寂寥。以君懷我意，永夜發長謠。橘浦何時入，桃源不可招。祇應同一醉，老作雪山樵。

病中索詩逋者集于庭余既扶病酬了輒自笑

一病渾無賴，多時懶應人。詩逋敢自負，酒態恐相嗔。癡喜雲山畫，安爲耕稼民。雪花差足慰，破凍上梅頻。

風甚雪不成花

正喜迴風舞，還憐碎雪粧。花殘翻似霰，雨落更疑霜。虛費鮫人剪，難傳玉女芳。探梅無處可，小酌亦清狂。

遂園詩集　卷之六 五言律之三

立春

爲農逾歲迴，今日喜言晴。和氣從天至，春華遍物生。家貧盤菜美，籬蔓野梅成。鄰叟拚同醉，欣然待月行。

十二月廿一日舉第五子前一日始立春

經年愁落寞，此事頗娛人。兒子歡相向，盈閭喜入春。名應當驃騎，種敢望麒麟。五柳如知我，啣杯不厭頻。

除歲前三日大雪

春華方破臘，雪色尚淩春。已驗豐年瑞，須知客事新。扶寒壅竹土，撥凍撿花晨。爲圃兼農務，幽懷頗自伸。

二十七日雨冰

春寒猶似臘，宜雨復成冰。此際重陰錮，何時泰道升。鮫人應有泣，詹卜恐無憑。比歲愁蝗旱，民□豈又增。

獨酌

疏放頗宜酒，窮愁正戒吟。欲爲桃雀隱，不似武陵深。雲出夢歸岫，鳥飛合望林。蕭然殊自得，獨撫一弦琴。

丙寅除夕守歲

平居無一事，復此歲云徂。鼓角驚相送，星河看欲殊。心猶懸殿陛，夢獨繞江湖。衰病年年甚，高陽一酒徒。

第五子觴哭之丁卯

愁汝催吾老，吾猶哭汝亡。何緣非父子，不覺斷肝腸。繞膝還堪慰，餘生祇自傷。無情春色草，依舊見年芳。

春陰

雨雪經冬盡，春寒尚不晴。非時雷夜發，何意電俱明？甲子愁農事，龍蛇厭世情。杞人憂過甚，所願老柴荊。

積雨

積雨春陰暮，窮鄉黍價饒。愁將淹日月，老欲事緯蕭。徭賦還增益，虎狼且自驕。憂心兼疾首，未敢付漁樵。

感事

世間無可語，還復對青樽。名定千秋重，事難一日論。窮途阮籍放，釣客子陵尊。堪笑書空者，移文誚鶴猿。

春日村居三首

不成兼吏隱，復作耦農耕。榆火村村近，溪流岸岸清。野人寬禮數，稚子解逢迎。拙病憐幽絕，關心枸杞生。

細雨麥畦潤，輕風柳岸颺。荷鉏真自好，拄笏久相忘。栽藥防遲暮，看花品眾香。故人時有寄，喜得睡仙方。

何限繁華事，都將付杖藜。蜂喧堪破悶，竹靜與留題。仄徑樵歌發，深村牧犢還。交遊唯老圃，風雨愧鳴雞。

送米廣文還密縣

相見復何日，別離十五年。重來傷白髮，臨老憶青氈。策杖看山好，聽歌把酒便。憐余方罷病，對面兩淒然。

折柳難爲別，驪歌況復情？還將他日意，繫此各天程。玉女松風在，梁王雪苑晴。俱期心跡白，安穩學躬耕。

沈雲嶠將有南行之意詩以留之

此別誠何意，它鄉與故鄉。將無悲蜀道，應自念高堂。婚嫁愁禽向，烟霞送綺黄。相看分守處，那不九迴腸？

病起

老覺身名累，愁憐疾病侵。百年惟藥裹，終日愧雲林。圃廢花香坼，山空鶴影沉。扶筇財强起，天外聽松音。

兒妾李氏亡兩月矣痛定乃能成聲哭之四首

皇天不可問，汝死復何知？空繫百年願，翻成一日悲。豔歌憐小婦，別怨寄將離。夙昔應相念，黄泉有見期。

豈少如花妾，匪余心所期。結縭成白首，髪鬢掩青絲。未識阿嬌妒，何緣中道離。傷心哭汝處，明月照空幃。

汝衣猶在篋，汝被復苦牀。汝復有釵釧，燦然發寶光。孤魂别我去，掩泣定何方？拂拭珊瑚枕，還來話斷腸。

不識生離苦，翻愁死别難。須臾成異世，兩月隔清歡。青鳥無傳信，白雲自倚欄。衰年憂患集，何以慰加餐？

六月五日雨中同沈予諷集沈雲嶠寄齋分得花字

幽期頻不厭，同與問蒹葭。風送今朝雨，雲深一院花。焚香占静課，洗竹稔生涯。莫以詩難賦，應須擬大家。

又和得沈雲嶠茶字

李白三杯酒，盧仝七碗茶。及吾分主客，逸興更無涯。看劍龍蛇走，論文風雨斜。何如高隱士，鼓吹聽鳴蛙。

又和得沈雲嶠燈字

此夜同君醉，狂歌欲不勝。竹風吹細雨，簾幕照疏燈。病憶鴛鴦錦，老思柳櫪藤。更懷長往處，雲水裏千層。

寄懷姚孟長年丈

屏跡荒村外，無人問獨醒。書來增悵望，老至恐飄零。楓葉千林赤，嵐光一水青。知君遊屐健，好爲約山靈。

秋夜獨酌

淒切寒蛩語，高光玉露零。此時方獨酌，明月正中庭。砌冷香蘭笑，天清醉竹醒。無人成伴侶，幽夢逐流螢。

西園阻雨

此日秋原寂，蕭條細雨聞。懷人無處所，落寞自繽紛。林影潛歸翼，竹光染暮雲。違時便野性，應共海鷗羣。

是夜雨不絕獨酌有詩

雨聲何淅瀝，秋夜獨愁人。小婢勞相慰，寒杯亦太頻。關山雲自掩，鴻雁食應貧。最憶天邊月，無繇放桂輪。

中秋無月有憶

此夜蟾光滿，其如濕雨何？青天無近信，碧海有層波。響急蛩難聽，寒深雁不過。相思勞悵望，別殿鎖嫦娥。

深秋時久不得孟長信

深秋風雨劇，過雁此何頻？搖落悲芳草，淒涼憶故人。生涯農圃拙，老病歲時新。吾道艱難在，未應笑隱淪。

十七夜微晴見月

尚破浮雲掩，何當玉宇清？長風吹萬里，明月照孤城。樹冷烏栖定，天寒雁陣橫。巡簷聊獨步，底許最關情。

九月十七夜對月

雨後秋偏寂，霜時月倍澄。幽人方散步，永夜此孤藤。漢轉鴻聲急，烟銷竹影層。遥憐行路客，不及老山僧。

秋盡

寂寞秋將盡，蕭條雁正稀。寒雲深別浦，凍雨灑晨扉。獨笑勳名謝，長歌世事非。無繇偕石隱，趨向武陵歸。

中秋前以陰雨不見月至十月十日始霽是夜獨酌有詩

兩月無晴夜，初冬有半輪。凝霜寒欲曉，映物了如春。乍辨升沉體，還憐得喪身。啣杯聊自遣，雲漢也橫陳。

冬月十三夜同張清漪及沈雲嶠沈予諷集沈過庭齋小飲分得紅字

霜色淨寒空，幽軒樂事同。情長尊恐盡，興發月方中。別思逐羌笛，閒愁説小紅。主人深愛客，無用嘆飄蓬。

詩逋二首

貪閒成病癖，好飲累詩逋。客過扶藜見，鶴歸帶月呼。歲時梅覆塢，霜雪竹當鑪。蹇劣安溪隱，網羅未足虞。

落落心中事，蕭蕭壁上苔。故人多不見，征雁獨飛來。才盡名何補，家貧老更催。遊山期未遂，洗耳漫徘徊。

送翟荊陽還山東

送爾還鄉去，霜風擁雁迴。應懷梁苑雪，好寄隴頭梅。地闊東南盡，天高河漢開。藏山唯養拙，乘興可重來。

月下望庭前殘雪

凍月空庭得，庭空月倍明。猶餘殘雪照，共向晚天晴。我亦心如水，獨聞雁有聲。寂寥真意味，懷抱與誰傾？

早春扶病過西園看梅戊辰

今年花事早，破臘已粧梅。正是嬌香候，不沾粉蝶來。無人成一夢，老我病相偎。欲問羣芳訊，春風日日催。

暮春六日胡茂才園亭

香潭深且碧，萬柳覆其中。翠照琴堂合，蒼烟竹嶼通。當窗觀鳥影，到面撲花風。非子誰堪醉，林間點落紅。

春日有懷

邇有春來興，曾無雁後書。六年燕市别，千里夢魂餘。薜衣裁應好，湖山計不虚。幾時樽酒暮，斟酌話吾廬。

以詩代柬問沈雲嶠病

郊居賦就未，狂叟病如何？以我耽幽僻，爲君發嘯歌。雲心歸遠岫，鳥語變春柯。慎莫愁華髮，啣杯共薜蘿。

閻茂才園林

一園不只尺，芳樹自婆娑。花密蜂常滿，雲深鳥更多。宜爲茆屋賦，誰和小山歌？我亦隱居者，攜朋時與過。

喜雨

乍喜甘霖降，爲農望歲遲。風輕林燕舞，花重藥欄滋。不復歌雲漢，唯應頌稼茨。年來憂國淚，未敢語人知。

聞蔡迪之到西園以冗不得過爲詩柬之

真爲婚嫁累，不及向禽遊。睠此西郊外，園林事事幽。空街桐乳落，小雨竹烟浮。獨往應成趣，莫教夜鶴愁。

十一夜月下憶蔡迪之

今夜西園月，清光竟若何？未應寒魄滿，應爲故人多。湖闊雜星樹，亭孤帶芰荷。相呼聽水鳥，君莫動《驪歌》。

秋日再送蔡迪之卽用迪之留別韻

已自悲秋至，何堪復送君。夕陽千里共，客袂一亭分。蟲弔苔根月，山棲馬首雲。俱應成別淚，旅夢藉慇懃。

愁懷那可道，脫葉始紛紛。客去依蟬路，人歸惜雁羣。山花黏岸笑，樵斧隔溪聞。相憶天涯遠，臨歧醉落勳。

別蔡迪之之次日月下有憶

漸老難爲別，相思豈奈秋。西風吹客夢，明月照人愁。旅食元非計，時名未可求。吾謀適不用，白露滿滄洲。

病

別況秋將動，羈懷病復侵。來鴻與去燕，一一感人心。歲月南湖遠，風霜北地深。漸驚華髮老，清淚落寒砧。

留別西園

數載西園客，離別此黯然。虚爲茆屋賦，只憶武陵編。鶴老松筠夢，石沉洞壑烟。莫愁仙賞隔，幽意在林泉。

別孤桐

蒼松烟雨外，偃蓋有孤桐。倚閣飛青靄，迴風作翠籠。幽棲鳳德下，老伴竹孫同。今日非捐棄，卻要在嶽嵩。

別園竹

萬頃琅玕下，悠然自賦詩。誰知吾姓字，未辨爾雄雌。風雨終無定，歲時迴不移。昔年同片石，若個寄相思。

別雙鶴

亦知別鶴怨，奈此遠遊何？芳草經秋盡，征鴻向暮多。未應忘伴侶，豈不畏風波？它日松關下，安心守薜蘿。

邯鄲

六走邯鄲道，不知夢若何。一官如過雁，三載竟沉疴。恥賦玄亭草，足招桂樹歌。悠悠堪自笑，生計在漁蓑。

沙河道中

驅馬沙河道，沙深河正寒。孤村驚鳥度，野樹點霜殘。尚覺兵車累，誰知天地寬。寄言司牧者，寒雨念民艱。

爲民復漫仕，漸老怯征途。風雨時難定，林山興未孤。猶存劍氣壯，不覺病顏殊。華髮朝朝減，將焉謝客逋。

客逋

雨中柬蔡迪之兼示片石居

寂寞天涯雨，蕭條客子唫。出山慚小草，流水憶孤琴。久病名猶在，還朝恩自深。不知一片石，可保歲寒心！

十月九日入都有感

又作京華客，稔爲去住吟。人情隨面改，吾道與時深。秋盡烽烟急，歲寒雨雪淫。遥聞明詔下，霑灑望天心。

夢中得幽人詩七句醒後足成之

谷口幽人臥，透迤山徑深。未安茆屋賦，空老白雲心。鶴步同登眺，猿啼不住吟。歲時真避世，風雨亦開襟。

渡河

擊楫衝濤過，千帆一水聲。風高催浪疾，雪濤與雲平。今古東流恨，歲時北渡情。十年窮客路，沙鳥任縱横。

病懷

旅病真難問，憂時亦自勞。中原紛寇盜，窮海厭腥臊。宵旰勞明主，誅求定爾曹。賈生懷痛哭，投賦弔《離騷》。

姚孟長入都數日余適卧病不能往晤爲詩柬之

相逢復卧病，別恨幾經秋。時事艱難後，天涯去住愁。君才宜受始，吾道不工遊。夙昔平原約，于今涕泗流。

劉蓬玄告病還里詩以送別

相逢驚歲暮，握別恨緣慳。我自憐同病，君方入故山。巴猿啼夜月，雪苑足烟鬟。把袂知何日，風塵老客顔。

晤葛震甫

積雪高梁苑，飛花滿洞庭。懷人俱有夢，對酒不能醒。兵甲音書阻，風霜歲月輕。相看成涕淚，莫擬少微星。

雪後對月

積凍成冰月，高寒凝雪華。孤星深欲冷，萬井寂無譁。相向森琪樹，遥聞隔暮鴉。清光如可擷，持此贈天涯。

戊辰除夜

數歲滄江晚，一時客夢迢。魂蘇猶破膽，心折此同朝。家世君恩厚，年光子舍遥。明朝春氣動，應發《紫芝謡》。

仲春月夜同姚孟長顧九疇楊濟之雷伯鱗集何龍友齋分得資字二首己巳

久别清樽洽，高談月上時。忘形兼爾汝，得意任狂癡。是夜春風好，六人醉竹宜。朝參不厭懶，吏隱自吾師。

作客還乘暇，買山未有資。須將今夜月，一慰各天時。俗薄心交少，官閒韻事宜。敢言槖筆健，玄草匪伊思。

送别楊世芳宫贊賁御書使秦二首

芳草難爲别，紅亭不可留。與君重握手，落日更會愁。驛路秦關險，邊聲虜騎稠。皇華將帝命，行矣慎無憂。

共慶前星耀，尤現紫極明。貽書通帝系，賜服薦宗祊。使者乘□□，□人扶杖迎。歸來宣室奏，百二在秦京。

使至三首

花信春將老，河干使甫來。俱言梅放蕊，已看鶴成胎。籬弱編荊補，林深倚岫開。曾分三竹徑，遮莫委蒿萊。

猶有南山桂，不開北海樽。雲來怡鳥雀，花落藉亭軒。稍惜春塘漫，將無野圃存。它年終遯世，此日已深村。

石首連錢在，竹根稚子成。無繇栖谷口，空自老柴荊。烟樹須風豁，溪雲望雨清。爭知丘壑美，馬背負平生。

渡河

萍蹤還不定，又渡大河南。到岸鷗羣喜，歸家鶴夢酣。寧言辭道路，衹合放雲潭。聞説長干勝，無妨吏隱耽。

還家

未覺客遊倦，還家七月餘。桐孫皆長大，鹿子稍相疏。拄笏終何事，拂衣欲遂初。南鄰有逸叟，窮老課耕鉏。

下邳阻風

水勢侵湖壯，風聲夾浪豪。舟人相戒渡，王事敢言勞！縣遠郵籤隔，村孤甲戸逃。從來行役苦，犯險出河濤。

舟行卽事

揚舲朝旭動，開棹野烟迷。鰕菜綠江市，鸕鷀背堰啼。楚糧多守隘，淮販且羈栖。漕使軍符切，那能厭鼓鼙！

抵留都任後家人小大患瘧余輒浩然有歸志

拙宦誠何意，它鄉祇共愁。三旬常厭雨，一瘧早經秋。亦有秦淮勝，誰同瀚海遊。吾生從藥餌，世事任悠悠。

中秋同趙玄成坐月分得麻字

好月中秋夜，晴光萬里賒。征鴻初送響，落葉正如麻。雨後蟾陰淨，山深桂影斜。翻憐梁苑雪，漂泊亦天涯。

又賦得先字

秋霽臨宵爽，庭空受月先。幾年愁霧雨，此夜詠嬋娟。風過頻傳漏，星疏各在天。清宵如可貯，何必不長圓？

感懷

嘹唳征鴻過，蕭條暮雨催。鄉心隨落葉，别夢倚深杯。宦跡江山遠，愁時鬢髮衰。安身思隱地，龍岫好歸來。

柬郭聖僕趙玄成

我病殊堪絕，君懷復若何？窮交吾道盡，久客世情多。放意須山水，安生在薜蘿。秋深鴻雁急，朋好莫辭過。

雨中夜坐同林司籥讀工部詩

風雨颯高秋，論文夜不休。花看叢菊好，酒散故人愁。天遠聞鴻雁，雲深隱碧流。杜陵饒僻性，三復與同遊。

疊浪巖

數嶺分雲候，千巖疊浪堆。寒花猶隱見，落葉且遲回。谷轉濤聲靜，風高石勢摧。幽林清響發，乍認錦帆來。

遂園詩集　卷之七七言律之一

秋日楊允諧招同民部鹿乾岳賈孔瀾儀部陳居一遊海淀

李園己未

水國秋深冷芰裳，名園初到野雲涼。泉流似聽爐峯雨，石乳遙分谷口香。翠靄菰蒲藏鴨穩，青饒薜荔裹山長。遊來漫起蓴鱸興，採得荷根仔細嘗。

晴湖十里試行舟，一抹長空點翠流。嬌憶荷粧紅上下，軟憐藻帶碧沉浮。波寒欲染西山色，島人疑同瀚海遊。製得漁竿遲未釣，鷺鳧避落遠灘頭。

留别何龍友館丈

薊門秋色近如何，搖落霜楓帶雁多。去國憐余《五噫咏》，懷人念爾《四愁歌》。梁間明月醒還在，逕裹黄花老未過。最憶遼陽烽火盛，洗兵誰爲挽銀河？

遥别静竹齋

風塵何事更南征，客舍遥憐静竹盟。纖雨誰聞龍澗吼，捎雲可向月牕横。楓宸柳色霜初碧，雪苑霞光蕊欲成。最憶京華多故友，相知獨數白門生。

過燕丹城

恨血如麻點碧莎，蕭蕭黄葉奈愁何？霜紅似染燕丹淚，野白猶聞《易水歌》。日下狐燈啼古戍，月明鬼草咽殘波。興亡自昔多慷慨，誰信寒山長薜蘿。

讀關曹來星海倉曹劉半舫兩年丈封事有感

漫欲憂天效請纓，一時疏草動君情。將無帑藏輸遼海，賸有烽烟接薊城。翡翠春憐猶報税，金花秋入尚重征。安危卻憶誰籌國，獨使諸公答聖明。

余以孟冬十有二日抵甘陵更七日入里舍籬菊殘矣

甘陵野望草如丹，策馬還驚故國寒。未恨雁來仍雁去，偏憐花滿又花殘。懷人每自懸雙鳳，避世何時老一竿。寄語梁園鳧鷺好，相思莫厭使君灘。

述歸

不如歸臥且加餐，竹舍黄花久欲殘。自笑風塵頻按劍，誰憐詞賦少彈冠。商山芝長晴堪摘，易水霜深雪早寒。曾入名流多見許，果然雅尚屬張翰。

過曹州晤潘碧潭使君不遇使君與余同門三年猶未識面也感懷漫述卻寄

未厭江湖老客星，識韓何事路偏扃。龍津久恨雌雄隔，花縣新愁車馬停。家向河干沾雨潤，人歸雪苑傍山青。師門如水君知否，應念天涯聚散萍。

余以仲春十有四日北上過曹州假還重經相隔八月餘矣時孟冬十有七日也

終年道路似波臣，歸國還愁去國春。兩度征鴻經八月，一時作客凑中旬。雲迴子舍慚明主，劍到龍津憶故人。落日空憐黄葉雨，蕭蕭也自上車塵。

雪中喜梁無它年丈至

一夜春風報曉梅，尋花驚喜故人來。相思久寄山陰興，别調今將《雪賦》裁。薊北霜深絶過雁，江南日暮想啣杯。行行此夕情何許，竹逕重封待爾開。

再别無它

纔向風塵拂袖來，愁顔今喜爲君開。何時共赴白蓮社，此日先分水部梅。石首雲晴春欲動，梁園雪滿醞初回。莫嘆行路須成醉，聞道黄金又築臺。

偶得別號蒙澤適與劉子魚同子魚曰吾以竹逸也子將奚取焉作此示之

偶厭朝簪作隱淪，何妨別號是閒身。一官聊比蒙城吏，三逕忽同雪苑人。婚嫁他時輸爾健，湖山此日讓予貧。若圖主客洛陽社，記取先圖姓氏真。

再用前韻答劉子魚

同社何須問隱淪，山林朝市總閒身。子魚尚復多名字，蒙澤寧無兩主人？五岳烟霞終僭長，千秋詞賦不稱貧。聞君饔底饒香雪，指點索嘗味可真？

曉看冰稼

連朝曉霧樸天昏，野色寒空澹欲渾。處處水條粧冷豔，枝枝露蘂帶輕繁。春前似動葳蕤鑰，雪後應迷玉女魂。浪說芳華瑤圃上，瓊田且喜在梁園。

感興

風砂日日撼天關，何事天涯去復還。到處兵戈纏毒霧，幾家樵牧哭荒山。危時只憶蕭曹業，大將終思衛霍顔。愧賦《長楊》無寸補，空餘兩鬢有霜斑。

涿鹿城南遇馬年丈

天涯道路日風塵，忽指官橋遇故人。爾愛江南山色好，我愁薊北羽書頻。鄉心共憶魂成夢，客袂難分酒入脣。莫聽《驪歌》輕折柳，相思留繫歲時春。

入都喜見陳居一年丈卽用居一韻

一别風塵歲早殘，重來猶記舊盟寒。龍津已分雌雄隔，詩社何緣主客歡。紫殿慚無《鸚鵡賦》，青山虚寄薜蘿冠。只今仙掌未零露，且向長安索米餐。

己未除夕

雪消風霽夜闌珊，鼓角聲悲興欲殘。不見星河千里外，虛依鶴禁五雲端。祠前太乙金膏冷，海上狼弧玉蘂寒。春色將隨斗柄轉，劇愁聊與卜朱丸。

除前一夕喜同倪武雙何龍友集姚孟長齋頭是夜余醉甚

帝城何處可銷愁，詩社琴尊集舊遊。喜見除書將易歲，翻憐去國幾驚秋。木天醉後星棲樹，林月飛來雁過樓。匣裏芙容曾記取，霜花試看可如鈎？

庚申元日時上久不親朝庚申

衣冠萬國呼嵩日，閶闔九重罷舞年。春色猶看宮柳嫩，荒烟誰報海烽纏。終童請效渾無計，賈傅憂時亦可憐。漫擬楊雄高羽獵，金門還自待朝天。時余候命在都。

入都之次日喜同袁小修金元甫丁仲暘集姚孟長齋頭〔一〕

秋殘黄葉憶辭君，到日梅花帶雪聞。可共西山遥作賦，先從北海試微醺。尊前勝友新兼舊，燭夢長談悲復欣。欲問帝城消息好，星光五夜燦氤氳。

春日入左掖門遇雪同倪武雙姚現聞陳弘景分賦

紫禁春濃曉暈開，瓊絲摇曳碧天來。初疑珮玉迷仙仗，漸似臨風亂早梅。上苑鶯寒驚雨澀，平沙雁冷憶霜回。只今共擬相如賦，寂寞金門滿繡苔。

寄若谷兄

春云暮矣苦思君，一雁南來似舊羣。到處看山成獨往，得將好句向誰聞？原前啼鳥魂堪斷，雨後匡牀夢乍分。蔬水何緣同愛日，加餐聊借寄慇懃。

送汪幼起南還婺源時有關中之役二首

撲天柳色草如油，送爾南征憶故洲。正是鶯眠梁苑月，誰堪客去武陵秋。青山驛擁星槎過，紫氣關啣虎旆浮。寄語華峯遥在望，仙莖玉露可曾收。

每依師社嘆無羣，馬首寧堪再送君。赤日簡書真可畏，故國兄弟幾相聞。秦關嶽樹雲初曉，遼海烽烟羽正紛。拙病憐余長寂寞，封書何處寄慇懃。

楊子正書來索新詩卻寄二首

一别玄亭草若何？傳來尺素似愁多。黄金不買相如賦，白石徒聞甯戚歌。塞上風塵雲黯黮，山中薜荔影婆娑。知君未老雙蓬鬢，看劍於今日幾過。

黄砂如霧海烽纏，客舍長吟意黯然。我自頻年驚白羽，君從何處問青蓮？懷人夢繞梁園賦，慮國憂深宋史編。不分壯遊還寂寞，中原好著祖生鞭。

寄題弄珠樓二首

青霞如鶩柳如雲，杳靄層樓海氣紛。定有鮫人織夜雨，豈無龍女試湘裙。潮懸疋練吴江渺，浪湧遺珠漢水分。我欲從君淩極浦，清簫一曲不堪聞。

鸞簫吹罷海天青，下有龍宫晝不扃。水上凝粧明玉女，樓頭雜珮出湘靈。鴛鴦溪暖雲如夢，鸚鵡洲深草似星。莫嘆遺珠成往事，風流還羨使君馨。

暑雨念東征將士

天戈東指旆如雲，六月團山寇尚紛。欲繫單于來塞下，終擒頡利報明君。登陴誰念烽烟苦，拔劍空憐夜雨聞。大賚應須酬死士，虞廷曲好奏南薰。

漢梁書來頗感時事卻寄四首

卻別春雲夢不銷，美人長憶隔江遥。芙容漠漠緑江冷，楊柳依依蘩路驕。八月鱸魚君自供，三韓羽檄我堪招。書來可記年時淚，洒向寒松葉未凋。

一葉金風木早秋，飛來鴻雁使人愁。相思欲寄藏山賦，多病難銷杞國憂。碧海寃魄血不盡，中原寡婦泣誰收。可憐表餌無長計，痛哭何須效楚囚。

烽火甘泉夜羽驚，慚余曳筆事承明。登樓每自懷王粲，慢世無緣學長卿。元老籌邊空隕涕，書生上策總馳名。妖氛未掃天河淨，安得挽來洗甲兵？

横雲山色晚如何，憶爾眠雲石上歌。看竹何緣同倚杖，封書忽到起沉疴。霜林履破苔文細，秋浦詩寒雁陣多。歲暮江南憂不盡，可能無恙寄烟蘿？

壽官暘谷年伯給諫二首

花滿夕垣晝漏清，碧梧枝老鳳孤鳴。一時諫草争傳頌，十歲省郎早著聲。柳暗薊門戈未減，烽經遼海血猶横。軍儲何計空如洗，好借訏謨壯請纓。

青鎖直聲滿帝都，鳴珂此日喜懸弧。指揮應見胡砂淨，談笑還期赤社扶。秋入花垣香雨豔，露淩仙掌日華殊。東來不散真人紫，早晚天書下鳳梧。

送别洪亨九督學越中二首

已自悲秋黯客情，秋風攜爾又孤征。美人南國初行步，才子西京早擅名。懷古休憐秦篆少，探奇須覓禹碑橫。山陰到日應思戴，可放扁舟棹晚晴。

天涯兄弟日相尋，岐路何堪此日心。君自能爲《鸚鵡賦》，我今愁作《水龍吟》。薊門秋暮霜林早，越海風高雁影深。獨有東南竹箭美，春雲發處好披襟。

何龍友以白石榴餉兒輩戲作柬之

顆顆清秋笑雨鮮，餉來兒子倍歡然。也知槎上移根至，共想枝頭帶雪妍。色並銀裳輕紛落，粒分玉齒亂星懸。感君好我多珍贈，可許啣杯摘樹圓？

落日望西山

積嶺如雲倚絳霄，遥看峯勢晚來朝。晴霞不散嵐成彩，落日平吞野似燒。拄笏每緣秋壑染，興歌總爲小山招。去年鶴鹿曾分地，松火何時老牧樵。

九日楊慕垣雷伯鱗沈達生蔡迪之及家若谷小集分得刪字

木落霜殘菊有斑，悲秋此日破愁顔。懷人乍聚他鄉好，作客常逢令節閒。雲裏征鴻銜月過，燈前叢桂映星彎。茱萸插遍不須憶，酒政詩章次第删。

冬夜招同葉虚舟錢公朗劉以弘蔡迪之小集分得豪字

時以弘别余之苕川

清狂豈必在山皋，偶向天涯集酒豪。有客能爲《鸚鵡賦》，無人解唱《鬱輪袍》。霜寒月白星初斂，木落參横雁正高。莫聽《驪歌》驚折柳，苕川何處醉雙螯。

寄懷崔饑仲茂才四首

木落霜飛水乍寒，懷人念爾滯河干。夙裁薜荔裳曾就，一望蒹葭露半殘。自古登臺遲郭隗，于今彈鋏老馮讙。春傳驛使珍相寄，爲道風塵行路難。

天外冥鴻飛不返，沙邊野鳥去何求？逢人到處成《孤憤》，聽我爲君歌《四愁》。塞嶺霜寒金馬動，邊關草落虎牙秋。徵兵符下多如雨，何事烽烟日未休？

曾向螭頭拜舞來，先皇遺詔總堪哀。南方已報金珠罷，北闕何時虎豹開。戎馬關山惟涕淚，風塵畫角獨登臺。鄉書未到多惆悵，憶爾清尊賦自裁。

開到梅花憶故人，封書聊寄一枝春。《長楊賦》就誰爲薦，《寶劍篇》成自有神。莫羨雲霄窮客路，番憐荷芰飽閒身。王孫近日多歸興，芳草天涯好自新。

題呂介孺斗園

寒泉如語樹如人，似斗爲園聊寄身。欲共閒雲常坐起，故將野鳥伴逡巡。呼來石丈都堪拜，種得芝糧總不貧。樵牧知君盟未厭，山公啓事更誰陳？

除夕遥同何龍友雷伯麟分得城字

不盡寒烟雪滿城，思君遥憶對孤清。梅花發處春將到，燈火殘時夢未成。遺詔堪悲龍馭遠，朝天重喜翠華明。自慚羽獵恩難報，指點星河斗乍横。

除歲

年年除歲滯京華，久客瞻雲倍憶家。鼓角空悲星影换，關河幾見雁行斜。雪殘薊塞將舒柳，春入武陵早種花。惆悵來時梟渚客，抽簪何日老晴霞。

辛酉元日早朝卽事是爲天啓元年辛酉

重暉曉色耀天關，喜近銅龍識聖顔。一葉初開堯莢曆，三朝總附史臣班。扇分雉尾雲如蓋，旗簇龍鱗日似環。祝罷嵩呼無一事，杞憂早願靖河山。

雪詩

淩風曳雨白如絲，墮滿長天疊滿枝。是處園林歸雁早，何人杯酒看花遲？棲龍岫冷烟仍在，殘月亭深影尚移。慚愧王恭仙氅客，揮毫猶有惠連詩。

辛酉歲以元夕立春前四日同何龍友諸子飲姚孟長邸中姚孟長命其次子瑞初侍坐

輕寒綵燕羽猶嬌，軟綠柔青到柳條。乍領年華當久客，忽看燈火逼元宵。尋常不厭人同醉，此夜翻憐汝見招。星聚可干天象動，西山春色擁霞標。

病中走筆柬楊濟之兼示姚孟長

未遭磨蠍常憐病，不信龍蛇獨悞人。白雪漸驚雙鬢短，青山早憶五湖春。雲中芝檢君曾就，石上木奴我自貧。寄語江南行路者，金臺流水總成塵。

送劉青岳太史出使四首

二月鳴騶出帝京，天書遥指大江横。一元曆數官重紀，萬國衣冠朔再更。沙漠經春雲似染，楊花帶雨草多晴。知君行處饒方畧，飛檄兼將絕域平。

東山才子舊名家，暫輟甘泉泛使槎。路指邊陲雙嶽古，詔從漢殿五雲賖。中天禮樂新傳制，属國十戈老建牙。此去安危多大計，須令重譯向中華。

碧蹄春草血猶腥，可記先朝雨露零？渤水于今横士馬，嵩山何以作藩屏？璽書色並霞光紫，文綺波連海市青。共道天王憂社稷，更傳太史勒碑銘。

四牡騑騑促去津，傳宣今日属詞臣。兩朝綸綍從天下，萬里烽烟裹地頻。東海波聲還自偃，北門花影故長春。歸來視艸遲吟步，可賦皇華獻紫宸。

寄答李季重先生三首

客居終日對西山，寄到新詩破客閒。芍藥空唫南國賦，梅花漸老故人顔。金臺月上雲如水，白紵亭深草似鬟。感慨知君情不盡，謫仙蹤跡幾時還？

書殘藜火夢遲遲，花滿高樓有所思。敢望龍門終在想，翻憐雪苑亦多時。五馬風流仙珮迥，千秋詞賦錦囊垂。只今尺素郵相寄，倘許侯芭問字奇。

江南日暮水如何，可憶蒹葭白霞歌？我自懷人愁雨雪，君今爲守慎風波。楊花飛處魂難定，木葉寒時雁未過。寄語天涯同努力，莫因别恨老蹉跎。

次諸館丈四支六魚韻問倪武雙病

窮愁送盡猶憐病，詞賦工來不救癡。我自逢人悲客路，君從何處慰支頤？翠微春染山如黛，平楚烟迷柳欲絲。藜杖風前能强起，鶯鳴谷口又多時。

終日離羣嘆索居，别來詩律費躊躕。多情未許逃禪戒，消渴猶傳賦子虚。夢煖鴛鴦春不到，花殘荳蔻蕊全疏。知君猶有高陽興，杯酒何緣更對予！時武雙〔一〕新納燕姬，以病未成歡。

春夜同雷伯鱗潘稚恭過彭山公齋分得八齊

纖林月上正烏棲，酌酒從君話夜齊。品到雲山應入夢，拈來詞賦總堪題。學顛也自呼瓶丈，佯醉何顔問竹溪。莫道武昌魚不美，接䍦已倒曙星低。

是夜伯鱗山公稚恭復過余齋分得八庚

主客何妨夜遞更，長談深見古人情。已將伯雅分賢聖，更指黄姑射雨晴。梅蕊春寒疑帶雪，鶯巢夢暖不聞笙。卻憐小史歌紅怨，拚倒明河爲汝傾。

送劉希佩南還

桃花千尺水如雲，送爾天南去住分。才子名高《鸚鵡賦》，家聲人在鳳凰羣。山啣瀑布迎仙棹，樹擁金臺背晚曛。客路休愁耽寂寞，鳴鶯弱柳正堪聞。

喜雨館課

一望魚龍鱗起處，甘霖搖曳自天來。經枝梅蕊紅全綻，過隴麥岐緑漸回。石燕應兼春燕舞，山雲還共水雲開。深宫昨夜聞祈禱，風雨年年護玉臺。

上巳後一日同何龍友金元甫陳居一丁天行補修禊詩分得陵字

爲客風塵苦自憎，年來修禊望清澄。歲時令節還驚後，老大春愁轉見增。乳燕鳴鳩閒白日，飛花落絮舞青燈。亳東舊有流觴地，碧照堂前號武陵。宋城東武陵驛有照碧堂。

喜彭君宣入都君宣才士淪落二十年始奉恩詔選舉頗爲感嘆三首

悔不從君射虎頭，羈棲愧爾在河洲。風塵我自悲行路，日月誰堪老壯遊。客裏楊花飛欲盡，天邊芳草夢難收。相逢乍喜還成嘆，駿骨年來未可求。

落魄窮途二十年，彈冠日日憶彭宣。一時姓字驚相向，何處風流不可憐。逸興還飛梁苑雪，深情遥繫武陵烟。即今天子初登儁，佇聽長楊賦早傳。

如雲烽火徹燕關，愁向君懷一破顔。絕調文高《鸚鵡賦》，憂時淚染鷓鴣班。頻年悮國悲元老，何日歸家憶小山。薊酒沽來須盡醉，倦飛林鳥應知還。

同何龍友諸子登海岱亭子時余頗懷歸志

河邊亭子帝城隈，暇日登臨載酒來。有客同時唫芍藥，何人吹笛亂江梅。驚心柳幕官橋暗，恨血鶯啼草夢迴。多難羈栖無寸補，不如高臥在平臺。

步魏仲雪韻送別金雙南年丈奉使還檇李

天涯作客正消魂，送別何堪落日吞。雨雪經年疏雁信，烽烟到處隔龍門。能詩自奏房中樂，于役偏憐江上村。記取横塘秋色好，慇懃相憶晚燒痕。

雷伯鱗行次復索七言近體爲別率有此贈

日日風前別故人，天涯與子更沾巾。頻年命酒多遺佩，何處看花不問津。鈴閣仙班推玉筍，瀛洲詩社媿東鄰。只今欲作臨岐贈，一曲驪歌獨愴神。

送曹鏡玉廷尉奉使之秦中兼訪秦帖

關中舊日豪華地，送爾西遊勝事偏。才自波寒分藻鏡，人如玉暖出藍田。看山不散秦宮月，倚樹時低漢井烟。聞道長安多墨本，煩君遥爲寄鴻傳。

贈別方孩未侍御

一天鼓角燕關動，萬里烽烟薊塞秋。多事驚心堪涕淚，羈栖愧爾慢登樓。尺書到處雲生色，繡斧臨邊雨洗愁。聞道邊陲無定守，急圖方畧借前籌。

種竹

郤取琅玕十萬枝，閒栽小院自唫詩。一時風雨深相護，癖性烟霞老正宜。秋色空亭銜碧草，天涯芳草夢歸遲。故園修竹今何似，尺素遥傳有所思。

余嘗有栽竹詩示魏仲雪不及姚孟長孟長見而恨之貽書責問率作奉答

僻性爲園竹亦□，裁詩日日似清秋。偶然掃逕從羊仲，不信開門到子猷。鳳吹聲高月裏度，雲鬟影暗雨中收。貽書未問平安報，爲道琅玕起暮愁。

恭謁長陵

長陵露下樹高軒，遥望蓬萊隔殿門。地自中原分項背，天留北極鎮乾坤。千年松果祥雲護，一代山靈紫氣屯。最憶平沙坡上月，至今猶照舊崑崙。

恭謁昭陵

九龍池草碧如皫，黄葉丹楓是處聞。鸞使不傳天上信，嵩封還見古時雲。當年素幔歸流水，此日秋風起雁羣。野老相看俱涕淚，鼎湖昇後事紛紛。

恭謁定陵

遙瞻宫殿鬱佳哉，秋壑秋風萬里來。不斷雲烟歸石岫，何時弓影暗蒿萊。松篁雨下聞天樂，澗道晴寒響夜雷。國事只今多歷亂，可能無憶楚江才？

恭謁慶陵

雨霽寒山白霧稠，藏靈新向碧峯頭。九天日月還重朗，卒歲園陵兩送秋。玉輦無因烟繞殿，金華尚記曉侵樓。明禋未必能將享，猶效嵩呼祝冕旒。

夜宿昭陵與蕭伯懋先生及趙守真年丈話雨

今夜寒生萬樹秋，與君危坐不勝愁。青山是處迷丹旐，白雁何時返暮洲。雲外鐘聲兼雨濕，天中星影暗河流。只疑滄海多閒侶，欲向前溪理釣鈎。

送別劉敬仲年丈予假還里兼書往懷及近事八首

十月寒霜去雁稠，相思送爾在河洲。卽看梟鷺新成侶，卻爲蓴鱸早憶秋。梁苑雪深書不至，叢臺葉落雨堪愁。共知萍梗悲難定，岐路風塵日未休。

登樓何處不堪哀，落日烽烟萬里來。已自懷人長病酒，那堪送客復啣杯。霜殘竹逕黄花老，雪暖江梅紫暈開。賦就藏山誰共隱，知君先到白雲隈。

早向人間悟息機，董公陂上試初衣。穿雲漫數山峯秀，倚杖遙看水勢肥。絕塞兵戈終不靜，他鄉魚鳥慙相依。憑將啓事爲誰報，澗草巖花有是非。

雲霄才子舊知名，啓部人高冰鑑聲。共指龍門雙在御，忽看雁影兩分程。崑崙南下青山繞，碣石北開紫氣横。歲暮中原多悵望，歸來仔細問巖耕。

連朝烽燧到燕關，河上征車半不還。豈有熊羆歸帥府，空勞輸輓在民間。荒原野哭青春老，絕域人愁白日殷。正憶安危無可報，且將雙鬢早投閒。

曾憶先朝拜舞餘，一時雨露見除書。東山日下蒲輪詔，北闕喧傳駟馬車。屬國不聞歸塞上，司農無計免穹廬。夜來天語垂清問，宵旰勞勞憂未紓。

埋輪今日氣堪多，隕涕黄臺抱蔓歌。不爲直臣旌折檻，翻傳保姆賜鳴珂。天王終自稱名聖，近侍無勞可奈何？最憶江鄉魚鱠好，諸君直得老烟蘿。

舊傳雙劍化龍津，今日分飛不具陳。夢去天涯同作客，醒來明月獨愁人。薊門柳色經霜盡，菟苑梅花帶雪頻。我亦有家歸未得，因君卻寄五湖春。

憶雷伯鱗

霜滿關河雪滿城，羈栖愧爾問巖耕。白雲遶處烽還見，黄犢歸時月正横。巴蜀頻年思解戍，渝州今日尚煩兵。傳來尺素隨征雁，何處間關滯客程。

大雪病臥張見可楊濟之館丈見過

歲暮鄉心不自聊，卻從杯酒共君銷。風前尚憶江鴻亂，雪裏還愁桂樹遥。玄草無勞遲問字，美人若爲發長謠。别來梁苑虚相約，白鶴而今未可招。

寄上李季重先生兼示惲道生

江天雲渺意何如，望裏征鴻到故廬。卻憶風流淹五馬，還將錦字寄雙魚。青山老我悲行路，白雪傳君賦子虛。最是懷人多寂寞，可堪有客嘆無車！

歲暮同何稚孝先生及姚孟長張叔載魏仲雪楊濟之諸年丈小集分賦得蕭字

歲暮寒亭雪未消，興來杯酒對君饒。共看天上星文聚，不赴淮南隱士招。臘後竹枝霜冉冉，春前燈火夜蕭蕭。梁園授簡今猶在，寄語江鴻莫寂寥。

雨雪壬戌

連朝雨雪愁逢歲，今日陰寒喜放晴。北地風塵真可怪，西川鼙鼓亦堪驚。憂時無策空流涕，報國何人欲請纓！最憶鄉園梅樹發，春來一夢不曾成。

邊警

終年征調守河西，此日驚聞亂鼓鼙。未有將軍殊死戰，空教塞馬又長嘶。青燐黯淡兵宵遁，白骨縱横烏夜啼。寄語臨邊王節度，士民猶自望雲霓。

昔年已哭黔南戍，今日重悲鎮武城。正憶嫖姚新事業，虚傳司馬舊威名。空山沙起常如雨，鬼火陰寒未放晴。流涕何人謀國事，海天無處不縱横。

不盡高烽火似雲，榆關今日事紛紛。書生總獻丸泥策，諸將休譚露布文。三鎮風聲驚草木，千家野哭憶耕耘。神京定鼎非容易，往事還傷虎豹羣。

憂天無事不堪哀，警報新從海上來。巴蜀尚煩司馬諭，薊門莫令羽書催。頻年帑藏供沙漠，此日烽烟動草萊。愧殺西平羅副將，忠魂常自繞燕臺。

夜過張叔載年丈讀所爲邊警詩感時憂事率爾成和四首

憂天恨不請長纓，永夜蕭齋無限情。河朔于今爲異域，薊門何計奠神京？一時諸將魂難起，三歲屯田事未成。可惜籌邊高憲使，春風回首淚縱横。

徵兵何事更紛紛，流涕西山寇盜聞。未及榆關終是夢，已亡巴蜀尚無軍。風烟到處黄砂暗，烽火愁時白日殷。方畧不傳充國去，誰將一劍答明君！

傷心日日賦《登樓》，聽爾哀歌續《四愁》。欲向風塵歸故里，不堪戎馬暗神州。金錢歲入渾難計，鎖鑰朝傳尚有求。辛苦先朝張相國，于今零落楚江秋。

何事杜陵哭野老，劇愁多難自于今。憂時未有籌邊策，拙病空爲抱膝吟。塞上風霜遲柳嫩，閣前雨雪變春陰。年來縱酒長謀醉，欲賦郊居早謝簪。

蔡迪之從余論詩有作見贈輙書以答

卒歲風塵興欲闌，偶依硯北寄微官。勞君問字虛相向，嘆我唫詩北更難。天上文星逐夜聚，牀頭寶劍發光寒。年來怕入香山社，呼作白家老婢看。

午日齋居文文起姚孟長兩館丈見過

天涯此日更齋居，客子來談亦快予。漫試蒲觴三逕小，偶同鶴夢一牕虛。蟾蜍不改歲時記，鸜鵒還知風土除。獨有楚臣堪涕淚，于今擬上獄中書。

偶覓靜竹齋稿不得後數日于敗簏内檢出甚慰有作

詩癖年來性已成，孤吟日日向愁生。偶從稿本書遺記，忽訝清齋失舊盟。廚裹長康猶有畫，竹間老鶴獨無聲。如何敗簏能相護，爲爾一銷萬古情。

余既得靜竹稿爲詩示金雙南知之輒蒙見和復用前韻以答

多病吟詩悔未成，拾來殘簡興還生。輸君自和陽春調，媿我仍尋靜竹盟。梁苑雪深宜載酒，鴛湖雨漲可聞聲？何時共結白蓮社，不盡當年主客情。

再用前韻答金雙南問病

學賦十年病不成，支離今始學尊生。沉疴未厭龍蛇忌，小隱常懷鹿豕盟。夢入名山閒屐齒，彈來流水靜琴聲。多君强起能相問，好我深憐下榻情。

余嘗柬金雙南即事中有坐深竹下聽松聲之句雙南戲拈前韻令余足成爲詩余笑應之

坐深竹下聽松聲，雲水遥看及此盟。已破青苔爲客掃，更邀明月照人生。龍吟欲起絃初就，蟹眼纔消茶未成。多病不堪時跨馬，惟應詩酒共君情。

坐雨聽竹聲甚佳詩以醻之

細雨清齋薄霧寒，吟詩手洗碧琅玕。誰能復作瀟湘夢，我自同于沆瀣餐。秋色一庭垂玉露，濤聲萬樹倚闌干。西山爽氣今何似，好取烟雲畫壁看。

新雨竹下柬金雙南

裁書只報竹平安，細雨朝來滴翠寒。偏有西山閒倚杖，都將小草供扶冠。臨風似覺湘靈語，裛露遥同鳳實看。老我終爲滄海客，君今何處詠琅玕？

園居休夏稍遂官閒讀友人示我詩欣然有會倚韻和之四首

偶隨潘岳賦閒居，長夏高齋讀我書。欲倩白雲供點綴，惟將綠竹對躊躇。籬邊鳥下晴花外，石上苔斑細雨餘。未解摻琴能畫壁，摹來五岳足停車。

拙癖爲園處處深，閒風閒雨夢關心。但令花好能舖逕，便覺城居亦在林。幾樹嵐光含遠照，一溪草色淡輕陰。故人差有藏山興，爲寄新篇伴我吟。

不須更著遊山屐，課報平安日正遲。古木修藤惟任意，啼鳩語燕亦多時。著書差喜虞卿傳，感遇常懷正字詩。疏懶年來真習靜，長吟未許世人知。

長安客舍無多歲，亂去兵戈已四年。且卜閒園修竹徑，暫扶短杖就花天。憂時未敢學爲圃，避世何能續草玄？近日榆關烽火息，看雲又在碧山邊。

遂園詩集　卷之八 七言律之二

重遊西山

兩度看山已四年，重來非復舊山泉。崩崖樹老俱成石，絕頂峯高更有天。鐘磬不聞僧臘古，烟霞只覺鳥聲便。何須異日完婚嫁，早向松巢覓午眠。

夢與彭幼鄰談詩□□疑有怪事

聞君多病更多愁，此夜相看淚不收。伏枕何來遊子夢，談詩只似故園秋。衣寒露坐星低戶，燭暗霄吟雁過樓。十載青雲常結社，萍蹤南北日悠悠。

送別劉季龍還蜀二首

秋風一葉隨江干，送爾悲歌行路難。未有五丁開蜀道，虛勞千騎出長安。錦溪花暗官用少，玉臺山荒野店寒。今日歸人多別恨，可憐明月客中看。

戎車十萬下渝州，即到岷江據上遊。馬向官橋逢旅雁，村憐雨舍聽鳴鳩。登樓有賦懷王粲，看竹何人憶子猷。此去成都應問卜，客星未許久淹留。

次韻答金雙南問余遊西山

別君偶入水雲鄉，一杖蕭然過石梁。豈有仙緣分雪乳，空勞飛羽動霞觴。泉聲不住鯨音壯，樹色交通鶴夢長。今日西遊殊汗漫，攜將嵐翠滿詩囊。

秋日飲韓管涔年丈西署

悲秋日日憶江干，今日清齋倚暮寒。乍向園亭聽鳥語，閒將圖史對花看。蟬聲不動晴雲緲，樹影遙分碧露溥。何事荊州相識淺，可容明日更盤桓。

送別湯平子年丈出守豫章

鴻雁紛紛翼正乖，秋風送爾又天涯。豫章自古稱名郡，客路于今亦苦懷。寇盜一時連蜀楚，烽烟萬里動江淮。莫言五馬嵩城貴，須使春行避虎豺。

送別姚孟長三首時有鄒滕之亂

客居終日憶尊鱸，又見西風雁影孤。我始欲愁裁別賦，誰當相念老窮途。榆關戎馬還堪涕，魯國烽烟亦可虞。此去應愁知己盡，隨君秋夢到姑蘇。

萬里懷人正寂寥，那堪別爾復魂銷。多愁應識驪歌苦，不飲其如客路遙。馬到吳門横疋練，柳依隋苑挽長條。相思莫厭書頻寄，猿鶴山中許見招。

君行將母到庭幃，我望白雲遶舍飛。久客風塵心自厭，他鄉魚鳥願相違。疏狂縱酒多成病，慚愧移文不見譏。近日山東豺虎亂，故園猶恐未能歸。

秋暮有懷東練君豫

天涯兄弟老離羣，落日西風乍憶君。看竹不曾成一醉，談詩可許更相聞？白雲宿處松巢晚，黃葉飛時雁影分。我自悲秋思獨往，何人重爲賦移文？

獨客

西風黄葉紛紛落，獨客他鄉不奈愁。叢菊何時當見訊，哀鴻無伴正相求。山城日下寒砧急，野樹霜殘古寺秋。烽火連年驚滿地，長安未可久淹留。

九日憶故園

悲秋無處不傷神，又見黄花似故人。客邸幾經鴻雁過，天涯遥繫歲時頻。夢來白社春前酒，老去青山病裹身。今日風流思往事，高臺别恨不堪陳。

是夜張聖標張裹夷攜酒過訪竹下復成此詩

懷人落日正秋斜，訪我勞君送酒賒。敢道蒹葭依白露，聊將竹葉當黄花。睥睨月上鳥初斂，砧杵鳳高雁不譁。共補龍山重九會，座中誰可如孟嘉？

送周玉繩宮允予假省親

寥落羈懷獨此身，登山臨水送歸人。綵衣白舞江南雪，烽火猶懸薊北春。漢室中興勞聖主，商巖啓沃在詞臣。知君夢繞承明舍，早奉潘輿拜紫宸。

白髮

多愁衰病已成翁，白髮蕭蕭嘆轉蓬。老我恐將名字累，爲官真覺道途窮。長卿慢世身先達，賈誼憂時策未工。竊祿年來無寸補，不如歸去趁秋鴻。

張燦衡侍御素不識面甚愛余詩至云讀之忘寐一日惠示新篇屬練君豫年丈介紹焉期得一見爲快燦老顛倒于我者至矣顧余鄙拙實媿深情感懷知己走筆賦謝

玄亭老我似書淫，偶賦閒居愜素心。豈有詩篇堪諷咏，空將名姓費招尋。孤懷漫憶雌雄劍，拙病慚爲主客吟。寂寞當年歌白雪，文章交道自于今。

寄題何稚孝先生荷墅别業

層峯疊樹鬱如雲，荷墅之中山氣紛。隔岸漁烟飛白鷺，遥天帆影挂晴曛。主人自有郊居賦，佳客誰爲求仲羣？老我江湖興不淺，蓮花詩社可相聞。

鏡山園

鏡山園子萬山旁，紫帽金釵列雁行。雲起不消峯罨畫，溪流時見鳥迴翔。閒穿竹塢分苔逕，卻聽松風度石梁。自古鑑湖多逸興，好將漁笛問滄浪。

答吴鹿友侍御二首

十年菽苑識名流，今日龍門喜見收。媿我疏狂非曼倩，多君高雅似荊州。絃歌舊沸春城滿，白簡新寒御陛秋。卻憶烏臺焚草罷，鶯鳴何意更相求！

寂寥白雪嘆孤吟，往復新詩意獨深。風格終須存漢魏，聲華未可讓高岑。青山漫寄千秋興，黄鵠常懷萬里心。此日才名誰許及，不將隻字比南金。

感事二首

歲暮天涯計轉疏，蕭條歸思渺愁予。梅花只發江南夢，鴻雁不傳薊北書。多事驚心常扶枕，懷人作賦少閒居。年來苦畏繁霜到，白雪如今已上梳。

十年豺虎嘆縱橫，此日洶傳亂已成。梁碭之間應苦盜，淮徐何處可無兵？書生未上金城畧，大將空思細柳營。多難羈棲惟碌碌，抽簪真媿古人情。

蘇文默將別之夕復索七言近體爲贈是夕文默期余遊嵩少率有此作

聞道嵩峯三十六，君歸能待我同遊。看花好作石山記，入室翻憐客夢愁。啓事何年勞冰鑑，還家今日想風流。臨岐未有琅玕贈，一曲《驪歌》不可留。

冬日竹齋期許金吾看梅不至

偷臘春光已自生，故人不至正含情。疏梅未老山中色，細竹紛吹雪裏聲。歲暮羈愁還伏枕，天涯生事但飄萍。開尊自索巡簷笑，寒夜思君夢未成。

除歲

風塵又見歲華終，生計蕭條嘆轉蓬。未有涓埃酬聖主，虚將詞賦老終童。梁園竹雪都無恙，遼海烽烟尚未通。多病愁時常伏枕，明朝慚愧效呼嵩。

癸亥元日早朝癸亥　先是陜淮河清，禹州鳳凰見。

九苞鳳彩銜符日，萬里河清紀瑞年。曆數中興元聖主，歲時法從愧才賢。天開曉露仙輿迴，雲擁丹墀玉佩懸。淮海卽今烽火罷，承恩早擬奏甘泉。

正月十一日取西山卓錫泉水到李元鎮曹鏡玉見過分得天字

久别西山夢寐懸，今宵客到煑山泉。共知卓錫峯腰路，疑生寒濤洞裏天。燒燭檢書殊率爾，舉杯邀月正陶然。春來頗憶成茶竈，欲就雲林結淨緣。

又更字

讀詩酌酒坐深更，竹月娟娟靜不鳴。丘壑終將從我老，文章竟欲讓時名。中原事業推曹植，江左風流在步兵。獨有東山李太白，揮毫烟雨使人驚。

春日魏仲雪書來有詩見憶卻寄兼乞雨花臺石子

寄爾新詩手自裁，琅玕無恙此銜杯。聽泉兼有看山興，侍草全非作賦才。南國書來方臥病，東江客去久無梅。故人不惜扶笻健，爲報寒花向我開。

正月晦前一日大雪曹元父曹鏡玉李元鎮集竹齋小酌分得夫字元父精書畫

閉門長自著潛夫，恰又春寒雪載途。有客乘舟能訪戴，何人命酒不呼盧。尋梅愛與爭香艷，看竹聊同試醉扶。他日袁安仍伏枕，乞君畫作臥雲圖。

兩訪張法幢不遇詩以柬之

天涯何處訪行蹤，欲到白雲路萬重。芳樹惟聞鳥雀下，空堦似有莓苔封。敢將題鳳留名姓，只許爲巢伴菊松。可奈懷人風雨夜，他時尊酒日相從。

春夜曹元父張法幢諸友人約集許金吾集鳳堂余適與他客看竹不赴遙分得交字

雪後春晴竹亂交，横斜烟靄覆雲梢。只緣愛客分三逕，未許來儀振九苞。好月窺人花掩砌，明河在户鳥驚巢。諸公不淺啣杯興，自向寒庭賦《解嘲》。

許金吾以探春花見貽賦謝

薊北春寒花事稀，青樽忽見蚤花飛。誰將素蕊粧枝豔，更帶餘香綻兩肥。風信欲來先舞蝶，霜華已過尚沾衣。多君贈我瓊瑶種，爲報還賡白雪詩。

贈吴于逵

虯髯紫面者誰子，落魄窮途似馬周。俠氣真能低北斗，雄才亦可附吴鈎。明時聊共韓康隱，浪跡如同季子遊。多病憐余常伏枕，新詩贈爾莫輕投。

獨酌

偶對名花獨酌酒，卻憐明月更吟詩。月緣雲破窺窗早，花爲春寒蕊放遲。永夜懷人風雨集，多愁老我歲時知。武陵水驛今何似，雪盡鴻歸有所思。

寄答姚孟長

遙傳尺素隔江天，野樹閒雲意渺然。念爾吴門饒酒賦，愁余薊塞老烽烟。梅花尚記春前約，月影何當別後圓。便欲歸家同泛宅，輕舟長繫五湖邊。

寄崔饑仲

病裏緘書寄故人，風花無恙武陵春。愁將落日眠芳草，卻憶長河下錦鱗。白石還招甯戚隱，青山莫厭戴符貧。歸來欲共漁樵侶，多難烽烟一愴神。

出郭見新柳

長安三月柳如金，纔放新芽只數尋。嫩綠遥分陂上麥，柔青乍繫隴頭禽。鶯寒尚未遷喬木，花少真疑隔遠林。聞道隋堤烟雨勝，何時返棹就春陰？

夜集陳子黼齋聽瞿玄亮談鮒魚之美因戲拈子美句云當令美味入吾脣輒成此詩

當令美味入吾脣，雪片銀羨四月新。夢到江南春又晚，愁來薊北食常貧。蜂寒未見花鬚展，鶯澀無勞柳浪頻。安得軍持長載酒，輕舠攜爾問漁津。

贈別蕭季馨大將軍鎮守徐州

朔方老將舊知名，今日登壇眾不驚。曾縛名王歸禁旅，俱推廉頗是長城。淮徐地險分南北，黔蜀兵多幾戰爭。願借金城方略上，榆關烽火尚縱橫。

招李元鎮練君豫看花

此地春深似武陵，棠花三月錦霞蒸。兼看玉李横枝綴，只道佳人綵袖承。蜂罥遊絲爭蘂蕊，鳥翻落瓣故穿藤。君來好共莓苔坐，風雨明朝恐未能。

斜暉

五月寒風吹我衣，亂雲急雨送斜暉。誰家砧杵偏相聒，客子關山尚未歸。北地砂深叢桂少，南湖草盛鱖魚肥。何爲不去耽微禄，陟屺無言淚可揮。

感懷六首

歷落谿來可笑人，偶將牛馬寄閒身。浮雲出岫原無定，老鶴鳴皋自有神。恥學楊雄陳羽獵，將從張翰憶鱸蓴。江州亦是行遊地，癡殺青衫墮淚頻。

買山須買桃源洞，乘水休乘海上槎。海上風濤不可渡，桃源花樹自爲家。鷓鴣聲斷桐陰合，蘆荻秋深雁影斜。人世窮途那得免，飢寒萍梗各天涯。

西川羽檄正紛紛，幕外風傳有異聞。底事藩邦輕易主，早知帥府不成軍。波濤恐撼榆關動，金鼓還愁海道分。上谷諸山皆險絕，莫教偷入虎狼羣。

塞風獵獵白烏鳴，五月陰寒狐晝驚。插羽頻年勞遠戍，籌邊無計築長城。書生漫襲和戎策，大將虛傳說劍名。安得金雞重放赦，登壇司馬震先聲。

幽居事事愜長吟，憔悴風霜淚溼襟。多病惟思千日酒，感時虛負百年心。陳留阮瑀還能賦，譙國嵇康本好琴〔一〕。跨馬欲行成獨笑，何須垂老始投林。

高樓百尺臥元龍，暖眼常存怪石供。率爾行吟堪自廢，偶然小飲亦從容。孤雲欲度依山鳥，曲水閒流傍舍松。何事燕臺看買駿，可憐死骨也無蹤。

【校記】

〔一〕『譙』，底本作『醮』，誤。《晉書・嵇康傳》：『嵇康字叔夜，譙國銍人也。』據以改。

余乞差不得李元鎮將理歸裝有詩見貽走筆奉答二首

風塵日日憶歸歟，客舍相從慰起居。念爾先爲江上使，愁予尚滯武陵漁。洞庭波下青楓晚，嵩室雲高碧落虛。寄到新詩驕已甚，它年五嶽定何如！

生平豪氣不能除，手摘星辰讀素書。華髮偶爲人事悞，青山終與世情疏。亂雲古竹微開逕，細雨寒皋自荷鉏。遲爾梁園三月去，黄花秋老雁來初。

張息六奉使將出都門索一言爲贈率書與之

俱在異鄉爲客久，君歸大陸我留燕。憂時繞可依吾土，將母無勞頌獨賢。玉節親承英簜曉，琅丞遥啓日星懸。皇華有賦應難並，慚愧躉朝亦贈鞭。

再送友人

三年兩度送君歸，臨水登山落日微。官柳無情還折贈，片雲何意且孤飛。批鱗自昔推青鎖，愛日于今豔綵衣。老我風塵常作客，秋園早晚下晨扉。

秋前一日同友人飲竹下乘月復步至張聖標寓卽席談詩有述

只合長年對此君，捋青戛綠醉氤氳。客來試與莓苔坐，秋至還驚木葉紛。明月當空新雨霽，微風帶漏遠郊聞。懷人卻過張平子，莫唱愁歌起雁羣。

秋晚

悲秋長是憶秋歸，搖落西風下晚暉。幾處寒花愁黯淡，一時鴻雁競紛飛。笳聲厭並簫聲奏，華髮爭如白髮稀。拚作南湖漁父長，蕭蕭紅葉點人衣。

中秋

一年好月還今夜，五載京華亦浪遊。兔魄長看天上滿，蟾光不照世間愁。征鴻未度梁園雪，落葉時聞薊塞秋。我欲從風通漢外，仙槎無路事悠悠。

聞雁

秋風秋雨雁紛紛，無那羈愁入夜聞。不似寒碪聲歷亂，如將落葉影紛紜。盤江路險書難寄，雪苑人歸夢易分。老我燕山頻見訊，恨無羽翼可同羣。

送王損仲開府山東二首

中丞斧鉞下青冥，節制如山激迅霆。瀚海樓船歸指顧，乾坤風雨失精靈。文章久擅藏山賦，事業今看勒石銘。若到東峯頻悵望，中原紫氣正亭亭。

岱嶽登臨亦快哉，秋風萬里到蓬萊。輕身天外孤鴻去，搔首吳門疋練迴。近壘烽烟猶未淨，經年杼軸總堪哀。保釐須憶東郊事，作賦兼稱大夫才。

送別朱道子按滇南

豸冠使者下滇南，白日飛霜落劍鐔。莫謂天高裁尺五，須知芧賦亦朝三。兵戈已失江湖險，道路何愁歲月擔。漢史從來清似水，早將逸興寄幽探。

寄王在林備兵井陘其弟象林爲余年友屬寄以詩

僻性閒居合在林，遥看棨戟正蕭森。龍驤自擁三軍節，鴻鵠何勞萬里心。紫塞烽烟煩指畫，彤庭日色漫浮沉。君家小陸相知久，寄語秋風老劍鐔。

望諸陵

高秋黄葉未全凋，松柏滿山鬱寂寥。王氣猶疑弓劍曉，寒原深鎖歲時遥。當年銕馬趨何處，此日白雲不可招。唯有山峯千萬載，青青早晚自來朝。

登陵後山峯絶頂

崚嶒霄漢萬山浮，落日登臨到上頭。大漠風烟蒼莽莽，諸陵雲氣鬱修修。天迴絶塞依孤嶂，地擁神京據上游。聖祖貽謀垂不朽，我來長此眺清秋。

九龍池

九龍池上九龍舟，龍去何年池上秋。霜木蕭蕭霞石下，山禽戚戚向人愁。翠華空自閒馳道，野草都將點碧流。白髮先朝老內史，可憐到處說宸遊。

柬張聖標都督乞菊數種供小齋竹下

連年種竹頗宜人，搖落清秋共主賓。只少黄花爲伴侣，卻看紫蟹正逡巡。霜深日憶寒香發，雁去時勞客夢頻。君住長安饒逸興，豐臺何處可相詢？豐臺出名菊。

喜金雙南年丈至

客秋猶記雁來時，臨水登山送所思。今日相看還似故，他鄉且喜共言詩。談心終欲留巖壑，卜築何當種玉芝。滿目風塵堪雪涕，如君大雅亦吾師。

再别吳鹿友

可是維揚第一人？乘驄兼不愧埋輪。偶思老母方無恙，便向君王乞此身。客路風霜隨指顧，家山橘柚伴清貧。將行欲贈繞朝策，一曲《驪歌》漫愴神。

寄雲龕宗侯

聞君招隱似淮南，桂樹叢生山有嵐。只厭風塵成獨往，長將雲龕供幽探。太行秋盡歸鴻少，片石天荒落照涵。我本梁王園内客，何時投簡佐餘酣。

感遇

疏狂只合隱南湖，牢落風塵一病夫。玩世誰知青白眼，餘生且任馬牛呼。山中老鶴招還在，天上真龍畫自殊。寄語悠悠行路者，蕭然天地有吾徒。

書十月十七日近事

何時紈袴罷登壇，竟有諸軍侮豸冠。烽火不聞清海角，健兒只可横長安。流離誰念僉丁苦，搜括應知餉士難。多事驚心豺虎亂，南歸莫犯雪霜寒。

竹雪

長吟日日倚嬋娟，竹底清風漱玉泉。偶爾輕盈添雪豔，猶如婀娜帶花妍。寒枝片片俱飛蝶，凍葉蕭蕭共晚烟。我欲題詩無一語，終朝相對自留連。

對雪憶彭幼鄰

曾同雪苑看飛花，今日花飛客路賒。恰似屋梁還落月，遥知雁影在平沙。青山久作樵漁長，白社誰稱詞賦家。十載封書猶未達，可憐蕭瑟送年華。

雪中金雙南年丈見過

高齋伏枕似袁安，有客乘舟訪戴難。敢謂相思勞命駕，猥承同調許彈冠。茶經稍試松風過，詩品終當水月觀。十載論交常落寞，如君正可共清懽。

喜彭幼鄰至兼示惲道生

每吟白雲憶丰神，雪裏誰知到故人。幾載相思梁苑月，一時同客帝城春。花殘乍喜寒梅放，霜冷無勞去雁頻。狂發且呼燕市酒，浮蹤不定各風塵。

南發留別長安諸知己

衡寒恰似雁南征，驛路風霜戒此行。便欲乞身爲老計，不堪回首動離情。燕山雪滿雲垂麓，梁苑春深柳近城。若使相思勞寄語，殷勤莫負此君盟。

寄懷錢抑之太史

京華一隔故人歡，再歲相思道路難。我自慚爲蒼頡史，君今莫戀紫霞餐。梁園雪盡驚春早，楚國江深度雁寒。此去萍蹤真不定，遥將尺素寄吟壇。

每讀新詩一放歌，東山高卧竟如何？懷人無計遲鴻雁，老我應知在薜蘿。絳帳傳經堪自笑，青燈俛首已沉疴。悠悠歲暮嗟行役，遠道無因載酒過。

留别片石軒竹林

片石軒前竹數竿，清修曾共倚巑岏。風來醉葉時成笑，露下雲稍夢亦寒。燕市何年還結社，梁園此去且彈冠。慇懃澆汝一杯酒，莫道雪霜行路難。

留别張聖標司隸

雁盡衡陽尚遠征，别君真憶歲寒盟。文章俱可稱才子，脱署那言是老兵。執法何人還破柱，憂時無淚請長纓。湖山此去堪消遣，其奈啣愁望帝京。

再別張聖標

十載論詩媿未工，曾無奇字問楊雄。卻於燕市逢君飲，始信騷壇有國風。歲暮關河雲淰淰，天涯雨雪日戎戎。如何一別成南北，痛哭真憐阮籍窮。

雪中留滯都門不得發走筆柬金雙南年丈

歸心及早似飄蓬，留滯那堪老桂叢。雨雪自憐逢歲暮，風塵誰問扼途窮。湘江日落還封橘，梁苑春迴已斷鴻。聞道玄亭多賦草，一時客恨可相同？

余曾有數詩投張聖標聖標屢和未就復此促之

棲遲尚復戀長安，偃蹇今知吾道難。自爲青山頻入夢，何勞白眼對相看。薊門日暮笳聲冷，巫峽風高雁影寒。聞說張衡愁欲絕，新詩遮莫比琅玕。

偶述

不分楊雄著《反騷》，兼羞曲唱《鬱輪袍》。青山蘿薜終吾事，白首風塵自爾曹。小草繇來無遠志，冥鴻只合下江皋。長卿慢世真成隱，何必封書試綵毫！

留別金雙南年丈兼示張聖標司隸

君才真不愧雙南，數歲心知各自諳。詩卷常懷唐大曆，宦情卻似老瞿曇。天涯雨雪愁將別，日暮風霜興不堪。好語張華同努力，已收吾道付烟嵐。

次韻答年友贈別

此去湘江犯雪濤，青楓黄橘自江皋。天寒落日人俱遠，歲暮衡陽雁又高。敢道雄風依楚塞，還酬濁酒讀《離騷》。雒陽年少多悲涕，贈別虚君解珮刀。

訊練君豫年丈漕差消息兼訂小刻之約

星軺何日出長安，雨雪霏霏客路難。我自聊爲巫峽夢，誰當復過使君灘。桃花水信春先動，鴻雁霜迴歲正寒。猶有藏山書未就，它時相寄莫闌干。

橋頭

涿鹿橋頭柳欲黄，嚴寒積道尚冰霜。南歸雪苑春應早，北望燕雲路轉長。古戍烟荒迷野渡，疏村鳥下點斜陽。驅馳敢怨王程苦，實悔風塵客異鄉。

將至曲周先寄劉敬仲年丈

輸君高臥兩年餘，今日還山慰起居。夢裏屋梁常落月，春前鴻雁早傳書。霜殘薊壘雲偏合，雪盡叢臺柳定舒。寄語風塵應健在，將無蹤跡混樵漁。

過恆山喜遇馮景魯太守許佩宛司李兩年丈

寂寞風塵惜雁行，天涯今日共寒觴。愁予作客還江漢，知爾相思在雪霜。月旦繇來推許劭，專城尚未老馮唐。他時重過恆山道，莫畏《驪歌》貰□□〔一〕。

【校記】

〔一〕『□□』，二字底本模糊不清。

渚陽道中感懷

寒雲淰淰度關河，河上蕭條水不波。冰雪愁人常在眼，風塵老我已成疴。荒原日下聞鴟嘯，古戍烟深起牧歌。安得中山千日酒，停驂聊復醉顔酡。

別劉敬仲

破臘特來訪故人，青山無恙一閒身。相從便欲稱蓮社，乍別何堪似雁臣。日暮漳河雲掩樹，風高梁苑雪迎春。南歸已作漁樵計，莫惜緘書寄我頻。

淯川道中遇雪先呈蘇吏部繼歐

春寒雨雪尚霏霏，驛路荒涼野逕微。幾樹昏鴉集古寺，一天鴻雁冷征衣。風塵碌碌終無補，歲月悠悠早不歸。遠愧高陽蘇吏部，垂竿自在守漁磯。

除日恭捧御書至襄藩禮成應襄王教

手捧天書下玉京，天文遥麗日光明。卻占蓂莢還除歲，喜到襄江只放晴。帝子承恩紛瑞靄，輿人祝赦望更生。皇華自媿非詞客，授簡依然綵筆横。

寄題襄王含光亭

帝子分茅漢水濱，萬山肅肅翠堪紉。天開氣象全含楚，日麗輝光獨向宸。小草迎春爭染黛，晚霞映樹總成鱗。仍聞自昔雄風在，藻思雲流若有神。

登仲宣樓

戎馬當年憶故州，停車今日更登樓。果然信美非吾土，何事言歸復遠遊。落日漢陽猶歷歷，晴川芳草自悠悠。隔江莫道烟波渺，回首關山起暮愁。

葉縣懷古

春風一望草蒙茸，雪盡還看狐兔蹤。尚似襄城迷七聖，惟將津口問孤筇。孔子問津處。花殘仙令無飛舄，壁古葉公有畫龍。驅馬時復愁困劣，何如高臥白雲封？

遂園詩集　卷之九七言律之三

甲子元日甲子。時奉使寓襄陽

每嘆京華滯客身，征車何意到江瀕。白雲總隔梁園夢，黃道還疑玉殿春。五夜椒花虛作頌，他方柏酒獨傷神。惟餘江上山峯曉，僻性貪看似故人。

有感

不如歸去鳥催人，花信幾番又暮春。白髮已經飄柳絮，青山何待老松筠。休譏賀監抽簪晚，誰效陶潛解組頻？獨夜扁舟江上客，愁聞哀笛苦傷神。

無題

誰倩若蘭織錦文，楚山今日殢行雲。流蘇自冷鴛鴦翼，匐葉空閒翡翠羣。鵾瑟無聲人易老，菱花有淚夢難分。銀河未必隔牛女，江上吹簫不忍聞。

余以歲前立春日南發及抵舍春盡五日矣悵然有作

霜迴猶記雁南征，徂夏歸來柳覆城。再歲春華消客路，一年生事繫王程。他鄉自厭風塵色，故國誰尋鷗鷺盟。稍喜黔陽人到後，不堪仍動北山情。

甲子春期看彭君宣牡丹不果君宣有詩見貽依韻奉答兼訂芍藥之約

十載風塵憶雪臺，看花許到牡丹來。王程自笑還經歲，春月遥憐未舉杯。卻別青山人易老，多慚白社句難裁。聞君興致饒佳麗，好我休遲芍藥開。

病中赴彭君宣招不果寄懷二首

久客新從漢上來，多愁懷抱暫時開。疏狂合作投閒計，懶慢原非應世才。種竹學人將報使，看山自我坐莓苔。探奇更欲尋幽勝，聞道甘園花萬枚。

千花萬樹俯吾廬，中有幽人讀素書。開逕雲霞疑蔣詡，論文詞賦敵相如。高懷每灑窮途淚，勝友頻聞長者車。拙病何時同眺賞，梁園明月苦愁予。

寄懷練君豫侍御

奉使歸來春已徂，相思無處問征途。江天自信帆檣遠，淮海遙憐月影孤。珍重臨岐分石乳，寂寥別況老蘼蕪。逢人卻寄雙環玉，爲道仍虚主客圖。

出郭

苜蓿花開麥子黄，輕陰漠漠護年芳。幾時卻別迷前路，今日纔看是故鄉。柳外鶯聲風斷續，池邊燕影晝飛揚。浮雲世事一藜杖，何不長歸任我狂。

得楊慕垣年丈書卻寄

于役歸來病索居，忽傳遠道寄雙魚。君猶未作藏山賦，我自長看種樹書。二室烽晴開翠黛，中條月色冷蟾蜍。玄亭寂寞應何似，好和新詩一慰予。

吴于逵山人攜劉半舫年丈書自曲安訪我山園有作兼寄半舫

寂寞山居少故人，覓舟乍到喜逡巡。經年別恨還相憶，萬里客懷倍可親。河上烟波應帶曉，梁園竹樹久殘春。憑君卻寄劉公幹，爲道南湖把釣綸。

吴于逵歸壽其母于歙求一言爲贈率書與之

聞道天都紫氣重，仙人尚在碧霞峯。君歸將母真相慰，我望停雲不可從。玉女籙成知報使，麻姑指好羨扶筇。稱觴遥寄華封祝，夜夜南看寶婺濃。

七月十五夜對月

雨後月涼晚更清，高天如水湛孤城。愁來無過清樽好，醉裏不知白露横。自有蛩吟寒竹下，遥聞鶴背碧霄行。悲秋五載長安客，可笑蹉跎素髮生。

七月十八日得鹺使練君豫廣陵書

獨坐悲秋細雨餘，故人初寄廣陵書。相思久恨無鴻雁，敍別偏驚問草廬。日暮梁園修竹合，山深芒碭野雲虛。卽今淮海安帆後，真許同心看荷鉏。

秋雨彭君宣過訪便留酌雪舫同子魚逸民賦

懷人獨坐罷卿杯，遠道俄驚命駕來。書訊幾時遲候雁，客蹤此日又平臺。松間竹露清濤落，花外鶯歌暮雨催。把袂俱憐知己在，宅年莫負牡丹開。先是君宣招余看牡丹不果。

秋日同劉子魚醉竹下

便是前身老畫師，逢君今日醉不辭。談詩只欲存風雅，好竹同看有歲時。秋入林山多碧色，愁來鴻雁起離思。風塵滿目吾誰語，扶杖探雲任所之。

喜葉茂先詞丈過訪

秋懷無那老飛騰，詞客東來自武陵。好我真將同白社，如君始可對青燈。裁詩逸韻追錢起，學道無言似右丞。今日一樽殊汗漫，它年卻記訪孤藤。

秋日同葉茂先諸客登閼伯臺

閼伯臺高遠瞰城，霞天萬樹倚孤清。我來正值鴻初到，風至不堪葉乍横。菀菀烟深村巷寂，武陵花盡野溪晴。登臨剩有筇枝健，五岳何須媿向平。

西園

西園高閣俯城隅，秋色依然老碧梧。身健還能舒遠眺，詩狂且自覓清娱。吟風木葉千村下，過眼山雲一鳥俱。我欲爲農兼學圃，羈懷何必哭窮途。

得曹元父年丈書

我自無才卻畏人，君才十倍亦多嗔。書來但道爲官苦，興至何妨醉酒頻。石壑雲深龍間起，松巢子落鶴初馴。山中別有求羊侶，莫向天涯滯客身。

曹孟卿不得試而歸詩以慰之

十載心交曹景宗，能騎快馬怒如龍。有時醉酒還看劍，何處讀書不種松。裋褐蕭然餘傲氣，孤雲偶爾寄浮蹤。歸來莫嘆無知己，笑我今將學老農。

悲秋

荒城落寞自悲秋，興至重登西郭樓。苦雨淒風飄葉下，來鴻去雁使人愁。諸軍尚守漁陽戍，元老何心海上鷗。憂國頻年多白髮，隱居非爲稻粱謀。

風雨不得過西園遥寄此訊

西園竹色近如何？風雨蕭條溼薜蘿。對酒遥憐孤樹直，題詩只憶翠屏多。側身天地容吾老，癖性山林戀汝過。摇落不堪秋似水，懷人欲賦《四愁歌》。

客有誚余詩酒自廢者一笑應之

吟詩偶爾寄孤懷，酌酒何妨荷鍤埋。興至誰知天地闊，愁來只覺水雲佳。乘風更欲生雙羽，種竹聊將老一齋。多少驚心名利事，不如安穩著青鞋。

閉門

風雨寒秋獨閉門，寬愁盡日舉青尊。逃名自比韓康藥，遁跡終爲蔣詡園。海上高霞明錦樹，山中老鶴伴清猿。傍人笑我殊無賴，多事驚心未可言。

寄懷彭君宣世丈

懷君東望武陵驛，暮雨空驚白雁來。定有文章堪永日，將無蹤跡老平臺。還家初罷鵩鴞賦，繞膝新傳鸚鵡杯。拙病自憐成寂寞，何緣共嘯碧山隈。

秋日南園

秋盡南園柳未凋，寒花隱見在深條。我來初醉中山酒，客至同賡白雪謠。鷗鷺盟成宜結社，松筠計就好安樵。村鄰野老休驚怪，已脱風塵伴寂寥。

題畫

盡日看山興不孤，春風吹雨灑平蕪。林間鶯濕翻花見，石上苔明雜錦鋪。策馬人經千嶂夕，聽泉僧與片雲俱。何年卜築來居此，擁膝横琴入畫圖。

被放

合是高陽舊酒徒，君恩重與放南湖。不如賀監終投老，可笑德璋早謝逋。天外冥鴻心自遠，山中叢桂影相俱。人間得失何須問，蒼狗白衣旦夕殊。

步韻酬彭君宣見寄二首

荒城秋氣足悲哉，落木蕭條雁卻迴。關路還驚村犬吠，愁時恰喜驛書來。孤舟相憶多乘興，病榻清吟聊自裁。苦爲蛾眉遭衆妒，敢將白眼向誰開？

煩冤心事苦難明，感慨憐君知我情。久爲青山懸夢寐，無勞白簡謝時名。籬邊菊老秋將盡，湖上沙深築未成。只恐鷗鳧還畏避，荒村獨客淚交横。

寄彭君宣

人今罷病非無賴，與爾還同世外遊。野曠天清霜葉冷，潭深日碧竹烟稠。何妨對酒舒長嘯，只可吟詩送暮愁。依我爲園將就否，休令白雪調沉浮。

開醅

罷病歸來廢苦吟，開醅聊復寄閒心。山禽相與成賓主，野圃時將供陸沈。南園美人書斷絕，北風鴻雁影蕭森。幽懷欲往桃源洞，繚繞雲泉自古今。

冬夜藤下觀月

古壁蒼藤十丈餘，寒霜凍月一輪舒。風吹片片含烟白，霧重枝枝帶夜疏。蘆荻洲前秋色晚，關河雪後雁行初。將於此地巢雲壑，長嘯南湖伴野漁。

將營雪園有作

梁園白雪未全孤，我欲爲園入雪圖。野逕須教花繞樹，柴門更擬面當湖。城陰草色飛層堞，籬外村光枕夏雩。別有青山相共老，長松可種萬餘株。

山上孤松高百尺，山前潭水鬱清深。松聲欲夾濤聲落，波影時將山影沉。倚杖遙看霞瀲灩，啣杯更對竹蕭森。結茅便足娛吾老，澤畔還須費苦吟。

繚繞湖光四面賒，于中危閣曳飛霞。香荷冷豔堪爲幕，弱柳青蒽儘映花。野岸春濃藏綠柳，畫舸秋老入仙槎。漁人亦識忘機好，笑指輕鷗落淺沙。

沙白渚青風日暄，深林鶴夢寂無言。苔花不掃全遮逕，山翠飛來欲撲門。屏迹終年稀客過，殘生拙病與誰論？時聞野唱溪邊發，卻就松陰坐小軒。

桃紅李白不同時，春入葳蕤各有期。花信到來香霧偃，鶯聲啼處日華遲。撥雲只許開三逕，種藥不須賦五悲。臨水登山乘興好，風流宋玉是吾師。

伐茅爲屋不嫌貧，白石青松寄水濱。有興看山須策杖，無錢貰酒亦愁人。花城雨過霑衣潤，竹塢鶴歸向客馴。自笑嶔崎還歷落，生涯寂寂絕風塵。

虛窗小閣受風微，罨畫閒雲共鳥飛。石上棋聲消白晝，松間月影落清徽。談詩只許高人過，灌樹聊將老圃依。卻閉柴關無一事，牛羊既夕早傳歸。

聞彭君宣至喜成

歲暮懷人正寂寥，聞君騎發武陵遙。天邊鴻雁初求侶，雲裏溪山早見招。乘興不應同訪戴，相期還欲覓吹簫。窮交近日多離別，肯使臨風唱獨謠！

寒夜

寒夜催人殊寂寂，鄰雞野哭亦蕭蕭。窮愁不爲休官計，寤寐還成獨酌謠。歲暮關山多雨雪，天涯賓客老漁樵。孤燈時復親雄劍，華髮如絲已半凋。

丙寅元日丙寅

朝衣脱罷換荷衣，此日南湖問釣磯。到處梅花春事好，扶來藜杖野烟微。尊前柏酒人還健，望裏關河雁自飛。塵夢無端淹歲月，名山未許願相違。

迎春日楊子正齋頭小集

春來恰早到東郊，野外同君坐隱茅。寒渚迎風添細浪，輕烟著柳上新梢。遊山蠟屐應無忝，問字玄亭亦解嘲。我醉不知歸路晚，月明竹影正相交。

懷練君豫時君豫亦以言被放

違時我已入深山，骯髒如君亦放還。去國敢言青史重，將身合與白雲閒。松梢雨落風寒石，江岸鶴歸雪覆關。每笑書空真怪事，窮愁莫使鬢毛斑。

得蔡迪之書並寄片石軒竹訊

別君燕市復經年，書訊何緣到宋川。我已爲農甘學稼，誰知種竹老無緣。冰衙舊課勞亟報，石丈孤懷寄語傳。那得交情如此重，相思空對月嬋娟。

寄林元功刺史

使君高義動乾坤，竹馬歡迎古頌存。賜第名先標雁塔，搴帷春已到花村。懷人早寄夷門監，好客休空北海尊。爲政風流多暇日，琴堂鶴唳自無言。

寒食日書示曹端卿茂才時端卿見招

力疾裁詩與故人，風花還似舊時新。即今佳節如寒食，何不行遊及暮春？柳已三眠將綠遍，桃猶五出放紅頻。郊居野客多乘興，欲向西雩問水濱。

胡茂才園林牡丹

騎馬城西看牡丹，花開如斗錦相攢。天香不省人間有，春色偏宜翠幄寒。詎贈祇應須芍藥，淹留還爲倚闌干。茂才逸致真無媿，傍水別藏竹萬竿。

重過開元寺有感

七年不到開元寺，古屋荒涼可嘆人。黄鳥自飛門外柳，青松猶在水之濱。僧雛未識前朝事，客子空悲岐路身。策馬歸來將日暮，風烟回首一沾巾。

南園芍藥

又向南園看芍藥，千紅萬紫亦酣人。牡丹花謝魂猶在，神女粧成夢未真。香豔盡堪留夜月，葳蕤長似度芳春。年來老懶無餘事，只有看花酒入脣。

壽彭嵩螺先生七十

早向風塵悟息機，懸弧今日試初衣。青山自許人高臥，綠野長看鳥倦飛。驄馬威名傳絕塞，銀臺雨露憶交旂。它年若應安車詔，莫道江湖有釣磯。

寄答彭君宣

慕看名花三載餘，參差别夢竟成虚。逃人實作藏山計，閉戶長翻種樹書。舞鶴臨風池影動，孤雲送雨竹光疏。欲將此意爲君說，讀罷新詩又荷鉏。

寄答練君豫用來韻

日入青山放鶴羣，閒心長自寄行雲。不將竹逕爲花掩，只愛松濤徹夜聞。風雨愁人孤劍在，漁樵老我百年分。思君無計重攜手，潦倒詩篇早已焚。

湯平子太守到有作

一别天涯是故人，搴帷何意此相親。未論竹馬兒童喜，定許文章杯酒頻。夢後屋梁還落月，望中雨雪不勝春。自憐謫宦君恩重，應入山村作道民。

湯平子太守枉駕山園賦謝

農圃生涯吾不如，荒村自愛比山居。敢勞車駕來相訪，實爲烟霞痼有餘。乳燕鳴鳩春淡蕩，落照流水日清疏。輝光已藉茆簷重，更莫逢人說著書。

湯平子太守罷歸雲陽詩以送別

嗟君此別向雲陽，古戍秋風淒雁行。直道何人憐謫宦，高名媿我賦沉湘。梁園雪色春長在，江岸溪流夢未忘。雲陽有夢溪，宋沈括謫此。從此林臯耽寂寞，空天野鶴任徜徉。

放鶴

荒村地僻一孤山，放鶴無心夢亦閒。自趯天風刷羽翼，不勞客訊守柴關。烟深竹嶼秋鳴和，月落松陰夜往還。莫羨冥鴻飛萬里，即今已在水雲間。

瘞鶴

避世無心入鶴羣，相將白眼對孤雲。一時風致高天外，何意神交永夜分。華表人歸應是夢，堯年秋老惜無聞。瘞君玄壤須知我，莫使北山草怨文。

秋夜懷練君豫

別君忽忽已經年，慚愧扁舟下剡川。前月書來猶有恨，新秋雨霽總無緣。草蟲燈下鳴涼露，野鶴山中守故泉。安得飛身重把臂，寂寥動我《四愁》篇。

秋夜懷姚孟長

每逢搖落倍思君，過雁何堪入夜聞。同病祇應憐我在，孤懷未許向人分。吳門月色高橫練，梁苑風光寄片雲。它日萍蹤還不定，莫教猿鶴嘆無羣。

秋日沈雲嶠折贈梨花一枝兼索鄙句賦此答之

寂寞空庭感素秋，梨花卻贈使人愁。已看風雨勞春信，還爲郊原憶舊遊。落粉重驚飛白燕，輕粧別怨倚高樓。慚無好句供仙賞，把酒聊堪對月酬。

聞雁

寒秋又到雁行來，秋色愁人雁更催。肅肅西風吹白日，蕭蕭落木下平臺。那堪帶月沉孤影，復對清磧起暮哀。獨有故人書未寄，多時悵望首重迴。

八月十六日得李元鎮訃音遥有此痛

吁嗟汝死意何如？徂夏猶傳問索居。此日青山成一夢，他時好月獨愁予。楓林夜落驚秋晚，塞雁孤鳴感病初。未審黄泉相憶否，故人無恙尚樵漁。

中秋無月同胡仁源及若拙弟集宋居仲齋頭

連朝風雨變秋陰，恰到中秋又苦霪。明月不來虚悵望，故人相對且高吟。天邊叢桂香應斂，雲外孤鴻影自深。莫以升沉愁向我，須將尊酒破愁心。

八月二十五日書懷余去歲以是日抵舍

蕭條去國已經年，此日還愁旅思牽。鴻雁來時秋欲暮，故人到處月重圓。閒依農圃君恩重，老入溪山客夢便。七載風塵成底事，松筠寂寂委寒烟。

劉半舫書來兼寄山中秋色詩次韻酬之

鴻飛無那故人思，況近寒霜落木時。久別應須成契闊，多愁也自稔歸期。河邊日暮檣烏亂，天外雲閒野鶴知。解道山中秋色好，同來採藥覔靈芝。

重陽前一日曹端卿許相邀不到九日走筆戲簡兼期同登閎

伯臺用子美簡崔評事韻

久緣逐客少逢迎，青眼何勞向我明？已嘆秋雲遮落葉，虛邀好月下荒城。山杯細憶寒香重，籬菊全愁暮蕊輕。今日登高多悵望，可能攜手笑同行？

九日同曹二胡九閻四宋九沈九及家弟若拙集闕伯臺有作用昨歲九日韻

家園又喜到重陽，好趣晴遊舉舊觴。闕伯臺高秋正暮，故人攜手笑同行。天邊老樹還飛翠，籬外黃花自送香。今日差如昨歲健，衝風落帽亦無妨。

既得彭君宣書知傳疾之誤復爲此詩慰之

書來無恙故人心，驚喜還愁作苦吟。應爲明珠遭按劍，空餘流水托孤琴。東山李白唯疏放，北海孔融久陸沉。破涕何堪開笑口，悠悠畏路自如今。

連旬爲鎮兒婚事宂迫遂廢吟眺輒成五十六字自笑效白太傅

欲往名山願未酬，累人婚嫁使人愁。已遲雲樹閒秋眺，卻廢詩篇賦《遠遊》。吾道曷歸依藥餌，此身終老付滄洲。杜陵達者莫相笑，布襪青鞵早辦休。

十四日同曹二端卿胡大仁源宋九居仲及家弟若拙若訥賞雪家兄若谷以病足不與有作見示走筆酬之

飛霙一夜舞天遥，積向寒林凍未消。風起還疑飄玉冷，花殘爭得似梅嬌。一時賓客來梁苑，若箇唫魂在灞橋。扶杖不如兄思健，郢歌字字比瓊瑶。

家兄若谷病足月餘不愈余足亦病病中輒成此詩呈家兄

與君兄弟頗逡巡，無著天親恰有因。兩足蹣跚還共我，一生出處不繇人。行將杖屨供多病，臥看雲山寄此身。酬勸應須開笑口，不材樗櫟兩閒民。

九日牡丹名醉楊妃〔一〕

年年重九坐籬東，春信何緣到菊叢？葉落還留傾國豔，花開恰似醉顔紅。海棠睡足嬌應妒，飛燕粧成暈不同。果是名葩能解語，若爲遠棄上陽宫？

壽楊浩如先生七十

關西夫子舊聞名，老謝寒氈寄耦耕。自羡鹿門行採藥，兼懷橘浦坐分枰。青蔥玉樹休招隱，白髮匡牀好結盟。且共麻姑歌進酒，須知大德本長生。

病中柬楊子正時子正方爲兩尊人壽七十

子誦《南陔》方進酒，我看北斗苦傷神。風霜日暮愁懷起，河漢天高嘆不辰。華髮時名疑翰墨，青山老計托松筠。不堪拙病復成癖，實有醒狂未讓人。

十一月二十九日大雪

漫天飛雪舞瑶華，入幕穿簾積素遮。未到春風吹柳絮，疑殘玉樹落梅花。山陰逸興誰堪繼，洛社高吟只自嗟。舉酒應須浮大白，寒光曉思正無涯。

無題

曾於楚岫識行雲，桃葉桃花兩不分。錦瑟無端初罷鼓，鸞簫何處更堪聞。寧知燕石終非寶，可惜芙蓉晚出羣。別有愁腸幽夢結，清宵無計到阿君。

雪夜有懷彭君宣時君宣第四子舉茂才

永夜懷人動四愁，那看風雪滿寒丘。冰心一片應何似，玉樹叢花正未休。率爾高吟梁苑賦，翛然欲下剡溪舟。天涯歲暮還如昨，別恨難憑尺素修。

歲暮三首

一臥滄江匝歲餘，蕭條雨雪滯行車。卻看鴻雁賓行少，轉憶梅花別夢疏。天上星辰高北極，山中日月老吾廬。驚聞畫角催霜鬢，未放愁腸賦《遂初》。

撾鐘考鼓鬧神祠，歲序愁人又一時。恆雨恆暘天道遠，爲枯爲菀老農知。無勞賈傅流雙淚，可計梁鴻賦《五噫》。賣藥還應逃姓字，武陵隱者是吾師。

十畆閒閒自寤歌，風霜無恙此烟蘿。夢遊梁苑雪仍在，步入新亭月更多。老我寧知湖長是，逢人其奈酒狂何！天涯歲暮還惆悵，幾點晨星散玉珂。

聞李嵩毓家宰捐館舍先是八月李長子祠部公死余遙寄痛焉至是復遙奠家宰中多隱語死而有知當不以余爲誣也

悲秋已見雁行稀，歲暮還傷故舊違。白雪無人爲和客，青山何處掩初衣。弓成蛇影疑須破，李代桃僵事轉非。舉酒臨風遙寄意，衝烟寂寞理漁磯。

雪中戲爲問梅之作

梅蕊將成雪正飛，雪花卻似勝梅肥。豈無冷豔堪粧靨，實有香華不入幃。鶴在孤山多别夢，人歸庾嶺悵春暉。貽詩聊向東皇問，繞屋何時玉屑霏。

遂園詩集　卷之十 七言律之四　五言排律　七言排律

丁卯元日丁卯

睠向湖山遂此生，經年懶廢厭人情。不知日月還逢朔，卻喜風烟乍放晴。藜杖應探梅信早，匏尊自對竹枝横。正無可比癡頑子，一笠蕭然是野氓。

轂日贈允之叔

五十八年野鶴身，懸弧歲喜到茲晨。已過人日還逢勝，正報梅花早放春。雙屐久緣看竹老，一尊不厭向山頻。憐余罷病癡相近，日課雲泉學隱淪。

二月一日同若拙弟遊城西十里便道訪胡秀才園莊

十里春郊足勝遊，早花晴樹繫鳴鳩。高人穩睡青峯秀，野客來尋碧澗幽。擁膝琴書堪自賞，開軒松竹解相留。一尊竟日聞天籟，不媿忘機海上鷗。

小築

小築村郊不爲貧，卻看老魄厭隨人。農時未敢違晴耨，圃務還須趣雨頻。鶴下雲汀閒結侶，花開竹塢醉爲鄰。幽偏粗作逃名計，何必武陵始避秦？

丁卯上巳修禊西園有述

蒼霧沉沉晝不扃，春深猶似舊蘭亭。同人修禊應無忝，老我啣杯未願醒。竹靜風吹雙鶴翼，溪平日煖一花馨。杖藜但喜長相見，莫道孤懸處士星。

午日沈念宸陳羽卿集西園有作兼示沈雲嶠

長夏郊園遂隱心，客遊漫許費招尋。松間有竹還開徑，池上無風獨奏琴。老鶴疏翎添閒課，孤雲罨畫助清吟。不勞續命絲纏臂，攜杖朅來共入林。

配鶴

罷病歸來鶴夢孤，經年招隱作良圖。正緣失路求仙侶，肯始離羣怨客逋。卻向青山探羽翼，同尋白社老江湖。高人自古多清課，曾主鷗盟婚嫁無。

夏日同沈雲嶠沈子颿及若拙弟集若谷兄東園分得臨字

不向天涯嘆陸沉，園居日日費招尋。撥雲看竹環三逕，洗石當松動一吟。主客也應圖洛社，弟兄恰早謝朝簪。啣杯莫訝歸途晚，銀漢斜高月彩臨。

立秋感懷

一葉梧桐早報秋，千山風雨又堪愁。多時臥病無誰語，將老客懷不自由。繡幙人空啼絡緯，涼街月下倚高樓。傷心往事重回首，惟有銀河不斷流。

贈別陳古白詞丈

十六年來求友聲，相逢今日快鸎鳴。君緣湖海多懷抱，我自夷門老姓名。把袂驚看秋葉落，論心喜對野雲晴。慇懃贈別還惆悵，好記梅花二月盟。

寄懷葛震甫詞丈

聞君家住洞庭山，山裏何方駐客顏？萬頃湖光時繞帶，千林峯翠日當關。高懷應笑窮途哭，隱計合盟鷗鳥閒。我亦歸來成老圃，詩逋今始約相還。余夙負震甫詩債。

自笑效太白傳

三十六年歷落人，多愁多病與閒身。曾題雁塔爲時羨，偶直鑾坡有夢因。山水看來獨酌意，燭花到處不憂貧。吟詩日日須成醉，老向秋風醉幾巡。

南州蟹至日余適臥病書此恨之

已遭二豎常憐病，復誤巨螯不奈秋。薄命真同黄葉墜，幽期合與白蓮遊。啣杯未許稱中聖，得句惟應續四愁。猶幸籬花無一蕊，遲余老眼若爲酬。

余既以病誤蟹適友人以蟹至詩見示復用前韻答之

每憶雙螯供拍浮，病中無那又新秋。逢時我自成衰蹇，逸興何當作遠遊。對月蕭蕭涼露冷，當窗寂寂晚蛩愁。卽須扶坐應同醉，敢道巴音不奉酬。

秋吟效白香山

悲秋日日動秋吟，秋到中年感倍深。自爲浮生驚聚散，不圖早宦歷升沉。名花正好愁風落，美酒才嘗畏病侵。寂寞蕭齋還悵望，一鈎新月挂西林。

感秋

一年一度見秋華，百歲幾經秋事賒？去雁來鴻何太促，銜愁帶病復堪嗟。已成沈約《郊居賦》，未報張騫海上槎。憑仗酒杯消不得，西風落日噪寒鴉。

秋雨期曹端卿及家弟若拙不到走筆柬之

悲秋久矣嘆無羣，此日西園袂尚分。風雨何來愁客聽，林花獨與對斜曛。征鴻欲度雲先隔，社燕將歸葉正紛。可是登臨無限思，離懷那得不殷勤！

八月十四夜雨

再歲中秋無好月，今年一雨近中秋。不知兔魄何時滿，也料嫦娥獨自愁。桂殿香寒雲早閉，霓裳曲冷夢難遊。祇應對坐殘燈在，重憶高陽舊酒儔。

秋晚過西園

菊花如豆滿東籬，桂蕊叢生欲並枝。老圃寒芳還不減，扶筇醉酒更何之。秋林葉落啼蛩晚，野戍風高過雁悲。如此愁人胡不樂，蕭條莫待二毛衰。

秋興八首

秋風一夜滿郊原，落木蕭條雁影翻。自爲孤臣多病感，偏將衰鬢與愁論。夢違北闕音書迴，老向東山鹿豕存。欲就遼公謀白社，啣杯何處不消魂。

菀苑黄花無數新，秋風秋露一傷神。不堪人事時回首，尚憶京華欲暮春。鈴閣日長分翰墨，香山雪霽踏松筠。蛩聲總爲經寒苦，清切天涯歲更頻。

一帆烟雨洞庭秋，黄橘青楓飲暮愁。曾附仙槎爲使客，遥隨雁影度江流。羈心日落寒城戍，别夢霜殘故國樓。今日關山頻悵望，虚將碪杵動離憂。

荒城禾黍尚離離，白露秋寒野哭悲。家盡征輸還益賦，村横賊盜又經時。江邊雨漲鼉龍沒，塞上峯高雁羽遲。近日傳聞哀痛詔，諸君何以慰瘡痍。

八月風雷起怒濤，潑雲走雨暗山臯。秋原葉墜冰先隕，永夜星飛鳥亂號。再歲欃槍熒日月，一時麟鳳出蓬蒿。逐臣未有回天策，憔悴河干賦楚騷。

木葉山頭雨氣紛，黄花戍外虜笳聞。十年空廢籌邊策，一月頻傳露布文。天入黔南烽燧遠，秋殘江北旅鴻分。萬方送喜尋常事，莫以憂勞瘁聖君。時熹廟不豫。

崔巍三殿倚雲霄，堂構繇來美聖朝。已辨乾坤新氣象，不愁風雨易飄搖。上公殊錫曾何補，多士沉冤尚未銷。須仗忠良能翼運，萬方歌舞自神堯。

秋入溪山客思孤，霜紅月白老庭梧。松關自掩無人問，竹逕同行有鶴呼。苦學郢歌翻絶調，合成仙藥採香蕪。浮雲世事何須計，范蠡扁舟在五湖。

聞國哀

十年客路病餘身，曾附仙班侍帝宸。每識天顔恆有喜，何圖玉座竟無春？鼎湖龍去秋陰合，華表鶴歸白日湮。偏是逐臣多感泣，寒烟衰柳總傷神。

九日登閼伯臺仍用前歲韻

喜無風雨到重陽，别恨秋殘不盡觴。昔歲故人多落魄，一時征雁各分行。高臺日暮團林碧，野圃霜寒送菊香。最是茱萸看不得，支離未許病相妨。

重陽後三日雨中同張清漪過沈雲嶠寄齋仍用前韻

卻看風雨補重陽，爲話秋思更引觴。別調祇應招鶴侶，孤懷不復夢鴉行。寒雲繞竹深成碧，紫菊迎人晚更香。況是離愁難會面，醉呼中聖又何妨！

後秋興八首

不求田舍不稱臣，布襪青鞵老放民。自趣扶笻雙足健，時將煖眼一杯春。荒城秋盡啼烏合，野浦霜寒過雁頻。歲暮悠悠生計拙，築場恰可寄閒身。

荒荒白日下孤城，哀詔重聞父老驚。地坼天崩誰可料，麟遊鳳至獨何情？七年解澤還長在，一夜秋風早不平。無語子規啼血盡，可憐鴻雁自悲鳴。

長洲荷芰秋應老，沙市烟雲晚亦寒。南浦故人今寂寞，西園小草自闌珊。空餘別夢同招隱，漫有愁吟寄猗蘭。破悶登高思遺興，不禁風雨更凋殘。

月明碪杵動秋聲，獨坐愁人倍慘情。鳳幙春心隨露冷，鸞簫別怨倚樓生。它時元禮舟中客，此日梁王苑裏氓。恨死傷離何可道，黃花滿地淚縱橫。

秋雨綿連頗害稼，齊山水溢更驚聞。榆關終自成孤注，海島何能辦覆軍？漢室丙牛虛有問，秦庭趙鹿若爲分。新傳天子稱明聖，早晚恩光下五雲。

尚書崔呈秀疏語有『分茆胙土不足以答元勳』句，魏賊門扁有字云『擎天上輪』，余過河間府目見之。是時浙撫潘汝禎首請立生祠，各撫效尤，遂遍天下。

秋色蕭條老歲華，私愁流涕賈長沙。民窮欲死何人問，臣節日非爲爾嗟。茆土豈難酬上輔，祝釐未許報皇家。可憐楚客多忠諫，碧血年年照紫霞。

登秋日日醉南湖，湖上風光日日殊。紅葉漸深黄葉墜，蛩聲已冷雁聲孤。虚同元結稱聱叟，羞伴周顒號客逋。自是君恩多放曠，閉門仍許著《潛夫》。

高枕秋園老薜蘿，清泉白石起沉痾。衹知魚鳥堪留戀，剩有風霜可奈何！避世常懷千日醉，憂時誰聽《五噫歌》。雄心寂寞甘長放，不道晨星點玉珂。

冬至日寫懷時奉旨起用

爲農沒世自甘貧，雨露何緣到逐臣？直節猶慚南太史，高風敢附古逸民。歲寒竹守山城月，雪過梅傳帝里春。日至還愁愁亦至，頭顱老大不如人。

翟荊陽學詩於余時年四十有六矣示之

五十學詩慕達夫，君年尚未老吾徒。人觀滄海難爲水，家有柏臺正集烏。莫到雲山輕畫本，當知風雅貴前模。我歌白雪成狂放，今日重翻主客圖。

感事有序

初，僖宗皇帝時，内侍魏忠賢專權，庭呈崔臣秀等附之，殺諫臣楊漣、魏大中等，臣恪亦以病免。先是，忠賢托衛臣田爾耕招臣，臣謝不往，遂大怒，復命呈秀嗾御史智鋌論臣邪黨，忠賢矯旨削臣籍爲民，追奪勅命。丁卯冬，今上卽位，首誅忠賢、呈秀等，臣恪遂蒙起用，謹爲詩以識始末。

紫禁曾叨聖主恩，于今出處更堪論。鉏姦未灑萇弘血，放跡常悲屈子魂。自分江湖成野老，敢希雨露到深村。逐臣終始難爲報，惟有丹心奉至尊。

深冬聞雁

深冬猶見雁南飛，雨雪經時願早違。老我將終漁父長，憑人虚唱《阮郎歸》。封苔鶴逕留仙步，挂壁山雲罥客衣。野性尋常無計較，只應長採北山薇。

送別林元功刺史入覲時便道枉顧

淮陽高臥静琴聲，幾度風前聽鶴鳴。遥看仙舄朝帝闕，揭來明月下孤城。霜時雁過江湖盡，雪後梅開驛騎輕。卻記臨軒承寵問，莫驚小隱歲寒盟。

寄答盧紫芝民部

安貧久矣笑無魚，白石清泉自索居。歲暮河干勞遠訊，身閒物外得藏書。梁園雪色真堪醉，楚澤忠魂愧不如。獨憶紫芝眉宇俊，各天雲樹此憐予。

寄懷姚孟長時孟長與余同被論薦

與君拙宦共浮沉，歲暮悠悠繫隱心。虚有文章留史傳，將無蹤跡老山林。頻年獨詠《梅花賦》，此日同懷《梁甫吟》。何事忽驚猿鶴夢，人言畏路自如今。

十二月七日雪

頻年農圃驗生涯，喜向深冬見雪花。襯麥先看成素纈，粧梅早欲鬭春華。翩遷鶴舞三珠樹，嘹唳鴻歸萬里槎。時復開窗恣遠眺，不禁寒夜起清笳。

彭君宣自栗城過訪縱觀余所藏書畫歸而以一詩見貽輒用和答

隋隄雪盡柳烟晴，有客皃車下栗城。對月初驚人聚散，論心不覺斗縱橫。檢書燒燭思何極，看畫尋山興倍生。別後詩成應憶我，與君敢負歲寒盟！

歲將除彭君宣送魚送松有詩見貽以黄梅一枝答之卽用來韻卻寄

梁園客去倍相思，況值黄梅破蕊時。歲暮書來通鯉訊，天寒畫裏見松姿。也知湖海驕龍性，儘爲風霜老鶴枝。卻取梅花還寄贈，巡簷可許步新詩？

丁卯除夕率然以子美句爲韻

今夕何夕歲云徂，白帢青鞵老客逋。檢點奚囊多藥餌，躊躇托興在江湖。學農漸可知雲稼，爲圃無能似谷愚。濁酒疏燈聊自笑，一牀高臥自于于。

歲戊辰今皇帝崇禎元年正月初一日立春臣恪爲詩私識于梁園里舍戊辰

卜築丘園歲月更，喜看春事首新正。一天雨露初開霽，萬里雲山自景明。麟出昔聞悲曾狩，河清今見紀崇禎。欣逢聖主龍飛日，擊壤還期歌太平。

答沈雲嶠問病兼訂相訪之期

一春常是赴花期，每爲看花有所思。傾國何人還解妒，多情憶我獨來遲。心知魂夢終無定，病入膏肓恐不支。清健如君宜就訪，霏霏雨雪助吟詩。

白梅

飛花片片舞瓊瑤，開向春枝雪未消。欲比冰珠呈素豔，還疑月姨動妖嬈。憐香粉蝶時相近，帶靨玉人更助嬌。獨有孤山林處士，千秋常共此清標。

蘇文默考功世丈輓章二首

卻別知交近五年，驚魂遙共伏河邊。已拚直道人相棄，可奈靈修命不延。風雨亭臺鬧鶴塢，歲時草木暗花田。傷心最有羊曇慟，一望西川一愴然。

一束生芻奠故人，山陽笛裏淚沾巾。可堪夢落屋梁月，長恨仙歸華表春。蘇子才名文尚在，山公啓事墨還新。皇天老眼應無愧，拚死何妨作逐臣！

紅梅

未向城西覓小紅，早看梅蕊豔芳蘩。胭脂點點朱脣映，妖血星星絳袖烘。只恐高樓吹笛落，何如東閣和詩工！雨肥風綻尋常事，最憶調羹用不同。

雪中念西園海棠花應被寒凍

春風財見海棠開，翠袖朱唇殿素梅。花信幾番稱豔絶，風霜一夜被寒摧。紅顔命薄魂應斷，華髮人愁老欲催。到處惟應長載酒，春光一半委蒿萊。

青浦令鄭元韋覲回過訪於其行也詩以别之

盧溝别後故人疏，再歲田園守敝廬。自向河干便鶴性，忽看天際下凫車。談心閣夜魂初定，爲政風流錦不如。忽漫相逢驚折柳，江雲渺渺正愁予。

十二月二十五日鎮兒得長孫

老向風塵嘆索居，兒曹得子喜充閭。傳家剩有青箱業，報國還存太史書。欲付箕裘占歲月，且安江海慰樵漁。今年桐竹俱成伴，慚愧孫枝玉不如。

寄懷陳眘公先生

雪苑城西學隱淪，思君每望五湖春。非緣白髮成高枕，自爲青山是故人。種橘千頭閒結伴，著書十乘不憂貧。雙魚尺素遥相寄，蓮社可容作主賓？

西園同客賞牡丹

入春常憶牡丹芳，今日花開共舉觴。已看霞烘千蕊麗，更教風度一林香。雲陰願借圍輕幕，霧雨何妨洗豔粧。最憶露華拂檻好，曾將傾國醉君王。

寄詩筒與沈雲嶠兼約過話

斵竹裁詩與故人，吟壇千古事重新。笑看雪苑歌相向，喚起香山社復春。漸老交遊無俗侶，多時唱和有東鄰。投瓊愧我不能報，燒燭烹茶共主賓。

春暮得彭君宣書問兼索新茶卻寄時君宣有廣陵報

今年花事正驕春，綠雨紅烟醉客頻。欲借彩毫題豔史，敢勞青鳥報佳人。此身漸老酣鴛夢，往日多情賦洛神。得意與君成絕調，封書聊寄露芽新。

同客再賞牡丹分得真字

牡丹亭畔掃花茵，載酒題詩不厭頻。欲並天彭誇麗譜，還同洛社聚賢人。香吹衣袂應難歇，色映園林總是春。心賞更遲明月上，不勞羯鼓報佳晨。

有惠大青松者遙賦謝之

孤懷每欲聽松風，卻憶青山老桂叢。有客移來烟嶠裏，憐余長在翠微中。寒濤落落飛晴雨，明月疏疏照碧籠。更喜拾花充飯顆，登秋准擬入高嵩。

蔡迪之自長安過訪山園

卻別燕臺學隱淪，河干遙繫歲時春。頻年好夢無知己，此日高歌遇故人。玩世漁樵輕自慰，忘機鶴鹿老相親。莫談宦路風波險，且許吟詩共主賓。

五日有憶用萬楚韻

五兩風清落臂紗，閒將綵勝擬粧華。虚憐鸜鵒堦前舞，不見菖蒲雨後花。續命絲懸魂欲結，合歡鏡掩首重斜。何人更浴蘭湯罷，苦憶阿君别有家。

答彭君宣招遊湖上

欲共浮家已數年，湖亭日日憶嬋娟。長將好句懷青雀，未放孤舟蕩錦烟。花氣朝馨人在水，龍吟夜起月中天。久知逋客山靈笑，蝦菜還尋范蠡船。

再寄彭君宣是月十六夜，月有食之。

遲來芳訊渺愁予，蓮社何勞慰起居。欲比天彭花正少，恐看錦鏡月還虛。一時風雨懸清夢，兩地雲山隔報書。此去湘靈應不妒，壟宵無處望輜車。

雨中不得過西園以詩柬蔡迪之

欲就西園圖結夏，一時風雨奈愁何？君應知我爲官懶，自爲懷人破夢多。傍渚烟寒粘綠樹，緣畦鳥下立青荷。孤舟蓑笠頻年事，寂寞那堪獨寤歌。

六月十四日彭君宣招同蔡迪之過湖上爲泛月之遊有作見示依韻答之四首

深居久已厭藜蒿，此日從君駕遠舠。天放湖光賒月上，人看嶼翠擁城高。中流簫鼓開晴漲，半夜魚龍狎怒濤。最有清唫堪佐酒，繇來雲水自吾曹。

澄湖千頃月溶溶，林外蟬聲度晚鐘。撥棹衝烟入浦漵，極天倒影浸芙容。雲根石出蒼苔古，水面花翻翠靄重。衹是靈查難並坐，龍門捨汝更誰從！

白鳥青菰映水湄，終年漁釣絕無鄰。自甘湖海天邊客，合是烟波畫裏人。我夢浮家原不偶，君歌招飲莫辭頻。孤舟蓑笠看明月，風雨還成化□津。

每從花外望巾車，訪汝湖灣細雨餘。風送片雲歸晚岫，波翻明月引潛漁。星河點映城腰樹，荻岸晴開竹塢居。今日霞舟還泛泛，相憐豈嘆食無魚！

遂園卽事

伐茆夷藥足生涯，笑指山園處處花。高柳蟬鳴白日靜，清泉竹繞綠烟賒。鶴歸漁浦雲先導，客至松關鳥不譁。草罷玄言無一事，孤懷時寄赤城霞。

中秋望月

幾時明月滿青天，把酒長吟思黯然。風雨不來侵碧落，姮娥應許放嬋娟。征鴻欲到寒雲溼，黃葉初飛暮景懸。安得乘空看玉宇，仙槎直入大河邊。

束囊將發偶憶子美何用浮名絆此身之語率爾成詠

何用浮名絆此身，嚴裝又欲向風塵。三年病患時憐我，九月寒霜倍中人。白社難容元亮醉，青山未厭戴符貧。不知此去成何事，空使黄花笑隱淪。

拜岳忠武祠敬獻一首

曾許孤忠報主身，三年雪嶠老沉淪。將無後死稱知己，祗拜先生是故人。禾黍秋殘雲覆嶽，關河雁盡草經春。只今怒柏魂猶在，流涕中原戰伐塵。

途中漫成

秋盡霜寒雁不飛，客行猶自問京畿。風塵笑我頻來去，歲月愁人有是非。山市雲歸輕冉冉，河汀露下遠依依。當年漫說休官早，底爲浮名心事違。

王摩詰爲唐太子中允杜子美曾有詩贈之余戊辰起官中允仰慕先賢爲詩自勗亦謬爲摩詰告也

詩畫由來説輞川，高風千古映林泉。自逃白社稱居士，也輔青宫在暮年。曲唱鬱輪真欲絕，心傷凝碧亦堪憐。慚爲後進無長技，不使遺名汙簡編。

戊辰長至供事圜丘有作

幾年爲客逢長至，此日圜丘捧聖人。雲物應知天意美，歲時還紀帝恩頻。鳴珂遠上星初落，簪筆高懸曜正新。共道詞臣多祝頌，不將封禪爲君陳。

至後欲雪

至後陽迴日日長，寒雲釀雪自何方？將敷玉蕊開春色，故與梅花點靚粧。烽火初傳清越海，征書昨報靖漁陽。郊天正喜多恩澤，應見耕農祝歲穰。

自笑

入林無計可逃名，又戀微官隱帝城。馬上看山遙拄笏，燈前讀史漫飛觥。知章自古稱狂客，劉向于今號更生。回首風塵誰集菀，不堪長笑問鷗盟。

若谷兄以起補御史至自里門

謫宦三年共水涯，勸酧長爲老梅花。承恩我復依伯樂，奉使君還起漢槎。久許孤臣懸日月，不將雙屐負烟霞。風霜歲暮知無定，夜對匡牀旅夢賒。

晤張聖標聖標以忤璫下獄論死，今上即位始出之。

一別郊原歲幾更，風霜遙憶旅魂驚。孤忠許國身瀕死，多難逢時字更生。老向青山招鶴隱，春歸紫禁聽鶯鳴。相看握手真如夢，莫負松筠舊日盟。

除夜再用馬宗伯韻

帝城臘盡暮鐘傳，客思勞勞向夜偏。華髮蕭條還故我，青山迢遞又經年。班聯侍從慚無補，老夢江湖興自便。欲酌屠蘇春未到，流光去住旅魂牽。

元日早朝卽事己巳

烟環閶闔日重新，又附仙班拜紫宸。禮樂繇來歸聖主，衣冠再許到孤臣。雲和未辨聞韶美，春色遙覘送喜頻。共慶履端無一事，猶傳諫草繫精神。是日聞上覽文書竟日。

寄答錢抑之院長二首

握別長安已六年，春雲暮樹兩懸懸。風塵真覺爲官苦，姓字還愁與世傳。賴有中興新日月，時看起色到林泉。君猶留滯周南道，我自慚依尺五天。

天涯歲暮動懷人，同調書來別思頻。尚記聯鑣遊水寺，真看拄笏倚江漘。微名自有千秋在，展卷何妨一壑貧。我欲南行歌《伐木》，煩君寄語秣陵春。

春仲李彝臣中翰蔡迪之文學林幼藻山人過探殘梅幼藻有作見示率爾和答

探梅無分到江鄉，旅舍春寒點素粧。野性自憐成絶調，故人相喜爲清狂。天涯雁盡還驚雪，花信風頻尚帶霜。詩興不如何遜好，菟園歌咏見年芳。

春日旅懷和林幼藻五首

早歲翹車澹宦情，浮沉今日轉多驚。干時漸見無奇策，投老還愁失舊盟。幕樹山雲雙鶴送，鏡霞天水一凫横。移文曾已譏逋客，猶向風塵役此生。

旅舍蕭條閲歲華，春風遥憶故園花。心知漫寄中山酒，肺病還澆陸羽茶。老矣爲官成小草，兀然于世繫匏瓜。只今力倦長安道，騎馬看山興甚賒。

落日金臺又一時，溪山無恙此相思。馴階鳥雀多求侶，狎岸漁樵未改期。卻爲清朝添痼疾，還憐拙宦得逶迤。南來歸雁書將至，聞道梁園雪滿池。

天涯雪盡少歸鴻，旅客蕭蕭嘆轉蓬。已畏金蚕入屢稼，翻愁腰鼓世多工。不如多棹乘春水，滿擬看花到緑叢。皓齒青蛾隨載酒，洞簫短笛信長風。

彭君宣自稱西園公子，與林幼藻結詩社。

公子著書將欲隱，林逋踏雪亦來遊。武陵驛遠詩難寄，燕市花寒酒易愁。久客驚心時事改，餘生過眼世情浮。西園竹石堪娱老，春雨農桑願可酬。

春杪張聖標約過許園看牡丹阻雨不果赴詩以柬之時余迫南發

梁園花事已春殘，此日愁從帝里看。豈有天彭誇麗蕊，何如國色倚闌干。豔稱許史家聲舊，恨别巫山雨氣寒。我自風塵緣未斷，艱難杯酒愧張翰。

酬别練君豫二首

五載升沉事幾更，别君何意復南征？文章自昔稱同調，雲壑于今記舊盟。栖陛霜風還繡豸，江天花雨足啼鶯。慚無經術儀多士，遮莫新詩慰遠情。

心知猶記坐孤軒，片石當窗月下痕。海内風塵多冷眼，人間肝膽一清尊。浮生幾被勳名誤，□宦且從翰墨論。君在日邊我南去，不堪别夢獨銷魂。

西園

已上西園結隱茆，浮雲世事夢相抛。桐街乳落風吹雨，花塢香殷竹透梢。猶有山蜂同趯蕊，還將馴鶴並歸巢。拙村自稔原無用，欲化莊生五石匏。

許襄明過訪山園

小築梁園隱未成，且憑文酒締花盟。遲君遠道來相訪，嗟我同心事幾更。海内風塵還在眼，山皋猿鶴本多情。它時無恙學農圃，可得重過聽友聲。

答劉半舫用原韻

只尺山園萬壑深，園成結夏山之陰。更圖還勝秦淮渡，合趯清秋楓樹林。江上霞天晴晚棹，松間月露韻孤琴。君能布襪來相訪，把臂無勞同此心。

六月六日別家南發

歲時此日浴金仙，卻爲官忙客思牽。也説秦淮乘興好，其如猿鶴舊盟懸。十年苦作離家夢，百丈愁將下瀨船。若以微名難謝絕，中情久矣慕林泉。

徐州

一望烟飄天際流，蕭條風物古徐州。洪河半遶孤城没，疊嶂遥懸碧寺浮。鶴放何年雲漠漠，龍歸大野樹修修。我來山月初當曉，痛飲還憐燕子樓。

揚州

十年夢作廣陵遊，卻到廣陵恰報秋。萬井波含烟樹直，千飄雲湧浪花浮。吹簫何處空明月，野鶴無人自故洲。柳色依然迷雉堞，誰能弔古不生愁？

揚州晤呂日章貢士日章壬戌廷試余以分閲有一日之知

念爾維揚一俊人，相逢遥自帝城春。它時鴻雁常求侶，別後風霜各愴神。白雪繇來成絕調，青山終不負遺民。只今江上孤舟迴，尚看烟波日暮頻。

金山

金山山趾大江流，萬里波濤湧素秋。瓜步洲横烟井闊，楚吳天限嶺雲浮。寒林急響空青外，危塔高懸最上頭。何處高僧深面壁，我來正及遠公遊。

別呂日章後復成一律

共入名嵓續勝遊，別君忽指秣陵秋。何人詞賦堪相賞，是處風塵不可留。江岸梟鷺瀕葉下，山椒松梵與雲浮。它時結社霞光外，應記金山泛小舟。

渡江

大江南去指金陵，四望青山氣鬱蒸。欲到中流天溟漲，遥看别嶼鳥飛騰。六朝風景疑猶在，萬里烟波笑可憑。自趰清秋筋力健，合將五嶽寄孤藤。

九日同程德懋趙玄成呂日章集覆舟山顛仍用前歲韻

覆舟山繞鐘山陽，令節同遊鬪菊觴。日迸江光來石罅，霜團荷翠點鳧行。不教皂帽緣風落，只憶白衣送酒香。今日詞人俱健在，茱萸未把亦無妨。

重九後一日同趙玄成程德懋林茂之呂日章小集仍用前韻

好風晴日過重陽，佳客還來共舉觴。繞檻層峯鋪錦繡，光天一水照鳶行。霜深漸見黄花落，秋晚仍餘叢桂香。所幸登高雙足健，遨遊累月可無妨。

答于孟武中祕用來韻

曾吟古調仰君賢，南北關河隔暮烟。白社自慚名最後，青山敢讓著誰先。吳門楓下江光冷，楚水天高雁陣懸。何幸蒐車今日到，相邀擬過虎溪前。

再答于孟武

久從霄漢仰留京，秋色平看入玉清。鍾嶺天含遙樹紫，江關石倚暮雲生。扁舟自起張翰興，佳句誰傳謝朓名。慚媿橋門多士長，如君聲價重連城。

秋日同呂日章諸詞人集于孟武護閣分賦得肴字四首

風塵何處可論交，大雅繇來在隱茆。已謝高軒成獨往，還吟絕調解羣嘲。窗開雲阜團林碧，檻倚江城度月稍。賓客一時歌既醉，誰憑良夜嘆無肴！

高樓憑眺倚林郊，奇字還堪載酒肴。未許時人窺冷眼，都將吾道付貧交。霜凋柳岸天寒璺，月上松關鶴近巢。卻憶前朝多韻事，虛稱長柄問吳匏。

狂吟古調自嘐嘐，宦路風塵夢久抛。多病一身愁□慕，懷人千里付神交。時將黃菊供吾醉，漫對青山謝客嘲。高閣憑雲兼眺賞，爲歡何況出珍肴。

濩落依然五石匏，孤懷祇可寄山郊。憑將秋色連天遠，漫許雲烟入戶交。白石霜寒横倚嘯，青溪木下近分肴。欲圖主客稱詩社，自信無文愧斗筲。

秋日同于孟武程德懋趙玄成呂日章雪貧和尚遊棲霞寺限殘巒湍歡闌五韻

深秋黃葉半凋殘，猶有晴霞倚翠巒。入寺初驚峯抱日，登崖最喜路迴湍。石橋松偃時留憩，鷲嶺雲平與盡歡。薄暮風聲來澗壑，攜笻踏月未曾闌。

千佛嶺

千佛嶺邊石徑微，側身蘿薜罨秋暉。緣崖乍擬諸天迴，到嶺惟看落木飛。幾片山雲還冉冉，六朝松月自依依。卻憐好岫多劖削，只恐金仙始願違。

盤石

中峯之上石盤生，繡廓蒼輪如底平。的可看山容獨坐，何妨把酒醉秋晴。長林翠起留雲幕，落日紅深射鳥鳴。我下時聽僧梵動，兼勞谷口□樵聲。

天開巖

嶙峋石壁劃天開，中有丹梯近上臺。破逕時將枯樹引，登峯漫借小山陪。倉陵秋老綠紅葉，屐齒霜深足翠苔。最是雲間孤犬吠，隔林鐘磬忽飛來。

登攝山絕頂用于孟武韻

躡足靈山最上層，懸崖曲蹬倚雲登。松風澗外千巖合，石浪天邊一鳥升。遂有江飊來几席，遥將霞岫語山僧。狂歌自擬飛仙侣，也仗人間楖櫪藤。

天開巖前隔澗有石橫起如層雲余左據片筍足三分垂坳外題其上曰臥雲而繫以詩

棲霞山好勢縱橫，蕩嶺飛巖各怒生。誰識閒雲長獨臥，自憐片石本無名。流泉霜落寒歸壑，野草秋深繡蒲莖。歲月遊人空此過，我來題字訂初盟。

五言排律

長至扈駕祀太廟禮成二十韻庚申

不見翠華度，深居二十年。一陽還到子，萬戶正瞻天。日月皇靈啓，謳歌帝業延。龍樓初鑄鼎，鶴禁早傳箋。創守孫謀重，歲時禘禮先。履霜冰已戒，調律曆方綿。紫殿新頒號，黃圖首御乾。金鏞左右列，雉尾日星懸。仗簇千官繞，旗分四輅連。秩宗恭冊祀，聖慮涉臨淵。遂有風驅道，唯看日麗躔。趨鏘環玉珮，扈衛耀戈鋋。輦路晴烟合，鈴聲淑氣旋。雲歸雙闕迥，樹暝百靈翩。九廟神如在，一人意乍宣。精誠臣庶洽，歆格史巫傳。作始周成正，承家夏啓賢。萬年欣有道，匝月美無前。臣職供奔走，敢成大禮篇。

無題二十六韻

何來玄圃璧，得自濟陽家。綽約疑神女，嬌嬈比蕣華。蛾眉分畫黛，鬟髮重盤鴉。香射臙脂暖，葉簪翡翠斜。千金名署稱，片玉字非差。應念紅兒好，豈同越女誇。美哉鸞鳳質，妒殺芙蓉花。秋水凝眸淨，春風帶柳賖。宜男含笑佩，小鳳斂愁加。露笋交絃膩，瓊裾掩髩遮。移身真似軟，微暈已生瑕。湘渚雲鬟暗，洛濱彩霧遐。淩波看步嫋，豔雪聽歌嘉。鴛夢慵無力，鶯啼靜不譁。多嗔憐窈窕，閒恨寄琵琶。未許陳遵過，肯爲蕭史嗟。玄亭方伴草，溪水忽逢車。何意得和璞，尤驚共子奢。仙仙白燕羽，灼灼紫蘭芽。卻映明珠色，如攀月殿葩。青陽時或啓，歸妹正無涯。芳歲留鈿鏡，同心繫臂紗。自能妝寶靨，莫怨老宮娃。杜牧終遲郡，張騫虛泛槎。于今題荳蔻，自古倚蒹葭。期入天台去，相將酌絳霞。

商城段茂才增輝訪僕郊園兼寄熊黃門奮渭孔儀部榮宗洪使君胤衡孝廉胤嵩兄弟書臨別書贈十六韻並示二三知己

屏迹郊園迥，學農春事賖。忽驚高士駕，來訪野人家。竹逕難延客，席門不駐車。相逢存意氣，久坐見才華。餘力滄溟破，風期雲漢遮。曾遊湖海畔，遠看赤城霞。阮籍留青眼，君平識使槎。老蒼背倒屣，博學愧徵瓜。千里江天隔，一時寤寐嘉。起子憐疾病，得爾慰蒹葭。數有故人問，俱爲吾道嗟。不材宜鍛翮，混俗且疵瑕。樵爨灘舟月，耕漁石岸花。禽聲喧報曉，蜂羽靜排衙。何異深山住，空思爾室遐。臨岐還寄托，奇字教侯芭。

春日同沈予諷西園看花遇雨分得侵字八韻

蒼茫看四野，宴賞在中林。以我田間趣，借君物外心。風輕雲不斷，樹密鳥時吟。得意欣扶杖，無言靜豁襟。忽吹絲雨落，遥見楚烟深。花潤苞初長，苔青逕稍侵。人家溪岸隔，村路柳陰沉。歸思難爲別，還聽農父音。

己巳秋丁恭祀先師感述三十二韻

有道時難啓，斯文今在茲。聖明崇典教，禮樂奉吾師。秋祭維丁建，陪京舉廟祠。帝心將特簡，臣恪豈能窺。猥使菅茆賤，得爲俎豆司。撫躬虞隕越，祓志敬追隨。肅肅宫墻啓，殷殷管籥吹。粢盛既以潔，肥腯亦云宜。不斷香烟藹，相迎紫氣垂。星分奎壁燦，風送玉珂移。稽首將皇命，鳴琴奏雅詩。依稀天鑒近，髣髴靈來遲。霧徹方凝爽，霄清更翼颸。無言期奏假，合謨在委蛇。應味簫韶美，還憐雨露私。頻年淪草澤，何意共神祇。正直名終保，姦回節竟虧。從來仰日月，未許混梟鴟。至德千秋烈，今王一代規。齋居常見聖，好古不爲疲。統欲接堯舜，臣時望契夔。六經行效法，庶府各修持。膚髮當誰愛，鐫銘勿自欺。以吾一日長，作彼眾賢儀。騏驥才應識，磨礱益乃滋。輔仁先直諒，守己貴謙卑。術必嚴岐路，節當詠素絲。中宵懷惕厲，盡職愳瑕疵。以此昭虔若，何時可斁思。趨蹌三獻罷，陟降寸心知。向曉歸齋禁，微誠藴藿葵。平生感遇合，九死不能辭。

七言排律

冬夜同何匪莪太僕周蓼洲吏部魏瓠園學博集姚孟長館丈齋中限韻分賦

黄姑東指映長庚，今夜啣杯競笑迎。有客風流驚絕代，何人詞賦結深盟。城頭鼓角千家靜，望裏雲霄片月清。共憶江南書不至，獨憐薊北雪含情。竹林我自開松徑，菟苑誰當寄雁聲。四海兵戈終在想，一時方略總無成。憂天未許陳孤憤，破臘還須問去程。醉後悲歌不可聽，天涯霜色老浮萍。

壬戌元日上御皇極門禮成恭紀十六韻

大文朝麗未央宮，聖德光臨萬物隆。再歲乾坤還正位，一時劍珮盡呼嵩。香烟不動麒麟火，寶扇高懸雉尾風。鳳閣春傳星掩靄，雞人曉唱日曈曨。三朝又見皇居煥，五岳新瞻御道崇。翠葆金根紛彩耀，丹甍碧瓦鬱蘢嵸。琉璃色映晨曦照，鐘鼓晴寒夜雪融。遂有祥雲來獻瑞，會無天樂不聞空。辰凝紫極常居北，斗建青陽正在東。方柳應垂雙闕舞，仙枝俱發萬年蓂。卻驚巴國猶飛羽，喜望團山早挂弓。禮樂雍容三殿外，衣冠繚繞五雲中。侍臣共擬椒花頌，廟略誰思汗馬功。露滿金莖方進酒，天開閶闔轉如虹。靈符定見堯蓂協，聲教須知禹甸同。葵藿無能陳羽獵，長歌元首籲蒼穹。

燕市十四夜何稚孝太僕邀同蘇虹如侍御姚孟長張叔載魏仲雪楊濟之年丈小集限燈字十言排律六韻

每呼燕市酒如澠，此夜從君醉不勝。欲試春風三五豔，還看明月廣寒澄。樓頭長繫雲爲錦，霧裏爭飛火是繒。珂里何人鳴玉珮，香車到处耀華燈。祠傳太乙焚膏粥，路憶星橋暗武陵。歌罷落梅猶未曉，不知仙露爲誰承。

遂園詩集　卷之十一　五言絶句　七言絶句之一

五言絶句

臨別題雷伯鱗畫便面二首

突兀雲林起，蒼茫石壁寒。何時幽壑上，與子共盤桓。
澮宕雲山勝，扶疏竹樹清。衹宜閒鶴夢，千里御風行。

七言絶句之一

湯陰公署後有奇石數拳竹柏森秀見之輒使人有林下思摑筆率然次馬仲良壁上韻二首

月色霜酣烏夜啼，團欒影與碧雲齊。憑欄亦有幽奇處，三五山峯挂竹西。

竹樹陰森亦可人，湖山別後此相親。卻憐一夜江南夢，不及三生石上身。

謁黄粱夢

一夢黄粱七十秋，青天如水碧雲浮。分明説與榮枯事，莫向人間夢裏求。

遊仙祠

曾醉岳陽樓上頭，楚天長嘯碧雲秋。洞庭過罷知何處，又在蓬萊第一洲。

過豫讓橋二首

黄砂一望草蕭蕭，破碣人傳豫讓橋。若使當年能報主，何如死諫在先朝？
波冷烏啼恨已枯，猶聞國士血模糊。君恩未必真能報，枉殺妻兒不認夫。

書許君信冊子二首

高才底事抗塵顔，勘破浮華第一關。金馬門前推曼倩，不曾飽卻在人間。

南山叢桂休懷隱，北闕長楊早見招。林市無心總不繫，閒雲飛去晚江遥。

白梅春死甚惜之三首

一片香生綠萼華，江南春信早天涯。如何翻向春中萎，恰似鶯殘二月花。

上界仙人梁玉清，瓊花觀裏步初成。爲雲爲雨知何處。可向瑶臺月下行？

枝枝點點玉成鬟，透得春風小閣閒。笛里聲吹還似夢，花開花落總無顔。

送別冠司之

柳色官橋綠似雲，長天客袂杳難分。春風欲折頻相憶，聲斷《驪歌》不忍聞。

七夕宫祠四首

長生殿影月初沉，碧井欄干子夜心。目斷明河不可渡，流螢飛過小墻陰。

金輿初過晚烟青，羅袂相將笑語行。爭向天孫學織錦，鴛鴦池冷夢無聲。

何事鵲橋東復西，年年織女渡河啼。休憐團扇辭君寵，早夜承恩玉輦齊。

絳鬟如霧寶香焚，乞巧樓頭宿影紛。欲待景陽更漏永，不堪别苑鳳簫聞。

擬王少伯從軍行四首

狼烽直上海西頭，欲醉琵琶恨未休。白骨沙場凝望裹，春閨夢裹不曾愁。

風鳴日落草蕭蕭，秣馬龍山還渡遼。但使將軍能報主，荒城不用將魂招。

辭家萬里事長征，寶劍蟠龍血尚明。年少不知離别苦，《涼州曲》罷淚縱横。

月滿關山露滿衣，胡笳聲静夜星微。驚心時上邊樓望，白雁歸來人未歸。

柳五首

開盡桃花柳尚眠，嬌春無力鬭嬋娟。都道風流張緒好，不知何似在當年。

繫馬阿誰古渡頭，離情欲折又還休。自是春風多惹恨，柳條不慣使人愁。

櫻桃未落憐樊素，楊柳多嬌恨小蠻。笑殺香山白學士，琵琶猶自濕江關。

隋家天子豔春風，萬樹千條繫錦叢。只今唯有沙河月，曾照當年畫舫中。

章臺臺畔柳如茵，舊有深閨歌舞人。金鈿翠管無消息，祗見長條咽渡津。

送陳集生年丈奉使南海便道之平湖省覲十首

年少探花白面郎，春風蹀躞錦雲香。一時才子人爭羨，種自丹山出鳳凰。

金殿螭頭五色雲，天書初下紫泥芬。共看瀛洲羨學士，由來文苑飛將軍。

六龍飛轡日重新，天子臨軒遣侍臣。一葉琅函親手授，香烟不動玉麒麟。

鳳闕春深柳乍齊，王孫臺畔草萋萋。看君絳節天南去，驛路晴花送馬蹄〔一〕。

紫帶珊瑚碧玉鈎，雙雙鴛錦趯驊騮。河陽縣裏桃花滿，待爾斑衣續舊遊。

弄珠樓上蕊珠人，一曲琴聲萬樹春。君家茂宰曾相識，寄語長安客思頻。集生尊人杲菴，丙辰與余同籍。

瘴雨晴時花正飛，君今擁傳有光輝。爲報陽侯須效順，太平天子坐垂衣。

琵琶洲上荔枝紅，憶爾晴遊晚棹風。若到白雲爲問訊，天涯何處有空同？

蹙金孔雀畫屏開，又下人間玉鏡臺。莫使吟成團扇賦，芙蓉花老爲誰栽？

海岳千年王氣增，輶軒此日詔欽承。懸知歸采風謡獻，不上封書似茂陵。

【校記】

〔一〕「蹄」，底本作「啼」，誤，據上下文義改。

雷伯麟年丈予假南還詩以送之十二首

瀛洲亭上晚凉風，共爾披襟笑語同。今日春明成一别，他年相遇緑蔭濃。

曾向櫻桃宴上回，一時名姓數彭雷。只今鈴閣推年少，自舉金莖露滿杯。

禁苑鶯聲亂樹啼，與君同賦草萋萋。一朝别向天南去，始信青山路不迷。

不斷鄉雲驛路通，亂山斜日背林紅。憑君記取相思淚，半在蠻烟瘴雨中。

千山樹老萬山雲，憶爾晴遊醉落曛。若到羅麼峯頂望，秋風雁響正相聞。

客愁日日憶鄉關，不分天涯走馬還。亟向白城招隱士，長安烽火夜如山。

誰言休沐不君恩，也傍秋闈歸故園。我自思家千里外，白雲腸斷未堪論。

玉乞山頭月影虛，玉溪橋畔美人居。美人見月時相憶，爲寄雲中錦字書。

好去山中讀我書，百年生事在樵漁。此行無用爲君贈，客路風塵不可居。
蜂銜報罷竹平安，山雨初來鶴夢殘。漫起呼童收柿葉，開窗秋色入毫端。
蓮花池上采蓮歌，蓮子青青奈爾何？莫惱鴛鴦花底睡，人間也自有風波。
屈指蒹葭白露間，君在江鄉我未還。不爲蓴鱸歸去好，幾人會上大碁山。

秋日楊濟之過竹下同賦

數竿修竹碧如雲，秋色平將渭畂分。此日君來同嘯咏，一時風雨正相聞。

七夕答楊濟之兼步來韻二首

誰道鵲橋事不真，鄰家少女漫傷神。君緣底樣驚鴻度，望殺深閨乞巧人。
正使文園病未真，多情猶自憶鍼神。休矜有女顔如玉，可是天孫度巧人？

以詩代柬期楊濟之過東偏仍用前韻

今日靈妃事事真，橋邊烏鵲說如神。隔河早喚牛郎渡，爲道雙星不待人。

催妝八首

玉珮烟鬟出翠幃，妖嬈應是不勝衣。夜來可辨襄王夢，早下行雲帶雨歸。

桃花夢後錦雲寒，選得秋芳特地看。試向鸞臺妝合葉，嬌香可似楚湘蘭？

舊是天台採藥郎，重來仙子碧雲裳。青鸞月下無消息，閒著吹簫引鳳凰。

茱萸香暖夜初陳，閒殺鴛鴦繡錦茵。蝶信不來秋帳曉，一番魂夢是何人？

芙蓉衫子玉華鈿，妝得蛾鬟墜馬偏。儘是名花能解語，何須不動使君憐。

繡幙香生豔舞衣，九華燈影月初微。春風欲到靜心滿，合是歸時不早歸！

尋常七夕笑牽牛，此夜羅帷早怨秋。欲倩綵云爲鵲渡，便教織女下粧樓。

芍藥花心喜子纏，雙雙蝶翅舞嬋娟。慇懃梳掠新宮樣，好向郎前鬪可憐。

走筆招客飲西湖海棠下二首

醉殺春風爛熳花，海棠取次染紅霞。不知何似西湖上，恰是春城第一家。

一片胭脂過雨香，梨花春夢赴横塘。飛來蝶使休相妒，記取青絲碧玉粧。

題流民圖二首

一春無雨麥苗乾，纔得秋成賊盜殘。傷心最是石壕吏，猶作追求富室看。
卒歲無成淚已枯，那堪健步又追呼。至今還憶婦啼處，不敢高聲說有無。

乞友人水芝丹便邀過竹齋小飲二首

新雨凉生竹樹秋，吟詩人在碧雲頭。清風不遣空歸去，珍重與君作酒籌。
乞君甕裏水芝丹，坐我竹齋碧玉寒。更邀明月來相過，便作竹溪五子看。

題馮禎卿竹石圖二首

怪石崚嶒碧蘚痕，藏將雨脚與雲根。籜龍小小能興霧，便作陂陀萬里論。
便應置我小山間，冷岫孤崖不可攀。莫向白雲招隱士，此君只合老烟鬟。

李文學持仙山圖歸壽其母向余乞一言爲贈歌兩絶句與之二首

名山如黛與天浮，天上桃花接碧流。似是蓬萊人不到，高高仙子在山頭。
曾記瑤池獻壽來，碧桃鮮果大如杯。君今持向壽山去，好上慈闈一萬枚。

招張聖標飲蕉葉下二首

乞得紅蕉一粒寒，不將春色到琅玕。西山昨日聞新雨，又起前湖碧玉湍。
荊州魚枕不聞名，買酒聊將綠玉傾。君來試共眉山較，莫道三蕉已醉醒。

秋日梁嵩渚張衷夷李元鎮過竹下

遲君今日到琅玕，秋色蒼涼萬玉寒。我醉聊將竹葉飲，不知何□□□□。

答李元鎮四首

片石孤峯也自奇，千巖萬壑壓雲欹。美人不至日將暮，一樹紅蕉有所思。

琅玕十萬碧蒙茸，深淺遙將野逕封。每日閒看成一笑，到來秋色幾千重。

雨過秋畦送晚涼，花開小樹鬪寒芳。亭前竹葉渾無數，對酒不知若個香。

高懷無分在竹溪，客舍茅齋自品題。君是何人似李白，閒來重與醉如泥。

遣僕往西山取卓錫泉水爲李元鎮所嘲作此解之

不必中泠與慧山，偶然一勺解塵顏。陸郎名謝千年後，可惜無人山水間。

再送曹東昌

今日他鄉送故人，可憐人去故鄉春。逢人記取遲歸雁，莫惜鄉書寄字頻。

答友人

便欲乘風下剡川，石尤無奈打行船。緘書寄語戴安道，他日竹林醉暮烟。

調李元鎮

只道鴛鴦睡未醒，誰知春恨鎖娉婷。慇懃莫戀丁香好，不似桃花結子青。

昌道人自華山來卻寄口號

蓮花頂上蓮花開，二十年前夢看來。今日憑君重悵望，白雲無數鳥飛回。

寄楊濟之二首

種得篔簹十萬竿，伴雲和雨入窗寒。憑君試問青霄上，何似平臺雪後看。

中條山色近如何，蒼莽應知桂樹多。欲寄相思無錦段，慇懃只唱《四愁歌》。

送別友人

草色黏天暮靄横，送君南浦不勝情。當杯莫隳風前淚，纔唱《陽關》第二聲。

秋日歸興口號十九首

底事求歸未得歸，秋風又到�魚肥。垂陽樹下横竿穩，閒養鸕鷀不怕飛。

丹楓黄柹間冬青，樹樹秋光冷畫屏。午睡不見窗影過，漁歌隔岸起前汀。

裁成麥笠錦雲黄，指點晴空數雁行。忽聽前村樵唱發，滿山紅樹映斜陽。

種得瓊條十萬竿，秋風嫋嫋露華漙。不知多少兒孫長，遮卻當窗石丈寒。

認得丹丘老鍊師，看山眺水性相宜。蓬萊萬里誰會到，笑指笙鸞有後期。

不憂衰賤不憂貧，青舫白衣作道民。歸去非緣菰菜好，繁華能得幾時春！

獨上高樓望遠天，白雲無盡正依然。相思欲下山陰棹，黄鵠秋風隔暮烟。

家住寒山近武陵，清泉白石繞蒼藤。閒栽藥圃無餘事，静看方書對老僧。

十里荷花一小舟，香烟翠帶儘沉浮。夜來吹送前灘去，又見荻蘆兩岸秋。

自愛林山興不孤，科頭散髮醉糢糊。閒看畫苑成癡想，亂榻江干雪霽圖。

手撥雲根枕石眠，松溪丹竈起茶烟。山中白鶴渾相認，立向爐頭叫晚天。

投老抽簪自不羣，四明狂客最知聞。如何八十纔肥遁，不及鏡湖一片雲。

作字真能米海岳，好詩無過白香山。何時乞得梁園雪，漆管緑沉細細刪。

曾惹天香到御衣，親妝牙管帶光輝。何緣不似尊爐好，金□當頭有是非。

邊馬秋嘶塞草黄，金戈尚枕舊漁陽。海山一道真天塹，只恐征人憶故鄉。

沙頭鴻雁飛何急，原上鵪鴿叫亦哀。共道盤江山路險，傷心無處奏《南陔》。

欲趲清秋去已遲，黄花九月起相思。寒蛩無數凄涼叫，白露飄零總不知。

十五紅妝競晝眉，于今老大不堪悲。如何又到胭脂苑，笑比西陵俠少兒。

鯉魚風起大江濱，寂寞芙蓉泣露頻。何事舊園歸不早，山中笑殺避秦人。

僧有供張蒼鱗蓮花者分半貽余復以四絶如數答之

雪藕冰絲玉作根，幻成霞彩逐香魂。何緣忽作□□夢，應是靈槎海上繁。

□縷紅光映日分，祇疑天上出仙裙。誰知鷲嶺千峯下，別有維摩不染雲。

新詩字字比芙蕖，拖葉含花兩意舒。獨有菂中青子在，纏綿遮莫冷蟾蜍。

未有法華舌本蓮，空傳禁夜起青烟。涉江好采芙蓉去，冷落秋風亦可憐。

九日同練君豫飲梁嵩渚齋中率賦兩絕句

年年歲序自重陽，今日同君盡一觴。醉後茱萸無插處，不將落帽比清狂。

便有白衣送酒人，殊無黃菊伴清貧。持螯相共嘗新釀，試問淵明作喜嗔。

爲曹薇垣題瓊林醉歸圖

日暖曲江紅杏飛，鳳池宴罷不勝衣。君恩恰似春光麗，詔許天街騎馬歸。

將至許昌先寄蘇文默世丈

梅花堂裏舊風流，茗落花開幾度秋。我到西湖霜雪滿，不知何處可從遊。

戲題漢江驛樓一絕句

登樓一望漢江春，無限雲山入目頻。唯有輕舟蕩漾好〔一〕，等閒解珮不驚人。

【校記】

〔一〕『漾』，底本作『樣』，據文意改。

過習池

高陽池館峴山隈，山色涵江拂座來。我醉還能騎馬去，不知何似山公回。

峴山一絶句

峴山亭子大江濱，江水無情日送人。羊祜碑前三尺草，可憐還發舊時春。

小遊仙調友人二首

莫認桃花是李花，李花淺淡似明霞。輕狂若道桃花好，漂泊隨風逐水涯。

莫認柘枝是柳枝，柳枝摇曳怨芳時。無情若道柘枝好，啼殺昏鴉卻爲誰？

武陵絶句七首

玉洞桃花事有無？仙人曾此爲秦驅。由來便是桑麻地，落得清閒與世殊。

人間日月苦迢迢，一枕閒將漢魏銷。怪殺漁翁不久往，重來風雨失津橋。

劉安雞犬詫飛昇，何以秦人住武陵？寄語南陽高士侶，漁舟無處不堪乘。

捕魚乘水作生涯，便到仙都處士家。萬樹桃花吹不盡，春風依舊染紅霞。

聞道天台路萬重，百年頃刻已無蹤。漁翁何似還相認，渡口白雲有舊封。

繞屋桑麻間竹籬，春風到處有葳蕤。此中不管閒名利，争許人間俗子知。

平田瀌瀌水流谿，咫尺仙源草樹迷。欲倩漁舟重指點，亂山唯有鷓鴣啼。

臘月山茶花豔開賦兩絶句

輕紅一朵豔明霞，未到春時已試花。自是神仙冰玉骨，憑將霜雪鬪芳華。

嬌姿恰是美人粧，紅暈不消薄粉香。可笑當年茶客癖，臨春纔解鬪旗槍。

迎春日楊子正有詩見貽用韻答之二首

東皇有意報春迴，細雨先將柳暈開。試向東郊樓上望，何人不爲看春來！

欲向玄亭問字過，撩人春色可如何？應須剪綵爲金勝，遮莫臨風進叵羅。

梅開時遇雪成一絶句

春寒纔見小梅開，雪片紛紛又落梅。遥知今日梁臺上，只似羅浮夢裏來。

遣春七絶句

梅花開罷杏花紅，搖曳春光自在風。卻恐風來花又惱，吹殘花片自西東。

柳眼何須抱緑顰，桃腮紅暈不勝春。可憐零落桃花盡，苦折長條贈遠人。

花底山峯莫浪狂，十分春色在梅粧。都將嫩蕊經營破，卻到緑陰何處忙。

春深竹裏竹鷄鳴，爲愛幽人竹似清。爲課平安常日報，須看鷄子幾時成。

山花一朵酒一杯，杯未移時花又催。常恐花開顔色少，一春須醉一千迴。

莫遣丁香追雨開，好留芍藥贈伊來。春風無限他時恨，嬌鳥一聲夢又迴。
不唱竹枝唱柳枝，柳枝裊裊趁芳時。休教樓上佳人見，卻掃雙蛾獨自悲。

春怨

春寒風雨誤花開，花到開時風雨摧。不信紅顔多薄命，下堦試看掃莓苔。

雪舫前新笋三十許箇大者滿握小亦圍兩指愛其孤直一箇酧一絕句

昌谷北園拔玉青，不知若個是龍形。試看雪舫琅玕種，碧色横空十丈零。
徂徠六逸亦稱奇，巢父掉頭意可知。倘見參天風雨色，東將滄海欲何之？
竟似孤峯能插漢，或如玉筍突千霄。子猷若興此君友，早向青山□寂寥。
渭川千畝竟如何，沉碧空青得許多。果是龍村原有種，高標一夜出山阿。
三逕未如蔣詡園，數竿聊且寄清軒。敲風舞月渾如許，何必求羊共語言？
便似竹林阮步兵，劃然長嘯海天横。檀欒誰識其中意，片片清風吹月明。
高齋日日報平安，劍筍初生玉色寒。童子寺前竹萬个，較來那似碧琅玕。

曾到瀟湘竹里來，波光萬頃緑莓苔。一時清淚消何處，猶向軒前削玉開。
文同墨竹畫如神，拂日干霄若箇真。不識當年鶻兔勢，試看風雨夜嶙峋。
修竹泠泠雪欲飛，緑天四合復成帷。梁園賓客今誰在，一笑風前送落暉。
淡泊何妨成嘯詠，孤高且自寄烟霞。懷人只憶丹陽尹，不種河陽縣裏花。
錦水城邊綿竹叢，繞枝蒼翠灑寒空。那得風吹有細細，神交唯有少陵翁。
黄岡古竹大如椽，淄雨波風過涌泉。笑殺柯亭吹笛者，不將明月釣嬋娟。
聞道員丘竹作舟，孫枝應亦似蒼虬。安得乘舟兼把釣，一時風雨使龍愁。
庾詵猶自愛泉林，弘景松風意獨深。我欲種松兼種竹，一輪明月對孤琴。
横斜片片倚紗牕，只似春山隔暮江。莫爲楚詞輕斫取，清香粉膩世無雙。
風流得似謫仙無？一往清溪興不孤。有竹能爲千日飲，何須更上帝王都？
何處林塘無竹石，聞香只得米襄陽。西園一敍堪千古，恰似齋前玉筍長。
淇園緑竹自稜稜，千載唯聞水似冰。欲祝清標如鐵樹，盤空長護老蒼藤。
偶然清響落人間，一似飛瓊舞珮環。月上空庭無箇事，陶詩讀罷有餘閒。
截竿未釣珊瑚樹，裁籜先高處士冠。客到何須題鳳字，不將鳳食使人看。
尋常桃李開花繁，九畹蘭芳静不言。白露横空秋色冷，霜標獨有此君存。
簫史吹簫曾引鳳，緱山明月亦吹笙。不知此竹還堪用，夜夜涼風滴露清。
莫道嬋娟解誤人，巫山神女雒之濱。臨風試向竹叢看，一笑天然自絶倫。

清齋長夏落湘簾，沉綠浮清萬點尖。錯擬峨嵋晴雪後，一天黛色挂前簷。

看雲日日數奇峯，倚竹還須辨籜龍。爲笑嵇康癡不解，不將絕調寄孤筇。

曾聞干木避君侯，瀹筍何當作勸酹。若使成林堪小隱，籬垣亦可勝滄洲。

買筍何須費十千，一竿亭立已森然。不見新繁秋雨後，攙天攫日亂雲烟。

欲踏名山賦《遠遊》，且編修竹護林丘。今年藥圃饒生事，竹底兒孫各勝流。

清琴濁酒樂生涯，林竹翳然隱士家。卻笑風塵名利客，白頭不解問仙槎。

神女詞

曾到襄王夢裏來，巫峯十二一時開。不知雲雨歸何處，明月依然照楚臺。

秋日絕句

不如宋玉苦悲秋，恰到秋來也自愁。一夜西風桐葉下，又看鴻雁在河洲。

七夕詞二首

年年别恨入秋多，七夕天孫亦渡河。枉費鵲橋幾許力，一時風雨漲寒波。

莫怨經年渡鵲橋，應知别夢未曾消。何似嫦娥夜夜寡，空將明月對妖嬈。

寄訊曹端卿因以嘲之二絶句

知君高卧效袁安，豈有雪梅繞舍寒？春色卽今多在望，躊躇切莫後人看。

莫將蒼狗認浮雲，雪爪鴻泥兩不分。憑君一笑還輸我，鈴鐸無風那得聞？

有感一絶句

新歌一曲楚明光，欲付雪兒早斷腸。嵇康没後巖谷冷，何人重解泛清商？

述舊二首

平泉草木盡堪憐，何事獨遺蕭統編。自是贊皇功略勝，少陵父子有真傳。

背郭銜江築隱茆，長松大竹影相交。此中漁釣無人識，何怪杜陵不解嘲。

西園有作

一枕松風午夢凉，閒雲不定影相將。醒來渾似深山住，唯有蟬聲送夕陽。

戲贈歌者

一曲清歌翕黛横，琵琶苦調不勝情。可憐正復阿誰似，人在湘江北渚行。

惜花詞

買得名花玉不如，愁風愁雨試春初。可憐零落沾泥土，長憶芳華襲佩裙。

七夕歡詞二首

記得前宵未渡時，愁風愁雨厭相思。如今好作鴛鴦夢，銀漢月晴夜不遲。

莫爲離愁苦斷魂，且將歡會比吹塤。夜來乞巧樓頭女，誤說鵲橋有淚痕。

七月十四日摘松房

摘得松房一粒秋，清寒猶帶碧霞流。爲烹山茗供詩料，旋煮天泉潤酒喉。

七月十五夜對月柬友人

恰似中秋月正圓，不知若個對嬋娟。蘭房竹露幽齋里，可得同來試小弦。

再用前韻答友人

正是月圓人未圓，西風自舞竹便娟。欲將侍女供吟賞，只少檀槽四十絃。

傷往二首

一片彩雲逐月輕，美人蟬鬢尚分明。傷心最是秋原暮，猶向深房喚小名。

長恨城頭玉漏多，凉宵無奈錦衾何。欲煩明月將魂夢，憔悴嫦娥不似他。

偶成口號

偶聽風來竹上聲，蕭蕭颯颯不勝情。便成小曲無人和，獨對秋光酒自傾。

偶題

蘭花畏露頻成泣，竹葉當霜故不零。莫道寒芳骨力少，浮沉猶勝水中萍。

有感一首

滿院秋聲風雨寒，征鴻欲到影闌珊。不知白鳥緣何事，尚自營營作絮團。

八月二十晚問月

欲將杯酒問嬋娟，今夜清光若個圓？碧海無人傳舊信，不如長自湛青天。

有感二首

也曾塗抹少年時，華髮而今有素絲。人世哀榮無定準，唯應早煉五靈芝。

求仙盡道事茫茫，富貴何曾得久長。若免浮生勞計較，五湖烟月且徜徉。

九月二十一日午睡起口號

早酒三杯午夢甜，心無一事挂眉尖。風來敲竹纔驚覺，唯有白雲在屋檐。

郭老翁九十餘以夢中所得詩碧桃花裏現高枝句求解余足成以報

三疊琴心鶴舞時，碧桃花裏現高枝。丹頭火熟非容易，夢覺分明好護持。

遂園詩集　卷之十二七言絶句之二

催妝八首

曾爲看花到上林，花枝若個繫同心。欲將白雪供春賞，又向瓊花夢裏尋。

梁園雪盡柳枝輕，不是春風也動情。聞到佳人年十五，身腰可似董雙成。

朝來蟢子鬭雙雙，掩映春屏隔暮江。不識巫雲何處所，鸞姬梳椋倚紗窗。

紗窗如雪彩雲浮，冉冉仙姝下翠樓。更向人間呈窈窕，藍橋不擬殢春愁。

風流何似舊朝雲，慚愧蜀山學士文。欲判相思連理樹，閒窗且共語慇懃。

傾城每憶李夫人，淡抹輕妝剩有春。今日蛾眉工染黛，不知芳豔畫誰真。

自比仙人侯道華，春風長是醉名葩。果然得入玉清夢，不號水仙作婢花。

香風藹藹動流蘇，七寶烟沉一夢無。卿來佇赴高堂約，盡作鴛鴦戲水圖。

春園十詠

松龕

傍郭松陰草舍殊，清溪一道白雲孤。風濤夜坐來天際，知有山精嘯詠無。

茶隴

來試東川陸羽茶，先看南國美人花。花間索句開松釀，醉向隴頭便是家。

梅塢

繞屋梅成雪片香，綠華紅蕊自芬芳。等閒不作羅浮夢，怪得廣平是鐵腸。

杏林

杏雨初肥柳線輕，春光搖曳碧波晴。自知麥隴田家味，戴笠看雲作道氓。

月溪

家住雲林別有溪，綠苔初映遠山低。月明欲到孤洲上，靜聽寒波鳧雁啼。

竹嶼

孤清一片水雲間，風雨來時自往還。偶共此君成笑詠，詩禪不數白香山。

花圃

花事春寒綠未勻，欄干長護藥苗新。不嫌抱甕生涯冷，自是漢陰學圃人。

桃源

春深正似武陵源，野岸桃花自一村。客到唯應雞黍供，避秦時事不須論。

鶴關

雨溼松關白鶴棲，茶鐺藥竈曉烟迷。幽人生計無工拙，閒誦黄庭對鳥啼。

雲峯

石首春生雨氣濃，閒雲垂乳劃成龍。欲安茆屋峯前住，夜半山寒翠靄重。

王摩詰有雪蕉圖人多怪之或以先生高懷遠寄別有取爾今年春仲余園蕉發成林忽遇大雪乃信古人無妄作者家兄若谷曰此段佳話也詠之得一絕句

二月新蕉葉似雲，綠天忽墜雪紛紛。摩詰好畫無人解，卻憶高懷自不羣。

題美人圖

怪是當年賦洛神，傾城顏色本驕春。獨倚湖山翠袖薄，不知含睇屬何人。

春分後一日大雪園丁報玉蘭花萎嘆之〔一〕

素胎結就自生花，玉樹瓊林絕點瑕。何事摧殘冰雪裏，東皇不與護層霞。

雨中歸自西園答沈雲嶠二首

一自西園帶雨來，林香花氣尚堪偎。吟詩欲寫春遊趣，兒妾重斟竹葉杯。

其二

自澮園蔬命酒尊，雨肥苗嫩美難言。生涯如此無人共，況與白雲天際論。

雨中看花偶成口號

扳得花枝帶雨看，花香片片溼春寒。自呼山鳥緣何事，也向枝頭振羽翰。

柬沈雲嶠

竹窗獨坐綠氤氳，戛玉初驚雨後聞。爲問詩思今幾許，可將風月與平分？

雨中答蔡迪之

高齋獨坐正堪憐，欲問瓊花事杳然。應是廣陵歌絕調，空將行雨夢神仙。

閱甘州記

聞道甘州水木清，仙人寶樹子多成。安能移向山中住，飽食終年學鳳鳴。

紀夢

曾附仙查過洞庭，波光時帶九嶷青。至今夢入清瀟裏，猶借江潭照客星。

七夕前一夜雨中再送蔡迪之七夕立秋

一曲《驪歌》送客行，啣杯閣夜不勝情。西風欲至銀河渡，別淚先同細雨生。
銀漢無聲雨淚流，別君今日早驚秋。不知乞巧樓頭婦，幾度憑欄望女牛。

七夕與蔡迪之話別

秋風一夕嫩凉生，絡緯淒淒向壁鳴。如何天上還成寐，卻共愁人話別情。

七夕立秋示淑貞侍兒時余將赴召命

財報雲軿度鵲橋，西風催別可憐宵。相依試問情何限，多少歡娛勝寂寥。

答

年年乞巧向天孫，不道銀河隔夢魂。今日秋來催別恨，應知風雨黯啼痕。

再問

總爲離愁夢不銷，空閨那得慰嬌嬈。一年一度匆匆別，何必癡情望鵲橋。

再答

妾意君心兩不休，終天常自望牽牛。便是一年一度別，應無生死繫長愁。

題彭君宣畫冊八首

波青點翠萬山蒼，惹雨牽雲帶樹長。道友不來日欲暮，擗鱗煑得五芝香。

怪壑層峯路欲迷，長松落落倚雲梯。幽人振袂時孤嘯，唯有山精伴月啼。

山色蓊蔥晴欲雨，溪光罨畫淨如秋。其中草屋何人住，虎嘯龍吟第一流。

孤峯遠樹米家山，咫尺烟雲萬里間。海嶽高狂誰識得，千秋溪上水潺湲。

湖上松關日不開，翠屏千仞劃天來。前生白鶴無人識，靜向林間步晚苔。

雲幕溪山漲淺沙，霜枯崖木老靈查。無人識是神仙窟，自歌黄竹啜暮霞。

江上晴峯峯外雲，疏林幾點伴斜曛。小橋流水無人渡，遠寺鐘聲隔岫聞。

霜落山空萬木寒，遥看雪巘出雲端。孤舟蓑笠前溪客，何事衝風把釣竿？

湯陰公署再和馬仲良壁間韻余己未過此曾和之

荒城日落野鴟啼，碧樹寒烟遠近齊。片石聊堪相共語，依稀還似武陵西。宋城東有五陵驛。
古柏蒼峯最可人，停驂聊許暫相親。不知幾度風霜過，客子仍餘幻夢身。

謁黃粱夢呂仙祠四首

役役浮名誤此身，每緣睡覺嘆沉淪。何當不作華胥夢，便是黃粱醒後人。
自是癡人夢不醒，何須枕上授丹經。我來再拜仙祠下，一片雲深悟覺亭。
會憶桃源洞裏春，桑麻雞犬望先秦。至今還作仙都看，何似黃粱夢度人。
齋心正自問黃粱，風雨何來溼客裝。應識仙翁指點意，不由人處底須忙。

漢陰丘大東者余不識其面戊辰冬余起官長安初雪蔡迪之以其笑竹軒憶雪樵先生七絶句見示甚異爲賦七絶句遥報之雪樵者余别號笑竹者余舊軒也

清狂曾擬雪嬋娟，竹里行吟更嫋然。自與此君成一别，梁園處處雪堪憐。

日日雪園唱《竹枝》，琅玕十萬頗相宜。擔藤自署爲樵客，荷鍤人稱是酒師。

歲寒風雪每難禁，賴有青笻倚醉吟。遥憶孤軒龍起處，曾將《雪賦》比黄金。

搦管金門又一時，此君無恙好相知。如何對雪空長望，不及雪樵楚客詩。

我自梁園可笑人，君來漢水幾經春。相逢忽漫成高詠，多倩蹇修是緣君。

年來竹課報平安，風雪時時慰倚欄。爲問龍宫書字客，祇今猶有碧烟寒。

漢陰野客自忘機，吟得逐臣雪裏詩。不知何似《離騷》賦，試看九嶷山下碑。

過廪延一首

策馬重經古廪延，沙田石屋尚依然。打頭征雁如相識，飛向黄河野渡邊。

余家雪苑入冬柳葉盡落十月至恆陽官柳載道秀綠依然率爾成句紀之

秋盡恆陽柳未凋，青青猶繫最長條。不知折向何人贈，客子天涯倍寂寥。

題懶石圖雷伯鱗便面

鴛鴦浴罷水雲香，取次苔階樹影長。欲續《會真》三十韻，望夫石畔不成章。

遣春七首時仲春將盡以冗宦未能出郊悵然有作

年年二月勝春遊，載酒尋芳日不休。時爲看花登別苑，也緣放杖俯清流。

溪晴風暖綠莎新，榆社村農溪水濵。策蹇偶經前岸過，一枝杏蕊豔撩人。

不須鈴索護花粧，著意山蜂破蕊忙。待得風吹花片片，拾來還與聚春光。

詩卷長留囊天地，山瓢到處酌雲霞。酣春只爲春林好，爛漫春光二月花。

選得腰身似柳枝，紅妝灼灼恰相宜。閒將梅蕊匀花鈿，約略春情不盡眉。

櫻桃花謝野桃紅，春色沾人一夢中。山雀羣飛欺燕子，等閒驚覺倚微風。
便作看山拄笏人，如何皁帽倚江濱。十分春色過將半，不是等閒不許親。

戲作墨梅贈雷伯鱗並綴口號

人言梅花白似雪，我畫墨梅老于銕。贈君歸往玉溪山，莫作尋常易扳折。

送別葛震甫之任滇南二首

日向紅亭送遠人，鶯啼柳色不勝春。君行萬里何堪別，欲唱陽關已愴神。
碧雞金馬亦尋常，漢使何勞過建昌。今日天威多遠播，好攜春色到遐方。

清明日傷往二首

年年風雨哭清明，柳葉桃花亦黯情。今日天涯傷死別，可憐香冢斷人行。
格是瑤京一玉人，飛來環珮暫相親。香魂此日歸何處，枉殺陳思賦洛神。

期林幼藻過聽松濤

每領松風致灑然，春濤天際落鳴泉。君來好訊陶弘景，此是仙家第幾禪？

中山道中聞鶯

帝城春盡少啼鶯，騎馬何曾問郊行。今日中山歌《伐木》，客途慚愧聽嚶鳴。

玉樹

玉樹花間照合歡，綠蘿如蓋錦絨攢。朝來香氣隨風發，落得山人解帶看。

夜行龍城道中

山逕荒涼艸樹迷，居人不自解東西。深村永夜隨堠火。隔渡雞聲向曉啼。

邗溝望西湖一首

邗溝西望水雲賒，萬頃澄湖浸藕花。盡説桃源堪避世，漁人不解泛仙槎。

望金陵二首

金陵王氣敞高秋，水繞山環擁上游。自覺中原無地勢，先皇定鼎是神謀。

長江天塹與雲齊，山勢巃嵸壓日低。歷儘興亡多少事，夕陽西去夜烏啼。

恭謁孝陵四首

鐘山疊嶂鬱岧嶤，龍虎千年氣不消。一自高皇弓劍遠，寒原空鎖歲時遥。

滿山松柏曉蒼蒼，寢殿秋生玉露凉。自辦齋心通帝座，不傳啼鳥説先皇。

翠微深處御香浮，曉殿寒鐘徹碧秋。内使傳籤開鎖鑰，依稀猶似拜宸旒。

二百餘年食主恩，趨蹌今日拜陵園。江山一望來蒼茫，始識天心奉至尊。

七夕無雨戲問牽牛織女星

牛女年年怨別離，滴將淚雨濕河湄。如今懽會無情限，不記相思十二時。

秋雨有懷

石頭城畔旅鴻分，嫋嫋江風入楚雲。一夜山亭秋雨急，斷行嘹唳不堪聞。

賦得夜粱雙白燕和莆陽女子韻卻寄

曾向仙宮試羽衣，何來華屋影依依？夜深休覓江頭路，梁苑月明自在飛。

品外泉

重崖蒼翠裹寒烟，澗路高標品外泉。只今石壁餘荒草，桑苧何由結淨緣。

珍珠泉

一泓清水入霜寒，想見珍珠瀑細湍。滿寺山僧勤梵唄，更無人護碧闌干。

白鹿泉

白鹿山泉一鑑清，千溪萬壑滿秋聲。若于崖下爲深坎，還有飛濤濺地生。

先司成公詩集後跋

侯方岳

順治十二年十二月二十日，先司成詩二十卷剞劂告竣，原家藏文二十卷、雜著十卷、館課二卷、《明神宗實録》十卷，壬午，流寇破宋，兵火之餘，焚棄殆盡。此乃岳所簡拾於灰燼之中者也。

方神宗初，詩道淪喪，侮訕先進，信陽、北地之傳蕩然無存。先司成與吴門姚公希孟、里中彭公堯諭力追正始。常訓岳兄弟云：『詩之氣格，欲其渾成，纖碎則非文辭；欲其玲瓏，重滯則非而大端。約之於一言曰：厚。』又云：『詩道精渺，非二十年兀坐不知其津涯。』又云：『學詩而不遍讀唐詩，猶畫方圓而不盡知規矩也。至于得心應手之妙，習乃成巧。蓋有數存不可言傳。今人棄唐詩不習，輒自侈別才，可乎？嚴滄浪自爲中人以上者，言之末學，遂欲竄入以簧鼓天下，何其陋也。』又曰：『詩之宗杜甫、李白、王維尚已。劉長卿、戴叔倫直入工部之堂，溫庭筠、李賀別爲一調，白居易廣大空明，不避俚俗，此皆吾素所服膺者。』

熹宗初，岳隨先司成遊燕，記立朝事甚悉。邇時内璫魏進忠擅權，先司成纂修《實録》，直書云：『沈漼附會内使魏進忠，削刑部尚書王紀職爲民。』王紀者，清流之所推重；沈漼者，輔臣也；進忠者，忠賢原名也。以故禍幾不測，遂請告歸。歸而璫嗾其黨智鋌論爲東林邪黨，削籍歸里，築遂園於城西北隅，日與故人飲酒賦詩。一日，中使持檄至郡，先司成拜別先太常公曰：『璫人前殺楊漣、魏大中、繆昌期，誣兒以黨，禍在是矣。』適吴門中使提吏部周順昌激爲民變，璫遂撤止之。烈宗初，召爲中允，尋爲諭德右庶子掌坊事。又以記注觸相公溫體仁，出爲南大司成。明例，司成有一祭而遷者，有一二月而遷者，獨以是留三載。庚午秋，監試閱文而勞，遂抱病。至辛未春，予告。越三年而逝。往例，詞林與經筵者皆有恤，與長兄鎮赴闕請卹，烈宗下部議覆會，值伯父司徒公亦罹黨人之誣，遲延數載，而流寇陷京師矣。

先司成生平不設城府，居鄉諄謹，不問家人產。喜飲酒，愛汲引後進。教岳兄弟六人寬嚴並施。壬午之變，長兄幼弟不知所在。岳南北奔逐，兵火饑饉，詩稿攜束，不暇銓次。今秋冬，始鳩工。嗚呼！手澤空存，羹墻增愾，每誦遺編，不覺一言一泣，一泣一血也。